세책 고소설 고려보감 연구

이윤석 · 허찬

보고사

머리말

대부분의 고소설이 '○○전', '○○록', '○○기' 등의 제목을 갖고 있는데, 이 책에서 다루는 『고려보감』은 그 제목이 다른 고소설에 비해 특이하다. 단지 제목만이 아니라 내용도 한국 고소설의 일반적인 내용과는 다르다. 이 작품은 고려 태조 왕건의 일대기를 다룬 작품으로, 왕건의 출생에서부터 그가 후삼국을 통일하고 고려를 세운 후에 왕위를 아들에게 물려주고 세상을 떠나기까지의 전 생애를 담았다. 전체 10권 10책으로 약 10만자 정도이므로, 『남원고사』나 『구운몽』과 비슷한 분량이다. 『고려보감』은 단 하나만 남아 있는 이본이 외국에 있기 때문에 고소설 연구자들에게도 잘 알려지지 않은 작품이다. 그러나 이 작품은 세책으로 오랫동안 유통되던 작품이므로 상당히 많은 독자에게 읽혔다고 보아야 한다.

『고려보감』에 대한 자세한 논의는 이 책에 실린 허찬의 논문에 미루기로 하고, 이 작품이 갖고 있는 의미만 간단히 얘기하기로 한다. 『고려보감』은 고려의 건국이라는 역사적 사건을 다루면서 여기에 허구적 인물과 사건을 가미해서 독자의 흥미를 끌 수 있도록 구성했다. 왕건을 중심으로 궁예, 견훤, 경순왕 등의 역사적 실존인물 이외에 강사진과 강기장 부자를 비롯한 수많은 허구적 인물이 등장한다. 그리고 역사적 사건과 허구적 사건이 뒤섞여서 이야기가 진행된다. 『고려보감』을 읽어보면 이 작품이 중국의 연의소설을 흉내 낸 것임을 쉽게 알 수 있다. 그리고 이 작품의 많은 전쟁 대목은 당대에 유행하던 군담소설의 군담 내용과 거의 비슷하다. 『고려보감』의 작자는 중국 연의소설의 창작방식과 조선의 군담소설의 내용을 혼합해서 새로운 조선식 연의소설을 만들어내려고 의도했던 것으로 보인다. 이러한 작자의 의도가 성공적이었느냐 그렇지 못했느냐 하는 것은 다음 문제이고, 이렇게 새로운 창작방식을 구사하는 작자가 나타났다는 점은 흥미 있는 일이다. 왜냐하면 이 작품은 조선을 지리적 배경으로 하고, 또 조선의 역사를 작품의 시대적 배경으로 삼아서 창작한 군담소설이기 때문이다. 이러한 의도가 어떤 의미를 갖는가는 앞으로 연구할 과제인데, 중국을 지리적 배경으로 한 군담소설에서 벗어나려는 작자의 의도가 어떤 의미를 갖는지 검토해볼만하다.

고소설 연구에서 부딪치는 가장 큰 문제는 한글소설의 작자와 창작시기를 알 수 없다는 점이다. 이것은 한국의 고소설은 언제 어떻게 시작되었으며, 누가 어떻게 읽었는지에 관한 자료, 즉 고소설의 생산과 유통을 파악할 수 있는 기본 자료가 없다는 것을 의미한다. 이러한 사실을 통해서 알 수 있는 것은, 한글소설의 독자는 작자가 누구인가를 알려고 하지 않았고, 또 작품을 쓴 작자 자신도 자신의 이름을 드러내고 싶지 않았다는 점이다. 한글소설은 작자가 없는 것이 아니라, 작자가 알려질 필요가 없었던 사회적 분위기 때문에 작자의 이름이 전해지지 않은 것뿐이다. 이것은 한글소설의 작자와 독자 모두가 신분이 높은 사람들은 아니었음을 시사한다.

한글소설의 창작이 언제 시작되었는지는 알 수 있는 자료가 없기 때문에, 이 문제에 접근하기 위해서는 한글로 산문을 쓸 수 있는 능력이 언제부터 있었나 하는 점을 알아볼 필요가 있다. 고전문학 연구자들은 한문의 번역에 한글이 쓰인 데 주목하여 불경(佛經)이나 경서(經書)의 번역이 한글소설의 창작과 어떤 관련이 있을 것이라는 추정을 오래 전부터 해왔다. 그러나 소설은 불경이나 경서와는 다른 이야기이므로 서로 간에 직접적인 연관을 맺기는 어렵다. 한글소설이 나타나기 위해서는 소설이라는 장르에 대한 이해가 있어야한다. 그런데 소설은 조선사람이 독자적으로 생각해낸 장르가 아니므로, 한글소설의 창작에 영향을 미친 것이 무엇인가를 먼저 생각해볼 필요가 있다. 필자는 한글소설의 탄생은 중국소설의 수용과 번역의 과정과 관련이 있을 것이라고 본다. 조선 초에 『전등신화』를 모방한 『금오신화』가 나왔고, 조선시대 중반에는 중국의 백화소설이 조선에 들어와서 유행하고 이를 번역한 것이 나오게 된다. 이와 같이 문언문이나 백화문의 소설을 읽고, 또 백화문으로 된 소설을 번역하는 과정에서 자연스럽게 소설에 대한 이해가 깊어졌을 것이다. 그리고 중국소설을 번역하는 과정에서 익힌 솜씨를 바탕으로 한글소설을 창작할 수 있는 능력을 얻었을 것이라고 본다.

고소설에 대한 논의에서 소홀하기 쉬운 것 중에 하나가 소설의 상업성이다. 소설이라는 장르는 그 출발부터 상업출판과 긴밀한 연관을 맺고 있다는 사실을 종종 잊기 때문에 한글소설의 생산과 유통을 상업출판과 연결시켜 생각하지 않는 경향이 있다. 최근까지도 한글고소설의 상업적인 면에 대해서는 연구자들이 거의 관심을 갖지 않았다. 그러나 한글고소설도 소설이라는 장르가 갖고 있는 일반적 성격을 모두 갖고 있다. 특히 소설이 갖고 있는 상업적인 성격이라는 측면에서 본다면, 다른 어떤 나라의 소설보다도 조선의 한글소설은 상업적이었다고 할 수 있다. 조선시대 한글소설은 철저하게 상업적인 목적 아래 그 생산과 유통이 이루어졌다. 한글소설의 작자가 알려지지 않았다는 사실은 이 문제와도 밀접한 관련이 있다. 고소설이 갖고 있는 이와 같은 상업적 성격의 구체적인 내용은 세책과 방각본 한글소설에서 확인할 수 있다.

고소설 연구에서 세책이 중요한 이유는, 한글고소설의 창작이 주로 세책집을 중심으로 이루어졌기 때문이다. 지금까지 전혀 알려지지 않은 조선시대 한글소설의 작자는 바로 세책집과 긴밀한 연계를 갖고 있었다. 세책집 운영자는 돈을 벌기 위해서는 꾸준히 새로운 작품을 고객에게 제공해야하는데, 새로운 작품을 구할 수 있는 길은 창작과 번역 두 가지이다. 세책집 주인은 자신의 장서목록을 확충하기 위해서 새로운 작가를 발굴하고, 또 번역할만한 중국소설을 찾아보았을 것이다. 그러므로 조선에서 창작한 한글소설은 대부분 세책집과 연관이 있다고 보아야 한다. 방각본 한글소설 또한 세책이 자장 안에 있다. 현재까지 알려진 경판방각본 한글소설은 모두 세책을 저본으로 축약한 것이고, 완판방각본 한글소설은 세책이나 경판방각본의 영향 아래 제작된 것이다. 이렇게 볼 때, 한글고소설의 원천은 세책집이라고 할 수밖에 없다.

『고려보감』의 이본으로는 1921년 대창서원에서 간행된 활판본 『고려태조』가 있다. 활판본은 세책을 저본으로 한 것인데, 그 저본이 바로 동양문고에서 소장하고 있는 것일 가능성도 있다. 세책과 활판본의 내용을 면밀히 대조해보면 서로 다른 부분이 많지만, 그 다른 부분은 대부분 활판본 제작자가 변개한 것임을 알 수 있다. 1912년부터 시작된 활판본 고소설의 출판은, 기존의 세책과 방각본 위주로 형성되어 있던 고소설 시장의 확대를 의미한다. 서울과 안성 그리고 전주를 중심으로 필사본과 목판본이라는 전근대적인 제작방식으로만 유통되던 틀에서 벗어나, 일본을 통해 들어온 서양의 근대적인 인쇄방식인 활판인쇄로 고소설을 제작하게 된 것이다. 그리고 이 활판본 고소설의 판매를 통해 고소설은 비로소 전국적인 유통이 가능하게 되었다.

『고려보감』이 세책만 있고 아직까지 방각본은 알려지지 않았는데, 이 작품이 방각본으로 간행되지 않은 이유는 크게 두 가지로 볼 수 있다. 하나는 방각본 제작자가 이 작품을 시장성이 있다고 보지 않아서 제작하지 않았을 가능성이고, 다른 하나는 『고려보감』이 창작된 시기가 방각본 한글소설을 활발히 제작하던 시기 이후일 가능성이다.

이 작품의 제목은 일찍부터 알려졌다. 마에마 쿄사쿠[前間恭作]의 『고선책보(古鮮冊譜)』에 동양문고 소장 10권의 사본이라고 실려 있고, 김삼불의 『국문학참고도감』에도 『고선책보』의 내용이 그대로 전재되어 있으며, W.E.Skillend의 『古代小說』에는 세책이라고 명시되어 있다. 그리고 1993년에 국립중앙도서관에서는 동양문고에서 복사해온 것을 비치했다. 그러나 그동안 학계에서 『고려보감』을 전혀 주목하지 않았는데, 이 작품의 제목이 고소설의 제목이라고 생각하기 어려웠기 때문이었을 것이다. 또 『고려보감』을 바탕으로 제작된 활판본 『고려태조』가 몇 군데 도서관에 소장되어 있으나, 『고려보감』과의 관계가 알려지지 않았기 때문에, 『고려태조』를 세책 소설 『고려보감』을 저본으로 만든 것이라는 생각은 하지 못했던 것으로 보인다.

이 책은 두 부분으로 되어 있는데, 1부에는 『고려보감』의 현대어 교주, 2부에 세 편의 논문이 실려 있다. 1부의 현대어 교주는, 원문을 현대 철자로 옮기고 한자와 주석이 필요한 단어에는 괄호 안에 한자를 넣었고 각주를 붙였다. 가능한 원문의 내용을 훼손하지 않는 범위에서 현대어로 옮겼지만, 명백히 잘못된 글자나 빠진 대목은 수정을 하고 각주에서 밝혔다. 『고려보감』의 원문은 인터넷 '고려대학교 해외한국학자료센터'에서 '고려보감'을 검색하면 전체 내용을 볼 수 있다. 이 책에서 현대어로 옮겨놓은 것과 원문을 쉽게 대조해볼 수 있다.

2부에 실린 허찬의 글은 『고려보감』의 서지와 내용 그리고 소설의 내용과 역사기록을 비교한 것으로, 자신의 석사학위 논문을 바탕으로 재정리한 것이다. 허찬의 논문은 『고려보감』에 관한 학계의 첫 번째 연구성과로 의미가 있다고 생각해서 실었다. 필자의 두 편의 글은, 하나는 역사적 사실을 허구화한 문학작품을 어떻게 다루어야하는가 하는 문제에 관한 글이고, 다른 하나는 고소설의 작자와 독자에 관한 것이다. 필자의 글 두 편은 직접적으로 『고려보감』과 관련이 있는 것은 아니지만, 『고려보감』을 이해하는데 도움이 될 것으로 생각해서 이 책에 실었다.

처음에는 현대어 교주와 함께 세책 『고려보감』과 활판본 『고려태조』의 원문 입력한 것을 함께 실을 생각이었으나, 책의 분량이 너무 많아지기 때문에 원문 입력한 것은 신지 않기로 했다. 『고려보감』의 원문 입력은 원광대학교 정명기 교수가 해놓은 것이 있어서 허찬이 석사논문을 쓸 때 이를 빌려서 썼는데, 허찬의 애벌 현대어 교주는 이 정명기 교수 입력본을 대본으로 한 것이다. 이후 필자가 여러 차례 원문을 대조하면서 수정을 했는데, 원문에 잘못된 글자와 탈락된 대목이 많아서 해독을 해내지 못한 데가 꽤 여러 군데 있다. 독자들의 질정을 바랄 뿐이다. 원문 입력본을 흔쾌히 빌려준 정명기 교수와 출판을 맡아준 보고사에 감사드린다.

2015년 8월

이윤석

목차

1부 고려보감(현대어 교주)

2부 논문

일러두기

1. 현대어 교주의 저본은 동양문고에서 소장하고 있는 『고려보감』 10권 10책이다.
2. 현대어 교주는 원문의 맛을 최대한 살리되, 가급적 현대 어법에 맞도록 옮겼다.
3. 주석은 필요한 단어나 문장에 한 번만 하는 것을 원칙으로 했으나, 때때로 두 번을 한 것도 있다.
4. 원문의 글자가 명백하게 잘못된 경우에는 현대어 교주에서는 바로잡았다. 교주자가 고친 이유를 밝힐 필요가 있는 경우에는 각주에서 설명하였다.
5. 현대어 교주본이 원문의 어디쯤인가를 쉽게 찾을 수 있도록, 각 장의 첫 글자 위에 점을 찍어 표시하고 각 장의 장수를 난외에 밝혔다.
6. 2부에 실린 논문 세 편의 원 출처는 아래와 같다.

   허찬, 「고려보감 연구」, 연세대학교 석사학위 논문, 2011.
   이윤석, 「이야기, 역사, 문학」, 『열상고전연구』 31집, 2011.
   이윤석, 「고소설의 작자와 독자」, 『열상고전연구』 43집, 2015.

1부

고려보감(현대어 교주)

고려보감 권지일
卷之一

화설(話說). 당(唐)나라 현종(玄宗)[1] 황제 시절에 한림편수관(翰林編修 1
官) 왕울이라 하는 사람이 있으니, 아자(兒子) 오형제를 두고 가산이 요
부(饒富)하며 뜻이 청정(淸淨)하여 벼슬을 하직하고 전리(田里)에 돌아와
월하(月下)에 밭 갈기와 조대(釣臺)에 고기 낚기를 일삼으며 가내(家內)
를 인의(仁義)로 교훈하여 세월을 보내더니, 일찍 장자의 명은 초근이
요, 차자의 명은 직근이요, 삼자의 명은 학근이요, 사자의 명은 인근
이요, 오자의 명은 계근이니, 계근의 사람됨이 기질이 준매(俊邁)하며
또한 겸인지용(兼人之勇)[2]이 있어 글 읽기를 폐(廢)하고 활쏘기를 좋아
하여 능히 철현궁(鐵弦弓)을 쓰니, 왕공이 대희(大喜)하여 이르되,

"내 아이 입신양명(立身揚名)하여 장래 반드시 조정을 빛내고, 의사(意思) 여차(如此)하매 만심쾌락(滿心快樂)이라."

하더니, 구월 망간(望間)[3]에 왕공이 오자를 데리고 산상(山上)에 올라
원근경물(遠近景物)을 구경하고 산세(山勢) 명려(明麗)함을 담론하며 홀 2
연 한 곳에 다다라, 낙극천[4]으로부터 구름도 아니요, 바람도 아니요,
찬 기운이 일어나 왕공에게 쏘이거늘, 공이 놀라 완경(玩景)하기를 그

---

1) 현종(玄宗): 당나라의 제6내 황제.
2) 겸인지용(兼人之勇): 혼자서 능히 몇 사람을 당해 낼 만한 용기.
3) 망간(望間): 음력 보름께.
4) 낙극천: 미상. 하늘이라는 의미로 썼음.

치고 돌아왔더니, 그날부터 복통이 대발(大發)하여 일일 수삼 차씩 혼절하니 가중내외(家中內外)와 인리친척(隣里親戚)이 막불경황(莫不驚惶)하여 의사와 복술(卜術)을 구득(求得)하며 탕약으로 구호하되 마침내 병근(病根) 출처를 알지 못하고 일일 위돈(委頓)하여[5] 장차 삼 년에 이르매 일가가 황황(遑遑)함을 마지아니하더니, 일일은 황의도사(黃衣道士)가 문전에 이르러 왕공의 문병함을 청하니, 왕생 등이 크게 기꺼워 도사를 영접하여 중당에 들어 예필좌정(禮畢坐定)하매 도사가 손을 들어 왕공의 사지를 두루 진맥(診脈)[6]하더니, 양구(良久)[7] 후 물러 앉아 왕생 오인을 향하여 왈,

"빈도(貧道)는 남악산(南岳山)[8] 수은자(修隱者)이러니 상공 신수(身數)
3 를 짐작하는 일이 있기로 특별히 와 상공을 뵈온 즉, 복통이 신병(身病)
으로 좇아 일어난 병이 아니라 천지조화로 말미암아 났나니 병근출처
(病根出處)를 말씀하리니 자세히 들으소서. 천하명산 중 삼산오악(三山五岳)[9]이 있고 오행산 위에 지령산이 있으되, 높기는 곤륜산(崑崙山)[10]위라. 그 산중에 한 짐승이 있어 구천 년을 수(壽)하여 신통(神通)이 거룩하며 조화가 불측(不測)한 고로, 이름은 '이슴'[11]이니, 사해(四海) 용왕이 못됨을 한하고 이곳 괴물 됨을 크게 애달아 심사(心思)가 부정(不正)하고 변화가 무궁불측(無窮不測)하여 옥경(玉京)[12]을 앙망(仰望)하고

5) 위돈(委頓)하다: 기를 펴지 못하다.

6) 진맥(診脈): 맥을 짚어 진찰을 함.

7) 양구(良久)하다: 시간이 꽤 오래다.

8) 남악산(南岳山): 중국 오악산(五岳山) 중의 하나로 형산(衡山)이라고도 한다.

9) 삼산오악(三山五岳): 삼산은 황산(黃山), 여산(廬山), 탕산(蕩山)을, 오악은 태산(泰山, 동악), 화산(華山, 서악), 형산(衡山, 남악), 항산(恒山, 북악), 숭산(嵩山, 중악)을 지칭한다.

10) 곤륜산(崑崙山): 중국의 전설에서 황하(黃河)의 발원점으로 믿어지는 성산(聖山). 산중에 불사(不死)의 물이 흐르고 선녀인 서왕모(西王母)가 살고 있다는 신화들이 생겨났다.

11) 이슴: 이무기를 지칭함.

원한이 비경(悲輕)하니, 상천(上天)이 지공무사(至公無私)하사 요괴를 강복(降服)하여 인간에 내치고자 하실새, 하늘의 기운이 산상에 마주 갈려 천명(天命)이 임의로 행치 못하는 고로 그 산 이름을 고쳐 천마산이라 하나니, 이제 이르러 상공 신수를 점복(占卜)하고 병명을 살피옵건대, 천명(天命)이 유의(有意)하사 왕씨 오형제로 하여금 천마산 굴혈(掘 4
穴)에 웅거(雄據)한 괴물을 강복(降服)코자 하심이니, 제(諸) 공자 중 뉘 능히 천명을 봉승(奉承)하여 천마봉에 웅거한 요정(妖精)[13]을 죽여 천노(天怒)를 푸시게 하실 자가 있으면, 상공의 복통이 여상(如常)하실 뿐 아니라 후세 자손이 왕패지업(王覇之業)을 도모하리이다."

말을 마치며 재삼 당부하고 표연(飄然)히 섬[14]에 내려 두어 걸음에 그 간 바를 알지 못하니, 가중내외(家中內外)며 왕생 등이 그 신기함을 흠복(欽服)하고 공중을 향하여 사배(四拜)하고 행리(行李)[15]를 준비하여 발정(發程)할새, 사형제 계근더러 왈,

"우리 사인이 나아가 그 요물을 잡을 것이니 너는 가친 병측(病側)을 떠나지 말고 극진 보호하고 우리 돌아오길 기다리라."

하니, 계근이 주왈(奏曰),

"형장(兄長) 사인이 발행하시매 소제(小弟) 어찌 앉아서 성공하고 오시기를 앙망하오며, 또한 사법(射法)이 형장께 내리지 않사오니[16] 같이 감을 원하오며, 가친 병후(病候)는 누년신고(累年辛苦)하여 계시니 5
우리 오형제 이측(離側)하여 속히 성공하고 수이 돌아오사이다."

하거늘, 초근 등 사인이 모두 응낙하고 발행(發行)할새, 왕생 오인이

---

12) 옥경(玉京): 하늘 위에 옥황상제가 산다고 하는 가상적인 서울.

13) 요정(妖精): 요사스러운 정령(精靈).

14) 섬: 섬돌. 돌층계.

15) 행리(行李): 여행할 때 쓰는 물건이나 차림새.

16) 사법(射法)이 형장께 내리지 않사오니: 활 쏘는 법이 형보다 못하지 않으니.

행장을 나눠 가지고 대해(大海)를 건너 동으로 점점 행하여, 평안도(平安道) 용강(龍岡)[17]에서 하륙(下陸), 묘향산(妙香山)[18]을 바라보며 왕검성(王儉城)[19]을 지나 황주계(黃州界)를 묻고 천마산 길을 물으며 주점(酒店)을 찾아 유숙(留宿)하고자 하되, 점(店)을 찾지 못하여 민민(憫憫)하더니 날이 이미 몰서(沒西)하고 야색(夜色)이 희미하니 타국행객(他國行客)이 어찌 동서를 분변(分辨)하리오?

지향(指向)할 곳을 알지 못하고 주저하더니, 문득 멀리 바라보니 산고곡심(山高谷深)한 곳에 수목 사이로 은은히 촉영(燭影)이 비치거늘, 좇아 나아가며 오인이 서로 이끌고 불빛을 찾아가니 일좌모옥(一座茅屋)이 가장 정결하여 사찰(寺刹)이나 원당(願堂) 같거늘, 왕생 등이 서로
6 다행함을 이르고 일변(一邊) 문을 두드려 주인을 찾으니, 안에서 일위(一位) 노인이 황망히 나와 영접하여 중당(中堂)에 좌정(坐定)하고 문왈(問曰),

"명공(明公)의 복색(服色)과 어음(語音)이 의의(依依)히[20] 당국(唐國)사람인가 하거니와, 무슨 일로 이 깊은 밤에 산곡(山谷)을 찾아 길을 잃어 계시니이꼬?"

왕생 등이 대왈(對曰),

"소생 등은 당조(唐朝) 한림학사(翰林學士) 왕울의 아들이라. 부친이 우연히 급한 복통을 얻어 날로 더하사 지우금(至于今) 삼 년이 되었더니, 신이한 도사가 와 이리이리하라 하기로 동국 천마산의 명약(名藥)

---

17) 용강(龍岡): 현재 평안남도 서남부에 위치한 지명.

18) 묘향산(妙香山): 평안북도 영변군·희천군과 평안남도 덕천군에 걸쳐 있는 높이 1909m의 산으로, 예로부터 동금강(東金剛)·남지리(南智異)·서구월(西九月)·북묘향(北妙香)이라 하여 4대 명산의 하나로 꼽혔다.

19) 왕검성(王儉城): 고조선의 도읍지로, 지금의 평양(平壤)을 지칭하는 것으로 본다.

20) 의의(依依)히: 어렴풋하게.

을 얻어 가고자 하여 이에 왔더니, 마침내 길을 알지 못하여 산중에 분주하더니 귀택(貴宅)의 촉영(燭影)을 보고 이에 와 문잡나니 존성대명(尊姓大名)을 듣고자 하나이다."

노인이 답왈(答曰),

"나는 산중초부(山中樵夫)라. 성명은 유옹(翁)이니, 산중에 거(居)한 지 수백 년이라. 일찍 들으니 천마산이 하늘에 연접(連接)하여 가히 인
력(人力)으로는 밎지 못하는 뫼이거늘, 공 등이 타국 수만 리 외(外)에 7
부질없이 근로(勤勞)하여 허다(許多) 심력(心力)만 허비할까 하노라." 하며 석반(夕飯)을 마침 올리거늘, 왕생 등이 감식(甘食)[21]하고 노옹으로 더불어 천마산 원근(遠近)을 문답하고 익일(翌日)에 주인을 이별하고 떠나 촌촌전진(寸寸前進)[22]하여 한 곳에 다다르니, 교교(皎皎)한[23] 바위는 공중에 솟았는 듯, 층층(層層)한 절벽은 중첩(重疊)하여 천상으로 내리 부은 듯하되, 만학천봉(萬壑千峰)이 구름을 꿰쳤으니[24] 촉도검각(蜀道劍閣)[25]이 진실로 이에서 지나지 못할지라.

왕생 오인이 한 번 보매 정신이 삭막(索莫)하여 서로 의논 왈,

"우리 당초에 짐작하기를 해동(海東)은 변방소국(邊方小國)이라. 약간 산천(山川)이 있은들 이와 같이 엄정준험(嚴整峻險)한 줄이야 어찌 뜻하였으리오? 이미 생각을 그릇하고 만리타국(萬里他國)에 발섭(跋涉)하여
이에 이르러 만리장성(萬里長城) 쌓던 진시황(秦始皇)의 위엄과 역발산 8
(力拔山)하던 항적(項籍)[26]의 용력이라도 발뵈지[27] 못할지라. 하물며

---

21) 감식(甘食): 맛있게 먹음.
22) 촌촌전진(寸寸前進): 한 치 한 치 더듬어 나아간다는 뜻으로, 매우 더딘 속도로 전진함을 이르는 말.
23) 교교(皎皎)한: 희고 깨끗한.
24) 꿰쳤으니: 뚫고 지나갔으니. 산이 높아 구름이 걸린 것을 말함.
25) 촉도검각(蜀道劍閣): 중국 촉(蜀) 지방으로 가는 험난한 길.

아등(我等)이야 어찌 엿보기나 하리오? 차라리 그저 돌아가 부모의 의려지망(倚閭之望)[28]이나 위로하리라."

하니, 계근이 눈물을 머금고 분연(奮然) 왈,

"태산이 높다 하여도 못 오르지 아니한다 하였으니, 우리 도로 저 산에 올라가 시험하여 보다가 연분이 없어 뜻을 이루지 못하면 말려니와, 반도이폐(半途而廢)[29]하고 무단히 회정(回程)함은 인자(人子)에 차마 못할 바이라."

하니, 제형(諸兄) 등이 '차아(此兒)의 말이 옳다.' 하고 즉시 등산(登山)하여 올라갈새, 첩첩절벽(疊疊絕壁)과 층층봉만(層層峯巒)을 넘으며 보보전진(步步前進)하여 삼일 만에 한 곳에 다다르니, 평탄한 반석(磐石)이 있고 암혈(巖穴)로부터 맑은 물은 잔잔히 흐르거늘, 형제 오인이 반석에 올라 호흡을 진정하고 사면을 둘러보니 천봉만학(千峰萬壑)이 슬하(膝下)에 복지(伏地)하였고 백운(白雲)은 안하(眼下)에 벌였더라. 또 원근
9 을 살펴보니 흘흘(屹屹)한 절벽이 하늘에 닿았으되 장(墻)인 듯하여 손 붙일 수단이 없고 접족(接足)할 곳이 없어 비록 날개 있어도 행치 못할 형세라. 형제 오인이 앙천탄식(仰天歎息) 왈,

"유유창천(悠悠蒼天)은 살피소서. 생 등은 남경(南京) 인물로 허탄(虛誕)한 도사의 말을 듣고 천마산을 찾아 왔으나 능히 미치지 못하여 뜻을 이루지 못하고 또한 부친의 사생을 모르오니, 빌건대 명천(明天)은

---

26) 항적(項籍): 이름은 적(籍), 자는 우(羽)로 대개 항우(項羽)로 많이 알려져 있다. '역발산기개세(力拔山氣蓋世)'는 항우를 표현하는 말인데, 힘은 산을 뽑을 만하고 기운은 세상을 덮을 만한 영웅의 기개를 가리키는 말로 쓰인다.

27) 발뵈다: 발보이다(남에게 자랑하기 위하여 자기가 가진 재주를 일부러 드러내 보이다)의 준말.

28) 의려지망(倚閭之望): 자녀나 배우자가 돌아오기를 초조하게 기다리는 마음.

29) 반도이폐(半途而廢): 중간에 그만 둠.

굽어 살피소서."

언파(言罷)에 통곡함을 마지아니하더니, 문득 우레 소리 진동하며 산상으로부터 대망(大蟒)[30]이 주홍 같은 입을 벌리고 달려들거늘, 계근이 즉시 철궁을 잡고 철전(鐵箭)으로 한 번 쏘아 대망의 흉복(胸腹)을 맞히니, 대망이 변하여 일개 야차(夜叉)[31]가 되거늘, 계근이 또 쏘아 맞히니 야차가 변하여 교룡(蛟龍)[32]이 되거늘, 연하여 또 쏘아 맞히니 교룡이 변하여 일개 금리(金鯉)[33] 되어 간수(澗水)물로 좇아 암혈(巖穴)로 들어가거늘, 왕생 등이 그 곡절을 알지 못하여 송구(悚懼)하더니, 문득 뇌성벽력(雷聲霹靂)이 진천(震天)하며 급한 비 담아 붓듯이 오거늘, 왕생 등이 황망(遑忙)하여 남편 바위 아래 들어가 비를 피코자 하였더니, 난데없던 백호(白虎)가 골 앞으로 내려와 생 등을 보며 호통하며 오인을 잡아 삼킬 듯한지라. 오인이 면면상고(面面相顧)하며 탄식 왈,

"우리 등이 불원만리(不遠萬里)하고 이에 이르러 괴물을 소제(掃除)하고 무사히 돌아가 부모께 효도를 할까 하였더니, 뜻밖에 대흉악호(大凶惡虎)가 광패(狂悖)하니 형세 가히 당치 못할지라. 장차 어찌하리오?"

계근이 제형(諸兄)더러 왈,

"이제 사이지차(事已至此)하였으니 소제 마땅히 독당(獨當)할 것이니 형장 등은 살아 고국에 돌아가 부모를 봉양하시고 소제의 영혼을 위로하소서."

영결(永訣)하고 굴 밖에 뛰어나오며 철궁을 우수(右手)에 들고 맹호를 경계하여 왈,

---

30) 대망(大蟒): 이무기. 용이 되려다 못 된 큰 뱀.

31) 야차(夜叉): 불교의 팔부중(八部衆)의 하나. 사람을 괴롭히거나 해친다는 사나운 귀신.

32) 교룡(蛟龍): 상상 속에 등장하는, 모양이 뱀과 같이 생긴 용.

33) 금리(金鯉): 금색 잉어.

"내 이미 세 낱 철전으로 요정(妖精)을 맞혔나니, 우리 형 등은 간섭
11 한 바가 아니니요, 네 내가 맞힌 요괴거든 나를 해(害)하여 보수(報讎)하
라. 네 만일 우리 형 등을 침노하면 내 반드시 너로 더불어 사생(死生)
을 결(決)하리라."
하니, 그 백호가 듣기를 다하고 머리를 흔들며 하늘을 가르치고 몸을
곤두쳐 세 번 고두(叩頭)[34]하고 입으로 기운(氣運)을 토(吐)하니, 서기
(瑞氣) 휘황(輝煌)하며 사람의 정신을 진정치 못하는 중, 벌써 백호가
달려들어 생(生)을 등에 업고 공중에 오르며 문득 천지 혼흑(昏黑)하고
벽력(霹靂)이 진동하며 천마봉이 붕퇴(崩頹)하는 중, 소리가 은은히 들
리며 천지 은은히 명랑(明朗)하거늘, 생이 정신을 차려 둘러보니 백호
는 간데없고 쏘았던 철전(鐵箭)과 철궁(鐵弓)이 놓였거늘, 심중(心中)에
대희하여 궁시(弓矢)를 가지고 높은 곳에 올라 보니 천마봉 높은 영(嶺)
은 간 데 없고 끊어진 작은 봉(峰)은 구름 밖에 중첩(重疊)히 벌였는지
라. 하늘께 재배(再拜)하고 '친환(親患)이 반드시 쾌차(快差)하시리라' 하
12 며 다행함을 측량치 못하나, 돌아 제형 등을 생각하고 '반드시 붕퇴시
(崩頹時)에 죽도다.' 하고, 일장통곡(一場痛哭)에 갈 바를 몰라 전일 유숙
(留宿)하던 유공(公)의 집을 찾고자 하나 전과 같지 아니하매 주저하여
진퇴양난(進退兩難)이더니, 문득 청의동자(靑衣童子)가 나아와 읍(揖) 고
왈(告曰),

"소동(小童)은 이 산 서편 유노공(老公)의 시동(侍童)이옵더니, 우리 노공이 귀인과 인연이 있다 하시기로 특별히 청하시더이다."

생이 기뻐 노옹(老翁)의 후의(厚意)를 사례하고 동자를 따라가니, 은은한 초옥(草屋)이 전일 유숙하던 집이거늘, 동자는 간데없고 노옹이

---

34) 고두(叩頭): 머리를 땅에 조아림.

연망(連忙)히[35] 영접하여 들어가 행역(行役)[36]을 위문하고 다과(茶菓)를 권하며 왈,

“소원을 성사하여 오며 제형(諸兄) 사인은 어디로 가셨느뇨?”

생이 답왈,

“정성으로 대하였으나 산붕시(山崩時)에 형제 실산(失散)하매 사생을 알지 못하고, 나 또한 갈 바를 몰라 주저하더니, 대인(大人)이 시동으로 청하시매 감은(感恩)하여이다.” 13

유공이 경문(驚問) 왈,

“노신(老身)은 본디 일개(一介) 여식(女息)뿐이요 시동은 없거늘, 이 어떤 말씀이니이까? 이는 귀신이 노신의 집으로 지시하여 여식과 천정연분(天定緣分)을 맺고자 함이로다.”

하고 드디어 진정(眞情)을 토설(吐說) 왈,

“노부(老夫)가 팔자가 기험(崎險)하여 후사(後事)를 의탁할 자식이 없고, 일개 여식의 시년(時年)이 삼팔(三八)에 위인(爲人)이 단엄(端嚴)하고 활달침중(豁達沈重)하여 녹록(碌碌)지 아니하되 가랑(佳郎)을 구하여 주지 못하였더니, 거야(去夜)에 일몽(一夢)을 얻으니 옥제(玉帝) 노신을 명하사, ‘네 여아의 연분이 당국인(唐國人) 왕생에게 있으니 부디 천정(天定)을 어기지 말라.’ 하시기로, 놀라 깨달으니 남가일몽(南柯一夢)이라. 그러나 비록 황홀한 기상(氣像)은 목전(目前)에 벌이는 듯하고, 또한 명공(明公)의 자취를 희망하더니, 과연 귀객(貴客)이 누지(陋地)에 다시 오시니 반드시 여아와 인연이 있음이라. 바라건대 공자는 내 여아와 화촉지례(華燭之禮)를 이룸이 어떠하뇨?”

생(生)이 다만 사례하고 사양함이 없거늘, 유공이 대희하여 차야(此 14

---

35) 연망(連忙)히: 바삐.

36) 행역(行役): 길 가는 수고.

夜)에 신방(新房)을 포설(鋪設)하고 생을 인도하여 소저(小姐)로 더불어 성례(成禮)를 이룰새, 생이 봉목(鳳目)[37]을 흘려 유소저를 보니 유한정정(幽閑靜貞)[38]하여 침어낙안지용(侵魚落雁之容)[39]이 있고 덕(德)이 외모에 나타나니 여중장대하고 기골이 준수하여[40] 졸장부에는 굴(屈)하지 아니할지라.

생이 예(禮)를 마치고 금구(衾具)를 포설(鋪設)하여 부부가 동침(同寢)하고 이튿날 유공께 뵈온대 공이 기뻐하고, 생이 또 중당(中堂)에 나와 부모와 형 등을 생각하고 수심(愁心)이 첩첩(疊疊)하여 능히 잠을 이루지 못하니, 이러구러[41] 여러 달이 되매 용모가 초췌(憔悴)하고 식음(食飮)을 전폐(全廢)하거늘, 유소저가 공경예대(恭敬禮待)하여 말씀이 유법(有法)하고 공순정대(恭順正大)함을 여일여삭하는지라.[42] 생이 반신반의(半信半疑)하여 이에 소저로 더불어 금리(衾裡)에 나가 동침하니 서로 만난 지 수월(數月)이라. 그러나 생은 달야(達夜)토록 전전불매(輾轉不寐)하거늘, 소저가 심중에 악연(愕然)[43]하나 우고(憂苦)하는 연고(緣故)를 묻고자 하나 여자의 도리 너무 완만(頑慢)[44]히 여길까 저어하여[45] 태연자약(泰然自若)하더니, 일일(一日)은 생이 유공에게 사례하고 부친

---

37) 봉목(鳳目): 봉황의 눈같이 가늘고 길며 눈초리가 위로 째지고 붉은 기운이 있는 눈. 귀상(貴相)으로 여김.

38) 유한정정(幽閑靜貞): 태도나 마음씨가 얌전하고 정조가 바름.

39) 침어낙안지용(沈魚落雁之容): 물에서 놀던 물고기가 부끄러워서 물속 깊이 숨고 하늘 높이 날던 기러기가 부끄러워서 땅으로 떨어질 만큼 아름다운 용모.

40) 여중장대하고 기골이 준수하여: "여중군자로다. 기골이 장대하고 외모가 준수하여"가 잘못된 것으로 보임.

41) 이러구러: 이럭저럭 일이 진행되는 모양. 또는 이럭저럭 시간이 흐르는 모양.

42) 여일여삭하는지라: 한결같다는 의미로 썼음.

43) 악연(愕然): 몹시 놀라 정신이 아찔함.

44) 완만(頑慢): 성질이 모질고 거만함.

45) 저어(齟齬)하다: 염려하거나 두려워하다.

병환 중에 이친(離親)함이 오램을 일컫고 본국(本國)으로 돌아감을 일컫거늘, 공이 대경(大驚)하여 간절히 권유하되 듣지 아니하매,

"그러면 수십 일만 더 있다 가라."

하니, 생이 마지못하여 유(留)할새, 내당(內堂)에 들어와 소저로 더불어 말씀할새,

"우리 이별이 쉬울지라. 그대에게 나의 철궁과 철전을 두고 또 유서(遺書)를 주고 가나니, 부인이 잉태(孕胎)한 지 육삭(六朔)이라. 만일 아들을 생(生)하거든 '건'이라 이름을 짓고 차물(此物)을 주며 왈 '너의 부친은 당국(唐國) 왕계근, 자(子) 왕건이라.' 하여 주소서."

하며 서로 비창(悲愴)하여 옷깃을 적시니, 소저가 또한 신세를 생각하며 날이 밝으면 생이 반드시 돌아가면 다시 만날 기약이 묘연(杳然)한지라. 어디다 의탁하고 생전사후(生前死後)를 지키리오? 수성장탄(愁聲長歎)[46]에 전전반측(輾轉反側)[47]하여 종야(終夜)토록 잠을 이루지 못하 16
매, 생이 소저의 거동이 울울(鬱鬱)하여 함을 짐작하고 흔연(欣然)히 소저를 대하여 언사(言辭)가 잠깐 은근하여 회포를 이루고,

"마지못하여 부친의 병측(病側)을 떠난 지 벌써 일 년 넘은지라. 이제 돌아가 봉친(奉親)하고 명년(明年)에 돌아와 찾으리니 복중아(腹中兒)를 보전하며 잘 있으라."

당부하니 소저가 추연(惆然) 탄왈(嘆曰),

"낭군이 우연히 이곳에 이르되 첩으로 인연을 맺으사 적회(積懷)를 폐(廢)치 못하고 이제 뜻밖에 이별을 당하니, 관산(關山)[48] 만 리에 수운(愁雲)이 망망(茫茫)하여 남으로 가는 기러기와 구름을 느끼며, 척서

---

46) 수성장탄(愁聲長歎): 크게 탄식하고 근심하며 하는 말.

47) 전전반측(輾轉反側): 누워서 몸을 이리저리 뒤척이며 잠을 이루지 못함.

48) 관산(關山): 변방의 먼 곳.

(尺書)·음신(音信)[49]이 끊어질 제 누구를 의탁하고 무주공산(無主空山)에 어찌 홀로 있으리오? 차라리 돌을 안고 멱라수(汨羅水)[50]에 떨어져 죽어서 혼백이라도 군자를 따라갈 만 같지 못하다."

하고 언파(言罷)에 깁수건[51]으로 목을 매거늘, 생이 놀라 급히 끌러 놓
17 고 백단(百端)[52] 위로하며 인하여 다시 정회를 베풀고 부부가 서로 유공께 배현(拜見)하고 물러앉으니, 생의 수려한 풍채 양류(楊柳)에 해가 드는 듯하고 소저의 정정(貞靜)한 태도는 부용(芙蓉)이 아침 이슬을 머금은 듯 화기애연(和氣藹然)[53]하여 봄 동산 같으니, 공이 더욱 만심환희(滿心歡喜)하여 문답이 여류(如流)하더라.

부부가 물러와 잠깐 졸더니, 사몽비몽간(似夢非夢間)에 하늘로부터 천병만마(千兵萬馬) 내려와 온 집을 두르거늘, 생이 놀라 깨달으니 한 꿈이거늘, 생이 유씨를 보고 왈,

"내 이제 떠날 것이니 몸을 보중하여 있으면 십 삭(朔) 후에 귀자(貴子)를 생하리니 천만보중(千萬保重)하소서."

유씨 대왈,

"만일 귀자를 탄생하여 후일에 여상(呂尙)[54]같이 빛나기도 상사(常事)이니 군자는 설설(屑屑)한[55] 비회(悲懷)를 척탕(滌蕩)하시고 만 리 험로(險路)에 무사히 득달하사 부모를 영양(榮養)[56]하시고 복록(福祿)을

---

49) 척서(尺書)·음신(音信): 편지. 소식.

50) 멱라수(汨羅水): 중국 전국시대 초나라 굴원(屈原)이 빠져 죽은 강.

51) 깁수건: 비단 수건.

52) 백단(百端): 온갖 일의 실마리. 혹은 여러 가지 방법.

53) 화기애연(和氣藹然): 화창하고 온화함

54) 여상(呂尙): 태공망(太公望). 흔히 강태공이라고 함. 주(周)나라 재상으로 문왕과 무왕을 도와 은(殷)나라를 물리치고 주나라를 세우는데 큰 역할을 했음.

55) 설설(屑屑)하다: 잗달다. 자질구레하다.

56) 영양(榮養): 지위가 높아지고 명망을 얻어 부모를 영화롭게 잘 모심.

누리시다가 황천지하(黃泉之下)에 서로 만나기를 원하나이다."

언파(言罷)에 유서(遺書)와 궁시(弓矢)를 거두어 깊이 간수하고 천만 18
보중함을 당부하더라.

생이 드디어 유공과 부인을 하직하고 산문(山門)을 나서 길에 오르매, 천산만수(千山萬水)에 연무(煙霧) 자욱하니, 아지 못게라![57] 하일하시(何日何時)에 부모를 영양(榮養)하러 고국에 득달할꼬? 환여평석(歡如平昔)[58]이 어찌 될지. 일거(一去)에 무소식(無消息)하니 부지소운(不知所云)[59]이러라.

선시(先時)에 유소저가 천마산 후면에 있어 화조월석(花朝月夕)[60]에 무궁(無窮)한 비회(悲懷)를 정(定)치 못하여 수심(愁心)이 첩첩(疊疊)하나, 행여 복중(腹中)에 유신(有娠)함이 있을까 희망하더니,[61] 소저가 생남(生男)하기를 바라더니, 광음(光陰)이 훌훌(倏倏)하여 십 삭이 차매 일일은 동곡(洞谷) 좌우에 오색채운(五色彩雲)이 영롱하고 가중(家中)에 서기(瑞氣) 방방(滂滂)하며[62] 문득 유씨 혼침(昏沈)하더니 일개(一個) 옥동(玉童)을 생(生)하매, 기골(氣骨)이 준매(俊邁)[63]하고 성음(聲音)이 웅장하여 유아 같지 않으니 일세(一世)의 영웅 기상이거늘, 유공이 애중(愛重)하여 이름을 건(建)이라 하다.

날로 사랑하여 칠 세에 이르러 시서(詩書)를 가르치매 품수(稟秀)[64] 19

---

57) 아지 못게라: 알지 못하겠도다.

58) 환여평석(歡如平昔): 원한을 버리고 옛정을 다시 회복함.

59) 부지소운(不知所云): 뭐라 말해야 할지 모름.

60) 화조월석(花朝月夕): 꽃 피는 아침과 달 밝은 밤이라는 뜻으로, 경치가 좋은 시절을 이르는 말.

61) 행여 복중(腹中)에 유신(有娠)함이 있을까 희망하더니: 문맥상 "다행히 복중(腹中)에 유신(有娠)함이 있으므로"라는 의미가 되어야 함.

62) 방방(滂滂)하다: 비 오듯 쏟아지다. 눈물이나 물이 많이 나오다.

63) 준매(俊邁): 재주와 지혜가 매우 뛰어남.

함과 천생정기(天生精氣)를 타고 났으니, 십 세 전에 용맹이 절륜(絕倫)하고 문무(文武)가 쌍전(雙全)하여 천승지상(千乘之像)[65]이요, 책을 한 번 보매 고금치란지사(古今治亂之事)를 무불통지(無不通知)하며, 활을 쏘매 백보천양(百步穿楊)[66]하니 유씨 만심환희(滿心歡喜)하여 기쁨을 이기지 못하더니, 일일은 왕랑(王郎)의 철궁·철전을 내어주니 공자가 그제야 부친 유서(遺書) 있는 줄 알고 뜯어보니 갈왔으되,

> 당국(唐國) 순천부(順天府) 왕계근은 형제 오인이 동국(東國)에 나왔더니, 천마산 붕퇴시(崩頹時)에 형장 사인은 벽력 중에 횡사(橫死)하고, 계근이 홀로 살아 유씨와 더불어 인연을 맺어 동포(同鋪)[67] 일삭(一朔)에 잉태 있으니 후일 생장하여 왕건은 지실(知悉)[68]하라.

하였더라. 공자가 간파(看罷)에 유서와 궁시를 안고 실성유체(失性流涕)함을 마지아니하더니, 광음(光陰)이 신속하여 공자의 나이 십오 세 되
20 매 철궁을 무난히 당기고 시서(詩書)를 정통하매 의[69]사(意思) 광활(廣闊)하여 스스로 당국(唐國)에 나아가 부친을 찾아볼 뜻이 주야(晝夜) 맹동(萌動)하니, 유공 부부 구태여 만류함이 없는지라.

공자 외조부모와 모친께 하직하고 즉일(卽日) 발행(發行)할새, 약간의 행장(行裝)과 궁시(弓矢)를 가지고 표연(飄然)히 행하여 촌촌전진(寸寸

64) 품수(稟受): 선천적으로 타고 난다는 뜻이나, 여기서는 선천적으로 훌륭한 자질을 갖고 태어났다는 의미임.

65) 천승지상(千乘之像): 천승은 천 대의 병거(兵車)라는 뜻으로, 제후를 이르는 말임. 천승지상은 제후가 될 용모를 뜻함.

66) 백보천양(百步穿楊): 백 발자국 밖에 있는 버들잎을 꿰뚫는다는 뜻으로, 활을 매우 잘 쏨을 말함. 양유기(養由基)의 고사.

67) 동포(同鋪): 한 침대에서 잔다는 의미로 썼음.

68) 지실(知悉): 모든 형편이나 사정을 자세히 앎.

69) 20장이 낙장이므로 활판본 『고려태조』의 내용으로 보완했음.

前進)할새, 풍천(豊川) 업진강(業津江)[70]에 이르러 사면을 둘러보니 망망(茫茫)한 대해(大海)에 일엽선(一葉船)이 없는지라. 망지소조(罔知所措)[71]하여 갈 바를 모르고 도로에 방황하더니, 문득 강변으로부터 일위동자(一位童子) 나와 공경재배(恭敬再拜)하고 문왈,

"상공(相公)은 뉘시이니꼬? 소동(小童) 남해용궁(南海龍宮) 광리왕(廣利王)의 아들이옵더니, 해중(海中)에 점어적(鮎魚賊)[72]이라 하는 괴물이 북해로부터 와서 수부군졸(水府軍卒)을 무수히 살해하고 궁중에 들어와 작란(作亂)하오매, 부왕(父王)이 진노하사 괴물을 항복코자 하신대, 그 괴물의 수단이 신통하기로 힘이 능히 미치지 못하여 제어치 못하였더니, 다행이 대군(大君)을 이곳에서 만나 뵈오니, 원컨대 철전을 한번 21
시험하사 그 괴물을 소제(掃除)하여 주시면 소원성취하실 뿐 아니라 난망지은(難忘之恩)을 폐부(肺腑)에 새겨 일생을 잊지 아니리이다."

생이 청파(聽罷)에 크게 기꺼 조금도 사양치 아니하고 개연(慨然)히 응낙하며 왈,

"이제 나 왕건은 일찍 부친이 대당국(大唐國)사람이시라. 대해를 무사히 건너 남경(南京)에 들어가 부친을 찾고자 하여 이곳에 이르렀나니, 청컨대 동자는 부왕께 회보(回報)하여 괴물을 잡은 후에 일 척 표주(瓢舟)를 빌어 대해를 무사히 건너게 하라."

하고 동자를 보내니, 동자가 흔연히 하직하고 가더니, 이윽고 돌아와 생으로 더불어 배에 올라 표연히 행(行)하더니, 밤이 사경(四更)은 하여 한 곳에 다다르니 일좌고산(一座高山)이 운무(雲霧) 중에 싸였는데, 화

---

70) 풍천(豊川) 엄진강(業津江): 황해도 풍전에 있는 강 이름. 풍천은 현재의 황해도 안악군(安岳郡)이다.

71) 망지소조(罔知所措): 매우 급하여 어찌할 바를 모름.

72) 점어적(鮎魚賊): 점어(鮎魚)는 메기. 이 소설에서 메기가 수중의 나쁜 무리의 우두머리임.

광(火光)이 충천(衝天)하고 비린 바람이 산으로 좇아 덮여 해상(海上)에 쏘이거늘, 동자가 생더러 왈,

22 "저 산 이름이 울금산이요, 동면(東面)은 거마동이라. 그 가운데 괴물이 있어 득도(得道)하여 신통함이 짝이 없노라."

하고 배를 급히 저어 닿게 하고, 동자와 생이 한가지로 몸을 숨겨 수목(樹木)이 무성한 곳에 바위를 의지하여 은신하고 있더니, 그 괴물의 안광(眼光)이 등불 같아서 중천(中天)으로 좇아 해중(海中)으로 들어가거늘, 동자가 이르되,

"그 요괴 해중에 들어갔으니 두지 못하여[73] 제 굴혈(掘穴)로 향하리이다."

하고 왈,

"우리 요물이 굴혈로 듦을 기다려 행사(行事)하시고 잠깐 피신함이 좋을까 하나이다."

왕생이 대소(大笑) 왈,

"대장부가 세상에 나매 이만 요물을 어찌 근심하리오? 동자는 은신하여 있으라. 내 굴혈을 찾아 요물을 제어하리니 근심 말라."

하고 철궁·철전을 가지고 울금산 거마동을 찾아 가니라.

차시(此時) 괴물이 남해에 들어가 시아(侍兒)를 데리고 오려 하더니, 용왕이 권유 왈,

"명일(明日) 잔치 후 보내리니 수일 지체하라."

23 하고, 옥배(玉杯)에 향다(香茶)를 내와 권하고 금정옥액(金精玉液)[74]을 내어 대접하니, 그 괴물이 허락한 후 주찬(酒饌)을 내는 대로 진식(盡食)한 후, 사오 일간 오리니 만남을 규정(規定)하고 하직하며, 바로 동중

---

73) 두지 못하여: 미상.

74) 금정옥액(金精玉液): 신선이 마시는 음료.

(洞中)으로 향하여 탑상(榻床)에 올라 시녀로 하여금 술을 내와 연음(連飮)하고 다시 나와 취기를 못 이기어 쇄풍(曬風)[75]하러 반석(盤石)으로 향하더니, 이때 왕공자가 몸을 감추고 요물의 거동을 보니 소요괴(小妖怪) 좌우에 시위(侍衛)하여 서기(書記)와 나졸(邏卒)이며 시녀가 휘황찬란하고 또한 화광(火光)이 충천(衝天)하거늘,[76] 왕생이 한 번 보매 분기탱천(奮起撑天)하여 정신을 수렴(收斂)하고 기운을 가다듬어 철궁에 철전을 먹여 가만히 요정의 후심(後心)[77]을 쏘아 맞히니, 그 괴물이 천만무심중(千萬無心中)에[78] 철전을 맞고 곤두쳐 크게 한 소리 지르고 벽력(霹靂)같이 중천에 뛰어오르니, 또한 그 소리 요란하여 적이[79] 비단 찢는 소리 같거늘, 왕생이 바라보니 요정이 번개같이 세 번을 뒤치며 절 24
벽에 떨어져 곤두쳐 재삼 뛰놀다가 다시 솟아와 남해 수부(水府)를 향하고 가더니 기운이 쇠진(衰盡)하여 강변에 떨어지니 붉은 피 임리(淋漓)하여[80] 바다에 가득한지라.

이때 거마동 소요괴(小妖怪) 등이 철궁 소리를 듣고 좇아와 괴수 요괴의 원수를 갚고자 하여 모든 귀졸(鬼卒)로 더불어 일시에 휘파람 하고 산상으로 올라오며 왕생을 해하려 하니, 차시(此時) 생의 위태함이 경각(頃刻)에 있는지라. 생이 창황(蒼黃)하나 벗어날 길이 없어 주저하더니, 배 위의 오방신장(五方神將)[81]이 내달아 크게 불러 왈,

---

75) 쇄풍(曬風): 바람을 쐬는 것.

76) 화광(火光)이 충천(衝天)하다: 불빛이 하늘이라도 찌를 듯이 그 형세가 맹렬함.

77) 후심(後心): 등의 한 가운데를 말함.

78) 천만무심중(千萬無心中): 아무 생각이 없다가. 무심결에.

79) 적이: 약간. 얼마간.

80) 임리(淋漓)하다: 물이나 피가 흠뻑 젖어 뚝뚝 흘러 떨어지거나 흥건한 모양.

81) 오방신장(五方神將): 민속에서 동서남북과 중앙의 5방위를 지키는 신으로 동서남북과 중앙을 각각 청제(靑帝)·백제(白帝)·적제(赤帝)·흑제(黑帝)·황제(黃帝)라고 부르며, 청룡·주작·백호·현무·황룡의 동물로 나타내기도 한다.

"너희 요정 등은 왕공을 범치 말라. 우리가 천명을 받자와 호위하거늘 어찌 요물이 범하리오?"

하고 쫓으니, 그런 괴물과 군졸이 명(命)을 도망하여 달아나는지라.

왕생이 요물이 둘러싼 데를 벗어나 산하로 내려와 동자를 찾으니 동자가 마중 나와 맞거늘, 왕생이 동자더러 왈,

25 "그 요물의 괴수를 쏘아 맞혔으매 반드시 죽으리라."

하니, 동자가 백배사례(百拜謝禮)하고 왕생을 인도하여 수부에 같이 감을 청하거늘, 생이 왈,

"나는 진세육신(塵世肉身)이라. 어찌 수부에 들어가리오?"

하고 사례하며,

"또한 당국(唐國)에 바삐 나아가 부모를 찾아뵈려 하니 동자는 수고를 아끼지 말고 대해를 건너게 하라. 이제는 수부에 작란(作亂)하던 요괴를 제어하여 근심을 덜었나니 동자는 물념(勿念)[82]하라."

동자가 대왈,

"군후(君侯)의 은혜 난망(難忘)이거늘 어찌 홀저(忽諸)히[83] 놓아 가시게 하리오? 부왕이 아시면 그저 가시게 아니하시리니, 소동과 수부로 들어가 반가이 온담(溫談)이나 하시고 수일 유(留)하여 가셔도 당국 들어가시기는 조금도 염려마시고, 수부에 들어가시기도 염려 마옵소서."

하고 길을 인도하거늘, 왕생이 하릴없어[84] 용자(龍子)와 한가지로 따라갈새, 문득 강가에 이르러서는 옥저(玉笛)를 내어 불며 진언(眞言)을 26 염(念)하더니 물이 갈라지며 길이 완연(宛然)히 나거늘, 이에 행하여 수십 리를 들어가니 궁전이 휘황찬란(輝煌燦爛)하여 반공(半空)에 솟았으

---

82) 물념(勿念): 염려하지 않음.

83) 홀저(忽諸)하다: 급작스럽고 소홀하다.

84) 하릴없다: 달리 어떻게 할 도리가 없다.

되, 높기는 운소(雲宵)[85]에 솟았고, 문전이 굉장하여 세상에서 보지 못하던 바이라.

동자를 따라 점점 들어가매 또 아홉 문을 지나 들어가 용탑(龍榻)[86]하에 이르니, 이곳은 진세(塵世)와 같지 않아 일월광휘(日月光輝)를 보지 못하고 서기휘황(瑞氣輝煌)하여 명랑(明朗)함이 백주(白晝) 같거늘, 두루 살펴보니 주궁패월(珠宮珮月)이 채운(彩雲) 중에 은은하여 층층한 백옥(白玉) 섬[87] 위에 산호주렴(珊瑚珠簾)이며 표묘(漂渺)한 난간 위에 광채 찬란하되, 일위 적신(赤身)[88]이 황금 탑상에 엄연단좌(儼然端坐)하고 시위제신(侍衛諸臣)이 추진(趨進) 국궁(鞠躬)[89]하였는데, 왕생을 청하여 올려 봉문석(鳳紋席)에 좌(座)를 주고 좌우를 명하여 팔진성찬(八珍盛饌)을 올리니 서기(瑞氣) 영롱(玲瓏)하고 향기 진동하더라. 용왕이 친히 잔을 잡고 생에게 사례 왈,

"과인(寡人)이 천명을 받자와 남해 수부를 가음아더니[90] 천만몽매(千 27
萬夢寐) 밖 울금산 거마동 요정을 만나 수졸(水卒)을 많이 죽이고, 궁중에 돌입하여 작란(作亂)이 비경(非輕)하기로 반생신고(半生辛苦)함이 극심하더니, 다행히 군후(君侯)의 철궁 조화(造化)를 빌어 요정을 소제(掃除)하고 조용하니, 막대한 은혜를 사례코자 하여 청하였노라."

하고 옥배(玉杯)에 향온(香醞)[91]을 가득 부어 재삼(再三) 권하며 왈,

"과인이 일녀(一女)를 두었더니 군후의 배필을 삼아 우익(羽翼)[92]을

---

85) 운소(雲宵): 높은 하늘.

86) 용탑(龍榻): 임금이 앉는 상탑. 어탑(御榻)이라고도 함.

87) 섬: 계단. 섬돌.

88) 적신(赤身): 벌거벗은 몸.

89) 추진(趨進) 국궁(鞠躬): 윗사람 앞으로 빨리 나아가 몸을 굽힘.

90) 가음아더니: 주관하더니.

91) 향온(香醞): 향기로운 술. 또는 궁중에서 빚은 술.

92) 우익(羽翼): 보좌하는 일. 또는 그 일을 하는 사람.

정(定)코자 하니 사양치 말고 과인의 신청(申請)함을 시행하라."
하거늘, 생이 처음은 자기를 관대(款待)[93]하고 중국으로 행할까 바랐더니, 천만의외(千萬意外)에 용녀(龍女)로써 동상(東床)[94]하란 말을 들으매 대경(大驚)하여 부복재배(俯伏再拜) 왈,

"소생은 진속(塵俗) 사람이라. 부친을 찾아 남경으로 가옵더니, 대왕
의 우구(憂懼)하시는 근심이 마침 있다하오니 인간 누추한 재주로써 대
28 왕의 위경(危境)을 잠시 없이하온 공이 있다하시니, 일편표주(一扁瓢舟)
를 빌리시어 대해를 무사히 건너게 하오심이 옳거늘, 무슨 뜻으로 바빠
하는 사람을 그릇 인도하여 수궁에 오래 지류(遲留)케 하시나이까?"

왕이 빈미(顰眉)[95] 소왈(笑曰),

"그대가 비록 천륜대의(天倫大義)를 생각하는 마음이 긴급하나, 그대의 여부(汝父)가[96] 벌써 황천객(黃泉客)이 되었나니, 천하를 두루 돌아 편답(遍踏)하여도 득(得)지 못할 줄은 과인이 벌써 이미 아는 고로 대해를 건네지 아니하고 거가(車駕)를 돌이켜 수궁으로 청함이니, 괴이히 여기지 말며 의려(疑慮)치 말라. 그대는 내 말을 헛되이 알지 말라."
하고 언파(言罷)에 내시를 명하여,

"궁중 내외에 대례지구(大禮之具)[97]를 준비하여 대령하라."
한대, 생이 청필(聽畢)에 망극초조(罔極焦燥)하여 일장(一場)을 통곡(痛哭)하고 다시 가로되,

"만약 엄친(嚴親)이 이미 세상을 이별하여 계실진대 차라리 대왕의

93) 관대(款待): 친절히 대하거나 정성껏 대접함. 또는 그런 대접.
94) 동상(同床): 옛날에 어떤 집의 동쪽 평상에 누워있는 총각을 사위로 삼았다는데서 부터 남의 새 사위를 점잖게 이르는 말.
95) 빈미(顰眉): 눈살을 찌푸림.
96) 그대의 여부(汝父)가: '그대의'는 중복된 표현임.
97) 대례지구(大禮之具): 혼인을 치르는 큰 예식에 필요한 물건.

지휘(指揮)를 좇음이 옳사오나, 친상(親喪)을 당하오매 몽상(蒙喪)[98]을 29
입을지라. 어찌 혼인을 하며, 수궁에서 쾌락함은 인자(人子)의 도리 아니니, 원컨대 부친의 몽상을 입사온 후 기년(朞年)[99]이 지나가면 대왕의 성교(聖敎)를 봉행(奉行)하리이다."

왕이 그 말을 좇아 용자(龍子)로 하여금 생을 별궁에 머물게 하며 시절을 보내게 하더니, 광음(光陰)이 신속하여 기년이 지나거늘, 왕이 기꺼 궁중 내외에 성연(盛宴)을 배설(排說)하고, 중앙 무기토(戊己土)[100]에 북면칭고(北面稱孤)[101]하며 팔배지례(八拜之禮)를 행한 후 생으로 용녀궁에 인도하니, 생이 천의(天意)를 순수(順受)하여 궁에 나아가니 옥창분벽(玉窓粉壁)이 서기(瑞氣)에 바애고,[102] 아로새긴 난간(欄干)은 오운(五雲)이 영롱한데, 금병수막(金屛繡幕)[103]이 광채 휘황(輝煌)하여 한 번 보매 정신이 어리고 심혼(心魂)이 표탕(飄蕩)[104]하여 주저하더니, 채의홍상(彩衣紅裳)한 시녀가 생을 인도하여 난간에 오르매, 사면으로 수정
렴(水晶簾)을 드리우고 신방(新房)으로 들어가니, 용녀가 홍군취삼(紅裙 30
翠衫)[105]으로 자적단의(紫赤緞衣)[106]를 입고 백릉수(白綾繡)에 칠보치장(七寶治粧)을 꽂았으며, 좌수에 적환(赤環)을 잡았으며 우수에 백벽(白璧)을 잡아 삼읍팔배(三揖八拜)하고 침석(寢席)에 나아가니, 진실로 신선

---

98) 몽상(蒙喪): 부모상을 당하고 상복을 입음.
99) 기년(朞年): 일 년 동안 입는 상복. 또는 그 기간.
100) 무기토(戊己土): 십간(十干)의 무(戊)와 기(己)는 오행의 토(土)이고, 방위로는 중앙을 맡는다.
101) 북면칭고(北面稱孤): 북면하여 아버지가 없는 자식이라 칭함.
102) 바애다: 눈부시다.
103) 금병수막(金屛繡幕): 금으로 만든 병풍과 수 놓은 장막.
104) 표탕(飄蕩): 정처 없이 헤매어 떠돎.
105) 홍군취삼(紅裙翠衫): 붉은 치마에 비취색 적삼.
106) 자적단의(紫赤緞衣): 자주색 저고리에 비단 옷.

의 소작(所作)이요, 비인간지조화(非人間之造化)이러라. 생이 황홀함을 이기지 못하여 민민주저(憫憫躊躇)하다가 옥수(玉手)를 잡고 금(衾)에 나아가 동침지락(同寢之樂)을 이루니, 양정(兩情)이 상합(相合)하여 교칠지정(膠漆之情)[107]이 비할 데 없더라.

대례(大禮)를 지낸 후에 용녀를 향하여 왈,

"생은 본디 중국 사람이라. 부친이 중원(中原)에 계시매 아무쪼록 찾아들어가 부자가 상면(相面)하기를 원하옵더니, 뜻 아닌 영존대왕(令尊大王)[108]의 우애하심을 입어 몸이 수궁에 희락(喜樂)함을 받으니 분의(分義)에 과하오나, 다만 생각컨대 부친의 사생을 알지 못하고 도리어 모친에 서하지탄(西河之嘆)[109]을 끼치오니 이는 부모 양친에게 불효막대(不孝莫大)하온 죄인이라. 차마 인자(人子)의 마음이 극통(極痛)치 아
31 니하리오? 이러므로 수궁을 하직하고 본토에 돌아가 외로운 자모(慈母)를 시봉(侍奉)하려 하오니 부인은 어찌하려 하느뇨?"

용녀가 청파에 안색(顔色)을 화(和)이 하고 염용(斂容)[110] 대왈,

"고서(古書)에 운(云)하였으되 여필종부(女必從夫)는 성현(聖賢)의 교훈이라."

하니, 차하(次下) 말이 어찌 된지 하회(下回)를 분석하라.

세(歲) 무술(戊戌) 칠월 일 향수동 서(書)

---

107) 교칠지정(膠漆之情): 아주 친밀하여 떨어질 수 없는 정.

108) 영존(令尊): 남의 아버지에 대한 높임말.

109) 서하지탄(西河之嘆): 서하지통(西河之痛). 부모가 자식을 잃은 슬픔.

110) 염용(斂容): 몸가짐을 조심하고 용모를 단정히 함.

고려보감 권지이
卷之二

화설(話說). 용녀가 대왈(對曰), 1

“여필종부(女必從夫)는 성현(聖賢)의 교훈하신 바이라. 어찌 군후의 뒤를 좇지 아니하겠습니까만, 군후의 운수를 점복(占卜)한즉 수년을 더 머물러야 세상에 나게 되면 창업지주(創業之主)가 되어 태평으로 영화를 누릴 것이니, 아직 수궁(水宮) 은신(隱身)하여 때를 기다려 가소서.”

생이 청파(聽罷)에 용녀의 말이 범상치 않아 묘맥(苗脈)[1]이 있는 줄 알고 뜻을 결단하여 이에 수궁에 머물러 용녀의 말을 좇아 수년을 기다리더라.

각설(却說). 당(唐)황제 동방이 요란함을 들으시고 조신(朝臣)으로 더불어 근심하시기를 마지아니하신데, 조신이 주왈(奏曰),

“태후 강태백은 충효가 겸전(兼全)하오니 각별이 태백을 패초(牌招)[2] 하사 동방을 진무(鎭撫)하게 하옵시면 동방을 안정하리이다.”

상이 그 말을 옳이 여기사 즉시 강태백을 패초하사 가라사대,

“짐이 들으니 동방이 안정치 못하여 요란하다하니 짐이 근심이 적 2
지 아니한지라. 이러므로 짐이 특별히 경을 봉하여 진양후(晋陽侯)[3]를

1) 묘맥(苗脈): 일의 실마리. 혹은 일이 나타날 단서.

2) 패초(牌招): 임금의 명을 받아 승지가 신하를 부름. ‘명(命)’자를 쓴 나무패에 부르는 신하의 이름을 써서 하인을 시켜 보냄.

3) 진양후(晋陽侯): 진양의 제후. 진양은 현재 경상남도 진주(晋州)의 옛 이름. 진산(晋山)이

봉하고 삼만 호(戶)를 주나니 동방에 나아가 대국 위엄을 엄정히 하여 알게 하며, 백제성(百濟城)을 안찰(按察)하여 삼만 호 생민(生民)을 무휼(撫恤)하며 동방을 진정하고, 충량(忠良)의 진무를 본받아 쇠잔(衰殘)한 백성을 안돈하여 이산(離散)치 말게 하라."

하시니, 태후가 심내(心內)에 울울불락(鬱鬱不樂)하나 당현종(唐玄宗)의 뜻을 스쳐[4] 알고 부복수명(俯伏受命)하고 각별 사양치 아니하니, 당제(唐帝) 대열(大悅)하사 병부상서(兵部尙書) 새수(璽綬)[5]와 절월(節鉞)[6]을 즉시 내어주시며 즉일 발행하고 지체치 말라 하시니, 강태후가 드디어 천자께 하직하고 집에 돌아와 부인 순씨로 더불어 가산을 수습하고 발행할새, 백모황월(白旄黃鉞)[7]은 표표(飄飄)하고 사마도독(司馬都督)[8]은
3 군용(軍容)이 엄정하며, 정기갑병(旌旗甲兵)[9]이 도로에 덮였으니 소과지현(所過之縣)이 지영지송(祗迎祗送)[10]하며 각별히 단사호장(簞食壺漿)[11]으로 영접하더라.

동정호(洞庭湖)[12]에 배를 타고 행할새, 추종(騶從)을 여러 배에 분처

라고도 했음.

4) 스치다: 생각하다.

5) 새수: 인수(印綬)의 잘못으로 보임. 인수는 인끈으로, 군대를 출동시킬 때 임금과 지방장관이 서로 맞춰보던 신표를 넣는 주머니의 끈을 말함.

6) 절월(節鉞): 절(節)과 부월(斧鉞). 군사적통수권을 위임할 때 주는 신임표의 한 가지.

7) 백모황월(白旄黃鉞): 털이 긴 소의 꼬리를 장대 끝에 매달아 놓은 기와 황금색 도끼.

8) 사마도독(司馬都督): 사마와 도독은 모두 군정(軍政)을 맡은 관리이므로, 여기서는 출동하는 군대의 우두머리를 말하는 것임.

9) 정기갑병(旌旗甲兵): 군기(軍旗)를 들고 갑옷으로 무장한 병사들.

10) 소과지현(所過之縣)이 지영지송(祗迎祗送)하며: 지나치는 현(縣)마다 예를 갖추어 정중히 맞이하고 보냄.

11) 단사호장(簞食壺漿): 도시락과 병에 담은 음료수라는 뜻으로, 간소한 음식을 마련하여 군대를 환영함을 이르는 말.

12) 동정호(洞庭湖): 중국 호남성(湖南省) 동북에 있는 큰 민물 호수. 경치가 좋아서 예로부터 명성이 높음.

(分處)하여 타고 순풍을 만나 수십 일 만에 무사히 득달하여 육지에 내릴새, 강태후가 배에 내려 진산도(晉山都)에 부임하고, 일변(一邊) 성곽(城郭)을 수축(修築)하고 궁궐을 지어 군신(群臣)을 차례로 분등(分等)하여 권장하고 백성을 무휼안돈(撫恤安頓)하니, 강태후의 명망이 남중(南中)에 진동하여 근읍지현(近邑之縣)이 서로 칭지(稱指)하되 진산(晉山) 등처(等處)는 당나라 땅이라 하고 별호(別號)로 여당읍(如唐邑)이라 하다.

당읍(唐邑) 동편은 신라국(新羅國)이 있고 서편은 백제국(百濟國)이 있으니, 강태후가 본디 당조사명(唐朝使命)이요, 겸하여 삼만 호를 무휼(撫恤)하매 소방주(小邦主)·현장(縣長)들이 많이 붙좇아[13] 대접함이 각별 관곡(款曲)히[14] 하거늘, 강태후가 안한(安閑)하여 근심이 없으나 슬하에 한낱 자식이 없음을 한탄하더니, 이때는 정히 삼춘가절(三春佳 4
節)[15]이라. 음양(陰陽)이 상생(相生)하고 비금주수(飛禽走獸)가 요란하여 초목군생지물(草木群生之物)이 춘색(春色)을 자랑하고 만화(萬化)가 방창(方暢)한지라.[16] 공이 또한 비월(飛越)[17]한 심사(心事)를 정(定)치 못하여 월색(月色)을 타 정중(庭中)에 나와 배회하다가 내당(內堂)에 들어가니, 부인이 일어나 맞아 단정히 좌(座)를 쓸고 앉으며 술을 내와 권하며 왈,

"상공(相公)이 월색을 타 밤이 깊도록 쉬시지 아니코 수심(愁心)이 많사와 비척(悲慽)하신[18] 기색이 계시니, 아지 못게라! 슬하가 적막하시므로 그러하시는가 싶으이다."

---

13) 붙좇다: 존경하거나 섬겨 따르다.

14) 관곡(款曲)하다: 매우 정답고 친절하다.

15) 삼춘가절(三春佳節): 봄철 석 달의 좋은 시절.

16) 만화(萬化)가 방창(方暢)하다: 만화방창. 따뜻한 봄날에 온갖 생물이 나서 자라 흐드러짐.

17) 비월(飛越): 정신이 아뜩하도록 날아가거나 오락가락 하는 것.

18) 비척(悲慽)하다: 슬프고 근심스럽다.

하고 옥배(玉杯)에 향온(香醞)을 부어 연(連)하여 드리니, 태후가 사양치 아니코 연하여 마시고 왈,

"부인이 또한 복(僕)의 심간(心肝)[19]을 비추어 말씀하려니와 우리 부부가 연장(年長) 사십이 거의라. 타인과 같지 못하여 남녀 간 혈속(血屬)을 보지 못하오니 이로 슬퍼 야간월색(夜間月色)을 아껴 정중에 배회하다가 들어오니이다."

부인이 듣고 누수(淚水)를 머금고 대왈,

"첩의 죄가 막대하여 슬하가 적막하오니 또한 첩의 죄악이 관영(貫盈)[20]하온지라. 청컨대 상공은 양가(良家)의 어진 숙녀를 가리어 재취(再娶)하여, 요행(僥倖) 후사(後嗣)를 볼진대 제일 희사(喜事)요 문호를 보전하여 절사(絕嗣)치 아니하고, 둘째는 첩이 막대하온 불효를 면하고 후세 자손의 봉사(奉祀)[21]를 받으리니, 바라건대 주공은 부실(副室)을 바삐 정하여 때를 잃지 마소서."

언파에 부용양협(芙蓉兩頰)[22]에 옥루(玉淚)가 방방(滂滂)하니 애원(哀怨)한 태도는 홍도화(紅桃花)가 조로(朝露)를 머금은 듯하고, 교교(皎皎)한 설부신채(雪膚神彩)[23]는 세류(細柳)가 광풍(狂風)을 만난 듯하여 화용월태(花容月態) 기기묘묘(奇奇妙妙)하여 옥수경지(玉樹瓊枝)[24] 같고, 찬란한 광채가 분벽(粉壁)[25]에 비치니 가위(可謂) 숙녀가인(淑女佳人)이요, 경국절색(傾國絕色)[26]이라. 공이 더욱 춘정(春情)이 유동(流動)하고 호흥

---

19) 심간(心肝): 심장과 간장. 깊은 마음속.
20) 관영(貫盈): 가득 참.
21) 봉사(奉祀): 조상의 제사를 받들어 모심.
22) 부용양협(芙蓉兩頰): 연꽃처럼 아름다운 두 뺨.
23) 설부신채(雪膚神彩): 미인의 아름다운 피부와 뛰어난 풍채를 말함.
24) 옥수경지(玉樹瓊枝): 옥처럼 아름다운 나뭇가지라는 뜻으로, 번성하는 집안의 귀한 이들을 이르는 말이나, 여기서는 부인의 아름다움을 나타낸 말.
25) 분벽(粉壁): 하얗게 꾸민 벽.

(豪興)이 발작하여 비회(悲懷)를 척탕(滌蕩)하고 순씨의 옥수(玉手)를 이끌어 침석에 나아가니, 가히 끊어진 금슬종고지락(琴瑟鐘鼓之樂)[27]을 새로이 이루니, 때 정히 오경(五更)이러라. 맑은 바람이 촉하(燭下)로 6
일어나고 향풍(香風)이 진울하는지라.[28]

과연 그 달부터 순씨 잉태하니 강태후가 대희(大喜)하여 각 군현(郡縣)에 은사(恩賜)[29]를 내리고 정성으로 발원(發願)할새, 공이 친히 삼칠일(三七日)[30]을 재계(齋戒)하고[31] 매월 초일일이면 후원(後園)에 올라 북두칠성께 기도하고 삭망(朔望)[32]이면 동을 향하여 월궁(月宮)에 발원하며 생남(生男)하기를 축수(祝手)하더라.

십삭(十朔)이 차매 문득 향풍(香風)이 일어나며 서기(瑞氣) 진울하더니, 문득 부인이 혼미(昏迷) 중 일개 옥동(玉童)을 생하니 기골(氣骨)이 준수하여 양미(兩眉)에 산천수기(山川秀氣)를 품수(稟受) 하였으니, 강태후가 대희하여 이름을 사진이라 하고 자를 청풍이라 하다. 그 아이 점점 자라매 백설(白雪) 같은 기부(肌膚)[33]와 선풍도골(仙風道骨)[34]이 날로 쇄락(灑落)[35]하여 진세속자(塵世俗者)로 비(比)컨대 우마중기린(牛馬

---

26) 경국절색(傾國絕色): 임금이 혹하여 나라가 기울어질 정도의 미인이라는 뜻으로, 뛰어나게 아름다운 미인을 이르는 말.

27) 금슬종고지락(琴瑟鐘鼓之樂): 금슬은 거문고와 비파를 말하고, 종고는 종과 북을 말함. 금슬과 종고처럼 서로 화합하는 즐거움이란 의미로, 부부 사이의 화목한 정을 이르는 말.

28) 진울하다: 가득하다는 의미로 썼음.

29) 은사(恩賜): 임금이 은혜로써 신하에게 물건을 내려 주던 일. 또는 그 물건.

30) 삼칠일(三七日): 아이가 태어난 후 21일.

31) 재계(齋戒)하다: 종교적 의식 따위를 치르기 위하여 몸과 마음을 깨끗이 하고 부정(不淨)한 일을 멀리하다.

32) 삭망(朔望): 음력 초하룻날과 보름날을 아울러 이르는 말.

33) 기부(肌膚): 사람이나 동물의 몸을 싸고 있는 살이나 살가죽.

34) 선풍도골(仙風道骨): 신선의 풍채와 도인의 골격이란 뜻으로, 남달리 뛰어나고 고아(高雅)한 풍채를 이르는 말.

35) 쇄락(灑落): 기분이나 몸이 상쾌하고 깨끗함.

7 中麒麟)[36] 같으니, 순씨의 애중(愛重)함은 이르지도 말고, 태후의 중년에 이런 귀남자(貴男子)를 얻어 슬하에 농장지경(弄璋之慶)[37]을 삼으니 그 기쁜 마음을 감추지 못하여 슬상(膝上)에 앉히고 매양 희롱하며 '강씨문내(姜氏門內) 천리구(千里駒)[38]라.'하더라.

각설. 신라국왕이 일찍 여러 아들을 두었으되, 오자(五子) 궁예(弓裔)는 후비(後妃) 소생이라. 궁예의 기상을 살피건대 꼭뒤[39]에 반골(反骨)이 은은히 있거늘, 왕이 불긴(不緊)히 여겨 죽이려 할새, 왕비를 부촉(咐囑)[40]하여 왈,

"우리 일찍 여러 아들을 두었으니 족히 후사(後嗣)에 염려 없거늘, 부질없는 자식이 새로 나서 면상(面相)에 반골이 현출(顯出)하니, 이 아이가 자라면 반드시 작란(作亂)이 대단할 것이니 양육하여 기름이 만만불가(萬萬不可)한지라. 일찍이 죽여 후환(後患)을 끊으리니 후비·궁첩은 과인(寡人)의 말을 허탄(虛誕)히 여기지 말라."

8 한대, 왕비의 궁첩이 차언(此言)을 듣고 불승경악(不勝驚愕)하여 참혹하나 임금의 명을 거역치 못하여 거짓 응낙(應諾)하였더니, 후비는 자모지정(子母之情)이라. 차마 자식을 해치 못하고 백단(百端)으로 추탁(推托)하며[41] 결단하여 죽이지 못하거늘, 왕이 일일은 한 계교(計巧)를 생각하고 궁중에 하령(下令)하여 광성루(樓)에 소연(小宴)을 배설하고 '춘

---

36) 우마중기린(牛馬中麒麟): 소나 말 가운데 기린이 있는 것처럼 뛰어남.

37) 농장지경(弄璋之慶): 농장지희(弄璋之喜). 아들을 낳은 즐거움. 예전에 중국에서 아들을 낳으면 규옥(珪玉)으로 된 구슬의 덕을 본받으라는 뜻으로 구슬을 장난감으로 주었다는 데서 유래한다.

38) 천리구(千里駒): 하루에 천 리를 달릴 수 있을 정도로 좋은 말. 혹은 뛰어나게 잘난 자손을 칭찬하여 이르는 말.

39) 꼭뒤: 뒤통수의 한가운데.

40) 부촉(咐囑): 부탁하여 맡김.

41) 백단(百端)으로 추탁(抽托)하여: 온갖 일의 실마리로 다른 일을 핑계대어 거절함.

색(春色)을 구경하노라.' 하며 왕비·궁첩과 모든 아들을 패초(牌招)하되, 왕비·후비·궁첩 등이 그 뜻을 알지 못하여 모든 시녀와 더불어 유자(幼子) 궁예와 난간에 올라가니, 이때 정히 신라왕이 모든 아자(兒子)로 더불어 부인과 궁첩을 영접하고 손을 들어 원근경물(遠近景物)을 가리키며 화초 만발함을 칭찬하더니, 또 유자 궁예를 천천히 친히 붙들고 거짓 사랑하며 어루만져 가차하다가[42] 밀쳐 누하(樓下)에 내리치니 궁예의 사생이 수유(須臾)[43]에 있는지라.

후비 실색(失色)하여 불승경참(不勝驚慘)하며 아무리 할 줄 모르더 9
니[44] 왕비와 시녀 등이 막불차악(莫不磋愕)[45]하여 얼은 듯이 섰더니,
마침 궁인 등이며 시종하는 시녀가 난간 아래서 무슨 소임(所任)을 하
다가 궁예의 떨어짐을 보고 대경창황(大驚蒼黃)하여 치마 앞에 받아 안
고 별궁으로 들어가니, 후비 심중에 대희하여 설씨를 중상(重賞)하고
좌우를 엄칙(嚴飭)[46]하여 각별 보호하더니, 왕이 심중에 불열(不悅)하
여 다시 무슨 계교를 내어 도모코자 하나 자식을 살해하는 계교가 두
번 행함이 또한 중난(重難)한지라. 필경(畢竟) 죽이지 못하고 즉시 하령
하여 설씨와 궁녀를 다 폐(廢)하여 북경(北京) 땅에 안치(安置)하니, 북
경은 지금 강원도 원주 땅이라. 설씨 뜻밖에 출배(出排)함을 만나매 행
장을 수습하여 궁예를 데리고 북경 배소(配所)로 가니, 태수 유지엄이
설씨와 궁예를 육양(育養)하기를 날로 무흠견고(無欠堅固)[47]하니 기품 10
이 강렬하여 날로 숙성(熟成)하여 가니,[48] 신라국 후비 설씨의 은혜를

42) 가차하다가: 가까이하다가.
43) 수유(須臾): 잠시.
44) 아무리 할 줄 모르더니: 어떻게 할 줄 모르더니.
45) 막불차악(莫不磋愕): 슬픈 일을 당하여 모두가 몹시 놀람.
46) 엄칙(嚴飭): 엄하게 타일러 경계함.
47) 무흠견고(無欠堅固): 흠이 없고 견고함.

감격하여 궁중에 알지 못하게 자주 물으니, 기용집물(器用什物)을 풍족히 봉용(奉用)하더라.

설씨 부귀함이 북경의 으뜸인 고로 노비(奴婢)·전택(田宅)을 널리 장만하여 후일 궁예의 우익(羽翼)을 삼게 하고, 정성으로 보호하여 점점 장성하니, 나이 장차 이십이 되었으되 신라왕이 조금도 고념(顧念)[49]치 아니하고 그 제형(諸兄)들이 또한 안 체 아니하니, 궁예 취처(娶妻)할 기약이 망연(茫然)하거늘, 본디 태수 유지엄이 궁예를 위하여 숙녀를 간택(揀擇)할새, 고구려에 벼슬하던 강승원의 여자로 배(配)하니, 현숙(賢淑)하여 색덕(色德)을 겸비한지라. 궁예 취처함으로부터 본관(本官)이 지극 공경하고 백성이 추진앙모(趨進仰慕)[50]하니 스스로 방자하여 불궤지심(不軌之心)[51]을 두고 가만히 생각하되, '내 일찍이 조정에 득
11 죄(得罪)함이 없거늘 부왕이 나를 무단(無斷)히 폐출(廢出)하여 세상에 용납지 못하게 하니 어찌 분원(忿怨)치 않으리오?' 의기(意氣) 여차(如此)하매 드디어 흉독(凶毒)한 계교를 생각하고 인근 군현(郡縣)을 자주 청하여 관곡(款曲)히 대접하며 인심을 얻으니, 지현(知縣)·지부(知府)와 북방 사람들이 스스로 심복(心腹)하여 궁예에게 붙거늘, 궁예 내심에 암희(暗喜)하여 찬역(簒逆)할 뜻을 정하고 조용히 때를 타 태수 유지엄을 청하여 가만히 의논하되,

"내 부왕 신라를 치려 하노라."

태수 지엄이 말려 왈,

"불가(不可) 불가하다. 주공(主公)의 비록 원억(冤抑)[52]한 일은 하관

---

48) 원문은 문장의 앞뒤가 맞지 않으므로 문맥에 맞게 수정했음.

49) 고념(顧念): 남의 사정이나 일을 돌보아 줌.

50) 추진앙모(趨進仰慕): 달려 나와 우러러 사모하고 그리워함.

51) 불궤지심(不軌之心): 마땅히 지켜야 할 법이나 도리에 어긋나는 마음.

52) 원억(冤抑): 원통하게 누명을 씀.

(下官)도 알거니와 부자(父子)는 천륜(天倫)의 으뜸이거늘 어찌 불의지심(不義之心)을 행하리오? 차(此)는 인신(人臣)의 할 바가 아니니, 함원(含怨)하고 있다가 장래를 기다려 부왕이 졸(卒)하시거든 때를 보아가며 반(叛)하여도 늦지 아니하거늘, 주공은 잠깐 진정하소서."

궁예 찬역할 마음을 급히 품었으되 태수의 뜻을 어기지 못하여 잠자코 물러나니, 지엄이 또한 그 마음을 불측이 여기고 돌아오니라. 12

각설. 견훤이 완산(完山)[53]으로부터 군사를 이루어 김제(金堤)와 광양(光陽)·나주(羅州)를 쳐 항복받고 이에 장구(長驅)[54]하여 청주(淸州) 근처로 나아올새, 원래 견훤이 생장(生長)하매 용맹이 절륜(絕倫)하고 병서를 익히 알매 소과(所過)에 당할 자가 없는지라. 청주 태수 고월이 분기(憤氣)를 이기지 못하여 군사를 점고(點考)[55]하니 오백여 명이라. 크게 기꺼워 이에 군사로 산성(山城)을 지키고 자류마(紫騮馬)[56]를 타고 대도(大刀)를 비끼고 출진대호(出陣大呼) 왈,

"견훤은 반국역적(叛國逆賊)이라. 네 죽기를 아끼거든 일찍이 항복하여 역명(逆名)을 취치 말고 말에서 내려 매이라."

하니, 견훤이 또한 고월의 지용(智勇)과 영웅임을 짐작하고 말에 올라 방천화극(方天畫戟)[57]을 들고 내달아 크게 꾸짖어 왈,

"네 조그마한 소아가 감히 어른을 모르고 대적(對敵)코자 하는가?"

하고 화극(畫戟)을 춤추어 달려들어 고월을 취하니, 고월이 맞아 싸워 13

---

53) 완산(完山): 전주(全州)의 옛 이름. 백제 때의 이름으로 그 후에도 한동안 이 이름으로 불리었다.

54) 장구(長驅): 먼 길을 달려감.

55) 점고(點考): 명부에 일일이 점을 찍어 가며 사람의 수를 조사함.

56) 사류마(紫騮馬): 밤색 털이 난 말.

57) 방천화극(方天畫戟): 극(戟)은 창의 일종으로 창날 양쪽에다 월아(月牙)라는 가지를 단 것을 방천극(方天戟)이라 한다. 옛날 중국 무기의 하나로 여포가 쓴 것으로 잘 알려져 있다.

사오 합(合)에 당치 못하여 말을 돌이켜 닫거늘, 견훤이 말을 몰아 따르며 창으로 고월의 말을 질러 엎지르니[58] 고월이 땅에 떨어지니 견훤이 창을 비끼고 대호 왈,

"이 창으로 너를 죽일 것이로되 네 재주와 충효를 아껴 인의(仁義)로 본을 삼아 죽이지 아니하고 이르나니, 일찍이 항복하여 누명(陋名)을 씻으라."

하니, 고월이 하릴없어 항복하고 한가지로 산채(山寨)에 돌아와 대연(大宴)을 배설(排設)하고 술을 내와 연음(連飮)할새, 고월 왈,

"이제 장군 만났으매 산적의 이름을 면하고 국록지신(國祿之臣)이 되어 진명지주(眞命之主)[59]를 도와 공명을 이룸이 장부의 소업(所業)이라."

하고 견훤으로 상장군(上將軍)을 삼으니, 견훤이 가로되,

"내 거느린 장졸이 삼백이라. 장군이 나로써 상장을 삼으니 장군은 부장(副將)이 되어 대사(大事)를 한가지로 하리라."

고월이 대왈,

14 "나의 거느린 바 군사 삼백이니 합하면 육백이니 동국(東國)에는 제일이라."

하고 중인(衆人)으로 더불어 배복(拜伏)하기를 마치매, 고월이 다시 고왈(告曰),

"동국 전면에 한 동부(洞府)가 있으니 동장(洞庄)에 거하는 사람이 있으되 문무(文武)가 겸전(兼全)하여 지감(知鑑)[60]이 있고 성명은 문통이라. 소장으로 더불어 사생지교(死生之交)를 맺었사오니 이제 소장이 문통을 보고 한가지로 올 것이니 이에 머무소서."

---

58) 엎지르니: 엎어뜨리니

59) 진명지주(眞命之主): 하늘의 뜻을 받아 어지러운 세상을 평정하는 임금.

60) 지감(知鑑): 사람을 잘 알아보는 능력.

하고, 즉시 가 문통을 보고 견훤의 영웅을 일컬으며 한가지로 산채에 돌아와 군사를 합하고, 견훤으로 더불어 남중(南中)으로 향하여 나아가니, 정기폐일(旌旗蔽日)[61]하고 검극(劍戟)이 서리 같아서 지나는 바 삼남(三南)이 망풍귀순(望風歸順)[62]하며 항복치 않을 이 없더라. 이에 삼남을 정(定)하매 산풍 사람 이필로 호위장군(護衛將軍)을 삼고 금구태수 정원으로 총병장(總兵將)을, 그 남은 제장(諸將)더러 왈,

"내 아직 국가를 안정치 못하였으니, 다시 기병(起兵)하여 동으로 신라국을 치고 호남으로 당읍(唐邑)을 파하고, 북으로 태봉(泰封)[63]과 진번(眞番)을 멸하고 서로 한주(漢州)와 임둔(臨屯)을 취하면 동방이 거의 진정(鎭定)할 것이니, 그때에 삼군을 또 다시 정제(整齊)하여 압록강을 건너 요동(遼東)으로부터 중원에 들어가면 만승(萬乘)[64]을 도모하리니, 내 스스로 황제위(皇帝位)를 정하고 공로대로 발천(拔薦)하여 각각 열후봉작(列侯封爵)할 것이니 제장은 진심갈력(盡心竭力)하여 성공하기를 도모하라."

제장·군졸이 각각 물러와 성공하기를 생각하니, 필경 견훤이 성공하여 후백제라 칭하고 완산이 도읍이 되니라.

재설(再說). 강태후 태백이 사진 공자의 총명이 유여수출(裕餘秀出)함을 사랑하여 글을 가르치니, 십 세로부터 제자백가서(諸子百家書)를 무불통지(無不通知)하고, 십오 세로부터 주역(周易)을 잠심(潛心)[65]하며 병

---

61) 정기폐일(旌旗蔽日): 깃발이 해를 가림. 군대의 위세가 드높음.

62) 망풍귀순(望風歸順): 높은 명망을 듣고 우러러 사모하여 스스로 순종함.

63) 태봉(泰封): 고구려 부흥 운동의 결과로 나타난 후삼국 시대의 나라로 궁예가 901년 후고구려를 건국함. 904년 국호를 마진(摩震)으로 바꾸고, 연호를 무태(武泰)로 하였으며, 905년에는 수도를 철원(鐵原)으로 옮겼으며, 911년에 국호를 다시 태봉으로 변경함.

64) 만승(萬乘): 1만 대의 병거(兵車)를 뜻하는 말로 천자(天子)를 의미함.

65) 잠심(潛心): 어떤 일에 마음을 두어 깊이 생각함.

서(兵書)를 통달하여 기이한 재주가 많으며, 위로 천(天)을 살피고 아래로 지리(地理)를 능달(能達)하여 재기과인(才氣過人)한지라.

16 차시(此時) 신춘가절(新春佳節)을 당하였는지라. 백화(白花)가 만발하여 봉접(蜂蝶)이 분비(紛飛)하며 안류(岸柳)는 의의(猗猗)하여 춘색(春色)을 자랑하니, 시인묵객(詩人墨客)[66]의 마음이 정히 도도할 때라. 청풍이 부친면전(父親面前)에 고왈,

"소자가 생세(生世)로부터 궁중에 생장하여 세상 물정을 알지 못하오니, 근읍주현(近邑州縣)에 잠시 출유(出遊)하와 각군인심(各郡人心)과 산천경물(山川景物)을 구경하고 돌아오리이다."

공(公)이 마지못하여 허락하고 거마(車馬)를 준비하여 충근(忠勤)한 하리(下吏) 아역(衙役)[67]을 택하여 보내니, 공자가 즉일(卽日) 길에 오르니 연로(沿路) 각관(各官)이 공문을 보고 지경지대(地境支待)[68]하거늘, 공자가 심하(心下)에 너무 번거함[69]을 불긍(不肯)히 여겨 거마추종(車馬騶從)을 다 물리치고 일필청려(一匹靑驢)에 충근 하리 수인과 시동(侍童)을 데리고 촌촌전진(寸寸前進)하여 나아갈새, 대소 인심을 탐관(探觀)하더니 둔취역점(屯聚驛店)[70]에 다다라 차를 마시더니, 곁에 한 선비 양구(良久)히 청풍 공자를 보다가 청풍을 향하여 왈,

"공자의 행색을 보건대 양미(兩眉)에 산천정기(山川精氣) 어려 타일
17 당당히 명주(明主)를 만나 남정북벌(南征北伐)하여 풍진(風塵)을 쓸어버리고 남자의 지개(志槪)를 자랑할 때 있으리이다."

공자가 대왈,

---

66) 묵객(墨客): 글씨를 쓰거나 그림을 그리는 사람.

67) 아역(衙役): 수령이 지방 관아에서 사사롭게 부리던 사내종.

68) 지경지대(地境支待): 고을의 경계에 나아가 대접함.

69) 번거하다: 조용하지 못하고 자리가 어수선하다.

70) 둔취역점(屯聚驛店): 여러 사람이 한곳에 모여 있는 역점.

"소제(小弟) 나이 장성치 못하나 약간 기수(氣數)[71]와 조백(皁白)[72]을 짐작하온즉 불구(不久)에 동방(東方)이 분쟁할 듯하기로 엄친(嚴親)께 고(告)하온 즉, 엄친이 소제를 망령(妄靈)되다 책(責)하시고 세상이 어지러움을 염려 아니하사 종시(終是) 방어치 아니시기로, 소제 스스로 종묘(宗廟)와 가권(家眷)을 안보하여 피란할 땅을 듣보는[73] 길에 우연히 대인(大人)을 만났나이다."

선비 문원이 대왈,

"소제 공자로 더불어 교도(交道)를 맺어 사생을 한가지로 하고자 하나니 행여 버리지 아니시리이까?"

공자가 답왈(答曰),

"차(此)는 사진의 소원이라. 청컨대 타일 득의(得意)하여 기운을 토(吐)할 때에 서로 천거(薦擧)하고 금일 서로 만나 소약(所約)한 말씀을 실신(失信)치 말으소서."

문원이 답사(答辭) 왈,

"소제 본디 문학이 졸(拙)하고 소견이 천단(淺短)하여 엄친의 훈교(訓教)를 깨닫지 아니하여 이제야 형으로 더불어 심간(心肝)을 비치어 토정(吐情)하오니."

타일 서로 만나기를 기약(期約)하고 분수(分手)[74]하니라.[75] 18

재설(再說). 사진이 문원을 작별하고 행하여 한 곳에 이르니, 산이 높고 수목이 무성한 곳에 일좌(一座) 누각이 있으되 앞에 초당(草堂)이 정묘(淨妙)하거늘, 나아가 찾으니 한 노인이 창을 열고 보다가 반겨 맞

71) 기수(氣數): 저절로 오고 가고 한다는 길흉화복의 운수.

72) 조백(皁白): 옳고 그름.

73) 듣보다: 듣기도 하고 보기도 하며 알아보거나 살피다.

74) 분수(分手): 서로 작별함.

75) 직접화법과 간접화법이 섞여 있음.

아 당(堂)에 올려 좌(坐)한 후 노인 왈,

"현사(賢士)가 어디로부터 이에 이르뇨?"

사진이 공경 대왈,

"소생(小生)은 진양후(晋陽侯) 강태백의 소자이옵더니, 이에 구변(九邊)[76]에 이르러 갈 바를 모르와 묻자오려 하나이다."

석공(昔公)이 심중에 흔연(欣然)한 빛을 띠어 대왈,

"어느 곳을 묻고자 하나뇨?"

하고 그 소년을 보니, 용모가 기이하여 양미(兩眉)에 산천정기(山川精氣)를 품수(稟受)하였고, 신채(神彩) 동탕(動蕩)[77]하여 인류(人類)에 뛰어나 진간범인(塵間凡人)[78]은 아니라. 일견(一見)에 대희하여 왈,

"가는 곳을 말하라."

사진이 대왈,

"소생의 어린[79] 소견이 능치 못하오나 엄친(嚴親)을 위하여 안돈지처(安頓之處)를 구하려 하여 지향 없이 슬하(膝下)를 떠났나이다."

석공 왈,

"그대 가는 길이 부질없는 길이니 내게 유(留)하여 수삼일(數三日) 후 떠나가게 하라."

19 원래 석공은 일찍 벼슬을 하직하고 고향에 돌아와 한가히 있으나 다만 슬하에 자녀 남매를 두었으되 품질(稟質)[80]이 기이한지라. 장차 택서(擇壻)하기를 매양 듣보더니, 이날 강사진 공자를 만나매 일견(一見)에 반겨 강생(姜生)을 보고 문답할새, 공경예대(恭敬禮待)하며 고금치란

---

76) 구변(九邊): 동쪽 가장자리.

77) 신채(神彩) 동탕(動蕩): 정신과 풍채가 뛰어나고 잘 생김.

78) 진간범인(塵間凡人): 속세의 보통 사람.

79) 어린: 어리석은.

80) 품질(稟質): 품성. 품격과 성질.

(古今治亂)과 역대흥망(歷代興亡)을 물으며 칠서병학(七書兵學)을 물으니, 문답이 여류(如流)하여 영웅 열사의 흉금(胸襟) 쇄락(灑落)[81]한지라. 석공이 대열(大悅)하여 이날 밤을 새워 서로 말씀하되,

"노부(老夫)가 배운 바가 화려치 못하나 약간 조백(皁白)을 짐작하나니 그대 내 말을 신청(信聽)하라."

인하여 손무자(孫武子)[82]의 병서(兵書) 기묘처(奇妙處) 비결(秘訣)과 안방정국(安邦靖國)할 보국지책(保國之策)을 가르치니, 청풍은 천생(天生)이 총명한지라 일야지간(一夜之間)에 기묘비계(奇妙秘計)를 능달(能達)하매 석공이 극히 애중(愛重)하더라.

일일은 석공이 청풍의 손을 잡고 왈,

"노부가 슬하에 여러 자식이 없고 다만 남매를 두었으되 여아의 배 20
필을 정치 못한 바는, 정히 그대 같은 영걸가랑(英傑佳郎)을 얻어 일녀의 평생 짝하고 또 아자(兒子)의 우익(羽翼)을 삼고자 하여, 말년에 근로(勤勞)를 불계(不計)하고 오직 해내(海內)를 두루 돌아 민민우탄(憫憫憂嘆)하더니, 명천(明天)이 묵우(默祐)[83]하사 그대 같은 옥인가랑(玉人佳郎)을 만났으니, 원컨대 공자는 추사(推辭)[84]치 말고 쾌히 허락하여 노부의 바라는 뜻을 저버리지 말면, 불구(不久)에 부모와 가권(家眷)을 이곳에 모셔 평안히 계시게 하고 화를 면하리니, 어찌 아름답지 않으리오?"

공자가 배사(拜辭) 왈,

"소생을 처음 보시고 이렇듯 관곡애중(款曲愛重)하시니 비록 사지(死地)라도 감히 사양치 못하려든, 하물며 대인(大人)의 천금지녀(千金之女)

---

81) 쇄락(灑落): 기분이나 몸이 상쾌하고 깨끗함.

82) 손무자(孫武子): 춘추전국시대의 전략가 손무(孫武)를 가리킴.

83) 묵우(默祐): 말없이 도와줌.

84) 추사(推辭): 물러나며 사양함.

로써 백년가우(百年佳偶)[85]를 허(許)하시니 어찌 거역할 뜻이 있사오리까마는, 소생이 북당(北堂)[86]에 양친이 계시오니 소생이 감히 임의로 자단(自斷)치 못하올지라. 돌아가 부모께 연유를 고하고 빙폐(聘幣)[87]를 보내어 봉행(奉行)하리이다."

석공이 대희 왈,

21 "그대의 말을 들으니 인사(人事)에 유리(有理)하거니와[88] 노부가 생각컨대 당금(當今) 견훤(甄萱)이 강토(疆土)를 유세(有勢)하여 사방에 횡행(橫行)하는지라. 그대 돌아가면 빙폐(聘幣)할 것이 없을 것이요, 나 또한 인세(人世)에 머묾이 오래지 아닐지라. 여아의 친사(親事)[89]를 생전에 보기를 기약치 못하매 부득이 금일로조차 정약(定約)을 굳게 맺고자 함이니, 노부의 구혼(求婚)함이 너무 경선(輕先)함을 허물치 말라."
하고, 인하여 여아를 불러 곁에 앉히고 흔연(欣然) 잠소(潛笑) 왈,

"명천(明天)이 유의(有意)하사 영웅군자를 지시하시니 노부의 소원이 족하거니와, 영존당(令尊堂)에 취품(取稟)[90] 못하였으니 청풍이 임의로 자단치 못하나 서로 신물(信物)을 두어 타일기약(他日期約)을 분명히 함이 좋을 듯하도다."
하고, 이에 여아(女兒)를 명하여 '신물을 내라.' 하니, 소저(小姐)가 옥안(玉顔)이 담홍(淡紅)하고 부끄럼을 이기지 못하나, 또한 엄명을 거역치 못하여 옥지환(玉指環)을 벗어 부전(父前)에 바치니, 석공이 받아 사진 공자를 주며 왈,

---

85) 백년가우(百年佳偶): 평생을 함께 보내는 아름다운 배필.
86) 북당(北堂): 집의 북쪽에 있는 당집을 이르던 말로 집안의 주부(主婦)가 거처하는 곳.
87) 빙폐(聘幣): 공경하는 뜻으로 보내는 예물.
88) 인사(人事)에 유리(有理)하거니와: 사람으로서 해야 할 일에 이치가 맞거니와.
89) 친사(親事): 혼담.
90) 취품(取稟): 웃어른께 여쭈어 그 의견을 기다림.

“일후(日後) 만나 서로 빙고(憑考)[91]하리니 군자는 잘 간수하고 마땅 22
히 신물을 전하라.”
하니 공자가 받아 간수하고, 이에 옥장도(玉粧刀)와 옥경(玉鏡)을 내어 드리며 왈,
“차물(此物)이 소소(小小)하오나 백년신표(百年信票)이오니 일후 엄명(嚴命)을 봉승(奉承)하오리니 잘 간수하옵소서.”
석공이 대희하여 받아 여아를 주며 왈,
“너의 백년장부(百年丈夫)의 신물이니 잘 두라.”
하니, 소저가 함수(含羞)[92]하고 쌍수(雙手)로 받자와 간수하더라.
이날 석공이 크게 기꺼 청풍더러 왈,
“여아가 비록 곱지 못하나 군자의 건즐(巾櫛)을 받들음직 하리니[93] 노부의 말을 헛되이 여기지 말라.”
청풍이 심내(心內)에 기꺼 부복수명(俯伏受命)[94]하고 외헌(外軒)에 나와 헐숙(歇宿)[95]한 후 명일에 하직을 고하여 왈,
“소자가 슬하 떠난 지 벌써 일망(一望)[96]이 되온지라. 바삐 안돈처(安頓處)를 정한 후 존명(尊命)을 봉행하리이다.”
하고 일어나니, 석공이 창연(悵然)하여 왈,
“그대 속히 떠남이 심히 결연(缺然)[97]하나 사세 부득이하여 이별하니 쉬이 와 노부의 바라는 마음을 생각하라.”

---

91) 빙고(憑考): 사실에 근거하여 자세히 따지고 검토함.
92) 함수(含羞): 부끄러워하는 빛을 띰.
93) 건즐(巾櫛)을 받들다: 여자가 아내나 첩이 됨을 겸손하게 이르는 말.
94) 부복수명(俯伏受命): 엎드려 명령을 받음.
95) 헐숙(歇宿): 어떤 곳에 대어 쉬고 묵음.
96) 일망(一望): 한 보름 동안.
97) 결연(缺然): 부족하여 서운함.

23 공자가 수명(受命)하고 길에 올라 행할새, 한 곳에 이르러는 주점이 있으되 심히 정결하여 보이거늘, 사진이 청려(靑驢)[98]에 내려 인심을 탐지하려 하여 수음(樹陰)[99]을 의지하여 쉬더니, 문득 세 선비 동행하여 오다가 청풍의 풍채와 용모 기이함을 보고 대희하여 나아와 예(禮)하고 왈,

"우리 삼인 마음이 상득(相得)하여 교도(交道)를 맺어 진명지주(眞命之主)를 가리어 섬기고자 하매, 삼한국(三韓國)으로부터 각도(各道) 군장(君長)을 다 보았으되 한 사람도 합당한 자가 없기로, 동경(東京)[100]에 가 신라왕이나 하남에 가 견훤(甄萱)이나 양처(兩處) 군왕(君王) 중의 현명한 군왕을 택하여 섬기려 하여 천 리 발섭(跋涉)하기를 아끼지 아니하고 동행하여 오는 길이오더니, 다행이 현인군자(賢人君子)를 만나오니 우리 삼인의 심곡(心曲)을 살펴 지로(指路)[101]하여 주심을 바라노라. 이는 당당히 천신(天神)이 도우심이 아니면 어찌 연분이 아니리오? 원컨대 높으신 의논을 듣고자 하나이다."

공자가 대왈,

24 "생이 연소무지(年少無知)하여 능히 아는 것이 없사오나 대강 성수(星數)[102]를 시험하여 보건대, 신라왕의 기수(氣數)가 장원(長遠)치 못하여 다만 난세(亂世)를 이룰 따름이요, 대사(大事)를 도모(圖謀)할 자가 없으니, 내 스스로 병갑(兵甲)을 취집(聚集)하여 대사를 도모코자 하나 천명(天命)이 이미 돌아간 곳이 있기로 망령된 마음을 내지 아니코, 천의(天意)를 순종치 아니하면 대화(大禍)가 미칠지라. 이러므로써 삼공(三公)이

---

98) 청려(靑驢): 털빛이 검푸른 당나귀.
99) 수음(樹陰): 나무 그늘.
100) 동경(東京): 현재의 경주를 지칭함.
101) 지로(指路): 길을 가리켜 인도함.
102) 성수(星數): 이미 정하여져 있어 인간의 힘으로는 어쩔 수 없는 천운(天運)과 기수(氣數).

또한 천의를 순수(順守)치 아니코 혼군(昏君)[103]을 도와 역명(逆命)치 마소서."

삼인이 손사(遜辭)[104] 왈,

"현사(賢士)의 말이 가장 옳거니와, 아지 못게라! 명주(明主)를 어디가 만나 받들리오?"

청풍이 답왈(答曰),

"근일에 천문(天文)을 보니 서북으로 은은한 기운이 연무(煙霧)도 아니요 구름도 아니로되 한 기상(氣像)이 발월(發越)[105]하였으니, 그대 등이 삼 년이 지나지 못하여 창업지주(創業之主)를 만나 부귀영총(富貴榮寵)이 빛나리니, 그릇 혼군(昏君)을 섬기다가 평생을 분주(奔走)치 말라."

삼인이 대희하여 일어나 사례하고 지필(紙筆)을 취하여 각각 거주와 25
성명을 기록하니, 일인은 수양산(首陽山)에서 사는 최전이요, 일인은 호남(湖南) 여산부(礪山府)[106]에 거(居)하는 허습이요, 하나는 마인걸이라. 날이 늦도록 네 사람이 서로 심회(心懷)를 설화(說話)하다가 후일 다시 모임을 기약하고 고향으로 돌아갈새, 청풍이 또한 청려(靑驢)를 몰아 백제성(百濟城)에 들어가니, 그 땅 군민(郡民)이 서로 전설(傳說)하되, '견훤 왕이 군마(軍馬)를 정돈하여 당읍(唐邑)을 먼저 치고 버금[107] 동경(東京)을 함몰할 뜻이 있으매 연일(連日) 군마를 조련(調練)한다.' 하거늘, 공자가 전언(傳言)을 듣고 대경(大驚)하여 일시 머물 뜻이 없어 본토로 돌아가더니, 문득 운남(雲南)[108] 노상(路上)에서 일인을 만나니

---

103) 혼군(昏君): 사리에 어둡고 어리석은 임금.
104) 손사(遜辭): 겸손한 말
105) 발월(發越): 드러남.
106) 여산(礪山): 현재의 전라북도 익산시 여산면을 지칭함.
107) 버금: 으뜸의 바로 아래. 두 번째. 또는 그런 지위에 있는 사람이나 물건.
108) 운남(雲南): 현재의 광주광역시 광산구 운남동 일대를 지칭한다.

기골(氣骨)이 쇄락(灑落)하고 풍채(風采) 동인(動人)하거늘, 공자가 나귀에서 내려 읍(揖)[109]하고 성명을 통(通)하니 안동 땅에 거(居)하는 한율이라 하거늘, 청풍이 다시 예(禮)하여 왈,

26 "형의 풍신(風身)[110]과 상모(象貌)를 보니 일등공신지상(一等功臣之象)이 현저(顯著)한지라. 청컨대 형은 동서로 분주치 말고 감악산(紺嶽山)[111] 허습을 찾아보면 형의 소원을 도모하리라."

한대, 한율이 무망중(無妄中)[112]에 그 뜻을 알지 못하고 왈,

"형은 어찌하시는 말씀인지 밝히 가르쳐 어두운 마음을 밝혀 주소서. 소제(小弟) 형을 만나매 흉중소원(胸中所願)을 이르시니 평생소원(平生所願)이라. 이제 감악산 허습은 어떠한 현사(賢士)이온지 알고자 하노라."

청풍이 대왈,

"차인(此人)은 가히 사귀어 형의 지기(志氣)를 펴시리니 찾아봐 상의함이 좋으리이다."

한율이 대희하여 공자를 이별하며 타일 상봉함을 재삼 당부하고 찾아 나아가니라.

이적에 신라국왕이 군신을 모으고 상의 왈,

"근일 들으니 견훤이 강성하여 호남 땅 사십여 성을 빼앗아 새로 웅거(雄據)하고, 또 우리 지방을 엿본다 하니 그 근심이 적지 않은지라.

27 제공(諸公)의 뜻에는 어찌 써 방어하리오?"

편장군(偏將軍) 하운이 주왈(奏曰),

"주상(主上)이 만일 견훤을 방비하고 보국지책(保國之策)을 계교하실

---

109) 읍(揖): 인사하는 예(禮)의 하나. 두 손을 맞잡아 얼굴 앞으로 들어 올리고 허리를 앞으로 공손히 구부렸다가 몸을 펴면서 손을 내린다.

110) 풍신(風神): 드러나 보이는 사람의 겉모양. 풍채(風采).

111) 감악산(紺嶽山): 현재 경기도 파주시 적성면에 있는 산.

112) 무망중(無妄中): 별 생각이 없이 있는 상태.

진대, 정병맹장(精兵猛將)을 보내어 당읍(唐邑)을 취하고 진산(晉山) 협곡(峽谷)을 웅거(雄據)하여 굳게 지키면 만전지책(萬全之策)이 되리이다."

왕이 양구(良久)에 왈,

"장군의 계교가 마땅하나, 그러나 당읍은 당천자(唐天子)의 두신 땅이요, 겸하여 강태후는 어진 사람이거늘, 이제 무단히 이름 없는 군사를 일으켜 당읍을 치면 위로 천자의 명을 역(逆)하고 아래로 현인(賢人)의 봉작(封爵)을 앗음이니, 이는 만전지책(萬全之策)이 아닌가 하노라."

대장군(大將軍) 만총이 주왈,

"당읍이 비록 천자의 땅이요 강태후의 봉작지지(封爵之地)나, 당차시(當此時)하여 견훤 흉적이 강포하여 당읍을 먼저 취하고 그 길로 좇아 우리 동경(東京)을 침범하리니, 만일 주상이 당읍을 유련(留連)[113] 하시다가 견훤에게 먼저 아이면[114] 이른바 순망즉치한(脣亡則齒寒)[115]
이라. 후회하시나 미치지 못하리니 하운의 말씀을 좇아 당읍을 먼저 28
취하소서."

왕이 드디어 하운으로 선산태수 겸 총장(總將)을 삼고 정병(精兵)을 이천을 조발(調發)[116]하여 주니, 하운이 배사(拜謝)하고 영군(領軍)하여 즉시 곡성(曲城)[117] 남편을 파(破)하고 협곡을 가만히 취하여 군마를 유진(留陣)하고 격서(檄書)를 당읍에 보낸대, 당읍 지방관이 연유를 당읍에 보(報)하니, 당태후가 변보(變報)를 보고 대경(大驚)하여 개탁(開坼)[118]하니 기서(其書)에 왈,

---

113) 유련(留連): 차마 떠나지 못한다는 의미이나, 여기서는 마음을 두고 있다는 뜻으로 썼음.

114) 앗다: 빼앗거나 가로채다.

115) 순망즉치한(脣亡則齒寒): 순망치한(脣亡齒寒). 입술이 없으면 이가 시리다는 말로 서로 떨어질 수 없는 밀접한 관계를 뜻함.

116) 조발(調發): 군사를 징발함.

117) 곡성(曲城): 경상북도 안동시 임하면(臨河面) 지방에 있던 통일신라시대의 행정구역.

신라국 편장군 진산태수 하운은 삼가 글월을 당태후 휘하(麾下)에 올리나니, 우리 주공(主公)이 견훤의 강포를 근심하실새, 군신이 공론하여 특별히 하운으로 오천 군을 거느려 토병(土兵)을 수습하여 당읍을 취한 후에 험조지지(險阻之地)를 웅거(雄據)하여 견훤을 대적(對敵)하고,[119] 그렇지 아니면 궁성(宮城) 토지를 일찍이 드려 멸문지화(滅門之禍)를 면하라.

하였거늘, 태후와 사진 공자가 격서(檄書)를 보고 새로이 경구(驚懼)하나
29 이미 피란지지(避亂之地)를 정하였으매 저로 더불어 쟁전(爭戰)함이 무익(無益)하여, 서장의[120] 가권(家眷)을 수습하여 심복노비(心腹奴婢)와 하리(下吏)를 분부하여 가만히 모야간(暮夜間) 천봉산으로 향하여 발행하고, 궁중 기물(器物)은 임자 없는 물건이 되었으나 봉피(封皮)[121]하여 두었거늘, 하운이 성중에 들어가 궁중을 진탕(盡蕩)하고 부고(府庫)의 전량(錢糧)을 진취(盡取)하여 장졸을 후상(厚賞)한 후 승첩서(勝捷書)를 동경에 보(報)한대, 신라왕이 대희하여 하운을 진남장군(鎭南將軍)을 삼고 군사를 그곳에 둔취(屯聚)하여 '견훤을 방비하라.' 하였거늘, 하운이 즉시 지경(地境) 요해처(要害處)를 엄히 방비하니, 이로 인하여 견훤이 기병(起兵)하기를 머무르고 다시 의논하더라.

화설(話說). 왕생이 남해 용궁에 있어 세월을 보내더니, 일일은 용왕이 왕생더러 왈,

"금년은 군후의 길(吉)한 시절을 당하였으니 세상에 나가 백성의 도

---

118) 개탁(開坼): 봉한 편지나 서류 따위를 뜯어보라는 뜻으로, 주로 손아랫사람에게 보내는 편지의 겉봉에 쓰는 말.

119) 견훤을 대적하려는 주체는 하운이므로, 싸우겠으면 싸우자는 내용이 빠진 것으로 보임.

120) 서장의: 미상.

121) 봉피(封皮): 여기서는 싸 두었다는 의미로 썼음.

탄(塗炭)을 건지고 성공하여 대업을 도모하라." 30
한대, 왕생이 용왕께 배사(拜謝)한 후 후당(後堂)에 들어가 용녀부인(龍女婦人)께 부왕(父王)의 교령(敎令)을 전하여 명일 발행하려 하니, 부인이 흔연(欣然) 대왈,

"군후가 세상에 나가시매 첩이 또한 좇아나아가려니와 일건(一件) 대사(大事)가 있으니 수중(水中) 금우(金牛)와 표진[122]과 또 철장(鐵杖)은 군후의 소용(所用)에 극히 긴절(緊切)한 기물(器物)이라. 가히 아니 가지든 못하리이다."

생이 점두(點頭)하고 즉시 용탑하(龍榻下)에 나아가 삼건사(三件事)를 간청하온대, 용왕이 흔연 허락하고 발행함을 재촉하니, 왕생의 부부가 사은하직(謝恩下直)하고 즉일 출궁(出宮)하니, 용녀부인은 금우를 타고 철장을 들었으며, 왕생은 표진을 타고 철궁(鐵弓)·철전(鐵箭)을 들고 양마(兩馬)[123]가 동행하니, 금우·표진이 치빙(馳騁)하여 운무(雲霧) 중에 싸이어 행하매 그 가는 바를 알지 못할러라.

편시간(片時間)에 남해를 건너 육지에 다다르니 이곳은 동국[124] 해서(海西) 땅 수양 전면(前面)이라. 천마산(天摩山)으로 상거불원(相距不遠)하니 왕생이 행희(幸喜)하여 장차 동정(東征)하려 하더니, 일위소년(一位少年)이 앞에 이르러 고두재배(叩頭再拜)하여 왈,

"소생 최전은 근촌하민(近村下民)이옵더니, 상공의 행차 이르시니 청

---

122) 표진: 훌륭한 말을 이르는 말임.

123) 양마(兩馬): 금우와 표진을 말함.

124) 이하 원문이 떨어져나갔으므로 『고려태조』의 해당부분으로 보충했다. "히셔(海西) ᄯᅡ 슈양젼면(首陽前面)이라. 텬마산(天摩山)으로 샹거블원(相距不遠)ᄒᆞ니 왕ᄉᆡᆼ(王生)이 ᄒᆡᆼ희(幸喜)ᄒᆞ야 장ᄎᆞᆺ 동졍(東征)ᄒᆞ랴 ᄒᆞ더니, 일위쇼년(一位少年)이 압헤 닐으러 고두ᄌᆡᄇᆡ(叩頭再拜)ᄒᆞ야 왈, "쇼ᄉᆡᆼ 최(崔)젼은 근촌ᄒᆞ민(近村下民)이옵더니, 샹공(相公)의 ᄒᆡᆼᄎᆡ(行次) 닐으시니 쳥컨ᄃᆡ 루디(陋地)에 왕림(枉臨)ᄒᆞ사 일야(一夜) 슉소(宿所)ᄒᆞ시믈 바라ᄂᆞ이다." (『고려태조』 30쪽)

컨대 누지(陋地)에 왕림(枉臨)하사 일야(一夜) 숙소(宿所)하심을 바라나이다."

고려보감 권지삼

卷之三

각설(却說). 왕생이 흔연(欣然)히 허락하고 최전의 집에 이르러 중당 1
(中堂)에 좌정(坐定)하매 최전이 말씀을 나직이하여 여쭈오되,

“소생(小生)이 일찍[1] 명군(明君)을 만나지 못하여 주야우탄(晝夜憂嘆)으로 지내옵더니, 마침 남악산 허습과 송의종으로 동토(東土)의 진명지주(眞命之主)을 찾아 광구(廣求)하여 사처(四處)로 다닐새, 청남(淸南)[2]·청북(淸北)[3]과 해서(海西)[4]·관서(關西)[5]에 두루 돌아 망기(望氣)[6]하고 사방을 살피되 마침내 진명지주를 만나지 못하여 주야로 우탄하옵더니, 마침 노중(路中)에서 당나라 만호후(萬戶侯)[7]의 아들 강사진을 만나

---

1) 1장의 앞면 6행과 뒷면 7행이 찢겨나가 없으므로 『고려태조』의 해당부분으로 보충함. “명군(明君)을 만나지 못ᄒᆞ와 쥬야우탄(晝夜憂嘆)으로 지ᄂᆡ옵더니, 맛ᄎᆞᆷ 남악산 허습과 송의종으로 동토(東土)의 진명지쥬(眞命之主)을 ᄎᆞ져 광구(廣求)ᄒᆞ야 ᄉᆞ쳐(四處)로 단일ᄉᆡ, 청남·청븍과 ᄒᆡ셔(海西)·관셔(關西)에 두루 도라 망긔(望氣)ᄒᆞ고 ᄉᆞ방(四方)을 살피되 맛ᄎᆞᄂᆡ 진명지쥬(眞命之主)를 만나지 못ᄒᆞ야 쥬야(晝夜)로 우탄(憂嘆)ᄒᆞ옵더니, 맛ᄎᆞᆷ 로즁(路中)에셔 당나라(唐國) 만호후(萬戶侯)의 아들 강(姜)ᄉᆞ진을 만나오니, 기인(其人)이 년쇼(年少)ᄒᆞ오나 흉즁(胸中)에 텬디조화(天地造化)와 시무(時務)를 무블통지(無不通知)ᄒᆞ고 쇼ᄉᆡᆼ(小生)다려 텬명(天命)을 기다리라 ᄒᆞ더니, 거야(去夜)에 일몽(一夢)을 어”(『고려태조』 30~31쪽)

2) 청남(淸南): 평안도의 청천강(淸川江) 이남의 땅.

3) 청북(淸北): 평안도의 청천강 이북의 땅.

4) 해서(海西): 황해도.

5) 관서(關西): 마천령 서쪽의 지방. 평안도와 황해도 북부 지역.

6) 망기(望氣): 나타나 있는 기운을 보아서 일의 조짐을 알아냄.

7) 만호후(萬戶侯): 일만 호의 백성이 사는 영지(領地)를 가진 제후라는 뜻으로, 세력이 큰

오니, 기인(其人)이 연소하오나 흉중(胸中)에 천지조화(天地造化)와 시무(時務)[8]를 무불통지(無不通知)하고 소생(小生)더러 '천명(天命)을 기다리라' 하더니, 거야(去夜)에 일몽(一夢)을 얻으니 천병만마(千兵萬馬)가 강변에 유진(留陣)하여 '동방을 호위하러 왔노라.' 하거늘, 소생이 누구임
2 을 알지 못하여 군사더러 물으니, 문득 한 사람을 가리켜 왈, '통일지군(統一之君)을 모셔오기로 영접하는 군병이라.' 하옵거늘, 소생이 금일은 새벽으로부터 강변에 나아가 망기하옵더니, 과연 군후(君侯)의 행색이 몽사(夢事)와 여상(如上)하오니, 원컨대 버리지 아니시면 견마지력(犬馬之力)으로 받들까 하나이다."

하거늘, 왕생이 차언(此言)을 듣고 내심에 행희(幸喜)하나 거짓 겸사(謙辭)하고 차야(此夜)를 헐숙(歇宿)할새, 최전이 또 가로되,

"소생이 금일에 태백산(太白山) 사람을 사귀니 일인은 신숭겸, 일인은 배현겸이요, 또 일인은 배원이라.[9] 위인(爲人)이 활달하고 의기당당(義氣堂堂)하여 표일(飄逸)[10]한 영웅이요, 소생이 또한 저에게 허심(許心)하고 교도(交道)를 맺어 사생영욕(死生榮辱)을 한가지로 언약하였으니, 원컨대 금번 지나는 길에 이 삼인을 찾아보시고 한가지로 동행하심이 어떠하리까?"

왕생이 응낙하고 익일(翌日) 발행할새, 용녀부인은 먼저 천마산(天馬
3 山)으로 보내고, 왕생이 이에 행리(行李)를 차려 발행할새, 최전으로 더불어 한가지로 행하여 천마산으로 가지 아니하고 즉시 태백산에 이르니, 산천이 비록 장려(壯麗)치 못하나 만학(萬壑)이 중첩(重疊)하고 봉만

제후를 이르는 말.

8) 시무(時務): 시급한 일. 또는 그 시대에 중요하게 다루어야 할 일.

9) 뒤이어 "신·배·복"이라는 표현이 나오는데 이는 신숭겸, 배현경, 복지겸을 가리키는 것으로 보인다. 배원은 복지겸을 잘못 쓴 것으로 보이나 원문을 따르도록 한다.

10) 표일(飄逸): 성품이나 기상 따위가 뛰어나게 훌륭함.

(峰巒)이 삭출(削出)하여 연꽃이 반개(半開)한 듯한 가운데 일좌광실(一座廣室)이 있으니 이 곧 신·배·복 삼인의 집이라. 최전이 먼저 들어가 왕생의 전후 내력을 세세히 전하니 삼인이 대희(大喜)하여 왕생을 영접하여 수일을 머무르고 일변 가산(家産)을 안돈(安頓)한 후에 행리를 수습하여 오인(五人)이 한가지로 완완(緩緩)히 행하더니, 청석령(靑石嶺)[11]에 다다라 좌우를 돌아보니, 태산은 만중(萬重)하여 구름을 연하였고 동학(洞壑)[12]은 기험(崎險)하여 연하(煙霞)에 잠겼으니, 지향(指向)할 바를 알지 못하여 오인이 돌아보며 차탄(嗟歎) 왈,

"석일(昔日)에 한신(韓信)이 배초귀한(背楚歸漢)하던 진창소로(陳倉小路)[13]가 비컨대 이에서 더하지 못할 듯하고, 삼국시절에 제갈무후(諸葛武侯)의 육출기산(六出祁山)[14]하던 기산(祈山)이 이에서 더 험조(險阻)함이 승(勝)치 못할 것이니, 만일 이곳을 지나다가 관중지지(關中之地)[15] 4
있으면 진시황의 함곡관(函谷關)[16]과 유황숙(劉皇叔)의 한중(漢中)[17]을 묘시(藐視)[18]하리로다."

---

11) 청석령(靑石嶺): 경기도와 황해도의 경계에 있는 고개.

12) 동학(洞壑): 깊고 큰 골짜기.

13) 한신(韓信)이 배초귀한(背楚歸漢)하던 진창소로(陳倉小路): 유방(劉邦)이 한신을 대장군으로 임명하여 잔도(棧道)를 수리하는 척 하다가 진창을 점령했다. 이 싸움을 통해 관중(關中)을 차지한 유방은 항우와 패권을 다투게 되었다.

14) 삼국시절에 제갈무후(諸葛武侯)의 육출기산(六出祁山)하던: 유비가 죽은 후에 제갈량이 위(魏)를 정벌하기 위해 전후 여섯 차례나 기산(祁山)에 출전하였다고 함.

15) 관중지지(關中之地): 관중(關中)은 중국 섬서성 중부의 위수(渭水) 유역에 있는 평야로 매우 비옥한 토지를 뜻함.

16) 함곡관(函谷關): 중국 하남성(河南省) 북서부에 있어 동의 중원(中原)에서 서의 관중(關中)으로 통하는 관문. 황토층의 깊은 골짜기로 되어 있어 천연적으로 견고하고 험준한 요새로 두 사람만 지켜도 적군 백 명을 당해낼 수 있다 함.

17) 한중(漢中): 황하(黃河)와 양자강(揚子江)을 연결하는 교통의 요충지. 한중의 양평관(陽平關)은 지세가 험한 군사적 요충지이기도 하여, 삼국시대에는 유비가 조조와 대치했던 곳이기도 함.

18) 묘시(藐視): 업신여기어 깔봄.

하고 서로 칭찬하며 점점 행하더니, 문득 산 좌변(左邊)에 일개 소년 중이 창황(蒼黃)히 내달아 황망(遑忙)히 합장배사(合掌拜謝)하고 가로되,

"소승(小僧)도 천지로 집을 삼아 사해(四海)에 운유(雲遊)[19]하옵더니, 마침 명공(明公)의 행색을 살피오니 동방을 정토(征討)하여 통일할 기상이 있사오니 감히 거역치 못하옵고 평생 알던 바로 지시코자 하나이다."

왕생과 제인(諸人)이 대희하여 도선(道詵)[20]과 한가지로 촌촌(村村)이 행하더니, 송악지경(松岳之境)[21]에 다다라 산천(山川) 제도(制度)와 지형(地形) 국세(局勢)를 문답하더니, 한 곳에 다다라 살펴보니 일좌명산(一座名山)에 문득 금우(金牛)가 무릎을 꿇고 이지[22] 아니하거늘, 용녀부인이 평지에 내려 산 위를 살펴보며 지형을 유의(有意)하고 왕공을 기다리거늘, 왕생이 그 뜻을 스치고[23] 가택(家宅)을 정할새, 도선이 지형을 살피고 좌향(坐向)[24]을 분간하여 일좌초옥(一座草屋)을 향설(向設)[25]한 후, 부인과 일행을 다 머물고 왕생이 홀로 천마산에 들어가니, 유옹은 이미 죽고 모친 유씨 홀로 있어 가군(家君)과 아자(兒子)를 생각하매 조운모우(朝雲暮雨)[26]에 눈물 마를 적이 없더니, 천만몽매(千萬夢寐)에 생(生)이 들어와 모친께 실성유체(失聲流涕)[27]하니 유씨 일희일비(一

---

19) 사해(四海)에 운유(雲遊)하다: 온 세상을 구름처럼 떠돌아다니다.

20) 도선(道詵): 통일 신라 말기의 승려로 풍수지리설의 대가로 알려져 있음.

21) 송악(松岳): 오늘날 개성(開城)의 옛 지명.

22) 이다: 일어나다.

23) 스치다: 생각하다.

24) 좌향(坐向): 묏자리나 집터가 자리잡은 방위(方位).

25) 향설(向設): 어떤 방향으로 집을 지었다는 뜻으로 보임.

26) 조운모우(朝雲暮雨): 아침의 구름과 저녁의 비라는 뜻으로, 남녀의 정교(情交)를 이르는 말. 중국 초나라의 회왕(懷王)이 꿈속에서 어떤 부인과 잠자리를 같이했는데, 그 부인이 떠나면서 자기는 아침에는 구름이 되고 저녁에는 비가 되어 양대(陽臺) 아래에 있겠다고 했다는 고사에서 유래한다.

喜一悲)하여 아자를 어루만져 방성대곡(放聲大哭)함을 마지아니하거늘,
생이 백단개유(百端開諭)[28]하여 천만진중(千萬鎭重)하고, 남해 용궁에
들어가 용녀로 성취(成娶)한 말씀과 다시 세상에 나와 최전 등 사인 만
난 사연을 고하고, 또 금우(金牛)가 향하여 송악산 하(下)에 가택을 정
한 말씀을 고하고 가권(家眷)을 수습하여 송악으로 돌아오니, 용녀가
유부인을 맞아 존당(尊堂)에 뫼시고 조석감지(朝夕甘旨)를 받드니,[29] 왕
생이 드디어 가속(家屬)을 안돈(安頓)하매 신숭겸 등 사인과 도선으로
더불어 일을 날로 의논하되, 마침내 무슨 일을 시작하여 거두(擧頭)할 6
방략(方略)을 정치 못하더니, 최전이 헌계(獻計) 왈,

"상고(上古)에 주무왕(周武王)[30]이 강태공(姜太公)의 모계(謀計)로 하여
써 천하를 정(定)하고, 제후 중에 제환공(齊桓公)[31]이 관중(管仲)의 도움
으로 써 패업(霸業)을 도모하였나니, 자고(自古) 이래로 창업지군(創業之
君)이 먼저 현사(賢師)를 얻은 후 언청계용(言聽計用)[32]하여 대사를 도
모하였나니, 원컨대 명공(明公)은 영남(嶺南) 강사진과 여산 송의와 감
악산(紺嶽山) 허습으로 회합하여 써 가히 대사를 경영(經營)하리이다."

왕생이 옳이 여겨 삼인을 다 송악으로 청하려 하거늘, 도선이 말

---

27) 실성유체(失聲流涕): 격한 감정으로 애끓게 울 때 울음소리가 막혀서 나오지 않고 눈물만 흘림.

28) 개유(開諭): 사리를 알아듣도록 잘 타이름.

29) 조석감지(朝夕甘旨)를 받드니: 아침 저녁으로 맛이 좋은 음식을 대접하니.

30) 주무왕(周武王): 주(周)나라의 첫 군주로서, 성은 희(姬), 이름은 발(發)이다. 강태공을 군사(軍師)로 등용함으로써 상(商)나라를 격파하라는 아버지(문왕, 文王)의 유언을 지키고 주나라를 건국하였다.

31) 제환공(齊桓公): 춘추시대 제(齊)나라의 제16대 군주로 반대세력이었던 관중(管仲)의 목숨을 살려주고 등용하였다. 이에 관중은 국력을 부강하게 하여 제나라가 천하를 제패할 수 있게 하였다.

32) 언청계용(言聽計用): 이야기하면 들어주고 계책을 세우면 쓴다는 뜻으로, 매우 신임함을 비유적으로 이르는 말.

려 왈,

"소승이 잠깐 지리를 아옵나니, 지리 조백(皁白)을 평론하올진대, 감악산도 본디 십면구구의 팔읍(八邑)을 주장하는 산[33]이요, 또 석일(昔日) 당태종(唐太宗)이 백제를 쳐 멸(滅)하고 대장 설인귀(薛仁貴)를 보내
7 어 진동장군(鎭東將軍)을 삼으니 설인귀 마침내 유진(留陣)하였으니, 이 곳은 가히 군사를 회합하여 장수를 불러 모음이 극히 편당(便當)하옵고, 그 밖으로는 사통오달(四通五達)하여 동래(東萊) 번진(藩鎭)과 호남(湖南)·호서(湖西)로 아니 통한 곳이 없나니, 가히 써 군마(軍馬)를 초집(招集)하고 영양(營養)[34]을 취득하기에 가장 마땅하리이다."

하니, 모두 그 의논이 옳다하고 최전이 즉시 일봉서(一封書)를 받들어 감악산 허습에게 통할새, 서중(書中)에 하였으되,

> 왕공이 서해중(西海中)에 들어가 용녀부인을 취하여 온 말과 오방신장(五方神將)이 천명을 받들어 왕공의 위태함을 구하고 백신(百神)이 호위한 말씀이며, 이에 영웅 준걸이 모여 응천순인(應天順人)[35]하여 진명지주(眞命之主)를 섬기려 청풍과 여산 송회와 영남 강사진, 신숭겸, 최전, 도선이 모여 이제 대사를 경영하여 최전으로 하여금 현형(賢兄)에게 기별(奇別)[36]하옵나니 왕굴(枉屈)[37]하심을 천만 바라노라.

8 하였더라.

최전이 행하여 감악산에 득달(得達)하니 봉서(封書) 가지고 간 사람

---

33) 십면구구의 팔읍(八邑)을 주장하는 산: 감악산이 여덟 개의 읍에 걸쳐 있는 크고 중요한 산임을 뜻하는 것으로 보이나 십면구구의 정확한 뜻은 알 수 없음.

34) 영양(營養): 지위가 높아지고 명망을 얻어 부모를 영화롭게 잘 모심.

35) 응천순인(應天順人): 하늘의 뜻에 순응하고 백성의 뜻을 따름.

36) 기별(奇別): 다른 곳에 있는 사람에게 소식을 전함. 또는 소식을 적은 종이.

37) 왕굴(枉屈): 남이 자기 있는 곳으로 찾아옴을 높여 이르는 말.

은 최전과 천마산 마항기더라. 최전이 항기더러 이르되,

"내 이리로 급히 회정(回程)하리니 그대는 허습을 보고 이 봉서를 전하고 한가지로 오게 하라."

하고 천마산으로 돌아오니라.

마항기 봉서를 가져 감악산에 이르러 허습을 찾아드리니, 차시(此時) 허습 등이 강공자(姜公子) 사진을 노상(路上)에서 만나 심복(心腹)으로 알아 교칠지정(膠漆之情)이 되어 서로 명주(明主)를 만나 같이 섬기려 하여 명심불망(銘心不忘)이러니, 마침 가사(家事)를 돌아보아 대강 좌를 옮겨 감악산 후곡(後谷)에 보내고 있더니, 마항기 봉서를 드리고, 최전과 동행하다가 먼저 송악산으로 돌아가 대사를 경영하여 모든 제익(諸益)[38]으로 더불어 통기(通寄)하며, 마침 소제(小弟) 혼자 이르렀음을 말하거늘,[39] 허습이 맞아 답례(答禮) 후 중당에 좌(座)하고 담론하니, 허 9
습 왈,

"내 청풍으로 하여금 모든 현형(賢兄)의 고성대명(高姓大名)을 일렀더니, 이제 마침 형이 와 봉서를 받아보니 어찌 기쁘지 아니하리오?"

하고, 즉시 행장을 차려 양인이 행(行)하니라.

차시 왕생과 중인(衆人)이 허습의 옴을 고대하더니, 허습과 항기 오거늘, 중인이 맞아 예필(禮畢)에 허습이 문왈,

"강사진이 어디에 있느뇨?"

최전과 신숭겸이 고왈(告曰),

"왕공이 강청풍을 안거사마(安車駟馬)[40]로 보시려 하여 불구(不久)에 이르리이다."

---

38) 제익(諸益): 제우(諸友). 여러 친구.

39) 원문은 내용이 뒤섞여 있어서 순서를 바로잡았음.

40) 안거사마(安車駟馬): 네 필의 말이 끄는 호화로운 수레. 예우가 극히 정중함을 이름.

허습이 초창(悄愴)하여[41] 하직 왈,

“내 왕공과 강사진을 못 보니 심히 섭섭한지라. 제형은 또 만날 날이 박두(迫頭)하였으니 소제는 먼저 감악산에 기다림을 바라노라.”[42] 하고 가려 하니, 중인이 각각 배별(拜別)[43]할새, 도선은 호국(胡國)으로 가고 최전은 여산으로 가고 신숭겸은 감악산으로 가고 행하니라.

선설(先說).[44] 강사진이 하운의 난(亂)을 피하여 당읍(唐邑)을 버리고 부모의 거장(車帳)을 보호하여 천봉산(天峰山) 장고동에 들어가니, 석공(昔公)은 이미 세상을 버리고, 석공 남매 있어 태후의 거장을 영접하여 별당(別堂)에 뫼시고 조석감지(朝夕甘旨)를 지성으로 받들며, 소저(小姐) 친사(親事)[45]는 탈상(脫喪) 후에 지내려 하더니, 광음(光陰)이 신속하여 삼상(三喪)을 마치매 태후가 즉시 길일을 택하여 성례(成禮)할새, 신랑 신부를 연석(宴席)에 청하여 천지(天地)께 교배(交拜)하니 신부의 옥보방신(玉步芳身)[46]과 화용월태(花容月態) 절륜(絕倫)하여 진선진미(盡善盡美)함이 한가지로 흠할 곳이 없더라.

이러구러 동절(冬節)을 당하여 감지(甘旨)로 봉양하기를 여일(如一)히 하며, 명춘(明春)을 당하매 청풍이 문원으로 더불어 역대흥망지사(歷代興亡之事)와 고금치란지사(古今治亂之事)를 문답하며 다소 설화(說話)가 무궁하더니, 일일은 문원이 의훤으로 더불어 사진을 불러 왈,

“방금 춘색이 가려(佳麗)하니 이 산중의 경물을 한 번 완상(玩賞)함이 어떠하뇨?”

---

41) 초창(怊悵)하다: 한탄스러우며 슬프다.

42) 감악산에 기다림을 바라노라: “감악산에 가서 기다리겠노라”는 의미인데, 잘못 되었음.

43) 배별(拜別): 절하고 작별한다는 뜻으로, 존경하는 사람과의 작별을 높여 이르는 말.

44) 선설(先說): 앞의 이야기로 돌아감.

45) 친사(親事): 혼인.

46) 옥보방신(玉步芳身): 귀한 분의 걸음걸이와 몸을 뜻함.

청풍이 마땅함을 일컫고 즉시 주효(酒肴)를 준비하여 산상에 올라가
니, 봉만(峰巒)[47]이 차아(嵯峨)하고[48] 기암옥석(奇巖玉石)은 시내를 둘 11
렀고 청옥벽담(靑玉碧潭)에 세린(細鱗)[49]이 뛰놀거늘, 양인(兩人)이 시서
(詩書)를 음영(吟詠)하며 배주(盃酒)를 통음(痛飮)하니 주흥(酒興)이 도도
하여 종일토록 놀다가, 일모(日暮)하매 돌아와 부모께 신성(晨省)[50]을
마치고 이튿날 문원으로 더불어 한담(閑談)하더니, 밖에 일위(一位) 소
년이 예단(禮單)을 가지고 청풍선생 뵙기를 청하거늘, 사진이 의관을
정제하고 답례한 후 왕생이 예배(禮拜) 왈,

"건은 이에 옴이 다름이 아니라, 선생의 고성대명(高姓大名)을 듣고
한 번 뵈옴을 원하여 이에 귀사(貴舍)에 이르렀나니, 이 왕건을 위하여
제세안민지책(濟世安民之策)을 가르치소서. 이제 군웅(群雄)이 각각 분
쟁열토(紛爭裂土)하여 수 천 리 지방의 임자를 정치 못하매 백성이 능히
안생(安生)치 못하는 고로, 왕모(王某)가 의(義)를 짚어 생민의 도탄(塗
炭)을 건지고자 하나 힘이 능히 미치지 못할새, 해서(海西) 땅 수양산
최전의 천거함으로써 선생의 존성대명(尊姓大名)을 듣고 공의 거가(車 12
駕)를 한 번 청하여 억조창생(億兆蒼生)[51]의 도탄을 건지고자 하나니,
원컨대 선생은 수고를 아끼지 마사 한 번 산문(山門)에 나아가 꽃다운
이름을 천추(千秋)에 유전(遺傳)함이 어떠하뇨?"

생이 청파(聽罷)에 최전의 천거함이 지성(至誠)임을 알고, 또 진명지
주(眞命之主) 만남을 대희하여 거짓 사양하고 피석(避席) 사왈(謝曰),

"소생이 연소무재(年少無才)하여 배운 것이 없삽거늘, 허명(虛名)을

---

47) 봉만(峰巒): 꼭대기가 뾰족뾰족하게 솟은 산봉우리.
48) 차아(嵯峨)하다: 산이 높고 험하다.
49) 세린(細鱗): 작은 물고기.
50) 신성(晨省): 새벽에 부모들이 잔 방에 가서 밤사이의 안부를 살펴 인사드리는 것.
51) 억조창생(億兆蒼生): 수많은 백성.

과하히 들으시고 멀리 폐사(弊舍)에 욕림(辱臨)하시니, 사진이 능히 명공의 후의(厚意)를 감당치 못할지니, 원컨대 다른 곳의 현사(賢士)를 구하여 안방지책(安邦之策)[52]을 도모하소서."

왕공이 가로되,

"모(某)는 일찍 들으니 '지자(智者)는 천명(天命)을 어기지 아니하고 용자(勇者)는 그 때를 잃지 아니한다.' 하며, 성인(聖人)이 운(云)하되 '봉황이 오작(烏鵲)의 유(類)에 섞이지 아니한다,' 하고 '기린(麒麟)이 우마(牛馬) 중에 놀지 아니하며 난초(蘭草)가 궁곡(窮谷)에 묻혔으되 향기를 감
13 추지 못한다.' 하였거늘, 선생은 무슨 연고로 경세대재(經世大才)[53]로 초야(草野)에 썩은 선비 되어 초목(草木)같이 늙고자 하는고? 원컨대 선생은 사양치 말고 거가를 한 번 굴(屈)하여 산문에 남을 재삼 간청하니."[54]

청풍이 능히 사양치 못할 줄 알고 드디어 석광을 천거하여 왈,

"차인(此人)의 성명은 석광이요, 신라국 대사마(大司馬) 석장군의 증손(曾孫)이요, 도봉선생의 아들이오니 주공이 거두어 장하(帳下)에 두시면 우익(羽翼)이 되리이다."

왕공이 더욱 기꺼 한가지로 행함을 청하니, 청풍이 석문원으로 더불어 행장을 준비한 후에 부모와 처자를 하직하고 삼인이 동행하여 감악산에 들어가니 최전 등 제인(諸人)이 모였는지라. 서로 반겨 좌정(坐定)한 후 주인 허습이 송회한으로 더불어 왕공 면전에 처음 뵙는 예를 행하니, 왕공이 답례하고 다시 물어 가로되,

"우리 십수인(十數人) 중에 각각 내력과 거주성명(居住姓名)을 들었으나,

---

52) 안방지책(安邦之策): 나라를 안전하게 할 방책.

53) 경세대재(經世大才): 나랏일을 맡아 다스릴 만한 재주. 또는 그런 인물.

54) 직접화법과 간접화법이 섞여 있음.

오직 현명[55] 향관(鄕貫)을 알지 못하니 청컨대 내력을 알고자 하노라." 14

율이 부복(俯伏) 대왈(對曰),

"소생이 당초에 진주(眞主)를 만나지 못하고 동서로 분주하옵더니, 마침 운봉(雲峯)[56] 노구(路口)에서 강사진을 만나니 제 비록 구면지분(舊面之分)이 없으나 스스로 반기며 두어 말로 천거(薦擧)하되, '영웅호걸을 보고자 하거든 감악산 허습을 찾아가라.' 하오매, 시절(時節)을 대(待)하더니, 명천(明天)이 사람의 정성을 살피사 금일 다행히 주공과 청풍을 만나오니 평생 고락(苦樂)을 한가지로 받들까 하나이다."

하니, 왕공과 청풍을 만나 오(吾)의 천거함을 알고 각각 사례함을 마지아니하여, 연석(宴席)을 배설(排設)하여 크게 잔치하고 사방의 길을 열어 군사를 초집(招集)하니, 수월지간(數月之間)에 삼천여 군(軍)이라. 중인이 용약(踊躍)하여 택일출사(擇日出師)함을 의논하니 청풍이 말려 왈,

"불가(不可) 불가라. 천시(天時)와 인심(人心)이 각각 기회(機會)를 정할 때 있거늘, 미리 발설하다가 만일 소루(疎漏)[57]함이 있을진대 후회 15
막급하리니, 아직 동병(動兵)치 말고 묘한 조각[58]을 기다림만 같지 못하다."

하니, 좌우가 다 '선(善)타' 하고 사방으로 탐지하여 기틀을 엿보더라.

재설(再說). 궁예 북경(北京)에 있어 찬역지심(簒逆之心)을 품고 인근 군현(郡縣)을 후대(厚待)하여 군마(軍馬)를 초집(招集)하더니, 동시월(冬十月) 망간(望間)에 초마(哨馬)가 보(報)하되 '신라 선왕(先王)이 졸(卒)하시다.' 하거늘, 궁예 대희하여 본관 태수 유지엄으로 더불어 모역(謀逆)할

---

55) 현명: 한율을 말하는 것으로 보임.
56) 운봉(雲峯): 전라도 남원 근처의 지명.
57) 소루(疎漏): 생각이나 행동 따위가 꼼꼼하지 않고 거칠음.
58) 조각: 기미(幾微)나 낌새. 겨를 또는 틈.

일을 의논하더니, 또 사람이 보하되 '선왕을 염습(殮襲)하매 장자(長子) 경순왕(敬順王)[59]이 새로 섰다.' 하거늘, 궁예 내념(內念)에 앙앙불락(怏怏不樂)[60]하여 군마를 모으고 반역할 일을 의논할새, 군관(軍官) 남정경과 배리(陪吏)[61] 장개며 집사(執事) 고숙이 장(帳)에 올라와 궁예의 귀에 대어 가만히 헌계(獻計) 왈,

"주공이 만일 대사를 모역코자 하실진대, 거짓 선왕의 조서(詔書)[62]
16 를 만들고 한 사람을 얻어 동경사신(東京使臣)의 모양으로 여차여차하면 북도제군(北道諸郡)이 다 와 볼 것이니, 그때에 이 말을 반포(頒布)하여 순종하는 자는 쓰고 거역하는 자는 다 베시면 가히 대사를 도모하리이다."

한대, 궁예 대희하여 삼인을 중상(重賞)하고, 거짓 조서를 만들어 교생(校生) 방대운을 약속하고 동경에서 보낸 사명(使命)이라 하여 말을 전하여 관사(官舍)에 영(令) 전하고, 각도각관(各道各官)에 격문(檄文)을 전하여 원근(遠近) 군장(郡長)을 일일이 다 청하고, 본관 태수 유지엄을 약속하여 말을 반포한대,

> 선왕(先王)이 말년에 궁예의 무죄함을 깨달아 깊이 뉘우치고 다시 불러들여 환조(還朝)하려 하시더니, 마침 병이 중하여 이지 못하매 임종시(臨終時)에 유조(遺詔)[63]를 주사, 북도 소속 제군(諸郡) 등처(等處)를 다 궁예에게 허급(許給)하시고, 북경왕(北京王)을 삼으사, 자금위시(自

---

59) 경순왕(敬順王, ?~978): 신라의 마지막 왕. 재위(927~935) 때 후백제의 침공과 약탈로 국가의 기능이 마비되었다. 고려에 귀부하기로 결정하고, 고려 태조에게 항복했다.

60) 앙앙불락(怏怏不樂): 매우 마음에 차지 아니하거나 야속하게 여겨 즐거워하지 아니함.

61) 배리(陪吏): 고을의 원이나 지체 높은 양반이 출입할 때 모시고 따라다니던 아전이나 종.

62) 조서(詔書): 임금의 명령을 일반에게 알릴 목적으로 적은 문서.

63) 유조(遺詔): 임금의 유언.

今爲始)[64]하여 북도관부(北道官府)는 동경을 버리고 북경에 조회(朝會)
하라.

하시니, 근읍(近邑) 수령(守令)들이 궁예에게 돌아간 바가 되니, 궁예 양
양자득(揚揚自得)[65]하여 스스로 '북경왕(北京王)'이라 칭(稱)하고 일변(一 17
邊) 성곽(城郭)을 수축(修築)하고 궁실(宮室)을 영건(營建)하며 국호(國號)
를 '태봉(泰封)'이라 하여 사직(社稷)을 세우고, 부인 강씨로 왕비를 삼
고 보모 설씨로 태상궁(太尙宮)을 삼고, 유지엄으로 상경(上卿)을 하이
고 고숙으로 우간의(右諫議)를 하이고, 총관으로 좌신무(左神武)를 삼고
설영으로 표기장군(驃騎將軍)을 삼고, 주기·맹방·마연으로 보기장(步
騎將)을 삼고 방대운으로 양초장(糧草將)을 삼아 지방을 견수(堅守)하며
군마를 초집(招集)하니, 혹 산적의 무리와 화적(火賊)의 당(黨)이 북도로
부터 오는 자도 있고 서경으로부터 오는 자도 있으니, 궁예 대희하여
각각 벼슬을 주고 강포(强暴)를 자랑하여 교만방자(驕慢放恣)하더라.
이적에 신라 신군(新君) 경순왕이 부친의 위(位)를 받아 새로 섰더니,
궁예 모반함을 듣고 대로하여 병(兵)을 들어 치고자 하되, 견훤이 승허
(乘虛)하여 뒤를 엄습(掩襲)할까 저어하여 감히 움직이지 못하고 변사
(邊使)[66] 임정으로 사(使)를 삼아 궁예를 달래어 초안(招安)[67]하라 하 18
니, 임정이 봉명(奉命)하고 북경에 들어가 궁예를 보아 왈,
"임정은 일찍 들으니, 아비는 하늘이요, 임금은 지존(至尊)이라. 당
금(當今) 명공(明公)이 천명(天命)을 거역하니 이는 시무(時務)를 알지 못
함이라. 명공이 비록 존위(尊位)를 받았으나 천명과 시무를 알지 못함

64) 자금위시(自今爲始): 지금부터 시작함.
65) 양양자득(揚揚自得): 뜻과 같이 되어 몹시 뽐냄.
66) 변사(邊使): 중앙에서 파견하던 임금의 특사.
67) 초안(招安): 죄를 용서받아 편안하게 삶.

이라. 어찌 장구지책(長久之策)[68]이 되리오? 원(願) 명공은 금일로부터 전과(前過)를 해혹(解惑)하고 왕명을 순수하사 재삼(再三) 생각하여 후일 뉘우치지 마소서."

궁예 대로하여 좌우 무사를 호령하여 임정을 밀어내어 원문(轅門)[69]에 나가 참수(斬首)하니, 임정의 종자(從者)가 쥐 숨듯 돌아와 신라왕에게 회보(回報)하니, 왕이 불승분노(不勝憤怒)하여 대장군 안촉으로 도독(都督)을 삼고 진무후(鎮撫侯) 박장수로 중군(中軍)을 삼고 병부시랑(兵部侍郎) 서경태로 선봉(先鋒)을 삼아 정병갑사(精兵甲士)를 조발(調發)하여
19 바로 북경을 살분(殺奔)[70]하니, 궁예 이 소식을 듣고 친히 영병출전(領兵出戰)할새, 김포·함춘으로 좌우 호위장군을 삼고 황보·조덕으로 좌우익(左右翼)을 삼고 마연·홍관으로 구응사(救應士)를 삼아 진남지경(鎮南地境)에 이르니, 신라 진중(陣中)에서 일원(一員) 대장(大將)이 나서며 대매(大罵) 왈,

"아비와 형을 배반하는 도적은 빨리 나와 승부를 결(決)하라."

하니, 태봉 진중에서 조덕이 출마(出馬)하여 양장(兩將)이 교봉(交鋒)하니, 살기등등(殺氣騰騰)하고 쟁성(錚聲)[71]이 분분(紛紛)하여 한 번 찌르고 한 번 막으매 승부를 결치 못하거늘, 신라 진중에서 정구·위성이 좌우로 껴 치고 태봉 진중에서 홍관·마연 등이 내달아 협공(挾攻)하여 종일토록 혼전(混戰)하더니, 황혼에 이르러 신라 장수 안촉이 조궁(雕弓)에 살을 먹여 쏘니 조덕·마연 등이 연(連)하여 살을 맞아 말에서 떨어지거늘, 궁예 쟁(錚)을 쳐 장졸을 거두고, 이튿날 평명(平明)에 홍관·

68) 장구지책(長久之策): 어떤 일이 오래 계속되도록 꾀하는 계책.
69) 원문(轅門): 군영(軍營)이나 영문(營門)을 이르던 말.
70) 살분(殺奔): 기세 좋게 달려감.
71) 쟁성(錚聲): 칼날이 부딪히는 소리.

대운 등이 또 싸움을 돋우거늘 신라 진중에서 정구·서경태 내달아 치 20
돌교봉(馳突交鋒)하니, 고각함성(鼓角喊聲)은 천지진동하는 듯하고 말굽이 분분하여 피차(彼此)를 분변치 못하더니, 경태 한 창으로 방대운을 찔러 말에서 내리치니, 정국이 또 한 살로 홍관을 맞히니 관이 살을 띠고[72] 도망하거늘, 양군(兩軍)이 상지(相持)[73]하여 월여(月餘)에 미쳐 안촉이 궁예의 안병부동(按兵不動)[74]함을 보고 겁채(劫寨)[75]할 계교를 생각하여 삼경(三更)에 동서 두 길로 엄살(掩殺)[76]하니, 궁예 잠을 들었다가 불의지변(不意之變)을 당하니 혼백(魂魄)이 비월(飛越)하여 단기(單騎)로 도망코자 하나 신라병이 중중첩첩(重重疊疊)히 둘러싸니 진퇴유곡(進退維谷)하여 황황분주(遑遑奔走)[77]하더니, 문득 화광(火光) 중에 보니 김포·함충이 일변으로 적군을 막으며 궁예를 보호하여 겨우 목숨을 벗어나 북경성에 들어가 흩어진 군사를 부르며 민병(民兵)을 더하여
갈력방비(竭力防備)[78]하나 어찌 대적하리오? 궁예 감히 싸울 뜻이 없 21
어 북경성을 버리고 도망할새, 철원 땅에 다다르니 부인 강씨 궁예를 권유 왈,

"첩이 생각건대, 실산(失散)한 제장(諸將)이 주공(主公)의 뒤를 좇고자 하나 주공이 멀리 가 찾지 못하면 흩어질 것이니, 청컨대 이 땅에 유진(留陣)하고 실산 장졸을 수합(收合)하여 다시 소복(蘇復)[79]하기를 도모하소서."

72) 살을 띠고: 화살을 맞은 상태로.
73) 상지(相持): 서로 대치하고 있음.
74) 안병부동(按兵不動): 군대를 멈추고 움직이지 않음.
75) 겁채(劫寨): 적의 소굴을 위협하거나 힘으로 빼앗음.
76) 엄살(掩殺): 별안간 습격하여 죽임.
77) 황황분주(遑遑奔走): 갈팡질팡 어쩔 줄 몰라 바쁘게 뛰어다님.
78) 갈력방비(竭力防備): 있는 힘을 다하여 적의 침입에 대비함.
79) 소복(蘇復): 원기가 회복됨.

궁예 그 말을 좇아 북도와 서경에 공문을 보내어 장수와 군마를 부르대,

만일 신라병을 물리치고 북경을 다시 회복할 자가 있으면 가히 북경을 반분하리라.

하니, 각처 군민(郡民)이 다투어 궁예를 돕고자 하더라.

각설. 왕공(王公)이 최전 등 중인으로 더불어 감악산에 웅거(雄據)하여 있더니, 문득 정탐(偵探)이 보(報)하되,

"태봉왕이 신라병으로 더불어 싸우다가 패하여 북경을 버리고 철원 땅에 와 장수를 초모(招募)한다."

하거늘, 청풍이 대희 왈,

22 "천명(天命)이 이제야 주공께 돌아왔도다."

하고, 중인을 청하여 헌계(獻計) 왈,

"이제 공 등(等)이 약간 군사를 거느리고 의병장의 기호(旗號)를 세워 태봉왕을 보고 왕공을 천거하여 급한 것을 구하면, 궁예 반드시 주공으로 대장을 삼으리니, 적병을 물리친 후 주공이 다시 군사를 몰아 궁예를 파하고 스스로 주장(主張)하면 일을 도모함이 쉬우리이다."

제인(諸人)이 청파(聽罷)에 개연(介然)히 칭사(稱謝) 왈,

"청풍의 소견이 가히 마땅하거니와, 궁예의 강포로도 능히 대적치 못하였거든, 우리 약소한 군마로써 궁예의 피폐(疲弊)한 군졸과 회합(會合)하여 졸연(卒然)히 파(破)키 어려우니 청풍은 무슨 묘책이 있는가 알고자 하노라."

청풍이 빈미(顰眉)[80] 소왈(笑曰),

---

80) 빈미(顰眉): 눈살을 찌푸림.

"내 이미 제공(諸公)의 수고를 알았으니 내 스스로 물러갈 계교를 생각하였노라."

왕공과 제인이 그 뜻을 알지 못하여 민민(憫憫)하거늘,[81] 청풍이 왕공 면전(面前)에 가까이 나아가 계책을 대강 베풀새, 23

"자기[82] 홀로 완산(完山)에 들어가 이해(利害)로 견훤을 달래고 격동(激動)하여 여차여차 하면 가히 성사하리이다."

왕공이 흠신(欠身)[83] 사왈(謝曰),

"선생의 신기묘산(神奇妙算)은 양평(良平)[84]의 후신(後身)이 아니면 와룡(臥龍)[85]의 조화로다."

하고 인하여 각각 발행(發行)할새, 시동(侍童) 일 인과 일 필 말을 머물러 청풍을 타게 하고 쉬이 회환(回還)함을 재삼 당부하며 서로 연연(戀戀)하여 각각 하직하고, 왕공이 제인으로 더불어 약간 군마를 거느리고 철원에 들어가 태봉왕을 보아 왈,

"소장(小將) 왕생(王生) 등은 본디 관서(關西) 사람이라. 일찍 들으니 대왕의 현영(賢英)하신 명망이 서북에 진동하오매, 능히 한 번 뵘을 기약치 못하옵더니, 근일(近日)에 듣자오니 신라왕이 병마를 보내어 북경을 핍박할새, 대왕이 저의 강포를 제어치 못하여 구원병을 부른다 하시매, 소장 등이 불원천리(不遠千里)하고 이에 이름은 다른 뜻이 아니라, 일지병(一枝兵)[86]을 주시면 한 번 북 쳐 안촉 병을 물리치고 북 24

81) 민민(憫憫)하다: 매우 딱하다.

82) 자기: 청풍을 가리킴.

83) 흠신(欠身): 공경하는 뜻으로 몸을 굽힘.

84) 양평(良平): 중국 한(漢)나라 고조의 신하인 장량(張良)과 진평(陳平)을 합하여 이르는 말로, 지략이 뛰어난 사람을 가리킴.

85) 와룡(臥龍): 제갈량을 가리키던 말로, 초야(草野)에 묻혀 있는 큰 인물을 말함.

86) 일지병(一枝兵): 한 무리의 병사.

경을 회복하여 대왕의 근심을 덜고자 하나이다."

궁예 청파(聽罷)에 왕공의 부하를 살펴보니, 신장이 팔·구 척(尺)에 지나고 면모가 당당하여 추상(秋霜) 같고 기력이 절륜(絕倫)한 자도 있고, 양목(兩目)이 샛별 같고 신채(神采) 동탕(動蕩)한 자도 있으니, 궁예 대희하여 왕모(王某)로 좌장군(左將軍)을 삼고 황승으로 중랑장(中郎將)을 삼고, 함충으로 선봉을 삼고 설영으로 거기장군(車騎將軍)을 삼고, 주기·맹방으로 부장(副將)을 삼고, 왕공의 부하장(部下將) 신숭겸 등 사형제와 최전·허습·송희 등 제인은 중군비장(中軍裨將)을 삼고, 이검·남월로 후군구응사(後軍救應士)를 삼아 정병 오천을 주니, 왕후 강씨 급히 말려 왈,

"불가(不可) 불가라. 주공이 이미 역천반국(逆天叛國)한 죄명(罪名)이 있으니 입국지초(立國之初)에 인신(人臣)의 적심(赤心)을 알지 못하고 중군갑사(中軍甲士)를 다 기울여 병권(兵權)을 맡겼다가 저의 뜻이 한 번 변하면 후회되리이다."

궁예 대노하여 강씨를 질퇴(叱退)하고 왕공을 재촉하여 '바삐 북경성을 회복하라.' 하니, 왕공이 즉일 발행하여 호호탕탕(浩浩蕩蕩)히 북경으로 진발(進發)하니, 군위(軍威) 정숙하더라. 행하여 북경 삼십 리에 하채(下寨)하고 격서를 전한대 신라 장군 안촉이 견파(見罷)에 대로하여 인병출전(引兵出戰)하니, 좌편은 정국·성경태요 우편은 한팽·우섭이라. 또 왕공의 진중에서 사장(四將)이 출마하니 좌편은 함충·설영이요 우편은 배현겸·전율이라. 사장이 당선(當先) 출마하여 일시에 시살(廝殺)[87]하니, 검광(劍光)은 운무(雲霧)의 번개 같고 함성은 천지진동하더라. 양진(兩陣)이 교봉(交鋒)하여 피차 승부가 없더니 날이 황혼에 미치

87) 시살(廝殺): 싸움터에서 마구 침.

매 양진에서 쟁 쳐 군을 거두어 안병부동(按兵不動)하니, 안촉이 제장(諸將)으로 상의 왈,

"이제 적장이 영채를 굳게 하고 완병지세(緩兵之勢)[88]를 쓴다 하니 26
모야간(暮夜間)에[89] 겁채(劫寨)함이 어떠하뇨?"

정국·경태 등이 말려 왈,

"전일 궁예를 겁채할 때는 우연히 획책(劃策)을 맞췄거니와, 이번은 김포 등이 굳게 지켰으리니, 청컨대 장군은 병마를 성중(城中)에 유진(留陣)하고 적병의 해태(懈怠)함을 기다려 구처(區處)[90]하소서."

안촉이 종기언(從其言)하여 병마를 성중으로 옮기거늘, 왕공이 전령(傳令)하여 북경성을 사면으로 치다가 군마를 많이 상하매 감히 성을 치지 못하고 양군(兩軍)이 상지(相持)하여 청풍의 회기(回期)를 현망(懸望)하더라.[91]

차시(此時) 청풍이 중인을 작별하고 길을 떠나 백제국에 들어가 완산 성하(城下)에 주인을 정하고[92] 뇌물로써 수문관(守門官)을 사귄 후에 좌우를 인친(仁親)[93]하여 견훤왕 보기를 간청하니, 백제성 금문관(禁門官)이 견훤에게 고한대, 견훤왕이 중관(衆官)으로 더불어 승토전에
좌기(坐起)[94]하고 청풍을 청하거늘, 생이 완완(緩緩)히 들어가 견훤왕 27
의 면전(面前)에 복지재배(伏地再拜) 왈,

"미신(微臣) 강사진은 당조(唐朝) 진양후(晋陽侯) 강태부의 아들이니,

---

88) 완병지세(緩兵之勢): 급히 싸우지 않고 장시간 싸울 준비를 함.

89) 모야간(暮夜間)에: 어두운 밤중에.

90) 구처(區處): 변통하여 처리함.

91) 현망(懸望)하다: 걱정을 하며 기다리다. 희망을 걸다.

92) 주인을 정하다: 여관을 정하다.

93) 인친(仁親): 어진 마음으로 친함.

94) 좌기(坐起): 관아에 나와 일을 시작함.

당초에 당읍(唐邑) 토지와 궁전성곽(宮殿城郭)을 다 대왕에게 드리고 화친하여 인국(隣國)의 침범하는 욕을 면(免)코자 하옵더니, 뜻 아닌 신라왕이 하운 필부(匹夫)를 보내어 병위(兵威)로 겁칙하매[95] 형세 마지못하여 토지와 성곽을 다 저에게 속(贖)한 바가 되니 어찌 분한(憤恨)치 아니리오? 원컨대 대왕은 군사를 들어 신라를 치실진대 미신(微臣)이 계교로써 일비지력(一臂之力)[96]을 돕고자 하옵나니, 대왕의 뜻이 어떠하시니이까?"

왕이 청파(聽罷)에 암희(暗喜)하여 짐짓 가로되,

"짐이 역시 이 마음이 있은 지 오래되, 능시 거사(擧事)치 못하였더니, 이제 귀객(貴客)이 이르러 이렇듯 계교하오니 짐의 뜻이 활연(豁然)[97]한지라. 어찌 신라국을 용서하리오?"

생이 우(又) 대왈,

28 "이제 신라왕이 안연(晏然)히 물러 있어 실시(失時)함을 깨닫지 못하니, 바삐 기병(起兵)하사 기회를 잃지 마소서."

견훤왕이 청파에 자리를 점점 가까이 하여 가로대,

"과인(寡人)이 또한 이 뜻이 오래나 기묘한 방략(方略)을 생각지 못하였으니, 청컨대 존객(尊客)은 기특한 계교를 가르치면 한번 듣기를 원하노라."

생이 정금(整襟)[98] 대왈,

"옛적에 한고조(漢高祖)는 의제(義帝)를 발상(發喪)[99]하고 충심(忠心)으

---

95) 겁칙하다: 힘으로 빼앗음.

96) 일비지력(一臂之力): 한 팔의 힘이라는 뜻으로, 보잘것없게나마 남을 도와주는 조그마한 힘을 말함.

97) 활연(豁然): 환하게 터져 시원한 모양. 또는 의문을 밝게 깨달은 모양.

98) 정금(整襟): 옷깃을 여미어 모양을 단정히 함.

99) 발상(發喪): 초상난 것을 발표함.

로 제복(制服)하여 천하를 도모하였나니,[100] 이제 대왕이 또한 백제를 위하여 발상(發喪)하시고 병(兵)을 들어 신라를 치실진대, 명정언순(名正言順)[101]할 뿐 아니라 당금(當今) 신라왕이 궁예로 더불어 지경(地境)을 다투매 일정(一定) 동경(東京)이 공허(空虛)하였을지라. 이제 대왕이 동경이 공허한 때를 타 친정(親征)하시면 한 번 북 쳐 동경을 취할 것이니, 차(此)는 만전지책(萬全之策)이라. 가히 지완(遲緩)치 못하리이다."

견훤이 대희하여 즉시 백제를 위하여 발상하고 일변 병마를 초집(招集)하여 출전할새, 청풍을 권하여 '군중(軍中)에 종사하라.' 한대, 생이 29
사양 왈,

"사진은 본디 부모의 독자(獨子)로 초야의 썩은 선비라. 어찌 만군중에 종사하리이까? 만일 대왕이 버리지 아니시면, 원컨대 이에 머물러 춘궁(春宮)[102]을 뫼시고 성을 지키어 대왕의 승첩(勝捷)하심을 앙탁(仰託)[103]하리이다."

견훤이 옳이 여겨 문사 정원과 청풍을 완산에 머물러 도성을 지키게 하고, 대장 양걸로 선봉을 삼고 교위(校尉) 전풍으로 후대(後隊)를 삼고, 이필로 호위장(護衛將)을 삼고 장고월로 보기장(步騎將)을 삼아 호호탕탕(浩浩蕩蕩)히 동경으로 진발(進發)하니, 형세 태산 같더라. 이때 진산 태수 하운이 견훤의 침노함을 보고 토병(土兵)을 점검하여 견훤을 막으나 어찌 당하리오? 성을 버리고 달아나니, 군사가 물밀듯 동경성에 다다르니 초마(哨馬)가 바삐 고한대, 경순왕이 대경(大驚)하여 '관액

---

100) 의제(義帝)는 진(秦)나라 말기에 다시 세워진 초(楚)의 왕으로 항우(項羽)에 의해 살해되었다. 이에 한고조 유방(劉邦)이 항우를 공격해 초한전쟁(楚漢戰爭)을 일으켜 항우를 무찌르는데, 이 때 항우가 의제를 암살했다는 사실을 중요한 정치적 명분으로 내세웠다.

101) 명정언순(名正言順): 명분이 바르고 말이 사리에 맞음.

102) 춘궁(春宮): 황태자 또는 왕세자의 별칭.

103) 앙탁(仰託): 우러러 부탁함.

30 (關阨)[104]을 견수방비(堅守防備)하라.' 하고 제신(諸臣)으로 의논하니,
군신(群臣)이 합주(合奏) 왈,

"견훤은 본디 강포한 무리라. 이제 바삐 안촉을 불러들여와야 가히 적병을 방비하리이다."

신라왕이 옳이 여겨 즉시 사(使)를 보내어 촉을 부른대, 안촉이 북경에 있어 군마를 정돈하더니, 문득 사자(使者)를 보고 즉시 발행할새, 여러 날 만에 동경에 이르러 신라왕을 보니 신라왕이 대희하여 '즉시 견훤을 살퇴(殺退)하라.' 하니, 안촉이 청령(聽令)하고 군을 거느려 출진(出陣)할새, 제장(諸將)이 간왈(諫日),

"견훤의 용맹으로 우리 패할까 두리노라."

안촉이 질퇴(叱退)하고 하령(下令)하여,

"대소병마(大小兵馬)를 진산(珍山) 동곡(東谷) 밖에 출진(出陣)하라."
하니, 하운이 불가(不可)함으로써 여러 번 간하되 촉이 종시(終是) 불청
(不聽)하고 산하에 내려 싸움을 돋우니, 견훤이 중장(衆將)을 약속하고
31 일성포향(一聲砲響)에 세 길로 써 치니, 신라병이 멀리 와 피곤한데 진
세(陣勢)를 미처 벌이지 못하여 적병의 살분함을 만나니, 촉이 비록 손
오(孫吳)[105]의 모략(謀略)과 항우(項羽)[106]의 용맹이 있은들 삼로복병(三
路伏兵)을 어찌 대적하리오?

대패하여 사산분주(四散奔走)[107]하니, 한팽·서경태는 군중(軍中)에

---

104) 관액(關阨): 국경에 있는 관문과 요새의 높고 험한 지역을 가리키는 말.

105) 손오(孫吳): 중국 춘추 전국 시대의 병법가인 손무(孫武)와 오기(吳起)를 아울러 이르는 말.

106) 항우(項羽): 중국 진(秦)나라 말기에 나라가 혼란스러워지자 군사를 일으켜 유방(劉邦)과 천하를 놓고 다툰 무장. 진나라를 멸망 시킨 뒤 서초 패왕이라 칭했으나 해하에서 유방에게 포위되어 자살함.

107) 사산분주(四散奔走): 사방으로 흩어져 재빨리 달아남.

죽고, 안촉이 또한 살을 맞아 말에서 떨어지니 적장군 문통이 창을 들어 베이고자 하더니 태수 하운의 구함을 힘입어 베임을 면하나 정신을 모르거늘, 하운이 제장으로 진산 협곡에 돌아와 굳이 지키고 나지 아니하니, 견훤이 승승장구(乘勝長驅)하여 사면으로 치되, 산천이 기구(崎嶇)한 가운데 동곡 요해처(要害處)에 목석(木石)을 준비하여 진심 방어하니, 견병(甄兵)이 능히 진산 협곡을 지나지 못하고 상지(相持)한 지 양년(兩年)에 군량(軍糧)이 핍절(乏絕)하는지라. 견훤이 스스로 생각하되, '적장 하운이 험액기처(險阨奇處)를 굳이 지키고 싸울 뜻이 없으니, 이렇듯 상지하다가 만일 신라왕이 골육지정(骨肉之情)[108]을 생각하여 궁예를 화목(和睦)하고 형제 일심(一心)하여 뒤를 엄습하면 저의 계교를 맞추리니,[109] 일찍이 반사(班師)[110]하여 돌아가 궁예의 동정(動靜)을 탐지한 후에 선척(船隻)을 준비하여 격발관습하고[111] 수군과 육군을 수륙병진(水陸竝進)하면[112] 제 능히 양로병(兩路兵)을 방어치 못하여 패주(敗走)할 것이니, 그때에 진산 협곡을 취하면 동경 파(破)함이 여반장(如反掌)이라.' 하고, 인하여 군중에 하령하여 회군(回軍)하니라. 32

어시(於是)에[113] 왕생이 신숭겸 등 중장(衆將)으로 더불어 북경성에 유진(留陣)하고 성중(城中) 허실(虛失)을 탐지하더니, 일일은 청탐(聽探)이 보(報)하되 '신라병이 모야간(暮夜間)에 도망한다.' 하거늘, 제장군졸(諸將軍卒)이 그 뜻을 알지 못하나 다만 왕공과 최전 등 제인은 청풍의 계교로써 동경이 분란(紛亂)하매 촉군이 가만히 물러간 줄 알고 암희

108) 골육지정(骨肉之情): 가까운 혈족(血族) 사이의 정분.
109) 계교를 맞추리니: 계교에 걸려드는 것이리니.
110) 반사(班師): 군대를 돌이킴.
111) 격발관습하고: 미상. 연습한다는 의미로 보임.
112) 이 대목은 문맥에 맞게 문장의 순서를 바꿨음.
113) 어시(於是)에: 여기에 있어서.

(暗喜)하여 하니, 차하(次下) 말이 어찌 된고? 하문(下文) 분하(分下)하라.

세 무술 칠월 향동 서

고려보감 권지사 卷之四

차설(且說). 왕공과 최전 등 제인(諸人)은 청풍의 계교(計巧)를 들은 1
대로 동경(東京)이 분란(紛亂)하여 촉군[1]이 가만히 물러감을 알고 암희(暗喜)하여 중군(中軍)을 재촉하여 성에 들어가니, 성내 인민이 단사호장(簞食壺醬)[2]으로 왕장군을 맞느니라. 왕공이 드디어 군을 성 중에 둔(屯)하고 즉시 첩서(捷書)[3]를 닦아 사자(使者)를 택정(擇定)하여 북경에 가 궁예에게 보(報)하니, 궁예 대희(大喜)하여 스스로 교만방자(驕慢放恣)하여 일변 궁실[4]을 넓히며 누대(樓臺)를 사치하여 민간 부녀를 겁탈하며 풍악을 전주(前奏)하여 주야(晝夜)로 창음(暢飮)하니, 궁첩(宮妾) 중에 무상이란 여자가 얼굴이 절색(絕色)이요 심지(心地) 간교하여 상주(商紂)의 달기(妲己)[5]같고 모든 궁녀 중의 총희(寵姬) 되었더니, 일일은

---

1) 촉군: 안촉의 군사.

2) 단사호장(簞食壺醬): 대나무로 만든 밥그릇에 담은 밥과 병에 넣은 마실 것이라는 뜻으로, 넉넉하지 못한 사람의 거친 음식을 이르는 말.

3) 첩서(捷書): 싸움에서 승리한 것을 보고하는 글.

4) 1장 앞면의 하단 약 반 정도는 원본이 찢겨나갔으므로, 활판본 『고려태조』의 같은 대목으로 보완하였음. 『고려태조』의 내용은, "왕공(王公)과 최젼(崔傳) 등(等) 제인(諸人)은 청풍(淸風)의 계교(計較)로써 동경(東京)이 분란(紛亂)ᄒᆞ니 뎍군(敵軍)이 가마니 물너감을 알고 암희(暗喜)ᄒᆞ야 즁군(中軍)을 ᄌᆡ(催)촉ᄒᆞ야 셩(城)에 드러가니, 셩ᄂᆡ인민(城內人民)이 단ᄉᆞ호장(簞食壺醬)으로 왕쟝군(王將軍)을 맛ᄂᆞᆫ지라. 왕공(王公)이 드ᄃᆡ여 군(軍)을 셩즁(城中)에 둔(屯)ᄒᆞ고 즉시(卽時) 쳡셔(捷書)를 닷가 ᄉᆞ쟈(使者)를 ᄐᆡᆨ졍(擇定)ᄒᆞ야 븍경(北京)에 가 궁예(弓裔)의게 보(報)ᄒᆞ니, 궁예(弓裔) ᄃᆡ희(大喜)ᄒᆞ야 스ᄉᆞ로 교만방ᄌᆞ(驕慢放恣)ᄒᆞ야 일변궁실(一邊宮室)을 넓히며"(『고려태조』, 46.)

무상이 궁예를 부촉(附囑)하여 왈,

“당금(當今)에 주공이 북경을 떠나사 부고(府庫) 전량(錢糧)이 공허(空虛)하고 국용(國用)이 탕갈(蕩竭)하였사오니, 신첩(臣妾)의 어린[6] 소견에는 생각하오니 가산(家山)이 부요(富饒)한 집의 재물을 탈취하여 용비
2 (用費)를 넉넉히 함이 좋을까 하나이다.”

궁예 희희(喜喜)히 웃고 대락(大樂)하여 무상을 더욱 사랑하며 일변 군하(郡下)에 하령하여 재물을 탈취할새, 좇지 아니하는 자가 있으면 극형(極刑)을 더하니, 왕비 강씨 이 말을 듣고 대경(大驚)하여 무상을 불러 중책(重責)하고, 궁예는 좋은 말로 대답하더라.

궁예 면전(面前)에서 간(諫)하라 하니 무상이 강후의 중책을 듣고 대한절치(大恨切齒)하여 강후 해할 뜻을 두고 교언영색(巧言令色)이라. 궁예를 농락(籠絡)하여 왈,

“대왕이 이미 일방지군(一方之君)이 되시매 촌토(寸土)와 척지(尺地)라도 대왕의 두신 바이요, 일민소졸(一民小卒)도 다 대왕의 두신 바이니, 그 땅에 거(居)한 자가 부귀호치(富貴豪侈)함이 다 누구의 덕이겠습니까? 이러므로 신첩이 잠깐 생각컨대, 주상이 부고(府庫) 공허한 때를 타 일시 민물(民物)을 취득함이 비례(非禮) 아니거늘, 강씨 스스로 원비(元妃)라 자긍(自矜)하여 착한 체하며 대왕으로 상(商)나라 망하던 걸주(桀紂)[7]에게 비하고, 신첩으로 하여금 달기(妲己) 같다 지목하여 걸주의

---

5) 상주(商紂) 달기(妲己): 상나라 주왕의 비(妃). 왕의 총애를 믿어 음탕하고 포악하게 행동하였는데, 뒤에 주나라 무왕에게 살해되었다. 망국의 악녀로 불린다. 상(商)은 은(殷)나라의 다른 이름.

6) 어린: 어리석은.

7) 상(商)나라 망하던 걸주(桀紂): 주(紂)는 중국 상(商)나라 마지막 왕으로 폭정으로 나라를 망하게 함. 걸(桀)은 하(夏)의 마지막 왕으로 상(商)과 관련이 없으나 걸주(桀紂)는 폭군을 지칭하는 대명사로 쓰임.

포악(暴惡)을 돕는다 하니, 만일 조정 군신(群臣)이 강씨로 더불어 가만 3
히 동모(同謀)하면 주공과 신첩이 죽어 묻힐 땅이 없을까 하나이다." 하고 말을 마치며 실성유체(失聲流涕)하니, 궁예 무상의 감언이어(甘言利語)와 애원(哀怨)한 태도에 더욱 침혹(沈惑)하여 강씨와 제신(諸臣)을 범 보듯 하고, 무상의 말을 사사언청(事事言聽)[8]하니, 요녀(妖女)의 권세가 날로 극심하여 걸주의 포악을 일삼더라.

이적에 철원(鐵圓) 도성(都城) 소졸(小卒) 진담 이단이라 하는 사람이 재물이 불과 천금(千金)을 넘지 못하더니, 궁예의 탐포(貪暴)함을 만나 가산을 탕진하고 의탁할 곳이 없어 유리개걸(流離丐乞)[9]할새, 불승통원(不勝痛寃)하여 스스로 북경성에 나아가 왕장군을 보고 궁예왕 탐포(貪暴)함을 세세(細細)히 고한대, 왕공이 즉시 진담을 명하여 장하(帳下)에 머무르고 최전 등 팔인(八人)을 청하여 가만히 계(計)한대, 최전 왈,

"당금 궁예왕이 무도(無道)하여 부녀를 음란(淫亂)하고 민간 재물을 탈취한다 하오니, 가히 동병(動兵)하는 이름이 명정(明正)하고 또 무도를 폐치(廢置)하는 법령이 엄숙할 것이니, 이때를 타서 혼군(昏君)을 폐 4
하오되, 군사 중에 영리하고 총명한 자를 가리어 철원 도성에 보내어 허언(虛言)으로 전설(傳說)하되, '신라왕이 병마(兵馬)를 정제하여 북경을 또 취할 뜻이 있으나, 다만 거리끼는 바는 왕장군이 돌아오지 아니하고 머물러 있으매 감히 동병치 못한다.' 반포하여 먼저 궁예의 마음을 겁(怯)하게 하고, 일변 주공이 글월을 올려 북경 유성장(留城將)을 자청(自請)하시면 궁예 반드시 주공과 장졸(將卒)을 머물러 북경을 지키라 하고 북경으로 돌아올 뜻이 없을 것이니, 이는 주공의 병권(兵權)이 만전(萬全)할 뿐 아니라 기간(其間)에 청풍이 돌아오면 다른 의논이 있

8) 사사언청(事事言聽): 일마다 말하는 대로 잘 들어줌.
9) 유리개걸(流離丐乞): 정처 없이 떠돌아다니며 빌어먹음.

으리이다."
한대, 좌우가 다 '선(善)타.' 하고, 소졸 진담으로 '먼저 동경에 가 여차 여차 말을 반포하라.' 하고, 다시 글월을 닦아 궁예에게 보(報)하되, 궁예 개탁(開坼)하여 보니 그 서(書)에 하였으되,

5 좌장군 왕모는 돈수재배(頓首再拜)[10]하고 감히 우회(愚懷)[11]를 계달(啓達)[12]하옵나니, 근일(近日)에 적세(敵勢)를 자상(仔詳)이 탐지하온즉, 안촉의 당년(當年) 채병(採兵)한 뜻이 견훤왕의 신라지병(新羅之兵)을 침범하옵기로 세부득이(勢不得已)[13] 대군(大軍)을 반사(班師)하였으나, 견훤이 마침내 진산 협곡으로 엄습(掩襲)치 못하고 파병(罷兵)하여 돌아가오매, 신라왕이 정병맹장(精兵猛將)을 일일이 연습하여 다시 북경을 회정(回征)할 뜻이 있다 하오매 그 봉예(鋒銳)를 근심치 아니하지 못할지라. 이러므로 국가를 위하여 안방보국(安邦保國)할 계책을 고달(告達)하옵나니, 청컨대 대왕은 소장(小將)으로 하여금 북경진무장(北京鎭撫將)을 삼아 써 성지(城地)를 수축(修築)하며 군마를 연습하여 신라병을 방비하옵고, 대왕은 또한 일원(一員) 대장을 송악에 보내어 궁전을 새로 창건하여 두었다가, 만일 도적의 급한 환(患)이 있거든 뒤로 물러가 송악을 지키고 득승(得勝)하여 앞으로 나아와 철부(鐵府)에 안락(安樂)하시면, 대왕이 스스로 베개를 높이시고 태평으로 즐기시리다.

6 하였거늘, 궁예 견필(見畢)에 대희하여 즉시 제장(諸將)을 모아 의논하고 인하여, '왕장군으로 북경진무도총장(北京鎭撫都總將)을 삼아 신라병

---

10) 돈수재배(頓首再拜): 머리가 땅에 닿도록 두 번 절을 함.

11) 우회(愚懷): 어리석은 생각.

12) 계달(啓達): 임금에게 의견을 아뢰는 것.

13) 세부득이(勢不得已): '사세부득이(事勢不得已)' 의 준말. '일의 형세가 그렇게 하지 않을 수가 없어' 라는 뜻.

을 방비하라.' 하고, 장개·조덕으로 일군(一軍)을 영(令)하여 송악에 신궁(新宮)을 창건하고, 또 한승·류지방을 북방에 보내어 '오랑캐를 방비하라.' 하고, '사방에 근심이 없다.' 하고 자주 방자(放恣)하며, 희첩(姬妾) 무상으로 더불어 매일 창음(暢飮)하더니, 무상이 교언영색(巧言令色)으로 참소(讒訴)하여 왈,

"외장(外將) 왕모는 충성이 제(齊)나라 전단(田單)[14]에 내리지 아니되,
다만 주공을 좇아 일어난 제신(諸臣)은 겉으로 정성을 다하는 듯하오
나, 그 실(實)은 적심(賊心)이 있는지라. 신첩이 근일(近日)에 외관(外觀)
을 탐지하온즉, 승상(承相) 유지엄과 차경(次卿) 남정 등이 주공을 원망
하매, '우리 본디 신라 식록지신(食祿之臣)으로 신군(新君)을 좇은 뜻은
부귀영화를 길이 누릴까 하였더니, 생각지 않은 신민(臣民)의 재물을
탈취하며 학정(虐政)을 일삼음이 걸주(桀紂)에 지난지라. 아직 강후(姜 7
后)는 명철하사 임사(妊似)의 덕(德)[15]이 있으니, 차라리 이윤(伊尹)[16]
곽광(霍光)[17]의 일을 효칙(效則)[18]하여 이 뜻을 강후에게 통하고 무도
혼군(無道昏君)을 폐(廢)하여 써 생민을 도탄중(塗炭中)에 건져내고 주륙
지환(誅戮之患)을 면할 만 같지 못하다.' 하오니, 불구(不久)에 대화(大禍)
가 일어나리니 복원(伏願)[19] 주상은 살피사 후회지탄(後悔之嘆)이 없게

---

14) 전단(田單): 전국시대 제(齊)나라 사람으로 병법에 능통하였다. 연(燕)나라를 격파하고 이전에 잃어버린 땅을 수복했음.

15) 임사(妊似): 태임(太妊)과 태사(太似). 태임은 주(周)나라 문왕의 어머니이고, 태사는 무왕의 어머니로, 두 사람은 현모양처의 상징임.

16) 이윤(伊尹): 중국 은나라의 전설상의 인물. 이름난 재상으로 탕왕을 도와 하나라의 걸왕을 멸망시키고 선정을 베풀었다.

17) 곽광(霍光): 중국 전한(前漢)의 장군(?~B.C.68). 무제를 섬기다가 무제가 죽자 실권을 장악하였다. 어린 소제를 보좌하여 대사마 대장군(大司馬大將軍)이 되었으며, 소제가 죽은 뒤 선제를 즉위시켜 20여 년 동안 권력을 누렸다.

18) 효칙(效則): 본받아 법으로 삼음.

19) 복원(伏願): 웃어른에게 엎드려 삼가 원하는 것.

하소서."

하거늘, 궁예 청파(聽罷)에 대경대로(大驚大怒)하여 즉일(卽日)로 건덕전(乾德殿)에 제신(諸臣)을 모아 발연대매(勃然大罵) 왈,

"너희 등이 자초(自初)로 과인(寡人)의 식록지신(食祿之臣)이니 충의(忠義)를 격발(激發)[20]함이 옳거늘, 고주(故主)를 생각하여 반심(叛心)을 품으니 차(此)는 역신(逆臣)이라. 주륙(誅戮)하여 써 후세에 이심(異心) 품은 자를 징계하리라."

하고, 언파(言罷)에 전전(殿前)에 정확(鼎鑊)[21]을 베풀고 무사를 호령하여 '잡아 내려오라.' 하니, 유지엄의 무리며 좌우 제신(諸臣)이 차경(此景)을 보고 대경하고 황황송률(遑遑悚慄)[22]하더니, 문득 강후가 병풍 뒤로 나와 간(諫)하여 왈,

8 "주공이 입국지초(立國之初)에 제신의 힘을 입어 대사(大事)를 도모하였거늘, 일시 불행하여 북경을 신라에 아인[23] 바가 되었으나 당금(當今) 회복하였으니 사직(社稷)의 홍복(洪福)이라. 유공자(有功者)를 상을 주고 유죄자(有罪者)를 벌하여 상벌이 분명히 함은 주공의 직분이라 하오려니와, 뜻 아닌 제신을 무죄유죄 간(間) 옥석(玉石)을 구분(俱焚)하려[24] 하시니, 누구로 더불어 지방을 지키려 하시나이까? 원컨대 주공은 세 번 생각하여 상벌을 분명히 하여 길이 명정(明正)한 임금이 되게 하소서."

하고 말로 좇아 통달명쾌(通達明快)하니, 궁예 처음은 무상의 말을 듣

---

20) 격발(激發): 기쁨이나 분노 따위의 감정이 격렬히 일어남.

21) 정확(鼎鑊): 죄인을 삶아 죽이는 형벌의 기구로 쓴 큰 솥.

22) 황황송률(遑遑悚慄): 갈팡질팡 어쩔 줄 몰라 하며 매우 두려워하는 모양.

23) 아이다: 빼앗기다.

24) 옥석(玉石)을 구분(俱焚)하려: 옥(玉)과 돌이 한꺼번에 불에 탐. 좋고 나쁨의 관계 없이 모두 없어짐.

고 분기대발(憤氣大發)하여 강후부터 먼저 죽이고 유지엄을 주멸(誅滅)하려 하다가, 강후의 주사(奏事)[25]가 가장 유리(有理)함을 듣고 잠깐 깨달아 식노(息怒)하고 강후와 제신을 다 물린 후, 왕장군으로 특별히 북경진무장을 삼아 '군기(軍器)를 수보(修補)하고 성첩(城堞)을 수축(修築)하여 아직 머물러 서서히 반사하라.' 비서(秘書)를 전하여, 스스로 내외(內外)에 근심이 없다하여 일일(日日) 황음무도(荒淫無道)하여 고량(膏粱)을 포식할새, 민간에 하령(下令)하여, 9

"처녀의 유통(乳筩)을 매일 일곱씩 들여 아침에 네 개와 저녁에 세 개를 진심봉행(盡心奉行)하되, 만일 거역하는 자는 주륙(誅戮)을 면치 못 하리라."

하니, 만성인민(滿城人民)의 원성이 구천(九天)에 사무쳐 주야(晝夜)로 호곡(呼哭)하는 소리 그치지 아니하거늘, 승상 유지엄과 차경 남정 등이 주왈(奏曰),

"이제 주상이 유통을 구하옵심은 만만불가(萬萬不可)하여이다. 원컨대 이런 악사(惡事)는 예부터 드문 바이라. 재삼 생각하사 다시 성심(聖心)을 드리워 성군(聖君)이 되게 하소서. 신의 간언(諫言)으로 주상의 구하는 바를 막으니 차(此)는 역신이라. 연(然)이나 아직 효유(曉諭)[26]하시고 후에 죄를 합하여 주륙하옵소서."

하니, 궁예 옳이 여겨 전지(傳旨) 왈,

"승상과 차경에게 소(訴)하였으매 마지못하여 뜻을 고치나니, 차후(此後)는 처녀의 유통을 아침에 세 개와 저녁에 네 개를 진식(盡食)하게 하되 만일 일개라도 바치지 아니하는 자가 있으면 대신(代身)으로 속전(贖錢)[27] 오천 냥씩을 바치라."

---

25) 주사(奏事): 공적인 일에 대하여 임금에게 보고하고 제의하는 것.

26) 효유(曉諭): 알아듣도록 타이름.

하거늘, 우간의(右諫議) 고숙이 상경(上卿) 원목과 한가지로 건덕전에 들어가 읍혈돈수(泣血頓首) 주왈,

"신(臣)은 들으니 고지멸국망신지군(古之滅國亡臣之君)이 탐포무도(貪暴無道)하여 충언(忠言)을 불청(不聽)하며 참언(讒言)[28]을 신청(信聽)[29]하고 생민(生民)을 살해하여 써 망한 바가 되었더니, '충언(忠言)이 역이(逆耳)나 이어행(利於行)이요, 독약(毒藥)이 고구(苦口)나 이어병(利於病)이라.'[30] 하오니, 원컨대 주공은 승상 유지엄 등의 말을 청납(聽納)[31]하사 인의를 베풀어 백성을 무휼(撫恤)하시고 길이 명찰(明察)한 임금이 되옵소서."

하거늘, 궁예 청파(廳罷)에 발연대로(勃然大怒)하여 여성대질(厲聲大叱) 왈,

"나를 논핵(論劾)하여 무도망군(無道妄君)에 비겨 수욕(受辱)하니 이는 대역부도(大逆不道)이라."

이인(二人)을 유정(油鼎)에 팽(烹)하려 하거늘, 왕비 강씨 이 말씀을 들으시고 대경실색(大驚失色)하여 궁예 면전(面前)에 나아가 머리를 두드려 간왈(諫曰),

"주공이 처음으로 기업(基業)을 창개(創開)하시나 남으로 견훤과 동으로 신라 양국(兩國)이 호시(虎視)하여 환란(患亂)을 미정(未定)이니, 긍긍업업(兢兢業業)[32]하여 인심을 안정하며 백성을 무휼(撫恤)하고 봉화(逢禍)를 염려하며 대신을 공경하여 개국공신(開國功臣)의 바라는 바를

---

27) 속전(贖錢): 죄를 면하기 위하여 바치는 돈.

28) 참언(讒言): 거짓으로 꾸며서 남을 헐뜯어 윗사람에게 고하여 바침. 또는 그런 말.

29) 신청(信聽): 믿고 곧이들음.

30) '良藥(양약)은 苦口(고구)이나 利於病(이어병)이요, 忠言(충언)은 逆耳(역이)이나 利於行(이어행)이라.'는 『통감(通鑑)』의 한 구절인데 '양약'을 '독약'이라고 잘못 썼음.

31) 청납(聽納): 의견이나 권고 따위를 잘 들어서 받아들임.

32) 긍긍업업(兢兢業業): 항상 조심하여 삼감. 또는 그런 모양.

저버리지 맒이 주공의 떳떳하신 일이거늘, 생각지 않은 물욕(物慾)을 잠심(潛心)하니, 생민은 임금의 적자(赤子)이거늘 고기를 포식(飽食)코
자 하니, 차[33]는 백성의 만행(萬幸)이요, 국가의 홍복(洪福)이거늘, 주 11
공은 마침내 깨닫지 못하시고 돌이켜 사직지신(社稷之臣)을 주륙(誅戮)코자 하시니, 신첩이 감히 부월(斧鉞)을 무릅쓰고 충신을 위하여 원망(怨望)함을 고하옵나니, 원컨대 주공은 금일로부터 깨달으사 학정(虐政)을 고치시고 길이 보전함을 바라나이다."

궁예 청파(聽罷)에 대로하여 진목(瞋目)[34]하고 여성대매(厲聲大罵) 왈,

"과인이 천승지군(千乘之君)으로 국법(國法)을 숙정(肅整)하여 내외에 하령(下令)이 엄숙하거늘, 고숙 등이 방자무례(放恣無禮)하여 나를 논핵(論劾)하며 주륙(誅戮)하려 하거늘, 네 또한 일개 여자로서 간신 고숙 등과 동모(同謀)하여 감히 나의 국정을 자주 참예(參預)하여 시비(是非)하니, 차(此) 소위(所謂) 암탉이 새벽 소임(所任)을 하는 일체(一體)라. 당당히 처살(處殺)하여 후환을 제어하리라."

하고 좌우를 분부하여 '강후를 내옥(內獄)에 수엄(囚嚴)하라.' 하니, 무사가 청령(聽令)하고 강후를 구박(拘縛)하여 내옥으로 가려 하거늘, 강후가 앙천탄식(仰天歎息) 왈,

"자고로 기업(基業)을 도모하는 자가 관홍대도(寬弘大度)[35]하여 충신을 신임하고 간신을 멀리하며, 잔포(殘暴)와 학정(虐政)을 구수(仇讐)같이 배척하며, 형벌이 태혹(太酷)함을 근심하여야 가히 성군(聖君)이라
하거늘, 우리 주상은 기업을 진정치 못하고 반도(半途)에 폐(廢)하여 먼 12
저 학정을 태심(太甚)히 하고 포학무도(暴虐無道)하니, 이러고 어찌 대

33) "차마 할 수 없는 일이고, 이런 잘못을 지적하는 충신이 있는 것은"이라는 내용이 빠졌음.
34) 진목(瞋目): 두 눈을 부릅뜸.
35) 관홍대도(寬弘大度): 마음이 너그럽고 도량이 넓음.

사를 도모하며 사직을 보전하리오? 내 비록 죽기는 두렵지 아니하나 반생신고(半生辛苦)하여 기업을 거의 정(定)케 되었거늘, 요녀(妖女) 무상에게 침(沈)하여 충언을 불납(不納)하고 요언(妖言)을 신청(信聽)하여 일조(一朝)에 망하게 되니 가히 차석(嗟惜)[36]하도다."

하고 언파(言罷)에 좌우를 돌아보아 비절통도(悲絕痛悼)[37] 왈,

"경등(卿等)의 고주(故主)는 신라왕이거늘, 고주를 버리고 중도(中道)에 이반(離反)하여 새 임금을 섬기매 적심(赤心)이 격절(激切)하되,[38] 마침내 어진 임금을 만나지 못하여 비명횡사(非命橫死)하는 죄신(罪臣)이 될진대 어찌 우분통석(憂憤痛惜)치 아니리오? 만일 주공이 간언(諫言)을 용납지 아니하고 이런 그른 일을 회심(悔心)치 아니 하실진대 내 스스로 사는 것이 죽느니만 같지 못 할 것이니, 경등(卿等)의 소견대로 일찍이 선처하여 금일지환(今日之患)을 다시 보지 말지어다."

하고 인하여 방성대곡함을 마지아니하니, 궁예 청파(聽罷)에 불승대로(不勝大怒)하여 무사를 호령하여 '강후와 고·원 이인(二人)을 엄수(囚嚴)하라.' 하고, 후궁(後宮)으로 들어가니, 무상이 교태를 머금고 궁예를 첨녕(諂佞)[39] 왈,

13 "신첩(臣妾)이 들으니 왕비와 고·원 이인을 수금(囚禁)하시다 하오니 처치를 장차 어찌코자 하시렵니까?"

궁예 왈,

"강씨는 역천천녀(逆天賤女)요, 고·원 이인은 임금을 배반하는 적자(賊子)라. 머리를 베어 효시(梟示)[40]코자 하노라."

---

36) 차석(嗟惜): 애달프고 아까움.

37) 비절통도(悲絕痛悼): 말할 수 없이 슬프고 마음이 아픔.

38) 적심(赤心)이 격절(激切)하다: 임금을 향하는 충직한 마음이 격렬하고 절실함.

39) 첨녕(諂佞): 매우 아첨하는 것.

40) 효시(梟示): 목을 베어 높은 곳에 매달아 놓아 뭇사람에게 보임.

한대, 무상이 심하(心下)에 암희(暗喜)하여 감언미어(甘言美語)로 궁예를 농락하여 다시 주왈,

"전일 첩의 말을 신청하셨으면 어찌 금일 강씨의 무상(無狀)[41]한 발악을 당하시리이꼬? 첩이 전일 들으니 고·원 등과 밀밀교통(密密交通)하여 음흉한 종적이 드러나되 첩이 감히 아뢰지 못함은 정궁(正宮)의 위권(威權)이 존중한 고로, 일이 그릇 되면 첩이 먼저 독화(毒禍)를 당할까 두려워 엄치(掩置)하였더니, 금일에 이르러 강씨 먼저 발악하니 통분(痛忿)토소이다. 원컨대 주공은 강씨의 발악한 죄를 조정에 반포(頒布)하사 신민(臣民)이 다 알게 하옵소서."

궁예 익익대로(益益大怒) 왈,

"애경(愛卿)의 말이 정히 내 뜻과 같다."

하고, 이에 강씨를 정확(鼎鑊)에 팽(烹)하고 궁중 내외(內外)에 반포하
되, '강씨 조신(朝臣)을 교통(交通)하고 음기(淫氣) 사특(邪慝)하기로 극형
으로 죽여 후인을 징계하였노라.' 하시고, 또 '이후라도 내 말을 거역
하는 자가 있으면 참(斬)하리라.' 하고, 또 조정에 하령하되, '만일 임 14
금의 말을 거역하는 자는 고·원 이인과 같이 하리라.' 하니,[42] 이로부
터 문무제신(文武諸臣)이 도망하고, 여간 남은 이는 입을 봉하고 한말
도 간하는 자가 없으니, 궁예 무상으로 왕비를 삼아 매일 창음(暢飮)하
며 점점 잔학무도(殘虐無道)하여 자행자지(自行自止)[43]하니, 여간 있는
문무관(文武官)들이 비록 벼슬 가운데 있으나 그 실은 바늘방석과 탕화
중(湯火中)에 앉은 듯하니, 궁예왕 망하기를 가만히 축수(祝手)하고, 또

---

41) 무상(無狀): 아무렇게나 함부로 굴어 버릇이 없음.

42) 고·원 두 사람을 죽였다는 내용이 빠졌음.

43) 자행자지(自行自止): 스스로 행하고 스스로 그친다는 뜻으로, 자기 마음대로 했다 말았다 함을 이르는 말.

근방 백성들이 능히 안접(安接)[44]치 못하매 동서로 분찬(奔竄)[45]하여 망야도주(罔夜逃走)[46]하여 가거늘, 궁예 또 하령하여 도망하는 자를 다 잡아 죽이니 인근 백성들이 도망코자 하나 도망치 못하고, 지접(止接)[47]코자 하나 능히 지접치 못하니 궁예의 포악이 걸·주에 극심(極甚)하더라.

재설(再說). 왕장군이 북경에 머물러 성지(城地)를 지키고 백성을 무휼(撫恤)하며 청풍이 돌아오기를 기다리더니, 문득 수문자(守門者)가 보(報)하되, 북방의 여진(女眞)이라 하는 오랑캐 극히 강성하여 두만강(豆滿江)을 건너와 북지(北地)를 태반이나 취하고, 북방을 창궐(猖獗)하매 그 세(勢)를 당치 못하여, 북도 총독(總督) 유지방과 진번 태수 황승이 도성에 글을 올려 구원병을 청하오매, 태봉왕(泰封王)이 글월을 장군께 보내매, '지금 사명(使命)[48]이 왔다.' 하거늘, 왕공이 즉시 차(此)를 영접하여 개탁(開坼)하니 기서(其書)에 가라사대,

> 북방 오랑캐는 강포(强暴)한 도적이라. 강을 건너 북도 진번을 태반이나 노략(擄掠)한다 하니 그 근심이 경(輕)치 아닌지라. 만일 장군의 재주가 아니면 능히 퇴병(退兵)치 못하기로 직임(職任)을 체등(遞等)[49]하여 북정(北征)하게 하나니, 경의 군중(軍中)에 지용(智勇)있는 장수로 하여금 성을 지키오고 바삐 계행(啓行)[50]하되, 만일 지완(遲緩)하고 득승(得勝)치 못하면 큰 죄를 면치 못하리라.

44) 안접(安接): 편안히 마음을 먹고 머물러 삶.
45) 분찬(奔竄): 바삐 달아나 숨음.
46) 망야도주(罔夜逃走): 밤을 새워서 달아남.
47) 지접(止接): 잠시 몸을 의탁하여 거주함.
48) 사명(使命): 사신이나 사절이 받은 명령.
49) 체등(遞等): 신임 관리와 전임 관리가 갈마듦. 또는 서로 교대함.
50) 계행(啓行): 앞서서 인도함.

하거늘, 왕공이 심중(心中)에 울울불낙(鬱鬱不樂)하여 북경 성지를 떠나지 말고 인병둔군(引兵屯軍)하여 자기 근본을 삼고자 하거늘, 신숭겸 등 팔인이 가만히 고하여 왈,

"주공이 비록 병법이 정제(整齊)하나, 김포·황분 제장(諸將)이 다 궁예의 식록지신(食祿之臣)이라 그 뜻을 알지 못하고, 청풍선생이 돌아오지 못하였으니 먼저 청풍에게 이 뜻을 알게 하고, 북경 성지(城地)를
심복인(心服人)으로 머물러 지키어 근본을 삼은 후에 북방에 들어가 진 16
세(陳勢)를 주찰(周察)하고 언기식고(偃旗息鼓)[51]하여, 세월이 오랜 후에 적인(賊人)과 교병(交兵)하면 기간(其間)에 청풍이 돌아올 것이니, 그때에 기특한 계교로써 도모하면 이 반드시 정돈(整頓)할까 하나이다."

왕공이 옳이 여겨 진담을 차정(差定)[52]하여 호남 청풍에게 글월을 보내고, 대장 배현겸과 부장(副將) 이경으로 지키고, 삼군(三軍)을 점검하여 진발(進發)할새, 길주(吉州) 지경에 다다르니 태수 한승과 총독 유지방 등이 중로에 나와 군행(軍行)을 영접하여 여진왕의 형세와 적장 추달걸과 사공도 등 양장(兩將)의 용맹을 일일이 고한대, 왕공이 냉소(冷笑)하고 병마를 재촉하여 오마대(五馬臺)에 다다르니 추달걸·사공도와 여진왕의 삼자(三子) 등태 박마무도(迫馬舞跳)하여 진전(陳前)에서 비양(飛揚)하니[53] 신장(身長)이 웅위(雄威)하고 얼굴이 담흑(淡黑)하니, 비컨대 선봉 즉 고진[54]이 아니면 당태종 시절의 울지경덕(蔚遲敬德)[55]
같은지라. 그 흉측한 모양과 독한 기운이 사람의 정신을 놀래는지라. 17

51) 언기식고(偃旗息鼓): 전쟁터에서 군기(軍旗)를 누이고 북을 쉰다는 뜻으로, 휴전(休戰)을 뜻함.

52) 차정(差定): 사무를 맡김.

53) 비양(飛揚)하다: 잘난 체하고 거드럭거림.

54) 고진: 미상

55) 울지경덕(蔚遲敬德): 당태종(唐太宗) 이세민의 부하 장수로 충성심이 깊은 뛰어난 무장.

뉘 능히 대적하리오?

제장(諸將) 군졸이 목을 움치고 감히 상전(相戰)할 뜻을 내지 못하니, 왕공(王公)이 민망하여 군사를 세 길로 분발(分發)할새, 김조·황분·주기 삼장(三將)을 좌대(左隊)를 삼고, 함충·맹광·설영으로 우대(右隊)를 삼고, 공이 친히 거중(居中)[56]하여 제장(諸將)을 거느리고 익일(翌日) 교전(交戰)할새, 고조납함(鼓譟吶喊)[57]하고 적진(敵陣)을 시살(廝殺)하니, 적진의 흑기(黑旗) 번득하며[58] 추달걸은 좌영(左營)으로 살래(殺來)하고, 호왕(胡王)의 아들 호등태·호운태·호각태 삼장(三將)이 거중(居中)하고, 사공도는 우영(右營)으로 살래(殺來)하니, 왕공의 부하 제장(諸將)이 또한 충살(衝殺)할새, 복지겸·허습·송회·전율 등이 각각 병기를 들어 서로 막고 시살하여 재주를 비양(飛揚)하더니, 왕공이 철전(鐵箭)을 쏘아 호각태를 맞히니 등태 형제 분력(奮力)하여 중장(衆將)을 헤치고 즉시 왕공에게 달려들어 시살하거늘, 공이 철궁(鐵弓)을 동개[59]에 지르고 좌수(左手)에 철장(鐵杖)을 잡아 등태를 대적하고 우수(右手)에 상방검(尙方劍)[60]을 잡아 운태를 대적하니 정히 분주하여 방비할 차에,
18 문득 허습이 대갈일성(大喝一聲)에 호운태를 질러 말에서 내리치고 왕공을 구하여 내니, 호등태 대경(大驚)하여 감히 싸우지 못하고 후군(後軍)을 물리더니, 문득 살펴보니 왕공의 삼로병(三路兵)이 분분(紛紛)이 퇴주(退走)하거늘, 등태 말을 머무르고 자세히 탐지하니 추달걸·사공도가 왕장군의 양로병(兩路兵)을 살퇴(殺退)[61]하고 주기·맹광을 베며

---

56) 거중(居中): 이편과 저편의 사이에 있음.
57) 고조납함(鼓譟吶喊): 북을 치며 큰 소리로 떠듦.
58) 번득하다: 한 번 번쩍하다.
59) 동개: 활과 화살을 꽂아 넣고서 등에 지도록 만든 것.
60) 상방검(尙方劍): 임금이 간악한 신하를 제거할 때 쓰는 날카로운 칼.
61) 살퇴(殺退): 죽여서 물리침.

중군에 돌입하여 혼살(混殺)[62]한다 하거늘, 등태 말을 다시 달려 왕공의 전면을 시살하니 왕공이 능히 당치 못하여 기계를 다 버리고 오십리를 물러와 회령성(會寧城)[63]에 웅거하고 중장(衆將)으로 더불어 굳이 지키며 청풍의 소식을 기다리더니, 문득 소졸(小卒) 진담이 호남으로부터 와 청풍의 회서(回書)를 드리거늘, 반겨 개탁(開坼)하니 기서(其書)에 가로되,

> 사진의 어린 소견으로 견훤을 부촉(咐囑)하여 신라를 치게 하오매 안
> 촉의 대병(大兵)이 스스로 반사하니, 이는 주공(主公)의 홍복(洪福)을 힘
> 입어 미세한 계교에 나지 아니하였으나, 견훤이 마침내 사진을 친근하여
> 언청계용(言聽計用)[64]하고 놓아 보내지 아니하매 추신(抽身)[65]할 길이
> 없사와, 망야도주(罔夜逃走)하여 탈신(脫身)할 뜻이 없지 아니하되, 다시
> 생각컨대 금일 도망하여 저에게 실신(失信)하면 후일에 다시 다른 계교를 19
> 쓰지 못할지라. 박어부득이(迫於不得已)[66] 머물러 떠나지 못하나니, 진
> 담의 밀서(密書)를 얻어 보건대 북적(北狄)의 창궐(猖獗)함은 주공의 일
> 시불행(一時不幸)이라. 여진(女眞)은 본디 강포(强暴)한 오랑캐오니 경적
> (輕敵)치 마소서. 주공의 신수(身數)를 잠깐 점복(占卜)하오니 대장을 손
> 절(損折)할 징조가 있삽고, 또 여러 번 견패(見敗)할 기상이 있사오니,
> 사진이 능히 방심치 못하여 거야(去夜)에 천상을 잠깐 본 즉, 불만수월(不
> 滿數月)에 득승(得勝)할 징조(徵兆) 명명(明明)히 현저하나 강적을 졸연
> (猝然)히 파(破)키 어려오니, 계책을 생각컨대 길지(吉地)를 가리어 한신
> (韓信)·장이(張耳)[67]의 십면매복(十面埋伏)[68]을 본받아 쓰게 하소서.

---

62) 혼살(混殺): 함부로 죽임.

63) 회령성(會寧城): 현재의 함경북도 북부를 지칭한다.

64) 언청계용(言聽計用): 이야기하면 들어주고 계책을 세우면 쓴다는 뜻으로, 매우 신임함을 비유적으로 이르는 말.

65) 추신(抽身): 바쁘거나 어려운 처지에서 몸을 뺌.

66) 박어부득이(迫於不得已): 일이 급하여 어쩔 수 없이.

> 사진이 기간(其間)에 탈신지책(脫身之策)을 얻어 돌아갈 것이니 배현겸으로 더불어 별(別)로 의논이 있으리다.

하였거늘, 왕공과 중장이 견파(見罷)에 대희하여 청풍의 명감(明鑑)을 만만칭사(萬萬稱辭)하고 다시 글을 닦아 회서(回書)할새, 고원 싸움에 세 번 패한 사연과 병마를 삼대(三隊)에 분(分)하여 세 길로 싸우다가 적장 호운태 형제를 잡았으나 또 양원(兩員) 대장을 손절(損折)한 일이며, 종시(終是) 치패(致敗)하여 회령성(會寧城)으로 이진(移陣)한 사연과 여진왕이 두 아들의 원수를 생각하고 날마다 성하(城下)에 와서 싸움을 전주[69]하나 묘한 계교를 얻지 못하여 견벽불출(堅壁不出)[70]하고 안병(按兵)하는 뜻을 만편(滿篇)[71]에 기록하고, 또 회령성 지도와 단주성 지도를 명백히 그리고 이차삼처(以此三處)[72] 중에 어느 곳에 복병(伏兵)하면 획(獲)을 도모할지 알지 못하여 세세히 우민(憂悶)하는 소유(所由)를 기록하고, 쉬이 돌아와 한가지로 도전(挑戰)함을 재삼 당부하여 진담으로 나는 듯이 보내니, 진담이 주야(晝夜)로 호남에 이르러 성 밖에 주인을 정하고 청풍 선생 숙소에 들어가 도본문서(圖本文書)와 서찰(書札)을 드린대, 청풍 선생이 문서와 서찰을 받아 만편(滿篇) 설화(說話)며 지도를 살펴보고, 심하(心下)에 암희(暗喜)하여 진담을 후대(厚待)하여 '명일(明日) 다시 들어오라.' 하고, 드디어 '나아가 쉬라.' 한대, 진담이

---

67) 장이(張耳): 전국 시대 대량(大梁) 사람으로 처음에는 항우를 따라 상산왕(常山王)에 봉해졌으나, 훗날 유방(劉邦)에게 투항하였다.

68) 십면매복(十面埋伏): 적군을 한가운데로 유인하고 적군을 중심으로 열 겹에 걸쳐 매복시켜 적군이 빠져나갈 수 없도록 하는 전술.

69) 전주: 미상. 싸움을 건다는 의미임.

70) 견벽불출(堅壁不出): 굳게 벽을 쌓고 나가지 않음.

71) 만편(滿篇): 가득히.

72) 이차삼처(以此三處): 이 세 곳.

주인의 집에 돌아와 쉬고 명일 또 들어가 청풍을 뵌대, 청풍이 다시 글을 닦아 주며 '바삐 행하라.' 한대, 진담이 회서(回書)를 다시 받아가지고 주야(晝夜) 배도(倍道)[73]하여 회령성에 돌아오니, 왕공이 중장으로 더불어 글월과 도본(圖本)을 보고 제성칭지(齊聲稱之) 왈,

"진짓 와룡(臥龍)이 갱생(更生)하였다." 21

하고 경복(敬服)함을 마지아니하고, 날이 밝기 전에 제장을 분발(分發)할새, 신숭겸·홍관으로 본부병(本部兵)을 주어 동향(東向) 경림(瓊林)에 매복하고, 황분·복지겸으로 본부병을 거느려 낙산성하에 매복하고, 함충·석광으로 본부병을 거느려 진산동에 매복하고, 김포·허습으로 본부병을 거느려 북산 구곡로에 매복하고, 공이 친히 전율·설영 등 제장을 거느려 적장의 소식을 탐지하더니, 과연 날이 밝으며 여진병을 시살하려 할새, 이적에 여진병(女眞兵)이 풍우(風雨)같이 달려와 백단욕매(百端辱罵)하여 싸움을 재촉하거늘, 왕공이 제장으로 더불어 서원 밖에서 치돌치빙(馳突馳騁)하여 총마(驄馬) 비양(飛揚)하니, 여진왕 진중(陣中)에서 추달걸·호등대·사공도 등 일반 제장(諸將)이 정창출마(挺槍出馬)[74]하여 바로 왕공을 취한대, 공이 철장(鐵杖)을 비끼고 사오십 합(合)을 대적하다가 거짓 패하여 무장동으로 들어가니, 추달걸 등 삼장(三將)이 승승장구(乘勝長驅)하여 공을 다투며 전면군(前面軍)을 재촉하여 무장동으로 추살(追殺)하니, 여진왕이 후군을 연(連)하여 동구에 다 22
다르니, 문득 좌우 각산(各山)에 고각(鼓角) 소리 진동하며 사면복병(四面伏兵)이 일시에 일어나니, 정동(正東)은 신숭겸이요, 정남은 홍광이요, 정서는 황분이요, 정북은 함충이요, 동북(東北)은 석광이요, 동남은 복지겸이요, 서북은 김포운이요, 남서는 허습이라.

---

73) 배도(倍道): 이틀에 갈 길을 하루에 걸음.

74) 정창출마(挺槍出馬): 창을 겨누어 들고 말을 타고 나아감.

각각 병기(兵器)를 가지고 팔면으로 살래(殺來)하니 고각(鼓角)이 진동하고 시석(矢石)이 비 오듯 하거늘, 여진 장졸이 계교에 빠진 줄 알고 후군을 물리고자 하되 뇌석포석에[75] 막히어 능히 물러가지 못하고, 앞을 헤치고 싸우고자 하나 살이 비 오듯 하매 충살치 못하고, 추·사 이장(二將)이 호동태로 더불어 의논 왈,

"우리 이곳에 오래 지류(遲留)[76]하면 반드시 죽기를 면치 못할 것이니, 힘을 합하고 일면을 산란(散亂)하여 중위(重圍)[77]를 벗어나 다시 구처(區處)할 만 같지 못하다."

하고 삼인이 병력(竝力)하여 일면을 충살하거늘, 공(公)이 산상(山上)에 올라 승패를 보다가 적장 삼인이 일심병력(一心竝力)함을 보고 행여 소루(疏漏)할까 하여 즉시 철궁(鐵弓)을 잡고 철전(鐵箭)을 먹여 한 번 쏘니,
23 시위 소리를 응하여 추달걸의 후심(後心)[78]을 맞혀 말에서 내리치니, 사공도가 낙담상혼(落膽喪魂)하여 동서로 분주(奔走)하거늘, 왕공이 또 쏘아 연하여 사공도를 맞추니, 팔면장졸(八面將卒)이 물밀듯 들어와 추·사 이인(二人)의 머리를 베고 호동태를 해심(垓心)[79]에 둘러,[80]

"좋은 때를 말으심을 바라나이다."

한대, 공이 청파(聽罷)에 대희하여 가로대,

"공이 먼저 시세(時勢)를 짐작하고 무덕(無德)한 왕모를 이렇듯 전념하니 진실로 감사함을 이기지 못하거니와, 다만 염려하는 바는 김포·황승 등 십여 제장(諸將)이 본디 궁예의 식록지신(食祿之臣)이라. 진실

75) 뇌석포석: 뇌목포석(雷木砲石)의 잘못.
76) 지류(遲留): 오래 머무름.
77) 중위(重圍): 여러 겹으로 에워쌈.
78) 후심(後心): 등의 한복판.
79) 해심(垓心): 포위된 한가운데.
80) 호동태가 항복하는 내용이 빠진 것으로 보임.

로 저의 뜻을 자세히 알지 못할 것이요, 또 청풍의 계책을 듣지 못하였으매 아직 머물러 발설치 못한 바이러니, 이위(二位) 장군이 또 여차지심(如此之心)이 있으니 왕모가 대사를 도모함이 반듯하려니와, 염려하는 바는 지금 본지(本地)를 웅거하여 있으면 본도(本道)에 있는 가권(家眷)이 필연 궁예의 해를 면치 못하리니 이로써 결단치 못하노라."
한대, 이인이 또한 그렇게 알고 만전(萬全)할 계책을 의논하더니, 문득 소교가 보(報)하되, 24

"어떠한 신승(神僧)이 채문(寨門) 밖에 이르러 왕장군을 뵈옵고자 하나이다."

하거늘, 공이 듣고 즉시 청한대, 일위(一位) 도승(道僧)이 장중(帳中)에 들어와 합장사배(合掌四拜)하고 천세(千歲)를 부르거늘, 공이 보니 이는 곧 신승 도인이라. 반가움을 이기지 못하여 모든 장졸이 의심할까 저어하여 짐짓 알지 못하는 듯이 하고 처음 보는 모양으로 하니, 최전 등이 또한 뜻을 알고 일향(一向) 알지 못하는 듯이 하니, 그 중이 다시 재배하고 부복주왈(俯伏奏曰),

"빈승(貧僧) 도선(道詵)은 백두산에 운유(雲遊)하옵더니, 어려서부터 자못 지리를 숭상하여 약간 조백(皁白)을 아옵는 고로, 동국 강산을 두루 편답(遍踏)하여 대왕근지(大王根地)를 얻어 보았으나 마침 임자를 만나지 못할까 근심하옵더니, 풍문에 듣사오니 장군의 성덕이 북방에 진동하사 민망(民望)이 훤자(喧藉)[81]하매 당세(當世) 용봉지재(龍鳳之才)와 천일지표(天日之表) 있어 태왕(太王)[82]의 기상이 나타난다 할새, 빈승이 특별히 와 천년국도(千年國都)를 고하고자 하옵나니, 아지 못게라! 장군의 성심(聖心)에 이떠하시니이꼬?"

---

81) 훤자(喧藉): 여러 사람의 입으로 퍼져서 왁자하게 됨.

82) 태왕(太王): 국가를 만든 왕.

25 한대, 왕공이 청파에 대희하나 거짓 실색(失色)하여 도선을 눈 주어 왈,

"신승의 말이 허황하도다. 왕모는 태봉왕의 군하제장(君下諸將)이라. 어찌 감히 왕패지업(王霸之業)을 의논할 바가 있으리오? 이는 북방 백성들이 근본 병마를 평정한다 하여 망녕된 말로 왕모를 존칭함이니, 청컨대 신승은 이런 망령을 구두(口頭)에 발설치 말라."

한대, 도선이 부복(俯伏) 대왈,

"장군이 이제 거느려 쓰시는 바가 전혀 태봉왕의 부하 장졸인 고로 군심이 어떠한 줄을 알지 못하사 이렇듯 사양하시거니와, 무릇 임금의 치국(治國)하는 법은 신민(臣民)을 사랑하고 인덕(仁德)을 베풀어야 가히 국가를 보전하거늘, 당금(當今)의 궁예는 잔학무도(殘虐無道)하여 백성 알기를 구수(仇讐) 같이 하니, 신민이 공분(公憤)하여 궁예의 망함을 주야(晝夜) 축수(祝手)하고 어진 임금을 새로 만나 신민이 한가지로 즐김을 원하거늘, 어느 장졸이 궁예를 위하여 일호(一毫)나 애처하리이까?[83] 원컨대 장군은 지의(遲疑)[84]치 말으시고 응천순민(應天順民)하여
26 생민(生民)의 도탄(塗炭)함을 구학지중(溝壑之中)[85]에서 건지소서."

언미필(言未畢)에 중장이 신승의 상모(狀貌)를 살펴보니 얼굴이 빙설(氷雪) 같고 양목(兩目)이 청수(淸秀)하여 일척백옥(一尺白玉)을 깎아 세운 듯하니, 곧 생불(生佛)이 아니면 천상신선(天上神仙)이 하강한 듯하거늘, 또 언론(言論)이 명달(明達)함을 보고 좌우 갑사(甲士)가 막불경탄(莫不驚嘆)하여 말을 드디어 의논코자 하더니, 문득 소교가 보하되,

"청풍선생이 호남으로부터 북경성(北京城)에 돌아와 배현겸으로 더불어 의논을 별로이[86] 정하고 밀서(密書)를 올렸다."

---

83) 애처하리이까: 애처롭게 생각하겠습니까.

84) 지의(遲疑): 의심하고 주저함.

85) 구학(溝壑): 구렁. 움쑥하게 파인 땅.

하거늘, 왕공이 대열(大悅)하여 급히 개탁(開坼)[87]하니, 기서(其書) 왈,

> 신민 강사진은 돈수백배(頓首百拜)하고 주공 탑하(榻下)에 위의를 계
> 달(啓達)하옵나니, 하걸(夏桀)이 황음무도(荒淫無道)하매 성탕(成湯)이
> 내치시고,[88] 상주(商紂)가 무도(無道)하매 무왕(武王)이 벌하시고,[89]
> 진(秦)이 포악하매 한고조(漢高祖)가 벌하심[90]은 천리(天理)의 떳떳한
> 일이라. 당금의 궁예는 반복참람(反覆僭濫)[91]하여 대역부도지사(大逆
> 不道之事)를 행하고 교만방자(驕慢放恣)하여 백성을 학정(虐政)하니,
> 주공이 가히 때를 타 분의(分義)를 세우고 장수를 격려하여 병마를 초
> 집(招集)하고, 모든 흉역(凶逆)을 무찌르고 군장(群將)을 제복(制服)하 27
> 여 동방의 대업을 도모하소서. 만일 유유(悠悠)하다가 대중(大衆)이 일
> 산(逸散)하면 난가부합(難可復合)이니, 이 때는 가히 잃지 못할 것이요,
> 기회를 가히 어기지 못할지라. 원컨대 주공은 병권(兵權)을 잃지 마시
> 고 중장(衆將)을 약속하여 써 순응하는 자는 공을 더하고, 위령(違令)하
> 는 자는 일일수금(一一囚禁)하여 후일 처치하게 하고, 즉일 계행(啓行)
> 하여 지완(遲緩)치 마소서. 신이 이미 견후(甄侯)[92]에게 하직하고 북경
> 성에 돌아와 배현겸으로 더불어 궁예의 조정(朝廷)을 내응(內應)하였으
> 니, 바삐 기병하시고 지완치 마소서.

하였거늘, 공이 견파(見罷)에 신숭겸 등을 눈을 주고 거짓 호령하여 가

---

86) 별로이: 따로 특별히.

87) 개탁(開坼): 봉한 편지나 서류 따위를 뜯어봄.

88) 하(夏)나라의 마지막 임금 걸은 포악한 정치를 하다가 은(殷)나라 탕(湯)에 의해서 멸망당했다.

89) 상(商) 말기에 주왕(紂王)은 '주지육림(酒池肉林)'이라는 말이 생길 정도로 사치스럽고 방탕하게 생활했으며, 무왕은 제후들을 규합하여 상(商)을 없애고 주(周)를 건국하였다.

90) 유방(劉邦)이 진(秦)나라를 멸망시키고 한(漢)나라를 건국했음을 뜻함.

91) 참람(僭濫): 분수에 넘쳐 너무 지나치다.

92) 견후(甄侯): 견훤을 지칭함.

로대,

"왕모가 당초에 태봉왕의 봉작(封爵)을 받아 군신지분(君臣之分)이 자별(自別)하거늘, 이제 이르러 황감(惶感)[93]한 망언(妄言)이 처처(處處)에 들리니 어찌 경구(驚懼)치 아니 하리오? 다시 이런 말을 구두에 일컬어 번설(煩說)[94]치 말라."

한대, 좌우의 최전 등과 일반 심복 제장(諸將)이 일시에 칼을 짚고 크게 불러 왈,

28 "궁예는 아비를 배반하고 대역부도(大逆不道)라. 주공이 어찌 써 조정의 식록(食祿)을 구하리오? 우리 등이 불고가사(不顧家事)하고 반생신고(半生辛苦)함은 전혀 금일을 위한 바이어늘, 뉘 감히 주공의 대사를 거역할 자가 있으리오? 청컨대 대왕은 이로조차 병부(兵府)와 새수(璽綬)를 다 고치고 청풍의 계교대로 행하소서."

언미필(言未畢)에 김포 등 중장(衆將)이 장하(帳下)에 내려 부복고두(俯伏叩頭)하고 크게 불러 왈,

"도선의 명혜(明慧)함과 청풍 선생의 높은 소견이 소장(小將) 등의 뜻과 합당하오니, 원컨대 주공은 급히 결(決)하시고 지완치 마소서. 금일부터 군신지례(君臣之禮)를 행하리이다."

하거늘, 공이 내념(內念)에 만심쾌열(滿心快悅)하나 거짓 사양하다가 마지못하여 허락하고, 대연(大宴)을 배설(排設)하여 장졸을 호상(犒賞)[95]하며, 도선의 별호(別號)를 국사(國師)라 하고 천고제왕(千古帝王)의 흥업지주(興業之主)를 차례로 물은대, 도선이 염슬(斂膝)하여 물 흐르듯 대답하고 군속(窘束)[96]함이 없거늘, 공이 우(又) 문왈(問曰),

---

93) 황감(惶感): 황송하고 감격스러움.

94) 번설(煩說): 너저분한 잔말. 떠들어 소문을 냄.

95) 호상(犒賞): 군사들에게 음식을 차려 먹이고 상을 주어 위로함.

"국사가 이미 동국강산(東國江山)을 편답(遍踏)하다 하니, 아지 못게라! 어느 곳에 국도를 정하면 일통지업(一統之業)을 길이 보전할꼬? 원 29
컨대 금옥(金玉) 같은 의논을 듣고자 하노라."

도선이 부복 대왈,

"빈승이 당년에 남방을 지나다가 송악(松嶽) 지경을 자세히 살펴보니, 동으로 임진강(臨津江)이 둘러 있고, 남으로 대해(大海)를 연(連)하였으며, 서로 청석령(靑石嶺)이 험조(險阻)하고, 북으로 천마산(天摩山)을 등졌으니, 비컨대 함양(咸陽) 무관(武關)[97]의 굳음과 유황숙(劉皇叔)의 한중(漢中)을[98] 부러워 아니하리니, 실로 금성탕지(金城湯池)[99]요 천년흥왕지지(千年興旺之地)로소이다."

공이 청파(聽罷)에 대열(大悅)하여 택일계행(擇日啓行)할새, 석광으로 좌선봉(左先鋒)을 삼고, 황승으로 우선봉(右先鋒)을, 함충·허습으로 보가장(保駕將)을 삼고, 사마(司馬)가 즉일 회군하니 군용(軍容)이 엄숙하더라. 행군 북을 울리며 점점 행하여 바로 철원 도성(都城)에 득달하니, 이때 청풍이 벌써 철원 도성에 들어가니 석담·박술회 등 대신으로 더불어 모의하고 장안(長安)에 둔군(屯軍)하여 선봉을 영접하며 일면으로 궁성을 둘러싸고 바로 승포전에 돌입하여 엄살(掩殺)하니, 궁
예는 이런 일을 전혀 알지 못하고 총비(寵妃) 무상으로 더불어 풍악을 30

96) 군속(窘束): 군색하고 구속됨.

97) 무관(武關): 섬서성(陝西省) 황하(黃河) 중류 지역의 지명. 중화민족의 발상지 가운데 하나이며, B.C. 11세기 이래로 주(周)·진·한·당(唐) 등의 13개 왕조가 도읍을 세운 곳임.

98) 유황숙(劉皇叔)은 유비(劉備)를 지칭함. 한중(漢中)은 한수(漢水) 상류 분안에 있으며 황하 유역과 양자강 유역을 연결하는 교통의 요충지로, 춘추시대(春秋時代) 이래 초(楚)의 영토였으나 B.C. 325년 진(秦)이 빼앗았다. 유방은 항우로로부터 한중의 왕으로 봉해져 이곳을 근거지로 삼아 천하를 통일하였고, 삼국시대에는 위(魏)와 촉한(蜀漢)의 싸움터가 되기도 하였다.

99) 금성탕지(金城湯池): 쇠로 만든 성과 그 둘레에 파 놓은, 뜨거운 물로 가득 찬 못이라는 뜻으로, 방어 시설이 잘되어 있는 성을 이르는 말.

난만(爛漫)히 하고 잔치를 전주하여 매일 연음(連飮)하더니, 문득 제신(諸臣)이 핍박(逼迫)함이 가장 급하거늘, 그제야 왕공이 반(叛)한 줄 알고 기장(騎將) 이겸과 보장(步將) 오황을 찾으니 근신(近臣) 등이 주(奏)하되,

"조정 중관(衆官)이 다 왕모에게 허심(許心)한 바가 되고 이겸·오황이 또한 한가지로 모반했다."

하거늘, 궁예 총망(悤忙)히 후문으로 도망하여 갈 바를 알지 못하고 전지도지(顚之倒之)[100]하여 닫더니, 평강(平康) 땅에 이르러 뒤를 돌아보니 약간 복시(服侍)[101]하던 동자가 각각 동치서주(東馳西走) 도망하여 흩어지고 보가(保駕)하던 신하 일인(一人)도 없거늘, 궁예 앙천탄식(仰天歎息) 왈,

"석(昔)에 주혜왕(周惠王)은 회숙 도채의 난을 만나 사경(死境)에 처하였더니 진무공(晉武公)의 힘을 입어 구업(舊業)을 회복하고,[102] 삼국(三國) 시절의 한헌제(漢獻帝)는 십상시(十常侍)의 난(亂)[103]을 만나 동원(東原)에 분주하다가 진류왕(陳留王)[104]이 보호하여 고궁에 돌아갔거니와, 이 외로운 궁예는 뉘 능히 보호하여 위란(危亂)을 진정할꼬?"

---

100) 전지도지(顚之倒之): 엎어지고 넘어지며 급히 달아나는 모양.

101) 복시(服侍): 삼가 받들어 모심.

102) 원문의 '회숙 도채의 난'은 '숙부 왕자퇴'의 잘못이고, 진무공은 정여공의 잘못임. 주혜왕의 숙부인 왕자퇴(王子頹)는 혜왕을 내쫓고 왕위에 올랐다가 정여공(鄭厲公)에 의해 쫓겨났음.

103) 십상시(十常侍)의 난(亂): 후한(後漢) 말 소제(少帝)가 어린 나이에 즉위하여 어머니 하태후(何太后)가 섭정하고 외숙부 하진(何進)이 대장군으로서 정권을 장악했다. 하진이 그간 정권을 잡고 있던 환관 세력들을 몰아낼 계획을 세웠는데, 이를 알게 된 환관 10명이 주도하여 난을 일으켰고 이를 '십상시의 난'이라 한다. 이 일로 원소는 천여 명의 환관을 살해했고, 동탁은 소제를 폐위시키고 헌제(獻帝)를 즉위시켰다.

104) 진류왕(陳留王): 후한(後漢)의 마지막 황제인 헌제(獻帝). 소제(少帝)의 이복동생으로 동탁에 의해 황위에 오름.

언파(言罷)에 강후(姜后)의 간언(諫言)을 후회자책(後悔自責)하여 추연
감상(惆然感傷)함을 마지아니하고 촌장(村場)에 들어가 범인(凡人)에게 31
빌어 왈,

“고(孤)는 범인(凡人)이 아니라 태봉왕이러니, 왕모 반역의 난을 만나 이에 왔으니 청컨대 촌인(村人)은 과인(寡人)을 보호하여 구업을 회복할진대 당당히 부귀를 한가지로 하리라.”

한대 말이 맞지[105] 못하여 촌중(村中) 백성들이 남녀노소 없이 일시에 고함하고 꾸짖어 왈,

“네 학정(虐政)이 잔포무도(殘暴無道)하여 백성을 능히 안생(安生)치 못하게 하매 우리들이 주야 축수(祝手)하여 망하기를 바라더니, 하늘이 네 죄를 아셔서 패국망신(敗國亡身)케 하시니 마땅히 한 번 죽기를 사양치 말라.”

하고 일시에 달려들어 하수(下手)[106]하려 하거늘, 궁예 이때를 당하여
학정이 너무 과도하던 줄을 깨달으나 이과지사(已過之事)이라. 하릴없
어 총망(悤忙)히 몸을 빼어 산곡(山谷)으로 달아나다가 보니, 또 곡중
(谷中)에서 경전(耕田)하는 농부들이 궁예왕 달아남을 보고 사면으로
일어나서 추살(追殺)하려 성화같이 쫓으매, 궁예 수일(數日)을 걸식하
다가 호흡(呼吸)이 천촉(喘促)하여 능히 행치 못하고 길가에 엎어지니,
백성들이 사면을 둘러서서 꾸짖으며 돌이 비 오듯 하여 궁예의 몸 위 32
에 돌이 뫼같이 쌓이매, 후인이 이르되, ‘궁예의 무덤은 돌무덤이라.’
하더라.

재설. 왕공이 철원성에 들어가 궁궐을 탈취하고 삼문(三門)[107]에 방

---

105) 맞지: 끝나지.

106) 하수(下手): 사람을 죽임.

107) 삼문(三門): 대궐이나 관아 앞에 있는 세 개의 문.

을 붙여 백성을 안무(按撫)하며 사나운 법을 일일이 고치고, 궁예왕의
사직(社稷)을 무찔러 멸한 후에 대연(大宴)을 배설(排設)하여 장졸(將卒)
을 후상(厚賞)하고 궁전을 영건(營建)하니, 군신이 한가지로 존호(尊號)
를 높여 태조대왕이라 하고, 문무장졸(文武將卒)을 차례로 봉하고, 군
사(軍師) 강사진을 평장사(平章事)를 하이고, 신숭겸으로 상서복야(尙書
僕射)를 하이고 배현겸으로 북경진무도총장(北京鎭撫都總將)을 하이고,
복지겸으로 예부사(禮部事)를 하이고 권율로 양천진무도총장(鎭撫都總
將)을 하이고, 송회로 좌호위(左護尉)를 하이고 이겸으로 우호위(右護
尉)를 하이고, 정침으로 상서령(尙書令)을 하이고 박술회로 황문시랑
(黃門侍郎)을 하이고, 이석담으로 간의태부(諫義大夫)를 삼고 조창으로
기도위(騎都尉)를 삼고, 유지방으로 경조윤(京兆尹)을 삼고 황승으로 금
33 오관(金吾官)을 삼고, 홍관으로 북도진무도총장(北道鎭撫都總將)을 삼고,
석광으로 좌장군(左將軍)을 삼고 황분으로 우장군(右將軍)을 삼고, 설영
으로 군기감(軍器監)을 삼고 남정으로 고훈감(顧訓監)을 삼고, 장개로
도성도감(都城都監)을 삼고 염괘로 총예관을 삼고, 그 남은 장졸은 각
각 금은 채단(綵緞)을 후히 상사(賞賜)하니, 문무중작(文武重爵)이 태조
의 성덕(聖德)을 만만사은(萬萬謝恩)하고 각각 소임을 정하고 봉작(封爵)
하기를 마치매, 태조가 심희(心喜)하여 청풍 군사(軍師)와 도선 국사(國
師)로 더불어 좌와(坐臥)에 수유불리(須臾不離)108)러니, 도선이 먼저 사
양 왈,

"빈승은 본디 소원이 달라 홍진환로(紅塵宦路)를 알지 못하고, 명산대천(名山大川)에 운유(雲遊)하여 아침에는 동정(洞庭)에서 놀고 저녁에는 서호(西湖)에서 잠자옵더니, 마침 대왕의 성덕을 흠모(欽慕)하여 생

---

108) 수유불리(須臾不離): 모름지기 잠깐도 떨어지지 않음.

전 치국(治國)하실 국도(國都)를 정하리이다."
하더라.
하회(下回)를 분석(分析)하라.

세 무술 칠월 일 향수동 서

고려보감 권지오

卷之五

1 차설(且說). 도선이 가로대,

"대왕의 성덕(聖德)을 흠모(欽慕)하여 생전(生前) 치국(治國)하실 천승국도(千乘國都)[1]와 사후(死後) 안강(安康)하실 만년유택(萬年幽宅)[2]을 얻어 좌향도본(坐向圖本)과 제도절차(制度節次)를 기정(旣定)하여 있사오니, 복원(伏願) 대왕은 바삐 대업을 송악에 옮기사 일통지업(一統之業)을 누리소서. 빈승 도선은 이제 대왕 전폐(殿陛)[3]를 하직하고 사해(四海)에 운유(雲遊)하여 다시 대왕 뵐 기약을 알지 못하겠소이다."

하고 소매 안으로서 두 장 도본(圖本)을 내어 올리고 다시 주왈(奏曰),

"송악 오십 리허(許)[4]에 강도(江島)[5]라 하는 땅이 있으니 지방 백 리에 옥야천보(沃野千步)하고 사통오달(四通五達)하여 삼산육해(三山六海)를 통치 못할 곳이 없사오니, 차(此)는 국가의 제일 긴요처(緊要處)라. 주상이 일찍 강도로써 근본을 삼아 후세에 급한 일이 있거든 강도에 들어가 피난하시면 사세 삼갑(三甲)[6]을 만전(萬全)하리이다."

---

1) 천승국도(千乘國都): 천 대의 수레를 거느리는 제후의 도읍.

2) 만년유택(萬年幽宅): 무덤.

3) 전폐(殿陛): 전각(殿閣)의 섬돌.

4) 허(許): 거리나 시간을 나타내는 말 뒤에 붙어 그 거리쯤 되는 곳, 또는 그 시간쯤 걸리는 곳이라는 뜻을 더해 주는 접미사.

5) 강도(江島): 강화도. 현재 인천광역시 강화군.

6) 삼갑(三甲): 세 주갑(周甲). 180년.

말을 마치며 섬에 내리더니 그 가는 바를 알지 못하니라. 태조가 악
연(愕然) 실망하나 하릴없어 이에 중관(衆官)으로 도본(圖本)을 개탁(開 2
坼)하니, 송악산 하(下)에 국도좌향(國都坐向)과 정침궁전(正寢宮殿)[7]이며 전후성곽(前後城郭)을 기록하였고, 또 일장(一張)은 산하(山下)에 능침(陵寢)[8]을 정하고 좌향(坐向)을 기록하였거늘, 태조가 대희(大喜)하여 이에 인부공장(人夫工匠)을 준비하여 역사(役事)를 시작할새, 용녀부인(龍女夫人)이 친히 철장(鐵杖)을 끌고 좌향을 두루 살피며 주위를 돌아보니, 하늘이 통일지군(統一之君)을 내시매 어찌 근심하리오? 부인의 철장 끄는 자취에 백설(白雪)이 유적(遺跡)하여 역사(役事)를 필(畢)하매 이름을 설성(雪城)이라 하고 국호(國號)는 고려(高麗)라 하다.

차설. 강사진이 태조에게 하직하여 왈,

"신(臣)이 군중(軍中)에 종사(從事)하온지 십 수 년에 대사를 도모하고 또 신의 몸에 중작(重爵)을 입사오니, 여천성은(如天聖恩)을 명심각골(銘心刻骨)하와 만분지일(萬分之一)이나 갚을까 하였더니, 마침 거야(去夜)에 천상(天象)을 본 즉, 신의 부모가 세상에 머물 날이 멀지 아니하오
니 인자정리(人子情理)에 차마 부귀를 탐하여 학발쌍친(鶴髮雙親)을 고 3
념(顧念)치 아니하리까? 원컨대 고향에 돌아가 산 낯으로 부자(父子)가 반기옵고 다시 돌아와 주공의 후은(厚恩)을 갚을까 하나이다."

하고, 말로 좇아 오열비창(嗚咽悲愴)함을 마지아니하니, 태조가 심중(心中)에 오열(嗚咽)하여 이에 청풍의 손을 잡고 만단위유(萬端慰諭) 왈,

"왕모가 적수공권(赤手空拳)으로 군사(軍師)의 선보(繕補)[9]를 힘입어 마침내 제업(帝業)을 도모하니 이는 제군의 공이요, 군사의 힘이라. 이

---

7) 정침궁전(正寢宮殿): 궁전의 정침을 말함. 정침은 본채의 제사를 지내거나 일을 보는 곳.

8) 능침(陵寢): 임금이나 왕후의 무덤. 능(陵).

9) 선보(繕補): 고치고 기움.

러므로 과인이 송악에 천도(遷都)하거든 길지(吉地)를 가리어 별궁을 짓고 노선생(老先生)을 청하여 군사의 봉행(奉行)을 서운치 아니케 하고 부귀를 한가지로 누리게 하렸더니, 뜻밖에 이별을 당하니 과인이 금일로부터 우익(右翼)을 잃은괘라."[10]

연(然)이나 천리왕반(千里往返)을 보중(保重)하고 노선생 양위(兩位)를 위로한 후에 처자를 권솔(眷率)하여 수이 돌아옴을 재삼 당부하시고, 또 가라사대,

4 "노선생은 중국 태부지직(太夫之職)에 거(居)하였으매 소국(小國)에 더 봉(封)할 벼슬이 없기로 봉치 못하거니와, 다만 군사의 부인과 아자(兒子)가 있다하니 과인이 천도하여 국가를 새로이 진정하거든 부디 가권(家券)을 권솔(眷率)하여 송악으로 돌아오게 하라."

하고, 금은거마(金銀車馬)를 사송(賜送)하시니, 청풍이 돈수사은(頓首謝恩)하고 사마(駟馬)[11]를 재촉하여 여러 날 만에 천봉산 본택(本宅)으로 득달하였는지라.

부모께 나아가 배복(拜伏)하니 부모가 일변(一邊) 반기며 비환(悲歡)이 교집(交集)하여 각각 붙들고 별정(別情)이 탐탐(耽耽)하며, 또 태조의 성공하심을 못내 치하하니, 평장(平章)이 재배하고 돌아 처자를 보니 석부인(昔夫人)의 반가움은 이르지도 말고, 아자(兒子) 기장이 수미장성(秀美長成)하여 부전(父前)에 배현(拜見)하니, 평장(平章)[12]이 아자의 손을 잡고 석씨께 사례 왈,

"학생(學生)이 당년에 슬하(膝下)를 하직하고 집을 떠날 제, 아자의 나이 오 세에 지나지 못하였더니, 금일 저렇듯 장성하였으니 세월이

10) 잃은괘라: 잃었노라.

11) 사마(駟馬): 한 채의 수레를 끄는 네 필의 말.

12) 평장(平章): 강사진이 평장사이므로 벼슬로 부른 것임.

오램을 가히 알리로다. 수연(雖然)이나 만생(晩生)[13]은 몸을 나라에 허 5
(許)한 바가 되어 당하(堂下)에 의려지망(倚閭之望)[14]을 끼치오니 죄사무석(罪死無惜)이오나, 부인의 효봉(孝奉)하심을 힘입어 존당(尊堂) 말년에 몸이 안강하옵시고 또 아자를 양육하여 슬하에 쾌락케 하시니 감사하이다."

하고, 다시 슬하에 별회(別懷)를 고하며 왕태조의 창업하던 사연을 세세히 담론(談論)하여 밤이 깊음을 깨닫지 못하더니, 은하(銀河)가 서으로 기울고 누수(漏水)[15]가 진(盡)하니, 그제야 혼정(昏定)[16]을 파하고 각각 침소에 물러와 밤을 헐숙(歇宿)[17]하고, 명일(明日) 시동(侍童)을 데리고 산상(山上)에 올라 원근(遠近)을 유람하고 일월(日月)을 보내더니, 명년(明年) 춘이월(春二月)에 태후 부부가 우연 득병(得病)하여 백약(百藥)이 무효하고 천명(天命)이 진(盡)하여 졸(卒)하니, 평장이 발상거애(發喪擧哀)[18]하고 초종제구(初終祭具)[19]를 다스려 천봉산 남녘에 안장(安
葬)하고, 아자(兒子) 기장으로 더불어 고금치란(古今治亂)과 양평(良平)의 6
운주결책(運籌結策)[20]을 힘써 가르치니, 기장은 본디 범상한 사람이 아니라 한 번 보고 한 번 들으매 기묘신산(奇妙神算)을 무불통지(無不通知)하더라.

---

13) 만생(晩生): 말하는 이가 자기를 낮추어 이르는 일인칭 대명사.

14) 의려지망(倚閭之望): 자녀나 배우자가 돌아오기를 초조하게 기다리는 마음.

15) 누수(漏水): 물시계에서 떨어지는 물. 누수가 진(盡)했다는 말은 밤이 늦었음을 의미함.

16) 혼정(昏定): 잠자리에 들 때에 부모의 침소에 가서 잠자리를 살피고 밤 동안 안녕하기를 여쭘.

17) 헐숙(歇宿): 어떤 곳에 대어 쉬고 묵음.

18) 발상거애(發喪擧哀): 발상하여 슬퍼함.

19) 초종제구(初終祭具): 초상 치르는 데 필요한 여러 가지 도구.

20) 양평(良平)의 운주결책(運籌結策): 양평(良平)은 장량(張良)과 진평(陳平)을 함께 일컫는 말이고, 운주(運籌)는 주판을 놓듯이 이리저리 궁리하고 계획한다는 의미. 장량과 진평 같은 병법가가 전략을 짜는 것을 말함.

이적에 예부사(禮部事) 복지겸이 도성도감(都城都監) 장개로 더불어 송악에 이르러 궁전을 영건(營建)하고 성역(城役)을 필(畢)하매, 왕태조가 문무관료(文武官僚)로 더불어 택일계행(擇日啓行)하여 이도(移都)하실새, 대소 장졸이 행장(行裝)을 수습하고 시위제신(侍衛諸臣)과 문무갑병(文武甲兵)이 거가(車駕)를 호송하여 마전(麻田)[21] 대량천에 다다르니, 홀연 마두(馬頭)에 일진광풍(一陣狂風)이 대작(大作)하며 포진(布陣)이 연(連)하여 소리를 길게 하고 뒤로 수백 보를 물러가거늘, 시위제신(侍衛諸臣)이 그 연고를 알지 못하고 주저하더니, 문득 전면 강구(江口)에서 포성(砲聲)이 일어나며 강변 갈수풀[22]로서 삼로복병(三路伏兵)이 살출(殺出)하니, 원래 이 군병은 토군 태수 김지대와 운산(雲山) 총장(總將)
7 석주령이라. 동심모의(同心謀議)하여 궁예를 쳐 파(破)하고 서북(西北)을 살분(殺奔)하여 각각 지방을 웅거하려 하더니, 문득 왕태조가 기틀을 타 태봉국을 멸(滅)하고 스스로 왕이 되어 송악으로 이도(移都)한다 하거늘, 삼인이 십분 앙앙(怏怏)하여 다시 계교(計巧)를 정하고 소속 병마 일천오백을 점검하여 대량천에 은복(隱伏)하여 태조의 행거(行車)를 겁채(劫寨)[23]코자 하여 기다리더니, 전군(前軍) 선봉(先鋒)이 강을 건너거늘 삼로(三路) 복병이 일제 용출(湧出)하니, 당선대장(當先大將)은 석주령이요, 좌편은 김지대요, 우편은 손실능이라. 즉시 태조의 거가(車駕)를 겁칙하려 하니, 이때 석광·김포 등은 이미 물을 건너고 태조를 시위(侍衛)한 자는 다만 광의 대대(大隊)로 손에 촌인(寸刃)이 없으니 어찌 능히 삼장(三將)을 방비하리오? 일인도 당선(當先)하여 막을 자가 없으니, 적장이 승시(乘時)하여 길을 헤치고 태조를 취하니, 태조가 창황(蒼

21) 마전(麻田): 현재의 경기도 연천군 미산면을 지칭한다.
22) 갈수풀: 갈대숲. 갈대가 우거진 숲.
23) 겁채(劫寨): 적의 소굴을 위협하거나 힘으로 빼앗음.

黃)[24]하사 우수(右手)에 철장(鐵杖)을 비끼고 좌수(左手)에 상방검(尙方 8
劍)을 번득하여 삼장의 도창(刀槍)을 좌우로 막으니, 진실로 만고영웅
(萬古英雄)이러라.

어시(於是)에 이검·송회 등이 군사의 기치(旗幟)를 앗아 깃발을 떼고
그 창으로 적진을 충살(衝殺)하더니, 적군이 이 소식을 알고 급히 군사
를 돌이킬새, 김포·설영은 상수(上水)로 건너 석주령의 후군(後軍)을 짓
치고,[25] 황분·석광은 하수(下水)를 건너 김지대의 후군을 짓치고, 염
쾌·함충은 대량 전면(前面)으로 좇아 손실능의 후군을 짓치니, 적장 삼
인이 감히 싸우지 못하고 협로(狹路)를 열어 남서(南西)를 바라고 닫더
니, 장림 능천에 다다라 뒤를 돌아보니 기도위(騎都尉) 조창이 일천철기
(一千鐵騎)로 풍우(風雨)같이 달려오고, 전면 능천 물은 흉용(洶湧)[26]하
여 그 심천(深淺)을 알 길이 없으니 어디로 행하리오?

삼인이 초조하여 앙천탄식(仰天歎息)하다가 자세히 살펴보니, 하수
얕은 곳에 부교(浮橋)를 지어 크게 교량(橋梁)을 세우고 교변(橋邊)에 수
삼대장(數三大將)이 일군을 주둔하였으니, 차(此)는 도성도감(都城都監) 9
장개, 촉질, 장갑과 비장(裨將) 조전으로 더불어 태조의 군행을 영접하
고 길을 열새, 능천 하수에 교량을 세우고 교변(橋邊)에 유진(留陣)함이
라. 삼장(三將)이 차경(此景)을 보고 더욱 황겁(惶怯)하여 망지소조(罔知
所措)[27]러니 배후(背後)에 추병(追兵)이 따르거늘 삼인이 세(勢) 급함을
보고 물에 빠져 죽으니, 왕태조가 드디어 중란(中亂)[28]을 평정하고 삼
인이 거느렸던 대소군졸(大小軍卒)을 효유(曉諭)하여 고향으로 돌려보내

24) 창황(蒼黃): 미처 어찌할 사이 없이 매우 급작스러움.
25) 짓지다: 함부로 마구 치다.
26) 흉용(洶湧): 물결이 매우 세차게 일어남. 또는 물이 힘차게 솟아 남.
27) 망지소조(罔知所措): 너무 당황하거나 급하여 어찌할 줄을 모르고 갈팡질팡함.
28) 중란(中亂): 내란. 나라 안에서 정권을 차지할 목적으로 벌어지는 큰 싸움.

고, 양초전량(糧草錢糧)은 다 흩어 삼군을 상사(賞賜)하시고 능천을 고쳐 삼인천(三人川)이라 하시고, 군중에 하령(下令)하사 장갑·조천으로 전부향도관(前部向導官)을 삼고, 김포·석광으로 전부선봉(前部先鋒)을 삼고, 이검·허습·송회로 갑병(甲兵)을 거느려 대가(大駕)를 호위하게 하고, 한충·장개로 후군을 영(令)하여 호호탕탕(浩浩蕩蕩)히 장안(長安)으로 득달하니, 사면성곽(四面城郭)이 견고하여 철성(鐵城)을 두른 듯한데, 내칠문(內七門)과 팔 동산, 십이 재는 용호(龍虎)의 기운으로 통운금화지술을 부렸으며, 동남(東南) 무편은 북궐(北闕)을 수기하고, 천태삼두는 억만장안(億萬長安)의 주인이 되었으니[29] 진실로 탕지(湯池)[30]요, 천부지국(天府之國)[31]이라.

태조가 십분 대열(大悅)하사 종묘사직(宗廟社稷)을 서성(西城)에 봉안(奉安)하고, 내궁에 들어가 태부인께 배현(拜見)하고 용녀부인으로 상읍(相揖)하시니, 견권지정(繾綣之情)[32]이 의의(猗猗)하여[33] 운우양대(雲雨陽臺)[34]에 초몽(楚夢)이 다정하더라.

이튿날 태조가 승정전에 전좌(殿座)하시니 문무백관(文武百官)이 조하(朝賀)[35]를 마치매 대연(大宴)을 배설(排設)하고 출전제장(出戰諸將)의 녹봉(祿俸)을 더하시고 사문(四門)에 방을 붙여 백성을 초안(招安)하시더

---

29) 내칠문부터는 풍수지리적으로 명당인 것을 말하는 내용인데, 정확한 의미는 알 수 없음.

30) 탕지(湯池): 금성탕지(金城湯池)를 줄여 쓴 것임. 금성탕지는 방어시설이 잘 되어 있는 성을 말함.

31) 천부지국(天府之國): 땅이 매우 기름져 온갖 산물이 많이 나는 나라.

32) 견권지정(繾綣之情): 마음속에 굳게 맺혀 잊히지 않는 정.

33) 의의(猗猗)하다: 아름답고 성하다.

34) 운우양대(雲雨陽臺): 운우지락(雲雨之樂). 초회왕(楚懷王)이 고당(高唐)에서 놀다가 꿈속에서 어떤 부인과 잠자리를 같이했는데, 그 부인이 떠나면서 자기는 아침에는 구름이 되고 저녁에는 비가 되어 양대(陽臺) 아래에 있겠다고 했다는 고사에서 유래했음. 남녀 사이의 성적인 관계를 말함.

35) 조하(朝賀): 즉위, 탄일 따위의 경축일에 신하들이 조정에 나아가 임금에게 하례하던 일.

니, 동시월(冬十月) 망간(望間)에 금문관이 보(報)하되,

"평주목(平州牧)[36] 기반과 상경태수(太守) 엄신 등이 소속 군현(郡縣) 사십여 성을 다 점검하고 예단(禮單)과 항서(降書)를 만들어 스스로 순종하나이다."

하거늘, 태조가 대희하여 엄신·기반으로 본직(本職)을 인임[37]하시고 사주관대(賜酒寬待)하시니, 이로 인하여 귀순하는 자가 수만여 중(衆)이 11
라. 태조가 대희하사 조신(朝臣)으로 의논 왈,

"과인(寡人)이 도읍을 한 번 정하매 관서(關西)와 영동북지(嶺東北地)는 이미 평정하였으나 남중양도(南中兩都)에 신라왕과 견훤왕이 종시(終是) 항(降)치 아니하니, 아지 못게라! 어느 나라를 먼저 침이 가(可)할꼬?"

중관(中官)이 합주(合奏) 왈,

"근일(近日)에 듣자오니 견훤이 강포하여 스스로 동방(東方)을 횡행(橫行)할 뜻이 있다 하니, 견훤을 먼저 파하여 평정하면 강호(江湖) 군장(群將)은 싸우지 않아도 스스로 귀순하리이다."

태조가 옳이 여기사 좌장군 석광과 부총독 함충과 군사(軍師) 염쾌로 정병(精兵) 삼 만을 주어 '견훤을 먼저 치라.' 하신대, 삼장(三將)이 봉명(奉命)하고 대병을 총독(總督)하여 완산(完山)[38]으로 진발(進發)하니라.

선시(先時)에 견훤왕이 신라국을 치다가 하운의 방어함으로써 진산(晉山) 협곡을 지나지 못하매 정히 울민(鬱悶)[39]하더니, 문득 보하되,

"고려왕이 병마를 보내어 완산 지경(地境)을 침노한다." 12

---

36) 평주(平州)는 지금의 황해도 평산.

37) 인임: 기한이 다 된 관리를 그 자리에 그대로 남겨 둠.

38) 완산(完山): 전라북도 전주.

39) 울민(鬱悶): 마음이 답답하고 괴로움.

하거늘, 견훤이 불승분노(不勝忿怒)하여 양길·전풍 등 중장(衆將)으로 더불어 정숙(整肅)한 군마를 거느리고 백마강(白馬江) 지경(地境)에 와 연영치책(連營治柵)[40]하고 고려병을 영적(迎敵)하니, 견훤병의 세(勢) 중(重)함이 태산 같거늘, 석광이 힘으로 능히 싸우지 못할 줄 알고 문사(文士) 염쾌와 한가지로 상의하여 완병지세(緩兵之勢)를 쓰려하고, 일변(一邊) 연유를 도성(都城)에 계달(啓達)하여 군마를 물려 강을 건너 안병부동(按兵不動)한대, 총독장 함충이 불승분노(不勝忿怒)하여 문사 염쾌를 보고 왈,

"우리 주공의 기세로 어찌 조그마한 견훤병(兵)을 두려워 오래 상지(相持)코자 하니 어찌 분하지 않으리오? 내 마땅히 일군을 거느려 적병을 파하리니, 청컨대 군사는 일비지력(一臂之力)[41]을 조력(助力)하소서."

염패가 급히 말려 왈,

"불가 불가라. 견훤이 본대 용맹이 과인(過人)하고 지식이 유족(有足)하니 가히 경적(輕敵)치 못하리라."

13 하니, 함충이 혈기지용(血氣之勇)을 믿고 염쾌의 말을 듣지 아니하고 이에 본부병(本部兵)을 거느리고 모야간(暮夜間)에 백마강 상류를 가만히 건너 견훤의 대채(大寨)를 겁칙하려 하더니, 적장 양길의 복병(伏兵)에 싸여 죽기로써 충돌하여 헤치고자 하나 사면 복병이 점점 더하여 함충을 해심(垓心)에 넣고 궁노(弓弩)를 제발(齊發)[42]하니, 시석(矢石)이 비 오듯 하는지라.

이때에 석광의 순초군(巡哨軍)[43]이 기미를 알고 나는 듯이 중군에

---

40) 연영치책(連營治柵): 군영을 연하여 만들고, 울타리를 쌓음.

41) 일비지력(一臂之力): 한 팔 또는 한 팔꿈치의 힘이라는 뜻으로, 남을 도와주는 작은 힘을 이르는 말.

42) 제발(齊發): 총이나 활을 일제히 쏨.

43) 순초군(巡哨軍): 돌아다니면서 적의 정체나 동태를 탐지하는것 또는 그 군사.

보(報)한대, 석광이 대경(大驚)하여 문사 염쾌로 본채(本寨)를 지키고 중
장(衆將)을 거느리고 강을 건너 구원코자 하다가 고월·문통의 양로병
(兩路兵)을 만나 패하여 군사를 태반이나 죽이고 함충을 구원치 못하
니, 충이 해심 중에서 외응(外應)이 없으매 난군중(亂軍中)에 죽으니, 견
훤이 이날 밤에 크게 이기고 의기양양(意氣揚揚)하여 함충의 머리를 진
전(陣前)에 비양(飛揚)하며 날마다 강변에 와 석광을 질욕(叱辱)하니, 광 14
이 함충의 죽음을 보고 경구(驚懼)하여 일변 백마강을 굳이 지키며 함
충의 패망한 뜻을 조정에 고하고 구원병을 청한대, 태조가 석광의 표
(表)를 보시고 불승분노하여 중장(衆將)을 모으고 견훤 파(破)할 일을 의
논하신대, 중론(衆論)이 분운(紛紜)하여 능히 결단치 못하거늘, 태조가
분연절치(憤然切齒) 왈,

"과인이 기병(起兵)함으로부터 몸소 수십 전(戰)을 지내었으되, 향하는 바에 이기지 못하는 곳이 없거늘, 견훤 필부(匹夫)가 감히 이렇듯이 방자무례(放恣無禮)하니 과인이 마땅히 친정(親征)하여 동남을 삭평(削平)[44]하리라."

하시고, 시중(侍中) 최전과 한승·박술회·이석담을 머물러 도성을 지
키게 하고 태조가 친히 중장(衆將)을 총독(總督)하여 백마 지경에 이르
니, 석광이 진문 밖에 나와 견훤의 병(兵) 강함과 양길·전풍 등의 지모
장략(智謀將略)을 갖춰 아뢴대, 태조가 분연절치 왈, 15

"네 이미 과인을 따라 임진파적(臨陣破敵)함이 십 수 년이거늘, 어찌 견훤 필부(匹夫)의 약간 지략을 대적하지 못하고 병패(兵敗)함이 여차(如此)하니, 과인이 당당히 견훤을 베고 완산(完山)을 삭평하여 이 분(忿)을 씻고 함충의 원수를 갚으리라."

---

44) 삭평(削平): 반란이나 소요를 누르고 평온하게 진정함.

하시고, 김포·황분으로 좌우선봉(左右先鋒)을 삼고 이검·설영으로 좌우전대(左右戰隊)를 삼고, 허습·권율로 보가장(保駕將)을 삼고 송희·신숭겸으로 구응사(救應使)를 삼고, 석광·염쾌로 패군장(敗軍將)이라 하여 후초군(後哨軍)이 되게 하고, 태조가 친히 중군(中軍)이 되어 백마강으로 향하니라.

어시에 견훤왕이 태조가 친히 온단 말을 듣고 중장으로 더불어 상의 왈,

"고려왕은 당시 호웅(豪雄)이라. 녹록한 필부가 아니니 마땅히 지혜로 잡으리라."

하고 군중에 전령(傳令)하여 스스로 물러갈새, 양길로 삼천 병을 주어
16 금성산(錦城山)[45] 북안(北岸)에 매복하고 부장(副將) 전풍으로 삼천 병을 주어 공산(公山)[46] 협곡에 매복하고, 기장(騎將) 고월로 삼천 병을 주어 초서산 남안(南岸)에 매복하고 견훤이 친히 중군(中軍)을 거느려 여산 동곡(東谷)에 은복(隱伏)하고 호위대장 은필로 정병 이천과 노약군졸(老弱軍卒)을 주어,

"거짓 견훤의 기호(旗號)를 가지고 왕모를 유인하여, 여산 안구에 이르거든 네 뒤로 물러가 적병이 능히 돌아가지 못하게 하라."

오장(五將)이 청령(聽令)하고 각각 인병(引兵)하여 방략(方略)을 정하니라.

이적에 태조가 선봉(先鋒)을 재촉하여 하남(河南)을 살분하니, 형세가 닫는 말 같고 빠름이 유성(流星) 같아서 순일지간(旬日之間)[47]에 금성산

---

45) 금성산(錦城山): 위의 금성산과 공산은 경상도에 있는 산인데, 아래에서 전투가 일어나는 곳은 전라도 여산이다.

46) 공산(公山): 대구의 팔공산(八公山).

47) 순일(旬日): 열흘 동안.

하(金城山下)에 이르러는 견훤의 병(兵)이 대적하다가 불과 수합(數合)에
산곡(山谷)으로 들어가거늘, 태조가 급히 따르니 조창이 간왈(諫曰),

"견훤의 용맹이 효용(驍勇)하고 무예 출중하니 대왕은 따르지 마소
서. 제 이제 한 번도 과히 싸우지 아니코 스스로 퇴주(退走)하니, 이는 17
반드시 유인하는 계교오니, 폐하가 만일 중지(重地)에 들어가시면 적
의 계교를 맞추리니 아직 적세(賊勢)를 살핀 후 진병(進兵)함이 마땅할
까 하나이다."

태조가 분연왈(憤然曰),

"내 함충의 원수를 일합(一合)에 갚지 못함을 한하는 바이거늘, 어찌
진병(進兵)함을 일시나 늦추리오? 고어(古語)에 일렀으되, '호혈(虎穴)에
들어가야 범을 잡는다' 하였으니 견훤 필부를 어찌 그다지 두려워하리
오?"

언파(言罷)에 조창의 간언(諫言)을 불청(不聽)하고 중군(衆軍)을 재촉
하여 바로 여산하에 다다르니, 문득 사로(四路) 산상에 포성(砲聲)이 대
진(大振)하며 네 길 군마(軍馬)가 일시에 내다르니, 남북은 양길·고월
이요, 동서는 전풍·문통이라. 각각 병기를 들고 중군을 살입(殺入)[48]
하니 그 세(勢) 빠름이 풍우(風雨) 같은지라. 고려 중장(衆將)이 대경낙
담(大驚落膽)하여 견훤의 계교에 속은 줄 알고 수족이 부드러워[49] 진세
(陣勢)를 미처 정치 못하여 사산분주(四散奔走)하거늘, 견훤이 승세(乘 18
勢)하여 대호일성(大號一聲)에 창을 날려 좌충우돌하며 바로 중군영(中
軍營)으로조차 쫓아오는지라.

태조가 마상(馬上)에서 적세 심급(甚急)함을 보시고 급히 철궁(鐵弓)
에 철전(鐵箭)을 만작하여[50] 수시(數矢)를 발(發)하시니, 견훤이 본디

48) 살입(殺入): 힘차게 돌진하여 들어감.
49) 수족이 부드러워: 미상.

눈이 밝은지라 오는 살을 연(連)하여 꺾어 버리고 즉시 태조를 취하거
늘, 태조 좌우의 권율·허습이 급히 내달아 앞을 막아 견훤을 시살(厮
殺)하니, 견훤이 분력(奮力)하여 호통 일성(一聲)에 허습을 찔러 말에서
내리치고 즉시 태조를 취한대, 태조가 분연대로(憤然大怒)하여 철궁을
벗기고 양마(兩馬)가 교봉(交鋒)하니, 사람은 천신(天神) 같고 말은 비룡
(飛龍) 같아 일충일당(一衝一撞)[51]하고 일왕일래(一往一來)하더니, 날이
일반(日半)에 이르러 견훤이 몸을 솟구며 반공중(半空中)에 올라 창을
날려 태조의 명문(命門)을 찌르려 하거늘, 태조의 탄 바 표진[52]은 남해
19 용마(南海龍馬)라 소리를 길게 하며 공중에 솟아 왕이 한가지로 운무(雲
霧) 중에 싸이어 재주를 비양(飛揚)하니, 비컨대 심산궁곡(深山窮谷)에서
맹호가 밥을 다투는 듯하거늘, 양진(兩陣) 장졸이 불승황망(不勝慌忙)하
여 능히 정신을 진정치 못하더니, 문득 견훤이 입으로 독한 기운을 토
하여 태조의 면전(面前)에 미치니, 태조가 대경(大驚)하사 철장(鐵杖)으
로 앞을 가리고 뒤로 물러서니, 견훤이 승세(乘勢)하여 태조와 중장(衆
將)을 해심 중에 둘러싸고 궁노난전(弓弩亂箭)을 어지러이 쏘니, 김포·
황분 등이 태조와 한가지로 충살코자 하나 시석(矢石)에 막히어 능히
중위(重圍)를 충살치 못하니, 태조와 군신이 위태함이 경각(頃刻)에 있
더니, 문득 서남각상(西南角上)으로 일군이 살입(殺入)하여 태조와 중장
을 구하여 중위(重圍)를 벗어나니 이는 염쾌·석광이라.
태조가 석광을 패군장(敗軍將)이라 하여 조용(調用)[53]치 아니하고 후
20 진(後陣)을 삼았더니, 당일 태조의 위곤(危困)하다 함을 듣고 급히 살분

50) 만작: 활시위를 한껏 당김.
51) 일충일당(一衝一撞): 한 번 찌르고 한 번 침.
52) 표진: 남해 용왕에게 얻은 말.
53) 조용(調用): 벼슬아치로 등용함.

하여 구응(救應)한 바이라. 태조가 석광의 구함을 입어 벗어났으나 장수가 불과 십수 인 뿐이요 군사가 불과 수천에 지나지 못하거늘, 태조 앙천탄식(仰天歎息)하시고 흩어진 군마를 거두어 망야도주(罔夜逃走)하여 돌아갈새, 백마강에 다다라서는 적장 이필이 강구(江口)를 막아 진을 쳤거늘, 태조가 대경실색(大驚失色)하여 감히 강을 건너지 못하고 백마성으로 들어가 사문(四門)을 굳이 닫고 수성(守成)을 각별히 하여 다시 구처(區處)하려 하시더니, 이필이 벌써 강구병(江口兵)을 거두어 성하(城下)에 이르고, 견훤 병이 또한 장구대진(長驅大振)하여 성을 둘러싸고 주야 공성(攻城)하니, 태조가 중장(衆將)으로 더불어 굳이 지키니 견훤이 능히 함성(陷城)치 못하나 군세(軍勢) 점점 대진(大振)하여 성을 급히 치니 성 파(破)함이 조석(朝夕)에 있는지라. 태조가 황겁(惶怯)하사 속수무책(束手無策)이러니 신공(申公)이 진전(進前) 주왈(奏曰),

"신이 비록 불충(不忠)하오나 한(漢) 나라의 기신(紀信)의 충(忠)[54]을 21
본받아 폐하의 급함을 구하오리니, 원컨대 폐하는 사정(私情)을 혐의치 말으시고 빨리 금포옥대(錦袍玉帶)를 주옵소서."

태조가 실성유체(失聲流涕)함을 마지아니시니, 신공이 우(又) 주왈,

"폐하는 안심하시고 너무 우려치 말으소서. 옛적 제(齊)나라 장수 우곤이 대신 팔조하다가 연(燕)병에게 잡힌 바가 되니 악의(樂毅)[55] 마침내 해(害)치 아니하고 충의를 탄복하여 절개를 온전히 하니 후인이 도

54) 기신(紀信)의 충(忠): 항우가 형양성에서 유방을 포위했을 때 기신이 유방의 차림을 하고 거짓으로 항우에게 항복하여 유방이 도망갈 수 있도록 길을 열어주었다. 나중에 가짜 유방이라는 것을 알게 된 항우는 기신을 불태워 죽였다

55) 악의(樂毅): 중국 전국시대 연(燕)나라의 무장. 조·초·한·위·연의 군사를 이끌고 당시 강대국이던 제를 토벌했다. 연의 혜왕이 즉위하자 제나라 전단의 이간책으로 조나라로 달아났다. 이후 혜왕이 그를 잃은 것을 후회하고 사죄하여 연·조 두 나라의 객경(客卿)이 되었다

리어 악의를 칭복(稱服)하고,[56] 패왕(霸王) 항우(項羽)는 한장(漢將) 기신(紀信)의 충절을 용납지 아니하고 불 질러 의사를 구박하니, 연염(煙焰) 가운데 기신의 염염(焰焰)한 충혼이 굴치 않으니 후인이 항우를 꾸짖어 침 뱉거늘, 견훤이 아무리 강포하나 간대로[57] 조신(朝臣)을 해치 못하오리니, 복원(伏願) 주상은 지완(遲緩)치 마시고 바삐 행하소서. 저컨대[58] 조석(朝夕)에 환(患)이 있을까 저어하나이다"

22 한대, 태조가 마지못하여 금포옥대(錦袍玉帶)와 새수(璽綬) 등물(等物)을 다 신공(申公)을 맡기니, 신공이 즉시 태조의 장속(裝束)[59]으로 고치고 성상(城上)에 올라 군사로 하여금 크게 불러 왈,

"왕모(王某)가 세(勢) 궁(窮)하여 항복고자 하나 대병이 성을 둘러 침해할까 두려워하매 감히 성에 나지 못하나니, 청컨대 대왕은 왕모의 항복을 용납코자 하실진대 왕모가 남문을 열고 항복하리이다."

견훤이 청파(聽罷)에 대희하여 제장(諸將)으로 상의 왈,

"왕모는 효용(梟勇)[60]이라. 금일에 항복하나 타일 반드시 또 반(叛)하리니, 저의 항복하기를 기다려 중앙 황기(黃旗)를 들거든 제장 등(等)은 일시에 하수(下手)하여 소루(疏漏)함이 없게 하라."

의논을 정하고 사문(四門)에 전령(傳令)하여 군을 물리거늘, 신공(申公)이 김포·석광 등 중장(衆將)으로 더불어 결속(結束)[61]을 정제(整齊)히 하고, 태조는 군사의 복색을 하고 서문으로 내달아 김포·석광 등
23 이 동서로 적병을 막으며 태조를 호위하여 달려드니, 그 세 빠름이

56) 악의의 고사는 미상.

57) 간대로: 망령되이. 함부로.

58) 저컨대: 저어하건대. 두려워하건대.

59) 장속(裝束): 입고 매고 하여 몸차림을 든든히 갖추어 꾸밈. 또는 그런 차림새.

60) 효용(梟勇): 사납고 날쌤.

61) 결속(結束): 여행을 떠나거나 싸움터에 나설 때에 몸단속을 하는 것.

풍우(風雨) 같은지라. 백마강을 편시간(片時間)에 건너니 뉘 능히 막으리오?

어시에 견훤이 태조의 도망함을 듣고 불승대로(不勝大怒)하여 철기갑병(鐵騎甲兵)으로 멀리 따르나 능히 미치지 못하고, 노분(怒憤)하여 다시 군사를 조련(調練)하여 따르려 하더라.

차시(此時) 청풍이 집에 한가히 있더니 문득 가인(家人)이 보(報)하되,

"왕태조가 견훤으로 접전(接戰)하다가 크게 패하여 태조가 달아나니, 견훤이 다시 군사를 정돈하여 고려국을 아주 분탕(焚蕩)하려 할새 백마강변(白馬江邊)에 군사를 둔주(屯住)하고 매일 연습한다 하더이다."

청풍이 청파(聽罷)에 일경일희(一驚一喜)하니, 처음 대경함은 고려왕의 군신(群臣) 중에 견훤을 대적하여 막을 자가 없으니 대경함이요, 다시 대희함은 자기 친히 산문(山門)에 나아가 견훤을 보고 이해(利害)로
달래어 신라국을 치게 하고 승시응변(乘時應變)하여 삼한(三韓)을 통일 24
하고 패업(霸業)을 도모할 주책(籌策)[62]을 생각하였으매 대희함이라.

이날 밤에 청풍이 두 장 글을 만드니, 한 장은 견훤에게 드릴 글이요, 또 한 장은 왕태조에게 드릴 것이라. 이에 아자(兒子) 기장을 주어 왈,

"내 명일(明日) 견훤의 진중(陣中)에 가 저를 달래어 이해계(利害計)를 쓸 것이니, 너는 집에 있다가 태조가 오거든 이 소장(疏章)을 가지고 성도(城都)에 들어가 상소(上疏)를 드리고 아비를 대신하여 국사(國事)를 진심하라. 나는 공명번화(功名繁華)에 뜻이 없으니 부득이 견훤과 신라를 삭평(削平)하여 나라 원수를 갚고 버금 왕태조의 대업(大業)을 도모코자 하노라."

기장이 재배(再拜)하여 명을 받은 후에 견훤 파(破)할 주책(籌策)을 먼

---

62) 주책(籌策): 이해와 손해를 헤아려 생각한 꾀.

저 시험하여 가만히 고(告)한대, 청풍이 대희하여 아자의 등을 어루만져 칭선(稱善) 왈,

"기재(奇才)며 묘재(妙才)로다. 내 이미 이 뜻을 정하였더니 오아(吾
25 兒)의 소견이 여차하니 동방을 횡행(橫行)하고 삼한(三韓)을 통일할 자는 나의 뇌전[63]이로다."

하고, 명일 청풍이 먼저 발행(發行)할새, 최복마혜(衰服麻鞋)[64]로 촌촌이 행하여 견훤의 영채(營寨) 밖에 와 수문관(守門官)을 보고 표문(表文)을 드린대, 견훤이 개탁(開坼)하니 기서(其書)에 하였으되,

죄사(罪士) 강사진은 돈수백배(頓首百拜)하고 대왕 좌하에 우의(愚意)를 두 번 주달(奏達)하옵나니 상찰(詳察)하옵소서. 석일(昔日) 항왕(項王)이 패공(覇公)을 뒤에 두고 멀리 제량(齊梁)을 정벌하다가 팽성(彭城) 가권(家眷)을 다 한병(漢兵)에 취한 바가 되고, 형주목(荊州牧) 관운장(關雲長)이 동오(東吳)의 원골(怨骨)함을 근심치 아니하고 서(西)로 조군(曹軍)을 따라 수엄칠군(守嚴七郡)하다가 동오 소장(小將) 여몽(呂蒙)에게 패함을 입었거늘,[65] 전일 대왕이 신라국을 치다가 필승(必勝)치 못하고 이제 이르러 일시 분함을 써 멀리 도망한 고려왕을 따라 깊이 중지(重地)에 들어가려 하시니, 만일 신라왕이 구원(舊怨)을 생각하고 승허
26 (乘虛)하여 뒤를 엄습(掩襲)하면 전후 강적을 장차 어찌하고자 하시나이이까? 죄신이 비록 산야초부(山野樵夫)나 전일 대왕의 무위(撫慰)하신 덕택이 있거늘, 안연(晏然)히 물러 있어 대왕의 위태함을 구치 아니치 못하여 우견(愚見)을 진달(進達)하옵나니, 대왕은 깊이 살피소서.

---

63) 뇌전: 강사진의 다른 이름이거나 자(字).

64) 최복마혜(衰服麻鞋): 상복(喪服)과 미투리.

65) 여몽(呂蒙): 촉(蜀)의 남군태수 미방(糜芳)과 내통하고 육손(陸遜)을 진격시켜 관우의 퇴로를 끊어 장향(障鄕)에서 생포하였다. 후에 임저(臨沮)에서 관우를 그의 아들 관평(關平)과 함께 처형했다.

하였거늘, 견훤왕이 견필(見畢)에 십분 경아(驚訝)하여 즉시 예관(禮官)으로 청한대, 청풍이 심중에 암희(暗喜)하나 거짓 사양하고 몽백죄인(蒙白罪人)[66]이라 칭탁하다가 마지못하여 장(帳)에 들어가니, 견훤이 영접하여 예필좌정(禮畢坐定) 후 칭송하여 가로대,

"전일 선생이 '고향으로 다녀오마' 하더니 한 번 돌아간 후 소식이 돈연(頓然)[67]하기로 주야(晝夜)에 잊지 못하더니, 기간(其間) 부모상(父母喪)을 연하여 만났도다. 연(然)이나 선생이 과인의 몽은(蒙恩)[68]한 데 없으되 의기(義氣)를 격발(激發)하여 대상몽백(大喪蒙白)을 혐의치 아니하고 초토(草土)[69] 중에 찾아와 두 번 지로(指路)하는 은혜 감사하거니와, 대저 양국 정벌지사(征伐之事)는 어찌하면 가(可)할꼬?" 27

청풍이 고두(叩頭) 주왈,

"죄사(罪士) 사진의 우견(愚見)으로 헤아리건대, 신라 대장 안촉이 전망(戰亡)한 후에 군무중사(軍務重事)를 맡길 사람이 없으매 당금(當今) 신라왕이 형세 외롭고, 또 수로와 육지가 불원(不遠)하니 처음 뜻과 같이 군마를 두 길로 나눠 수륙병진(水陸竝進)하면 반드시 취승(取勝)하여 동경(東京)을 파하리니, 득승지병(得勝之兵)을 몰아 북경을 정벌하고 춘궁(春宮)[70]이 또한 승시(乘時)하여 양천을 엄습(掩襲)하면 고려왕은 싸우지 않아도 스스로 황겁(惶怯)하여 항복하리이다."

견왕(甄王)이 대희하여 왈,

"선생은 진실로 양평(良平)[71]의 후신이로다."

---

66) 몽백(蒙白罪人): 상중(喪中)에 있는 사람이 자신을 일컫는 말. 몽백(蒙白)은 상을 당해 소복을 입음을 뜻함.

67) 돈연(頓然): 소식 따위가 끊어져 감감함.

68) 몽은(蒙恩): 은혜를 입음.

69) 초토(草土): 거적자리와 흙 베개라는 뜻으로, 상중에 있음을 이르는 말.

70) 춘궁(春宮): 황태자나 왕세자를 달리 이르던 말.

하고 종군(從軍)함을 청한대, 청풍이 사양 왈,
"죄사 사진은 산야촌맹(山野村氓)[72]으로 무재(無才)할 뿐 아니라 망부
(亡父)의 거상(居喪)이 신상(身上)에 있사오니 종군함이 불가하온지라.
28 대왕이 만일 버리지 아니시면 도성에 이르러 춘궁을 보호하고 대왕의
승첩(勝捷)하심을 기다리리이다."
견왕이 허락고 부장 김도기로 일지병을 주어 '백마강구를 방어하라'
하고, 즉시 대군을 휘동(麾動)하여 완산에 돌아와 수군과 육군을 두 길
로 분발할새, 고원·문통 등 제장을 머물러 춘궁 신검을 보호하게 하
고, 전풍으로 수군도독을 삼아 길을 열게 하고 이필로 후군을 삼아 후
군을 총독하고, 견훤이 친히 대병을 거느려 즉시 신라국을 살분하니
승부가 어찌 된고?
선설(先說). 왕태조가 신숭겸으로 대신 사항(詐降)[73]하고 몸을 벗어
나 성도에 돌아오매 중관을 모으고 척연(惕然)[74] 감상 왈,
"과인이 당초에 생각을 그릇하고 자의로 정벌하다가 양진을 대패하
고 수삼 대장을 꺾어 버리니 누구를 한하리오? 다만 강군사의 계책을
구하여 쓰지 않음이 유한(遺恨)이어니와 이미 지난 일이니 말하여 무익
29 한지라. 당금 견훤이 물러가지 아니하고 백마성에 둔군(屯軍)한다 하
니 이를 장차 어찌하면 좋을꼬?"
황문시랑 박술회와 중서령 정침이 주왈,
"신 등이 처음부터 강군사의 계책을 구할 뜻이 있어 재삼 고간(固諫)
하되 의논이 불일(不一)함으로 대왕이 친정하심이러니, 견훤 강적의

71) 양평(良平): 지략이 뛰어난 사람. 한나라 고조의 신하인 장량(張良)과 진평(陳平).
72) 산야촌맹(山野村氓): 시골에 사는 백성.
73) 사항(詐降): 거짓으로 항복함.
74) 척연(惕然)하다: 근심스럽고 두렵다.

형세 저렇듯이 융대(隆大)하오니 불구(不久)에 대변(大變)이 있을까 하옵나니, 청컨대 강군사를 청하여 지모비계(智謀秘計)로 견훤의 독수(毒手)를 방비하소서."

태조가 왈,

"경 언(言)이 마땅하거니와 강군사가 지금 초토(草土) 중에 있으니 어찌 군중에 즐겨 종사하리오? 과인의 소견은 다시 장수를 보내어 백마지구(白馬之口)를 굳이 지키고 일변으로 강군사의 초토 마치기를 기다림이 좋을까 하노라."

제신이 우(又) 주왈,

"견훤이 강포한지라. 어찌 적은 강변으로 액구[75]를 삼으리이까? 이
제 마땅히 사자를 강군사에게 보내어 획책(劃策)을 구하시면 소루(疏漏) 30
함이 없으리다."

태조가 종기언(從其言)하사 좌장군 석광을 불러 위유(慰喩) 왈,

"금번지사(今番之事)는 경이 가야 군사와 거가(車駕)를 청하리라."

훈감 남정이 크게 불러 왈,

"불가(不可) 불가라. 문원이 금번에 견병(甄兵)으로 접전하였으매 적장이 문원의 낯을 모를 리 없거늘, 왕래지간(往來之間)에 견병에게 잡히면 대사가 그릇되리이다."

태조가 깨달으사 좌복야(左僕射) 최전으로 사(使)를 삼고 천리 표진을 주어 가만히 행하라 하신대, 최전이 봉명(奉命)하고 즉일 발행하여 천봉산에 들어가니, 강공자(姜公子) 기장이 영접하여 북향사배(北向四拜)하고 최공으로 한훤(寒暄)[76]을 마치매, 공자가 공수(拱手)[77]하고 부

75) 액구: 애구(隘口). 험하고 좁은 길목.

76) 한훤(寒暄): 날씨의 춥고 더움을 말하는 인사를 뜻하는 말로, 서로 만나 안부를 묻는 것을 뜻함.

친이 재재작일(再再昨日)에 견훤에게 가신 뜻을 대강 고한대, 최공이 대경(大驚) 왈,

"당금(當今)의 태조가 견훤에게 패하사 형세 위급함으로 왔거늘, 뜻
31 아닌 영존(令尊)이 견훤의 진중(陣中)에 가셨다 하니 무슨 일이 있느냐?"

기장이 최전의 뜻을 시험코자 하여 짐짓[78] 대왈(對曰),

"저적[79] 견훤왕이 비사후례(卑辭厚禮)[80]로 부친을 청하거늘, 당금 시세를 보건대 견훤왕의 용맹이 소향(所向)에 무적(無敵)[81]이라. 이러므로 견훤왕을 도와 패업을 도모코자 하여 호남으로 향하셨습니다."

최전이 대경대로(大驚大怒)하여 남(南)을 가리켜 꾸짖어 왈,

"임금을 배반하고 시무(時務)를 알지 못하는 반역필부(叛逆匹夫)라." 하고 욕매(辱罵)하며 공자더러 왈,

"네 아비 비록 비례(非禮)를 행하나 자식의 도리 간(諫)함이 옳거늘 스스로 안연(晏然)[82]하리오?"

기장이 대소(大笑)하고 다시 재배(再拜) 왈,

"소생이 명공의 충의를 시험코자 함이니 어찌 부친이 반(叛)함이 있으리오? 가엄(家嚴)[83]이 몽상(蒙喪) 중에 예절을 폐하고 출진하심은 다
32 른 뜻이 아니라 전혀 태조를 위하여 기묘한 획책(劃策)을 도모코자 함이요, 또 왕사(王使)를 봉행(奉行)할 일은 표문(表文)을 머물러[84] 소생을 맡겼으니, 소생이 명공을 따라 성도에 들어가 태조를 뵈옵고 표문을

---

77) 공수(拱手): 절을 하거나 웃어른을 모실 때, 두 손을 앞으로 모아 포개어 잡는 자세.
78) 짐짓: 마음으로는 그렇지 않으나 일부러 그렇게.
79) 저적: 지난번.
80) 비사후례(卑辭厚禮): 자신은 말을 공손히 하고 상대방에게는 예를 후하게 함.
81) 소향무적(所向無敵): 어디를 가든지 대적할 만한 사람이 없음.
82) 안연(晏然)하다: 불안해하거나 초조해하지 아니하고 차분하고 침착하다.
83) 가엄(家嚴): 남에게 자기 아버지를 높여 이르는 말.
84) 머물러: 남기어.

드리면 자연 묘책이 있으리다."

최공이 대열하여 한가지로 행할새, 존당(尊堂)에 하직하고 발행하여 성도에 득달하니, 태조가 전지(傳旨)하사 군신을 모으고 기장을 인견(引見)하시니, 청춘 미소년이 용모가 쇄락(灑落)하고 신장이 팔 척이나 되어 일세 영웅이라. 태조가 일견에 그 재질을 칭찬하시고 표문을 보시니, 기서(其書)에 왈,

> 죄신(罪臣) 강사진은 돈수백배(頓首百拜)하옵고 성상 탑하(榻下)에 주달(奏達)하옵나니, 신이 조정을 하직하옵고 고향에 돌아온 지 미과수재(未過數載)에 천지상(天地喪)을 당하오매 다시 조정에 돌아갈 기약을 얻지 못하였삽더니, 그런 사이에 인사(人事)가 변하여 대란이 극심할새, 주상이 친정(親征)하시다가 도적에게 견패(見敗)하시는 욕을 당하셨다 하는지라. 신이 또한 탐지하온즉 견훤이 회군치 아니하고 다시 송경(松京)을 치려한다 하오매, 신이 부득이 몽상을 혐의치 아니하옵고 산문(山門)을 떠나 주상의 급화를 구하려 하오매, 유자(幼子) 기장으로 미신(微臣)을 대신하옵고 신은 적진에 가 견훤을 달래어 진병(進兵)함을 늦춘 후 계교를 쓰리니, 복망(伏望) 주상은 기장을 전폐(殿陛)에 두사[85] 보필지신(輔弼之臣)을 삼으소서. 33

하였더라.

85) 이하 원문이 낙장이므로 활판본 『고려태조』로 보충했음. 활판본의 해당 부분은 다음과 같다. 보필지신(輔弼之臣)을 ᄉᆞᆷ으쇼셔 ᄒᆞ얏더라"(『고려태조』 80쪽)

고려보감 권지육
卷之六

1 차설(且說). 왕태조가 왈,

“당금(當今)에 기장이 기부(其父)의 풍력(風力)[1]을 모습(模襲)[2]하여 경륜지재(經綸之才)가 있으리라.”

하시고, 대희(大喜)하사 성견시(省見試) 장원[3]을 제수(除授)하시고 중군도총독(中軍道總督)을 배(拜)하신 후에 다시 당부하사 왈,

“과인이 깊이 한(恨)하는 바는 견훤 강적(强敵)이라. 먼저 견훤을 멸하고 삼장(三將)의 원수와 과인의 한을 갚게 하라.”

하신대, 기장이 돈수사은(頓首謝恩)하고 총독장 인수(印綬)[4]를 차고 중군에 물러나와 제장(諸將)을 점검하고 군마(軍馬)를 연습하더라.

일일은 좌장군 석광이 곤뇌(困惱)하여 늦게야 청후(聽候)하니[5] 기장이 대로하여 석장군을 잡아 장하(帳下)에 꿇리고 수죄(數罪)[6] 왈,

“군법은 사정(私情)이 없으므로 써 국가에 몸을 허신(許身)하는 자는 그 임금 있는 줄만 알고 집 있는 줄은 알지 못하며, 군중(軍中)에 허신

---

1) 풍력(風力): 사람의 위력.

2) 모습(模襲): 본받음.

3) 성견시(省見試) 장원: 미상. 진주 강씨 족보에 나와 있는 내용임.

4) 인수(印綬): 병권(兵權)을 가진 무관이 발병부(發兵符) 주머니를 매어 차던, 길고 넓적한 가죽 끈.

5) 청후(聽候)하다: 등대(等待)하다. 미리 준비하고 기다림.

6) 수죄(數罪): 범죄 행위를 들추어 세어 냄.

하는 자는 그 장수 있는 줄만 알고 몸 있는 줄을 알지 못하므로, 그런 줄을 안 연후에야 가히 써 당당히 일을 적대할[7] 것이거늘, 장군이 마침내 기장으로 더불어 숙질지분(叔姪之分)만 알고 군법을 범하니, 다른 장졸이 장군을 본을 받아 군심(軍心)이 해태(懈怠)하고 기율(紀律)이 미 2
정(未定)하면 누구로 써 영(令)을 행하며 어찌 써 강적을 파하리오? 장군이 비록 태조의 공신(功臣)이요, 기장의 숙당(叔堂)이나 군법은 사정이 없나니 한 번 죽기를 사양치 말으소서."

하고 언파(言罷)에 좌우를 호령하여 '원문(轅門)에 참(斬)하라.' 하니, 모든 중장(衆將)이 황황실색(遑遑失色)하여 복지간걸(伏地懇乞)[8] 왈,

"석장군이 일찍 위령(違令)함이 경(輕)한 죄는 아니나, 작위(爵位) 상장(上將)이요, 국가 원훈(元勳)[9]이며 개국(開國)한 공과 숙질지정(叔姪之情)을 고념(顧念)하사 아직 죄를 사(赦)하시고 후일 성공하여 속죄하게 하소서."

총독이 마지못하여 좌우더러 왈,

"한무제(漢武帝) 때 주아부(周亞夫)[10]는 곤외지임(閫外之任)[11]을 받아 몸이 군중에 주장(主張)하매 천자(天子)의 조서(詔書)도 듣지 아니하고 다만 군법을 정히 하여 번진(藩鎭)[12]을 소청(掃淸)하니, 차(此)는 십만지

---

7) 적대하다: 여기서는 일을 해낸다는 의미로 썼음.

8) 복지간걸(伏地懇乞): 엎드려 간절히 빎.

9) 원훈(元勳): 나라에 큰 공이 있어 임금이 사랑하고 믿어 가장 가까이하는 늙은 신하.

10) 주아부(周亞夫): 중국 전한(前漢)의 정치가 발(勃)의 아들로 문제(文帝) 때 흉노를 막기 위하여 세류(細柳)에 군대를 주둔시켰다. 작전에 뛰어나고 군율이 엄격하기로 유명하여 문제가 방문했을 때조차 경비병들이 '군중에서는 황제의 명령이라 해도 듣지 않는다. 오로지 장수의 명령만을 듣는다.'고 하였으나 도리어 진장군(眞將軍)이라는 칭찬을 받았다. 이런 일이 있고 나서 사람들은 군기가 엄한 군대를 세류영이라고 부르게 되었다.

11) 곤외지임(閫外之任): 대궐의 문지방 밖의 임무. 군사를 이끌고 싸우러 나가는 장군의 직임(職任).

12) 번진(藩鎭): 변방을 평정하기 위하여 군대를 주둔시키던 곳.

중(十萬之衆)으로 하여금 그 주장(主將)만 알게 함이라. 금일 석장군이 군법이 지중함을 알지 못하고 사정을 빙자하여 군법을 태만하니 어찌 죽기를 면하리오마는, 중장의 낯을 보아 부득이 일사(一死)를 요대(饒貸)[13] 하노라."

하고, 좌우를 명하여 관작(官爵)을 벗기고 삼십 장(杖)을 맹타(猛打)하고
3 등 밀어 내치니, 이로 좇아 호령이 엄숙하고 군용(軍容)이 정제하여 병세(兵勢) 날로 장성하거늘, 김포 등 중장이 총독의 엄령(嚴令)을 깊이 흠복(欽服)하여 감히 일인도 위령(違令)치 못하더라.

어시(於是)에 왕태조가 강총독을 연무정(鍊武亭)에 보내시고 삼군의 연습하는 재능을 탐문(探聞)하시더니, 좌장군 석광의 중형(重刑)함을 들으시고 대찬(大讚) 왈,

"하늘이 왕모를 위하여 뇌전을 내시니 어찌 동방의 대업이 아니리오?"

즉시 기장[14] 에게 전지(傳旨)하사,

"석광의 죄를 사(赦)하고 다시 복직하여 군중에 조용(調用)하되, 동정서벌(東征西伐)을 임의로 하라."

하신대, 총독이 봉명(奉命)하여 석장군을 복직하고, 익일에 부총독 황분과 좌장군 석광을 불러 왈,

"부친이 반드시 금번에 견훤을 달래어 동경(東京)으로 이해계(利害計)를 쓸 것이니, 또한 내 계교(計巧)를 베풀어 견훤을 생금(生擒)하고 동남을 제복(制服)할[15] 묘책을 이르며, 이 소임을 맡음직 한 사람이 없으매 특별히 두 장군에게 부탁하노라."[16]

---

13) 요대(饒貸): 너그러이 처분하여 용서함.

14) 기장: 원문에는 '기장군'이라고 했으나, '기장'의 잘못임.

15) 제복(制服)하다: 제어하다. 제압하여 복종시키다.

이인(二人)이 흠신(欠身) 대왈(對曰),

"총독이 보내시고자 하시면 어찌 사양하리이꼬? 약속을 가르치소 4
서."

총독이 대희하여 밀밀(密密)히 가르쳐 왈,

"금번 견훤이 수륙병진(水陸竝進)하여 신라국을 쳐 파(破)하면 득승지병(得勝之兵)으로 북경을 엄습하리니, 이위(二位) 장군은 각각 삼천 군을 거느려 북경성 동문 밖 삼십 리 허(許)에 태백령이란 뫼에 은복(隱伏)하였다가 적병을 막으라."

하고, 또 배현겸에게 글을 부쳐 이르되,

"성을 굳이 지켜 도적이 성하(城下)에 이르러도 추살(追殺)치 말라."

하고,

"심구고루(深溝高壘)[17]하여 나의 지위(知委)[18]를 기다리고 있으면 견훤이 스스로 자진(自盡)할 것이니 군법을 촉범(觸犯)치 말라."

하고, 쓰기를 마치매 영리한 소교(小校)를 주어 보내고, 또 황·석 이장(二將)을 당부하여 왈,

"견훤이 신라를 치러 갈 제 그 아들 신검이 본국을 지키었을 것이니, 빈 때를 타 완산(完山)을 먼저 취승(取勝)하고 군사를 동경으로 진발(進發)하여 견훤의 뒤를 치면, 견훤이 능히 전후를 대적치 못하고 스스로 죽을 것이니 명심준행(銘心遵行)하라."

하니, 양인이 청명(聽命)하고 호호탕탕(浩浩蕩蕩)히 북경에 나아가 배현
겸을 보고 강총독의 말을 전하고 적병 오기를 기다리더라. 5

차설. 강총독이 정예한 소교를 완산에 보내어 신검의 군중사(軍中事)

---

16) 직접화법과 간접화법이 섞여 있음.

17) 심구고루(深溝高壘): 성 주위의 도랑을 깊이 파고, 보루를 높이 쌓음.

18) 지위(知委): 명령을 내려 알려줌.

를 청탐(聽探)하더니, 일일은 소교 보하되,

“강군사의 소교 서신을 드린다.”

하거늘, 기장이 재배(再拜)하고 글을 개탁(開坼)하니, 서(書)에 왈,

> 죄부(罪父)는 완산에서 신검을 달래어 하남왕을 달래면[19] 신검이 스스로 칭왕(稱王)할 표문(表文)을 견훤에게 보내리니, 견훤이 들으면 반드시 병(兵)을 돌이켜 신검을 좋이 쟁힐(爭詰)할[20] 것이니 유자(幼子) 기장은 기회를 잃지 말라. 나는 이 길로조차 천봉산 고택(古宅)으로 향하노라.

하였거늘, 총독이 대희하여 소교를 중상(重賞)하고 제장을 분발(分發)한 후에 궐내에 들어가 태조를 뵙고 당일 출사(出師)할새, 양천 지경에 이르러 백강을 건너 즉시 완산으로 진발(進發)하니라.

이때 신라국 경순왕이 안촉·서경 등이 죽음으로부터 낙담상혼(落膽傷魂)하여 국세(國勢) 외로움을 근심하더니, 문득 소교가 보하되,

6 “후백제 견훤왕이 극히 강성하여 여산 안구에서 고려병을 파하고 득승지병(得勝之兵)을 돌이켜 동경을 살분(殺奔)하니, 진산 태수 하운이 이미 죽고 주장무실(主將無實)하여 진산을 지키지 못하고, 또 수군총독 우겸이 적장 전풍을 대적치 못하여 전선(戰船)을 다 아이고[21] 스스로 도망하매, 지방관이 감히 방적(防賊)치 못하고 진산·통주 등처(等處) 수십 성을 아인 바가 되다.”

하거늘, 경순왕이 대경(大驚)하여 각처 군마(軍馬)로써 방비하되, 견

---

19) 신검을 달래어 하남왕을 달래면: 문장이 모호하나, “신검을 꼬여 하남왕을 하게 하면”이라는 의미임.

20) 쟁힐(爭詰): 서로 다투어 힐난함.

21) 아이다: 빼앗기다.

훤·전풍의 강포(强暴)를 대적치 못하매 날로 연하여 패하니, 경순왕이 능히 싸우지 못하고 봉예(鋒銳)를 피하여 북도로 피하니, 견훤이 승승장구하여 긴히 추습(追襲)할새, 수륙 군병을 합취(合聚)하여 동경을 분탕(焚蕩)하고 후군장 이필을 머물러 동경을 지킨 후에, 대병(大兵)을 몰아 금산으로 들어가니 중양성은 동경 험요지지(險要之地)라.

철성(鐵城)이 천봉(千峰)을 두른 듯하고 만학(萬壑)이 궁곡(窮谷)하여 중중첩첩(重重疊疊)하니, 견훤이 감히 진병치 못하고 금산 삼십 리를 물러 채책(寨柵)[22]을 세우고 사람으로 진병지도(進兵之道)를 탐지터니, 마침 내무재령이란 고개로부터 보행으로 통할 길이 있거늘, 양길·전 7
풍이 각각 삼천 보군(步軍)을 거느리고 안무재를 넘어 서남(西南) 선천대로부터 내려가니, 경순왕이 이 소식을 듣고 대경창황(大驚惝怳)하여 중양성을 버리고 영원동으로 들어가니, 이곳은 더욱 험조(險阻)하여 앞으로 황천강이란 물이 있고 좌우 산각(山角)은 층층한 석벽이 하늘에 닿았으니 양·전 이장이 감히 돌입(突入)치 못하고, 세월이 임이하니[23] 안병부동(按兵不動)[24]하니라.

선시(先時)에 청풍이 견훤을 달래어 화(禍)를 신라국에 옮기고 신검으로 더불어 거짓 국사(國事)를 의논하는 체하고 고향으로 돌아갈 계교를 생각하더니, 마침내 견훤이 경순왕을 따라 금산 하(下)에 유진(留陣)하고 안병부동하단 말을 듣고 신검을 달래어 왈,

"대왕 전하 동경을 파하고 금산에 유진하시고 돌아오실 기약이 없다하오니, 금산은 본디 동국 사산(四山) 중에 제일강산이라. 만일 대왕이 산경(山景)을 탐련(耽戀)[25]하고 불도(佛道)에 침혹(沈惑)하면 세념(世

---

22) 채책(寨柵): 울타리.

23) 임이하니: 미상. 시간이 지난다는 의미로 썼음.

24) 안병부동(按兵不動): 진군하던 군대를 한곳에 멈추어 두고 움직이지 않음.

8 念)에 뜻이 없고 인간 영욕을 잊어버리니 실로 근심이 없지 못하여 장책(長策)을 고하나니, 아직[26] 춘궁(春宮)[27] 전하가 본국 왕이 되어 신민(臣民)을 진무(鎭撫)하시고 국가를 안정하여 사직의 근본을 굳게 하소서."

한대, 신검이 내념(內念)에 임금 될 마음은 있으나 거짓 사양하여 왈,

"부왕이 신라국을 파치 못하였으매 아직 돌아오시지 못하였으나 불구(不久)에 반사(班師)하여 돌아오실 것이거늘, 내 스스로 자립하여 임금 됨이 만전지책(萬全之策)이 아니니이다."

청풍이 그 뜻을 스쳐 알고 인하여 좋은 말로 격동(激動) 왈,

"고인(古人)이 운(云)하되, '국가에는 일일도 임금이 없지 못하리라.' 하였거늘, 지금 선왕이 정벌 삼 년에 돌아오실 뜻을 전혀 잊고 금산 경개와 불도에 침닉(沈溺)한다 하오니, 만일에 고려왕이 이 기미를 알고 승허(乘虛)하여 병(兵)을 더하면 임자 없는 장졸이 어찌 대적하오며, 또 인국(隣國)이 엿보아 침노하리니, 바삐 정하여 호남왕이 되고 진산 노구로부터 경계를 삼은 후 일군 대장을 진산 노구에 보내어 성곽을
9 수축하고 일변 글월을 닦아 선왕께 보(報)하면 일이 무사하리이다."

신검이 대희하여 군신을 모으고 택일자립(擇日自立)하여 호남왕이 되고 군신을 봉작(封爵)할새, 문사(文師) 정원으로 내사(內事)를 맡기고 아장(亞將) 장필로 기장(騎將)을 삼고, 고월로 일지병(一枝兵)을 거느려 진산 노구의 길을 막고 동경 사람이 임의로 왕래치 못하게 한 연후에, 일변 글을 닦아 금산 대채로 보내니라.

이때 청풍이 고향으로 돌아가기를 생각하고 신검을 달래어 왈,

---

25) 탐련(耽戀): 매우 좋아함.

26) 아직: '미리', 또는 '차라리'라는 의미로 썼음.

27) 춘궁(春宮): 황태자나 왕세자를 달리 이르는 말. 동궁.

"선왕이 만일 춘궁 전하의 칭왕자립(稱王自立)하신 글월을 보시고 불열(不悅)하신 기색이 있으면 부자가 상벌(相伐)하는 죄명(罪名)이 있을 것이니, 내 마땅히 시자(侍者)를 따라가서 대왕을 달래어 일이 만전(萬全)케 하리이다."

신검이 옳이 여겨 호송하여 보내니, 청풍이 즉시 길을 떠나 동경으로 향하다가 반로(半路)에 이르러 가만히 천봉산으로 돌아가니 그 종적을 뉘 알리오?

이적에 견훤왕이 금산 하(下)에 유진(留陣)한 지 수년(數年) 이르되 신라왕의 종적을 보지 못하고 또 적군의 종적을 알지 못하니, 견훤이 심하(心下)에 민민불낙(憫憫不樂)하여 양·전 이장(二將)을 자주 중책(重責)하며 '파적지계(破敵之計)를 도모하라.' 한대, 이장이 각각 본부병을 거느리고 가만히 동곡(東谷)에 들어가 기미를 탐지하니, 주린 군졸이 약간 있으나 기한(飢寒)을 견디지 못하여 나무껍질을 벗기거늘, 양길은 전군이 되고 전풍은 후군이 되어 산벽소로(山壁小路)로부터 석성(石城)하에 다다르니, 문득 산 정상에 포성(砲聲)이 일어나며 좌우 석각(石角)[28]에 신라병이 발(發)하여 뇌목포석(檑木砲石)[29]이 어지러이 내리니, 견병이 대란(大亂)하여 서로 붙들며 서로 밀치니 구학(丘壑)에 떨어져 죽는 자가 무수하니, 이곳은 일당백군(一當百軍)하고 십당천군(十當千軍)하는 곳이라. 양길이 보고 아무리 용맹하나 어디로 가리오? 진퇴무로(進退無路)하여 난군중(亂軍中)에 죽으니 전풍이 후진(後陣)에서 차경(此境)을 당하매 겨우 도망하여 대채에 와 연유를 고한대, 견훤이 대한(大恨) 왈,

"내 동경으로부터 북경을 삭평(削平)하고 동경으로 돌아가려 하더니

28) 석각(石角): 돌의 뾰족 나온 모서리.

29) 뇌목포석(檑木砲石): 적을 막기 위해 굴려내리는 통나무와 돌.

이렇듯 패함을 보니 어찌하리오?"

전풍이 고왈(告曰),

"소장의 우견(愚見)으로 생각컨대 군마를 돌이켜 반사하는 길에 태
11 창산 후면으로 돌아가 북경성을 가만히 취하고 군세(軍勢)를 보아가며 북지(北地)를 삭평(削平)하거나, 그렇지 아니면 철원으로부터 송경(松京)을 취함이 가(可)할까 하나이다."

견훤이 대희하여 군중에 전령(傳令)하여 대소장졸(大小將卒)이 정장(正裝) 결속(結束)하고 즉시 행하여 태창산 간로(間路)로부터 북경성을 살분하니, 그 성 총장(總將) 배현겸이 군마를 합하여 성중에 둔(屯)하고 황·석 이장으로 더불어 견훤이 오기를 기다리더니, 하오월(夏五月) 기망(旣望)[30]에 견병이 창궐(猖獗)하여 근방지현(近方之縣)을 진수(盡數)[31] 분탕(焚蕩)하고 태창산 간로(間路)로 좇아 성하에 이르러 싸움을 재촉하니, 배현겸이 심구고루(深溝高壘)하여 굳이 지키고 나지 않으니, 견훤이 전령하여 사문(四門)을 두르고 공벽(攻壁)하나 다만 성중(城中) 군마가 엄히 방비하고 일인도 나와 대적치 않으니, 견훤이 괴이히 여겨 파성할 계책을 의논터니, 문득 소교 보하되, '본국에서 글을 가져왔다.' 하거늘, 즉시 글을 개탁하고 보니 서에 왈,

12 호남왕 신검은 돈수재배(頓首再拜)하고 일단(一端) 우의(愚意)를 부왕 탑하(榻下)에 계달(啓達)하옵나니, 일찍 듣사오니 국가에는 하루도 임금이 없지 못하다 하오매, 부왕이 출정(出征)하신 지 장차 삼 년에 동경을 취하시고 종시 돌아오시지 아니시고 금산사에 들어가사 산경(山景)을 탐련(耽戀)하여 불도에 침닉(沈溺)하시다 하오니, 본국은 아주 잊

30) 기망(旣望): 음력으로 매달 열엿샛날.
31) 진수(盡數): 전부.

으시사 저버린 바가 되시매, 만일 고려왕이 구원(舊怨)을 생각코 승시(乘時)하와 기병(起兵)하면 임자 없는 장졸이 어찌 능히 방적(防賊)하오리이꼬? 이러므로 본국 군신과 백성들로 더불어 의논하고 신검을 권하여 임금을 삼고자 하매, 신검이 특별히 하남왕이 되어 본국 땅을 진정하고 진산 노구(路口)로써 경계를 삼아 신검의 지경(地境)을 정하고, 동경과 북경은 부왕의 차지하신 바가 되어 서로 지경을 늑정(勒定)[32]하옴이 만만행심(萬萬幸甚)일까 하나이다.

하였더라. 견훤이 간파(看罷)에 대경대로(大驚大怒)하여 글을 던지고 절치대매(切齒大罵) 왈,

"역자(逆子) 신검이 아비를 반국(叛國)하니 차(此)는 대역부도(大逆不道)[33]라. 내 마땅히 군을 돌이켜 호남을 분탕(焚蕩)하고 역자를 주멸(誅滅)하여 분을 설(雪)한 후에 다시 의논하리라." 13

하고, 즉시 삼군에 전령하여 사문(四門) 근무병을 거두고 급급히 회군(回軍)하더라.

태백령 하(下)에 이르러 문득 전면 산각(山脚)에 복병이 일어나니, 좌편은 석문원이요, 우편은 황공필이라. 이장(二將)이 각각 군사를 지휘하여 궁노(弓弩)와 목석(木石)으로 어지러이 짓치니, 견병이 능히 행치 못하고 연유를 보하되, 견훤이 대경하여 군마를 머무르고 자세히 탐지하니 회보하되,

"고려왕이 정병(正兵)·맹장(猛將)을 미리 준비함으로써 양로(兩路) 복병이 산에 은벽(隱僻)하여 돌아갈 길을 막는다."

하거늘, 훤이 청파(聽罷)에 불승탄식(不勝歎息) 왈,

"내 기병출군(起兵出軍)함으로부터 정벌 십년에 일찍 패귀(敗歸)함이

32) 늑정(勒定): 억지로 작정하게 함.

33) 대역부도(大逆不道): 임금이나 나라에 큰 죄를 지어 도리에 크게 어긋나 있음.

없더니, 시운(時運)이 불행하여 금번 출병에 대장(大將)을 망(亡)하고 또 북경성을 파(破)치 못하는 중에 역자 신검이 본국을 장난하매 급히 돌
14 아가 본국을 진정하려 하거늘, 뜻밖에 복병이 일어나 갈 길을 막으니
이를 장차 어찌하리오?"

하더니, 중장(衆將)이 고왈(告曰),

"북경성으로부터 남중으로 통하는 길이 태백령 뿐이라. 이제 만일 밖으로 구원병이 없으면 벗어나지 못하고, 또 오래 상지(相持)[34]하면 양식(糧食)이 핍절(乏絕)하여 제군장졸(諸軍將卒)이 주려 죽으리니, 복원(伏願)컨대 대왕은 춘궁으로 왕을 봉하고 말을 하시어 저를 달래어 구원병을 청하시면, 춘궁이 비록 역자이오나 부자(父子)의 은정을 간대로[35] 괄시치 못할 것이요, 또 왕위를 허락하신 은혜를 감동하와 경국지병(傾國之兵)[36]으로써 구원하기를 진심(盡心)하이리다."

견훤이 그 말을 좇아 변사 이극으로 사자(使者)를 삼아 모야(暮夜) 삼경(三更)에 가만히 보낸 후에, 원평·남원에 물러와 채책(寨柵)을 굳이 지키고 채문(寨門) 내외의 순경(巡警)을 엄히 하고 적병의 겁채(劫寨)함을 방비하고 구원병 오기를 기다리더라.

차시(此時)에 강기장이 대병을 거느리고 강을 건너 견훤의 장수 김
15 도시를 쳐 물리치고 호호탕탕(浩浩蕩蕩)히 금장관을 지나 바로 완산(完山)으로 살분하니, 호남왕이 경구(驚懼)하여 도총장(都總長) 정원으로 장수를 삼아 '정병을 거느려 고려병을 막으라.' 한대, 정원이 청령(聽令)하고 군사를 점검하여 서(西)으로 향할새, 여산 지경에 다다르매 중군장 문통이 계교를 들어 왈,

---

34) 상지(相持): 서로 버티어 양보하지 않는 것.

35) 간대로: 그리 쉽사리.

36) 경국지병(傾國之兵): 나라의 힘을 다 기울여서 일으키는 군사.

"전일 노대왕(老大王)이 이곳서 매복하시고 이필로 고려왕을 유인하여 크게 승전(勝戰)한 증거가 있으니, 우리도 선왕의 본을 받아 사로병(四路兵)을 매복하고 적장을 유인함이 상책일까 하나이다."

정원이 냉소(冷笑) 왈,

"내 군중장 알기를 답경자[37]로 알았더니 금일지론(今日之論)을 보건대 가히 다겁자(多怯者)로다. 적장 강기장은 무명필부(無名匹夫)요, 황구소아(黃口小兒)[38]이거늘, 무슨 근심으로 복병지계(伏兵之計)와 유인하는 술법을 행하리오? 다만 우리나라 정군(正軍)으로써 한 번 결전하면 기장 소아(小兒)를 그물에 든 고기 잡듯 하리라."

한대, 문통이 정색 왈,

"장군이 만일 다만 그 이름과 허부(虛部)는 취하여 쓰고 그 실(實)은 취치 못하는도다. 석(昔)에 동오(東吳)대장 육손(陸遜)이 황구소아나 연영채중(連營寨中)의 한군(漢軍)이 낙담(落膽)하고,[39] 진장(晉將) 왕분(王 16
賁)이 나이 사십에 일군 대장이 되어 하룻밤 사이에 위국(魏國) 성을 취지(取之)하니[40] 남자의 장략(將略)을 연치다소(年齒多少)에 관여치 못할 것이거늘, 다만 기장의 연소함을 업수이여겨[41] 준비함이 없고 경적(輕敵)하다가 실수함이 있으면 후회막급(後悔莫及)하리니 청컨대 재삼(再

37) 답경자: 미상. 굳센 사람이라는 의미임.

38) 황구소아(黃口小兒): 부리가 누런 새 새끼같이 어린아이라는 뜻으로, 철없이 미숙한 사람을 낮잡아 이르는 말.

39) 관우가 여몽(呂蒙)의 계략에 말려 죽자 분노한 유비가 오(吳)를 침공하면서 일어난 이릉대전(夷陵大戰)을 지칭한다. 유비는 전선 주변부에 50여 개의 진을 세워 두고 유사시에는 서로 지원하게 했는데, 육손은 유비군 각 진영 간의 연락을 방해하며 유비군을 각개격파하였다.

40) 왕분(王賁)은 진(秦)의 장수로서 전국시대의 4대 명장으로 꼽히는 아버지 왕전(王翦)과 더불어 시황제(始皇帝)의 천하통일에 큰 공을 세웠다. B.C. 225년에 위(魏)를 공격해 도읍인 대량(大粱)을 점령하고 위왕 가(假)의 항복을 받아 진에 합병했다.

41) 업수이여겨: 없신여겨.

三) 생각하여 선처하소서."

정원이 냉소불청(冷笑不聽)하고 인마(人馬)를 휘동(麾動)하여 노산 경림지지(境臨之地)에 다다르매, 양군이 각각 진세(陣勢)를 벌인 후에 적장 정원이 스스로 방자(放恣)하여 수자기(帥字旗)[42]를 세우고 익일 평명(平明)[43]에 노사·장필 등이 약마종횡(躍馬縱橫)하여 싸움을 돋우거늘, 총독이 친히 갑주(甲胄)를 갖추고 진전(陣前)에 나서며 김포·설영 양장(兩將)을 불러 '한 번 시험하여 승부를 겨루라.' 하니, 양장이 청령하고 각각 말을 달려 교봉(交鋒)하여 날이 일반(日半)에 이르러 정원이 중군을 지휘하여 이장(二將)을 협공하며 대호(大呼) 왈,

"너의 임금 왕모가 어린 아이 기장을 보내어 인명(人命)을 재촉하니
17 가히 청춘이 가석(可惜)하거니와, 네 이미 진전에 나와 한 번 죽기를 사양치 말라."

한대, 총독이 대로하여 엄신갑(掩身甲)에 양지창(兩枝槍)을 들고 대호일성에 즉취(卽取) 정원하니, 사람은 천신(天神) 같고 말은 비룡(飛龍) 같은지라. 정원이 교봉 수합(數合)에 총독의 창이 빛나며 정원을 찔러 말에서 내리치고 대군을 몰아 좌우치빙(左右馳騁)하니, 적군이 대패하여 본진으로 들어가 성을 굳이 지키고 백성을 몰아 군사를 삼고 성상(城上)에 시석(矢石)을 준비하여 나지 아니커늘, 총독이 군중에 전령(傳令) 왈,

"내 십 일 내에 신검을 항복받지 못하면 병을 돌이키지 아니리라."

하고, 김포·설영·조창으로 각각 일군을 주어 동·북 양문에 매복하고 총독이 친히 중장(衆將)을 거느려 서·남 양문을 지키고, 이경(二更) 시분(時分)으로부터 각 진에 일시에 방포(放砲)하고 뇌고납함(擂鼓吶喊)[44]하며 공성(攻城)하는 형세를 거짓 베풀었다가 날이 밝기 전에 군

42) 수자기(帥字旗): 진중(陣中)이나 영문(營門)의 뜰에 세우던 대장(大將)의 깃발.

43) 평명(平明): 해가 뜨는 시각. 또는 해가 돋아 밝아질 때.

을 물려 쉬게 하고, 또 밤이면 여차(如此)하기를 연속부절(連續不絕)하
니, 방어할 뜻이 없고 성중군민(城中軍民)이 창황공겁(倉黃恐怯)하고 여
전히 도망키를 생각하거늘, 신검이 능히 지키지 못할 줄 알고 슬행돈 18
수(膝行頓首)[45]하여 성문을 통개(洞開)[46]하고 항서(降書)를 올린대, 총
독이 대소병마(大小兵馬)는 성 밖에 머물게 하고 김포·설영 등 수백 기
(騎)를 거느리고 성에 들어가 군민을 안무(安撫)하고 부고전량(府庫錢糧)
과 호구지권(戶口之卷)[47]이며 항서(降書)와 첩서(捷書)를 성도에 보(報)
하고, 인하여 김포를 머물러 '신검으로 한가지 호남을 지키라.' 하고,
항장(降將) 문통으로 향도관(嚮導官)[48]을 삼아 대군을 동으로 진발(進發)
하더니, 진산 노구(路口)에서 고월을 만나니 월이 감히 총독의 위엄을
항거치 못할 줄 알고 동채(東寨) 밖에 나와 문통을 영접하고 대진(大陣)
에 항복하니, 총독이 즉시 고월·문통으로 전부선봉을 삼아 '동경(東京)
지킨 이필로 견훤을 달래어 순종케 하라.' 하니, 이장(二將)이 먼저 동
경성에 나아가 이필을 보고 강총독의 위무신계(威武神計)를 길이 찬양
하며 한가지로 좇기를 청한대, 이필이 대로 왈,

"너희 이인은 본디 산적의 당인(黨人)이라. 무신무의지배(無信無義之
輩)니 임금을 배반하고 적국에 항(降)하였거니와, 내 이미 중임(重任)을 19
맡아 성지(城地)를 지키다가 적장에게 항하리오?"

하고 칼을 빼어 이장을 치려 한대, 고월이 채로써 칼을 막고 문통이
철퇴를 취하여 필의 꼭뒤를 치니 필이 장중(場中)에 엎어지거늘, 이장
이 결박하여 군옥(軍獄)에 구류(拘留)하고 군중에 하령하여 '무죄한 백

44) 뇌고납함(擂鼓吶喊): 북을 쉴 새 없이 빨리 치며 큰 소리로 고함을 지름.
45) 슬행돈수(膝行頓首): 무릎을 꿇고 걸어가서 머리가 땅에 닿도록 절을 함.
46) 통개(洞開): 문짝 따위를 활짝 열어 놓음.
47) 호구지권(戶口之卷): 백성의 명단을 적어놓은 장부.
48) 향도관(嚮導官): 군사를 인솔하고 갈 때 길을 인도하던 벼슬아치.

성은 임의로 경동(輕動)치 말라.' 하니, 성중 백성이 대열(大悅)하더라.

두어 날 지나매 대병이 성하에 이르러 언기식고(偃旗息鼓)[49]하고 백성을 초안(招安)[50]하매, 성중 부로(父老)들이 향안(香案)[51]을 배설하고 단사호장(簞食壺漿)[52]으로 맞거늘, 총독이 성중에 들어 부고와 전량을 봉쇄하고 군민 효유(曉喩)[53]하기를 마치매, 고월·문통이 이필을 결박하여 장하(帳下)에 꿇리거늘, 총독이 친히 맨 것을 끄르고 위로 왈,

"장군은 곧 남방의 의사(義士)이거늘 양인의 구박함이 만사유경(萬死猶輕)[54]이라. 그러나 각각 임자를 위함은 일반이라."

하고 장중에 술을 두어 대접하더니, 이필이 처음은 죽기를 바라다가 총독의 여차 후대함을 보고 회심(悔心)하여 울며 왈,

"소장이 처음은 흉중이 모색(茅塞)하여[55] 장군의 위엄을 범한 바이러니, 다시 생각건대 고려왕의 성덕과 장군의 신산(神算)[56]이 사방에 덮인 고로 서북 양경(兩京)과 각도 군장(君長)들이 다 복종하거늘, 관동이 어찌 홀로 항거하리이까?"

총독이 대희하여 다시 이필로 동경을 지킬새, 송회의 아들 송지원과 한가지로 관동 소속 군현을 감군(監軍)케 하고, 동경 취한 글을 도성에 보(報)한 후에 또 중군에 전령하여 북경으로 진발코자 하더니, 문득 수문자(守門者)가 보(報)하되,

---

49) 언기식고(偃旗息鼓): 전쟁터에서 군기(軍旗)를 누이고 북을 쉰다는 뜻으로, 휴전함을 이름.

50) 초안(招安): 불러서 위로함.

51) 향안(香案): 제사 지낼 때에 향료나 향합을 올려 놓는 상(床).

52) 단사호장(簞食壺漿): 도시락과 병에 담은 음료라는 뜻으로, 간소한 음식을 마련하여 군대를 환영함을 이름.

53) 효유(曉諭): 알아듣도록 타이름.

54) 만사유경(萬死猶輕): 만 번 죽어도 오히려 가벼울 정도로 죄가 무거움.

55) 모색(茅塞)하다: 마음이 욕심 때문에 막힘.

56) 신산(神算): 신통한 계책.

"태조가 총독(總督)으로써 대사마대장군(大司馬大將軍)을 봉하여 황문관(黃門官)[57]이 병부(兵符)와 새수(璽綬)를 가져 이에 이르렀다."
하거늘, 총독이 진문(陣門)을 통개(洞開)하고 조서(詔書)를 받잡고 서향사배(西向四拜) 후에 사자를 관대(款待)하여 돌려보내고, 중군을 재촉하여 태백령에 다다르니 황문·석광 양장이 총독을 맞아 크게 반기며 신검을 항복받고 또한 동경 취하온 공로를 못내 칭찬하며,
"견훤왕이 태창산 간로(間路)로부터 들어와 북경성을 치다가 배현겸 21
이 굳이 지키고 나아와 싸우지 아니하니, 적군이 능히 싸우지 못하매 스스로 물러나와 원평 남원에 유진하고 다시 요동치 아니하니, 장군은 묘계(妙計)를 생각하여 일찍이 진병(進兵)케 하소서."
하더라.

각설(却說). 견훤왕이 사자(使者) 이극을 본국에 보내어 구원병을 청하고 신검의 외응(外應)하기를 날로 기다리더니, 일일은 이극이 들어와 울며 고하되,

"신이 명을 받아 남정 소로로조차 가만히 영(嶺)을 넘어 호남 본국에 들어가온즉, 마침 고려왕이 장수와 병마를 호남으로 보내어 여산 동구에서 정원을 대파(大破)하고 문통을 항복받아 도성을 엄살(掩殺)[58]하니, 춘궁 전하가 능히 대세를 이기지 못하여 스스로 항복하매 적병이 승세(乘勢)하여 동경을 즉취(卽取)하고 관동 제군(諸郡)에 다 진주(進駐)하더이다."
하거늘, 견훤이 청파에 불승대로하여 군중에 하령 왈,
"목금(目今)에 태백령을 곧 넘어가 동경을 분탕(焚蕩)하고 호남 제군(諸郡)과 본궁을 회복할 것이니, 제장군졸(諸將軍卒)은 각각 행장(行裝) 22

57) 황문관(黃門官): 내시(內侍).
58) 엄살(掩殺): 별안간 습격하여 죽임.

을 수습하여 호령을 기다리리라."

하더니, 익일 새배[59]에 군사를 모아 인시(寅時)에 진발하여 태백령에 다다르니 초마(哨馬)가 보하되,

"고려병이 전면 영상(嶺上) 길을 막고 좌우 산각에 뇌목포석(檑木砲石)[60]이 눈 날리듯 하매 전군이 능히 행치 못한다."

하거늘, 견훤이 분노하여 휘검책마(揮劍策馬)[61]하고 친히 당선(當先)하여 바로 영상에 올라갈새, 입으로 독기를 토하며 흑무(黑霧) 중에 은신하여 점점 솟아오르거늘, 삼로 산상에서 일시에 복병이 뇌고납함(雷鼓吶喊)하며 시석(矢石)이 어지러이 내려오니, 견훤이 능히 깨쳐 올라가지 못하고 스스로 물러와 이극·전풍더러 일러 가로대,

"내 금일은 생각을 잘못 하고 일시지분(一時之憤)을 이기지 못하여 일변(一邊) 향(向)타가 영을 넘지 못하여, 거의 와 다시 생각컨대, 밤들기를 기다려서 세 길로 올라 껴 치면[62] 다만 일군이라도 영 위에 올라감을 얻을 것이니, 제장과 군졸은 진심갈력(盡心竭力)하라."

23 하고, 언파에 전풍으로 좌장군을 삼고 이극으로 우장군 일대를 하이고, 견훤이 친히 후군(後軍)이[63] 되어 나아가니, 군졸이 가만히 원망하여 왈,

"우리 등이 오래 이곳에서 상지(相持)하다가 필경 일인도 살지 못하리니 일찍 도망하리라."

하고 망야도주(罔夜逃走)한 자가 오천여 군이어늘, 이극이 가만히 계교를 견훤에게 보하여 왈,

---

59) 새배: 새벽.

60) 뇌목포석(檑木砲石): 나무토막을 굴리고 돌을 쏘아 보냄.

61) 휘검책마(揮劍策馬): 칼을 휘두르고 말을 채찍질함.

62) 껴 치다: 협공하다.

63) 원문은 "친히 되여니 되어 나아가니"로 되어 있으나 문맥상 수정함.

"신이 전일 대왕의 명을 받아 호남으로 행할 때에 남전 산로(山路)로 좇아 영(嶺)을 넘어 갔사오니, 대왕도 이제 월색(月色)을 띠어 삼군을 거느리고 그 길로 좇아 행하심이 어떠하니이꼬?"

훤이 대희하여 차야(此夜) 삼경에 장졸이 함매(銜枚)[64]하고 남정 소로(小路)로 좇아 가만히 행하니라.

어시에 대사마대장군(大司馬大將軍) 강총독이 견훤의 도망하는 소식을 듣고 즉시 황·석 이장으로 더불어 영(嶺)에 내려 후군을 추살(追殺)하며 일면으로 화포(火砲)를 제발(齊發)[65]하니, 잠시간에 육로 복병이 일시에 응출(應出)하여 견훤의 전군을 철통같이 겹겹이 둘러싸니, 견훤이 대로하여 '이극·전풍으로 앞을 헤치라.' 하더니, 또 후면으로서
황·석 양장이 짓쳐 나오거늘, 견훤이 말을 돌이켜 황분을 향하는 듯 24
석광을 시살(廝殺)하고 석광을 취하는 듯 황분을 엄살(掩殺)하니, 이장이 갈력(竭力)하여 대적하더니, 이윽고 강총독이 책마휘창(策馬揮槍)[66]하며 즉시 구원하니 견훤이 석·황 이장을 버리고 바로 총독을 취하여 오십여 합에 불분승부(不分勝負)라.

총독이 내념(內念)에 생각하되, '차시(此時)를 잃지 않을 것이라.' 하고, 극진갈력(極盡竭力)하여 견훤을 잡으려 하고 또 사십여 합 싸우더니, 견훤이 문득 입으로 독한 기운을 토(吐)하여 총독을 바라고[67] 면목(面目)에 끼치매, 총독이 조금도 겁(怯)하지 아니하고 창법이 여상(如常)하니, 견훤이 대경하여 몸을 운무중(雲霧中)에 감추고 흑기(黑氣) 사이로 총독을 취할 즈음에, 황·석 이장이 전면을 엄살하고 조창·설영

64) 함매(銜枚): 군사가 행진할 때에 떠들지 못하도록 군졸들의 입에 나무 막대기를 물리던 일.

65) 제발(齊發): 총이나 활을 일제히 쏨.

66) 책마휘창(策馬揮槍): 말을 채찍질하며 창을 휘두름.

67) 바라다: 향하여 보다.

등 육로 복병이 만산편야(滿山遍野)[68]하여 점점 둘러오니, 견훤이 능히 싸울 뜻이 없어 총독을 버리고 뒤로 물러나 철퇴를 날리며 일면 소각을[69] 짓쳐 나가니, 육로 복병이 둘렀으나 감히 당전(當前)하여 막을 자가 없는지라. 견훤이 이로써 중위(重圍)를 벗어나매 잠시도 머물지 못하고 이극 등으로 더불어 본채(本寨)에 돌아가니, 좇는 자가 수천 기(騎)라. 견훤이 앙천탄왈(仰天嘆曰),

"내 일찍 멀리 정벌하다가 천(天)의 뜻과 같지 못하여 부자가 상힐(相詰)하고 국파신망(國破身亡)하니 이는 자작지얼(自作之孼)[70]이라. 뉘를 한(恨)하리오? 연(然)이나 강기장은 어떤 사람인고?"

아는 이 설(說)하되,

"전문(傳聞)으로 듣사온 즉 강태백의 아들 청풍이라 하더이다."

견훤이 청파에 분연(憤然) 대매(大罵)왈,

"강가 요인(妖人)이 왕모의 세작(細作)[71]인 줄을 알지 못하고 언청기언(言聽其言)하여 저의 뜻을 맞췄으니,[72] 이제 생각컨대 신검의 반역함도 저의 본뜻이 아니라 청풍의 계교함이로다."

하고 언파에 서안(書案)을 치며 노분(怒憤)이 충격하여 혼절하니, 좌우가 급히 구하매 반향(半晌)[73] 후 기운을 수습하여 좌우더러 왈,

"내 적장의 겁박함을 감수하지 아니리라."

하고 언필에 멱찔러[74] 죽으니, 전풍이 중군(衆軍)을 거느리고 항복하

---

68) 만산편야(滿山遍野): 산과 들에 가득함. 또는 사람이 많음을 비유적으로 이르는 말.

69) 일면 소각을: 미상. '한 방면'이라는 의미로 보임.

70) 자작지얼(自作之孼): 자기가 저지른 일로 말미암아 생긴 재앙.

71) 세작(細作): 간첩.

72) 저의 뜻을 맞췄으니: 저의 뜻대로 되었으니.

73) 반향(半晌): 반나절.

74) 멱찌르다: 목의 앞을 찌르다.

거늘, 총독이 적진 중에 들어가 견훤의 수급(首級)[75]을 취하고, 전풍은 중군(中軍)을 따라가고 또 그 남은 장졸은 방석(放釋)하여 본토로 보내니, 일진장졸(一陣將卒)이 총독의 대덕을 축수(祝手)하더라. 또 전령하
여 황·석 이장을 다 북경성에 모으고 변사(邊使) 주성을 풍악산 금산 26
사에 보내어 '경순왕을 초안(招安)하라.' 하다.

어시에 경순왕이 풍악산에서 견훤의 선봉 양길을 살해하였으나 감히 본국에 돌아가지 못하고 산사(山寺)에 머물러 도적의 형세를 탐지터니, 소졸이 보(報)하되,

"고려 총독 강기장이 소년지재(少年之才)로 신검을 항복받고 견훤을 파한 후에 병마를 북경성에 둔(屯)하고 변사 주성을 보내어 초항(招降)[76]한다."

하거늘, 경순왕이 문무제신(文武諸臣)을 모으고 초항지사(招降之事)를 의논하되, 장화영과 시랑(侍郞) 김봉휴 등이 출반주왈(出班奏曰)[77],

"신 등은 생각컨대 고려왕은 영걸지주(英傑之主)이요, 중장(衆將)의 용맹이 삼군에 초륜(超倫)[78]한 고로 견훤 같은 강적도 오히려 패망하였거늘, 우리 산중의 파리한[79] 병(兵)으로 어찌 대적하리이꼬? 일찍이 항복하여 종사(宗社)를 보전하옴이 상책일까 하나이다."

태자가 진전(進前) 주왈(奏曰),

"불가 불가라. 마땅히 충신의사(忠臣義士)로 수습민심(收拾民心)하여
힘이 다한 후 말지니, 어찌 일천 년 사직(社稷)으로 써 가볍게 남을 주 27
리이꼬?"

---

75) 수급(首級): 전쟁에서 베어 얻은 적군의 머리.
76) 초항(招降): 적을 타일러서 항복하도록 함.
77) 출반주(出班奏): 여러 신하 가운데 특별히 혼자 나아가 임금에게 아룀.
78) 초륜(超倫): 범상함을 넘어서서 뛰어남.
79) 파리하다: 몸이 마르고 낯빛이나 살색이 핏기가 전혀 없다.

왕이 침음양구(沈吟良久)에 왈,

"외롭고 위태로움이 여누란(如累卵) 같으니 무고지민(無辜之民)을 간뇌도지(肝腦塗地)[80]는 차마 못하리로다."

하고, 왕이 항서를 닦아 시랑 김봉휴로 사자를 삼아 북경성에 나아가니, 총독이 항표(降表)를 받고 대희하여 이튿날 주성과 봉휴를 한가지로 보내어 경순왕을 청한대, 경순왕이 십수기(十數騎) 거느리고 주성을 따라 북경성에 나아가니, 총독이 친히 하당영접(下堂迎接)하여 당상에 정좌(正坐)하고 고려 태조의 성덕을 일컬어 은근 위로하니, 경순왕이 함루체읍(含淚涕泣) 왈,

"우리 신라국이 삼십세(三十世)를 유전(遺傳)하여 고(孤)[81]에게 이름이 구백여 년이라. 이러므로 차마 견훤 강적에게 복종할 뜻이 없기로 산사에 망피(亡避)하여 무궁한 고초를 겪으되, 마침내 굴(屈)치 아니터니, 근일에 듣사오니 왕태조의 관인대덕(寬仁大德)과 장군의 위명신산
28 (偉名神算)이 족히 사해(四海)를 일통(一統)하시던 성제(聖帝) 웅장(雄將)에게 내리지 아니하오매, 적심(赤心)[82]으로 귀부(歸附)하여 항복하옵나니, 고(孤)의 조종향화(祖宗香火)를 절사(絕祀)치 아니케 하옵소서."

총독이 흠신쾌락(欠身快諾)하고 항서(降書)와 표문(表文)을 성도에 보(報)한 후, 대장 황공필로 관동(關東)을 진무(鎭撫)케 하고 즉일 반사하여 성도로 돌아오니, 차시 왕이 문무중관(文武衆官)을 거느리시고 친히 숭인문 밖에 나와 군행을 영접하사 대공(大功)을 치하하시고 금백(金帛)을 흩어 장졸을 후상(厚賞)하시고, 환궁하신 후에 대연을 배설하고 개국공신과 출전제장(出戰諸將)을 봉작(封爵)할새, 최전으로 개국공신(開國

80) 간뇌도지(肝腦塗地): 나라를 위하여 목숨을 돌보지 않고 애를 씀을 이르는 말.

81) 고(孤): 왕이나 제후가 자기를 낮추어 이르던 일인칭 대명사.

82) 적심(赤心): 거짓 없는 참된 마음.

功臣) 시중태부(侍中太傅) 문안군을 배(拜)하시고, 배현겸으로 개국공신
태중태사(太中太師) 평원군을 배하시고 송회로 상서시중(尙書侍中) 여산
군을 배하시고, 복지겸으로 중서시중(中書侍中) 태백군을 하이시고 전
율로 상주국문하(上柱國門下) 화산군을 하이시고, 좌장군 석광으로 거
기장군(擧旗將軍)을 하이시고 설영으로 좌장군(左將軍)을 하이시고, 기
여제장(其餘諸將)은 총독이 분등(分等)하여 전진(戰塵) 공로를 차등 없게 29
하시고, 또 동남 국도(國都)와 서북 변경 태봉(泰封) 군현하(郡縣下) 사관
도(四關都)를 정하실새, 동경을 고쳐 경주(慶州)라 하고, 북경을 고쳐 원
주(原州)라 하고, 북도를 고쳐 함경(咸鏡)이라 하고, 정주(定州)를 서경
(西京)이라 하고, 완산을 전주(全州)라 하시니, 이로조차 변사경은 원주
목이 되고, 고월은 경주목이 되고, 이필은 청주목이 되고, 신검으로
고원태수를 삼아 임소(任所)를 안찰(按察)케 하신 후에 또한 전장에서
죽은 군신(群臣)의 공로를 봉(封)하실새, 신숭겸으로 전망공신(戰亡功臣)
어사태부(御使太傅) 장절군(壯節君)을 추증(追贈)하시고, 허습으로 전망
공신 호위대부(護衛大夫) 양전군을 추증하시고, 한충으로 전망공신 봉
익대부(奉翊大夫)를 추증하시고, 청풍 군사 강사진으로 정국평정(靖國平
定) 일등공신 제성군을 봉하시고 천봉산 하(下)에 노비전답(奴婢田畓)과
민결(民結) 오천 호를 사급(賜給)하시고, 명관(命官)을 보내어 결복(闋
服)[83] 후 즉시 조현(朝見) 아님이 너무 만홀(漫忽)[84]하니 조현함을 재촉 30
하신대, 청풍이 종시 사양치 못할 줄 알고 사자를 따라 올라와 궐하에
입조한데, 태조가 대희하사 새로이 태평연(太平宴)을 배설하시고 문무
제신으로 더불어 잔치 하실새, 군신이 태조를 존칭하여 폐하(陛下)라
하고 대소 하령(下令)에 짐(朕)이라 하여 크게 즐기실새, 태조가 홀연

83) 결복(闋服): 부모의 삼년상을 마침.
84) 만홀(漫忽): 한만하고 소홀함.

탄식 왈,

"짐이 일찍이 군사의 계책을 받아 대소사를 창업하였으나 견훤 필부의 강약을 알지 못하고 경솔히 치다가 짐의 수족을 망(亡)하매 우분(憂憤)[85] 터니, 천행(天幸)으로 뇌전의 신무(神武)를 힘입어 한 번 출군에 동남을 제복(制服)하여 짐의 한을 푸나, 신숭겸 등 삼인이 금일 연석(宴席)에 참예치 못하니 어찌 한(恨)홉지 아니리오?"

하시니, 좌우가 다 유체(流涕)하고 종일 진취(盡醉)하다가 파연(罷宴)할새, 대제학(大提學) 정침이 일녀를 두고 택서(擇壻)하더니 강총독의 소년 재풍(才風)을 흠모(欽慕)하여 당일 취흥중(醉興中)에 청풍에게 간절히
31 구혼하대, 청풍이 또한 취중에 허혼하고 익일(翌日) 조현(朝見)에 총독의 정혼한 사연을 계달(啓達)하온대, 태조가 대희하사 즉시 예조낭관(禮曹郎官)으로 하여금 금은 옥백(玉帛)과 납채지물(納采之物)을 사송(賜送)하시고 종남산 하(下)에 별궁을 사급하사 신부가 안돈(安頓)할 가택을 정하시고, 조정에 하령하사 '신숭겸 등 자손을 후록(厚祿)하라.' 하시더라.

이적에 신라 경순왕이 탄문계에 대후(待候)하였다가 봉작시상(封爵施賞)이 필(畢)했단 말을 듣고 자기 스스로 용납할 땅이 없음을 보고 원문(院門) 밖에 복지(伏地)하여 슬피 통곡하니, 원문장이 급고(急告)하되, 태조가 측은히 여기사 경순왕을 인견(引見)하사 그 골격이 비상하여 일방(一方) 봉강지직(封疆之職)[86]을 절멸(絶滅)치 아니할 기상이거늘, 태조가 희열하사 경순왕을 부마도위(駙馬都尉)[87]를 삼아 낙랑공주(樂浪公主)[88]를 배(配)하시니 신민(臣民)이 태조의 성덕을 칭송하더라.

---

85) 우분(憂憤): 근심하며 분하게 여김. 또는 그런 마음.

86) 봉강지직(封疆之職): 제후의 직분.

87) 부마도위(駙馬都尉): 임금이 사위에게 주던 칭호.

어시에 강군사가 성은을 숙사(肅謝)하고 별궁에 와 태조의 사송(賜
送)하신 금백(金帛)을 봉(封)하여 정부(鄭府)[89]에 납폐(納幣)하고, 길일
에 뇌전으로 예복(禮服)을 갖추고 정소저(小姐)를 친영(親迎)하여 돌아 32
오니, 쇄락(灑落)한 기질이 짐짓 뇌전의 천정가우(天定佳偶)라.[90] 청풍
이 희열하며 이에 고향에 근친(覲親)함을 청하온대 태조가 허하시니,
거기장군 석광이 또한 상소하여 고향의 영친(榮親) 분묘(墳墓)[91]함을
청하온대 태조가 또 허락하시거늘, 석·강 이인이 각각 행리(行李)[92]
를 수습하여 길에 올라 행하여 천봉산 고택에 들어가 자모(慈母) 슬하
에 재배(再拜)하여 근친하고 인리(隣里)를 모아 경하연(慶賀宴)을 배[93]
설(排設)하고 종일 진환(盡歡)하더니, 일모(日暮)하매 각기 귀가하여 흩
어지니라.

88) 낙랑공주(樂浪公主): 신명왕태후(神明王太后) 유씨(劉氏)의 소생인 안정숙의 공주(安貞淑儀公主)를 말한다. 신라왕 김부(金傅)가 고려에 항복하였으므로 공주를 그에게 시집보내고 낙랑공주라고 불렀으며 또 신란궁부인(神鸞宮夫人)이라고도 불렀다.

89) 정부(鄭府): 정침의 집.

90) 뇌전의 천정가우(天定佳偶)라: 하늘이 정한 강기장의 배필.

91) 분묘(墳墓): 산소에 가서 성묘한다는 의미로 썼음.

92) 행리(行李): 여행할 때 쓰는 물건이나 차림새.

93) 원문은 32장 앞면까지만 있고 뒷면부터 낙장임. 뒷부분은 권지칠에 이어지고 있어 내용상 빠진 부분은 없음.

고려보감 권지칠 卷之七

1 차설(且說). 태조가 또 허락하시거늘, 강·석 이인이 각각 행리(行李)를 수습하고 길을 올라 행하여 천봉산 고택에 들어가 자모 슬하에 재배하여 근친(覲親)하고, 인리(隣里)를 모아 경하연(慶賀宴)을 배설하고 종일 진환(盡歡)하더니, 일모(日暮)하매 각기 귀가하여 흩어지니라.

화설(話說). 여진왕(女眞王)이 함경도에서 왕태조에게 패망하여 삼자(三子)를 다 죽이고 겨우 돌아와 군하(群下)[1]로 더불어 보수(報讎)하기를 의논할새, 왕이 일계(一計)를 생각하고 능언지사(能言之士)로써 금국(金國)과 요동(遼東)에 비단으로 납공하고 감언미어(甘言美語)로써 결의동맹(決意同盟)하여, 삼국이 한가지로 발병(發兵)하여 동국(東國)을 파(破)한 후 땅을 나누어 양분(兩分)할 줄로 달래니, 양국 왕이 쾌허(快許)하고 즉시 발병하니, 요동왕(遼東王) 범장은 대장 만충으로 정병 삼만을 총독(總督)하여 삼강구(三江口)로부터 갑산(甲山)·철성(鐵城)을 짓쳐오고 평주(平州)를 살분(殺奔)[2]하며, 금국왕(金國王) 모구돌은 대장 악비로 삼만
2 병을 거느리고 삼상강수를 건너 갑산으로부터 무주(撫州)·운산(雲山)을 살분하고, 북호왕(北胡王) 여한걸은 대장 굴돌치로 정병 오만을 거느려 두만강을 건너 경원(慶源)·경성(鏡城)으로부터 현도지변(玄菟之邊)을 살

---

1) 군하(群下): 많은 신하. 또는 많은 부하.
2) 살분(殺奔): 기세 좋게 달려감.

분하니, 삼로병(三路兵)의 비호(飛虎)같은 형세를 뉘 당하리오? 삼처병마(三處兵馬)가 눈 날리듯 하여 도성에 이르니, 태조가 낙담경혼(落膽驚魂)하사 조신으로 의논하시니, 제신이 합주왈(合奏日),

"폐하가 당년에 북적(北狄)을 진멸(盡滅)하시고 군웅(群雄)을 제복(制服)하신 성덕이 있사오나, 도금(到今)하여는 춘추가 높으시고 종사하던 군신이 또한 늙어 정력이 쇠로한 중, 북방 오랑캐는 인강마장(人强馬壯)하고, 겸하여 금장(金將) 악비는 삼군의 으뜸이라 하오니, 만일 지용(智勇)을 겸전(兼全)한 자가 아니면 대적치 못하오리니, 급히 사자를 천봉산에 보내어 대사마 강기장과 거기장군 석광을 명초(命招)하사 삼로 적병을 퇴척(退斥)하게 하옵소서."

왕이 옳이 여기사 고훈감 남정을 사자를 삼아 기장·석광을 명초하시니라.

이적에 강·석 이인이 제성 동곡에 신택(新宅)을 창건하고 가권(家眷) 3
을 안돈(安頓)하고 즐기더니, 일일은 사자 남정이 성도로부터 와 조서(詔書)를 전하거늘, 이인이 황망(慌忙)히 받아 북향사배(北向四拜)하고 조서를 개탁(開坼)하니, 북호왕 여한걸이 기부(其父)의 원수를 갚고자 할새, 금국왕이 요동왕 범오장과 합력하여 삼로군마(三路軍馬)의 형세 호대(浩大)한지라. 강·석 이장은 급히 환도(還都)하되, 청풍선생의 계책을 듣고 안병보국(按兵保國)함을 당부하셨거늘, 평장(平章)이 대경(大驚)하여 이날 밤에 촉(燭)을 밝히고 서안(書案)을 의지하여 주역(周易)을 베풀고 구궁(九宮)[3]을 응하여 한 괘를 얻으니, 괘상(卦相)에 갈왔으되,

이감(離坎) 양괘(兩卦)로서 북을 필승이라. 암전척시(暗箭刺矢)에 수자불상(帥字不祥)이라.

3) 구궁(九宮): 아홉 방위의 자리. 점을 칠 때 쓰임.

하였거늘, 평장이 침음양구(沈吟良久)에 생각하되, '상괘(上卦)는 대길
하니 국가의 홍복(洪福)이로다. 이(離)는 화공(火攻)이요, 감(坎)은 수공
(水攻)이니, 수화(水火)로써 양적을 승첩(勝捷)함이 크게 길하도다. 암시
(暗矢)는 가만한[4] 살이요, 수자(帥字)는 대장의 사명(司命)이니, 반드시
4 오아(吾兒)에게 불상지조(不祥之兆)가 있도다. 수연(雖然)이나 차역천수
(此亦天數)라. 미리 누설치 못하리라.' 하고, 다만 이감 양괘를 그려 뇌
전에게 주었더니, 뇌전이 명을 받자와 신변에 장(藏)하고 행거(行車)를
준비하여 주야(晝夜) 배도(倍道)하여 도성에 이르러 즉지 전폐(殿陛)에
복지(伏地)하온대, 상이 대열하사 반기시며 사주(賜酒) 관대(寬待)하시
고, 즉일에 강기장을 도총병마도원수(都總兵馬都元帥)에 배하시고, 백모
황월(白旄黃鉞)[5]과 옥절(玉節)[6]을 내리사 각도의 병마를 임의로 총독하
게 하시며, 입으신 금포(錦袍)[7]를 벗어 원수에게 전하시고 상방검(尙方
劍)을 끌러 주시며 왈,

"문무 조정과 내외 관료 중에 쓸 사람이 있거든 임의로 택취(擇取)하라."

하신대, 원수가 황공사은(惶恐謝恩)하고 정부(鄭府)에 물러나와 악부모(岳父母)[8]께 배현(拜見)하온대, 정공 부부가 크게 반김이 무궁하나, 천리전장(千里戰場)에 새로이 출사(出師)함을 근심하거늘, 원수 좋은 말로 위로하고 별궁에 돌아와 괘명(卦名)을 내어 놓고 가만히 생각하되, '이

---

4) 가만하다: 움직임 따위가 드러나지 않을 만큼 조용하다.

5) 백모황월(白旄黃鉞): 백모는 최고 사령관의 지휘기, 황월은 금도끼를 뜻한다. 주무왕(周武王)이 은(殷)을 정벌 할 때 왼손에 백모를 들고 오른손으로 금도끼를 들고 주벌(誅伐)했다 하여, 이후 백모황월은 정벌을 뜻하는 말이 되었다.

6) 옥절(玉節): 옥으로 만든 부신(符信)으로, 군사를 동원할 때 증표로 쓰임.

7) 금포(錦袍): 비단으로 만든 도포나 두루마기.

8) 악부모(岳父母): 장인과 장모.

괘(離卦)는 병오화(丙午火)요, 감괘(坎卦)는 임자수(壬子水)이니, 화공과 수공이 마땅하거니와 무슨 계교(計巧)로써 적의 마음을 격동(激動)하여 5
득승(得勝)할 계책을 얻을꼬?' 이러틋 사념(思念)하더니, 문득 가동(家童)이 보하되,

"한 도인(道人)이 강계(江界)로부터 악비의 난을 피하여 왔노라 하고 수삼 종인(從人)으로 더불어 원수께 뵙기를 청한다."
하거늘, 원수 가만히 생각하되, '이는 나의 계교를 맞출[9] 때로다.' 하고 가동으로 도사를 청한대, 도사가 연망(連忙)히 중당에 올라 추진(趨進)하고 돈수재배(頓首再拜) 왈,

"빈도(貧道)[10] 계진청은 동국 여민(黎民)[11]으로, 강계 땅이 금국지경(金國地境)이오매 이따금 강을 건너가 한가지로 언어를 상접(相接)하며 빈빈왕래(頻頻往來)하여 악비의 지모장략(智謀將略)과 성정이 맹강(猛强)함을 아옵더니, 천만 뜻밖에 금국왕이 악비로 대장을 삼고 이름 없는[12] 병마를 일으켜 동국을 침노하매, 빈도가 특별히 와 원수 장하(帳下)에 용납코자 하오니, 바라건대 견마지역(犬馬之役)을 받들어지이다."
하니, 원수의 명감(明鑑) 곧 아니면, 뉘 능히 세작(細作)인 줄 알리오.

원수가 드디어 허락하고 익일에 연무청(鍊武廳)에 가 군위(軍威)를 배 6
설(排設)하고 제장을 분발할새, 거기장군 석문원으로 삼천 병을 주어 문통으로 부장(副將)을 삼고 신철로 전부선봉(前部先鋒)을 삼아 북호(北胡)를 접전(接戰)하되,

"저들은 본디 산협지지(山峽之地)에 생장하였으니, 육전은 잘 하려니

---

9) 세교를 맞출: 계교를 쓸.
10) 빈도(貧道): 덕이 적다는 뜻으로, 승려나 도사가 자기를 낮추어 이르는 일인칭 대명사.
11) 여민(黎民): 머리에 관을 쓰지 않은 백성이라는 뜻으로, 일반 백성을 이름.
12) 이름 없는: 명분 없는.

와 수전은 익숙지 못하리니, 물을 인(因)하여 계수변(溪水邊)에 하채(下寨)하고 호적을 유인하여 평지에 진을 치거든 수공을 예비하여 물로 쳐 파하게 하라."

하고, 또 표기장군(驃騎將軍) 황공필로 삼천 병을 내려 진서장군(鎭西將軍)으로 삼고, 고월로 부장을 삼고 배운태로 전부선봉을 삼아 요병(遼兵)을 영접하되,

"요동대장 장만총은 본디 해변에서 생장하였으매, 수전은 익숙하려니와 산전은 잘 못할 것이니, 저희를 유인하여 산험지지에 두류(逗留)케 하고 화공을 준비하여 불로 쳐 파하라."

한대, 이장이 고두사은(叩頭謝恩)하고 장전(帳前)에 가까이 하여 우익(羽
7 翼) 중임대사를 청하니, 원수가 '선(善)타.'하고, 경조윤(京兆尹) 유지방으로 황공필의 중군 참모사(參謀師)를 하이고 한승으로 석광의 참모를 하여 서로 돕게 하니, 사인(四人)이 청령(聽令)하고 각각 물러와 화공지모(火攻之謀)와 수공지계(水攻之計)를 준비하니, 진청이 후영(後營)에 있어 준비하는 일을 자세히 알고 가만히 두 장의 글월을 만들어 종자(從者) 이인으로 하여금 서·북 양채(兩寨)에다 각각 밀밀(密密)히 통보하니, 호왕은 수공을 근심하여 평지병(平地兵)을 다 옮겨 산험지지에 둔군(屯軍)하고, 또 요동장 만총은 화공을 근심하여 산각병(山脚兵)을 다 옮겨 평지에 주찰(駐札)하니라.

어시(於是)에 강원수가 양로병(兩路兵)을 분발한 후 남은 제장을 연습하다가, 황혼(黃昏)에 파진(罷陣)하고 별궁으로 돌아와 지필(紙筆)을 취하여 두 장의 글월을 만들어 금낭(錦囊)에 넣은 후, 택일(擇日) 계행(啓行)하여 삼로병(三路兵)이 진발할새, 원수가 금낭을 내어,

"황·석 이장을 주어 여차여차(如此如此)하라."

한대, 이장이 청령하고 서북 양로로 행군하니라.

원수가 또 궐하(闕下)에 하직하고 즉일 출사(出師)하니, 태조가 정오 8
문 밖에 전송하시고 성공환도(成功還都)함을 당부하신대, 원수가 재배수명(再拜受命)하고 행군하여 맹산(孟山) 임군 지경에 다다르니, 강계태수 엄신이 토병을 거느리고 지경에 청후(聽候)[13]하여 대병을 영접하니, 원수 적세를 묻고 향도관(嚮導官)을 불러 산천 지형과 원근(遠近) 상거(相距)와 험악지지(險惡之地)를 자세히 물은 후에 전령하여 선봉을 머물게 하고, 후군을 거두어 채책(寨柵)을 각각 벌이고 영진(營陣)을 굳게 하여 오래 머물 거조(擧措)[14]를 차리니, 계진청이 원수의 주책(籌策)[15]을 알고 가만히 악비에게 밀통하니라.

익일 평명(平明)에 원수 가만히 분부하여,

"도사 계진청을 먼저 결박하라."

하니, 진청이 황겁(惶怯)하여 왈,

"빈도가 무슨 죄가 있건대 무단히 구박하나니이까?"

원수가 여성대매(勵聲大罵) 왈,

"네 요망한 금인으로 감히 나의 군정(軍情)을 암탐(暗探)코자 하니, 당당히 머리를 베리라."

하고, 무사를 호령하여 원문(轅門) 밖에서 참(斬)하니, 중장이 고왈, 9

"도사 진청은 거지(擧止) 단정하고 인물이 선명(鮮明)하여 탐지하는 기색이 조금도 없거늘, 원수는 어찌 그가 세작인 줄 아셨나이까?"

원수 소왈(笑曰),

"무릇 병법은 양국이 상적(相敵)하여 승부를 미결시에 적진으로부터 오는 자를 살피라 하였으니, 이 한 의심이요, 또는 저의 흉중에 품은

---

13) 청후(聽候): 미리 준비하고 기다림.
14) 거조(擧措): 어떤 일을 꾸미거나 처리하기 위한 조치.
15) 주책(籌策): 생각한 꾀.

재주가 있으면 항오(行伍)[16] 중에 충수(充數)[17]함이 마땅커늘, 뜻 아닌 문서 가음아온[18] 서기(書記)를 자청하고, 또 수하(手下)에 수삼 종인을 데려왔더니, 전일 성도에서 이졸(二卒) 간 데 없고 거야(去夜)에 또 일졸(一卒)이 간 데 없으니, 차(此)는 기미를 탐지하고 세 곳에 밀통하려 함이라. 내 짐짓 저를 머물러 계교 위에 계교를 쓰려 함이니라."

중장이 배복(拜伏)하더라.

원수가 드디어 군중에 하령 왈,

"세작 계진청이 나의 안병부동(按兵不動)하는 뜻을 금채(金寨) 중에 밀통하였으매, 적장 악비 금야(今夜)에 반드시 우리 영채를 엄습(掩襲)할 것이니 제장군졸(諸將軍卒)은 진심(盡心)하라."

하고, 이필·허정으로 정병(精兵) 일천을 주어,

"구계령 소송림에 매복하였다가 악비의 전군이 영(嶺)을 넘어 반만 지나거든 불을 들어 암호를 삼고, 화포일성(火砲一聲)에 중군을 충살(衝殺)하라."

하고, 전풍·주진으로 일천 병을 주어,

"구계령 북로 협곡에 매복하였다가 소송림 화광(火光)을 보아 내달아 악비의 후군을 엄살하라."

하고, 태수 엄신에게 명하여 여개로 더불어 정병 일천을 주어,

"군사를 시켜 포대(包袋)를 지니고 광수탄(灘) 하류로 가 사석(沙石)을 운전(運轉)하였다가, 악비의 전군(前軍)이 물을 건너거든 하류를 굳게 막고 언덕에 올라 적의 후군을 엄살하라."

하고, 송지원·함사밀로 각각 일천 군을 거느려,

---

16) 항오(行伍): 군대를 편성한 대오.

17) 충수(充數): 일정한 수효를 채움.

18) 가음알다: 주관하다.

"광수탄 소로(小路)로부터 가만히 초구성에 들어가 선진(先陣) 영채(營寨) 뒤에 숨었다가, 악비 영군(令軍)하여 초구성을 지나거든 즉시 적진 채책(寨柵)을 온전히 취하라. 내 남은 장수를 거느려 구계령 동곡(東 11
谷)에서 악비를 파하리라."

하니, 제장이 고두청령(叩頭聽令)하고 임소(任所)로 돌아가니라.

금국 대장 악비 삼군을 총독하여 진병함으로부터 동국지계(東國地界)의 삼백 리를 탈취하였더니, 맹산지계(孟山地界)에 다다라서는 초마(哨馬)가 보(報)하되,

"고려 대장 강기장이 팔로병(八路兵)을 초집(招集)하여 영적(迎敵)하련다."

하거늘, 악비 군마를 다 물리치고 초구성에 유진(留陣)하고 변사(辯士) 계진청으로 도사의 맨드리[19]를 하여, '고려 군중에 보내어 투탁(投託)[20]하고 삼처(三處) 군중 일을 각각 탐지하여 밀보(密報)하라.' 하였더니, 차일(此日) 오경말(五更末)에 진청의 종자가 밀보를 드리거늘, 급히 개탁하니 하였으되,

> 고려병마 도원수 강기장은 청풍 선생의 아들이요, 소년재기(少年才氣)로 지용(智勇)이 겸전(兼全)하니, 군마를 삼로로 분(分)하여 영적(迎敵)하되, 요동은 본디 수전(水戰)이 관숙(慣熟)타 하여 평시를 버리고 12
> 산간으로 유인하여 불로 치려함이요, 북병은 산행(山行)이 관숙타 하여 육전(陸戰)을 아니 하고 계변(溪邊) 평지에 유인하여 물로 치려 하오매, 양처에 각각 이 뜻을 통하오니, 다만 장군으로 더불어 접전(接戰)할 의논을 몰라 하옵더니, 금일 당하여 오십 리를 벙으리고[21] 여러 날 머물

19) 맨드리: 모양새.
20) 투탁(投託): 남의 세력에 기댐.
21) 벙으리다: 벌리다.

> 러 군마를 쉬게 함으로써 용병(用兵)하려 하오니, 각진 장졸이 해태(懈怠)하여 준비함이 없으니, 청컨대 장군은 익히 생각하소서.

하였더라.

악비 견파(見罷)에 대희(大喜)하여 선봉 서달규와 기장(騎將) 진등·을
초로 전부선봉을 삼고, 악비가 친히 중군이 되어 이경(二更)에 진발하
여 구계령 어귀에 이르매, 문득 전면 동북상에 포성이 진동하며 화광
이 충천(衝天)하는 가운데 선봉장 설영과 부선봉 장갑이 정창출마(挺槍
出馬)[22]하여 엄살하거늘, 악비 대경하여 군을 물리더니, 또 소송림으
로서 화포 일성에 두 장수 살출(殺出)[23]하니 이필·허정이라. 각각 병
13 기(兵器)를 들어 살분(殺奔)하니, 악비 대로하여 친히 약마풍행(躍馬風
行)[24]하여 도채[25]를 비끼고 이필·허정을 대적하더니, 또 북로 협곡
으로 이장(二將)이 살출하니 당선대장(當先大將)은 천풍과 주진기라. 악
비 익노(益怒)하여 이필 등을 버리고 번창횡마(翻槍橫馬)[26]하여 전풍·
주진을 시살(廝殺)하니, 원수가 화광 중에 악비의 무용이 절륜(絕倫)함
을 보고 친히 장창을 비끼고 중군을 헤쳐 들어가니, 중장(衆將)이 원수
의 출진함을 보고 일시에 협공하니, 원수 즉시 악비를 취한대, 악비
맞아 싸우며 군세를 살펴보니 사면팔방이 다 고려병이라. 철통 같이
두르니 악비 말을 돌려 다라나며 가만히 살로 쏘니, 원수 혼야(昏夜)
중에 급급히 피(避)타가 좌비(左臂)로부터 견갑(肩胛)을 맞으매, 중심에
경아(驚訝)[27]하나 중장이 놀랄까 가만히 살을 뽑고 창을 휘두르며 좌

---

22) 정창출마(挺槍出馬): 창을 겨누어 들고 말을 타고 나아감.

23) 살출(殺出): 힘차게 돌진하여 나아감.

24) 약마풍행(躍馬風行): 말을 타고 바람처럼 치달림.

25) 도채: 도끼.

26) 번창횡마(翻槍橫馬): 칼을 휘두르고 말을 달림.

우를 재촉하니, 중장이 원수의 화살 맞음을 보고 대경하여 감히 진병 치 못하니, 악비 때를 타 중위(重圍)를 벗어나 달리더니, 문득 전풍·주 14
진기가 앞을 막거늘, 악비 대로하여 도채를 날리며 전·주 이장을 살퇴(殺退)하고 서(西)를 향하며 뒤를 돌아보니, 따르는 자가 불과 수천이 넘지 못한지라. 좌우를 재촉하여 광수탄에 다다르니, 천만 뜻밖에 수세(水勢) 창일(漲溢)하여 전과 같지 아니하거늘, 악비 정히 주저하더니, 문득 원수의 삼로병이 만산편야(滿山遍野)하며, '악비를 잡으라.' 하는 소리 진동하니, 악비 대로하여 도채를 높이 들고 중장을 재촉하며 좌수에 신편(神鞭)을 들고 우수에 도채를 들어 분분(紛紛)한 검극(劍戟)을 막으며 일충일당(一衝一撞)하고 일왕일래(一往一來)하니, 비컨대 성난 맹호가 밥을 다투는 듯하더라.

문득 화광중에 악비 도채를 날려 부선봉 장갑을 쳐 양단(兩斷)에 내고, 또 신편을 들어 우도위(右徒尉) 주진기를 찔러 말에서 내리치니, 선봉 설영이 낙담경혼(落膽驚魂)하여 능히 진정치 못하니, 원수가 대로하 15
여 좌비와 견갑을 나건(羅巾)[28]으로 싸매고 대갈일성(大喝一聲)으로 악비를 취하니, 악비 번창약마(翻槍躍馬)하여 맞아 싸울 새, 화광은 백주(白晝) 같고 창날은 번개 같아 시살하기를 급히 하더니, 밤이 새기에 이르러는 원수 정신을 가다듬어 한 창으로 악비의 탄 말을 찔러 엎지르니, 악비가 말에서 떨어져 보행(步行)으로 원수를 대적하더니, 문득 난전(亂箭)이 날아들어 악비의 우견(右肩)을 맞히니, 악비 혼겁(魂怯) 중에 살을 띠고 도망타가 뒤를 돌아보니, 아장(亞將) 봉효달이 긴히 따라와 견갑(肩胛)의 살을 빼 버리고 제 말을 드려 타기를 원하니, 악비 봉효달의 손을 잡고 통곡 왈,

27) 경아(驚訝): 놀랄 정도로 의아하게 여김.
28) 나건(羅巾): 비단 수건.

"내가 무예를 배워 출진(出陣)함으로부터 서북을 평정하고 도처에 횡행(橫行)터니, 변방의 소아의 계교를 맞춰 이렇듯이 하니 내 몸이 장차 돌아갈 곳이 없으니 어찌 통분(痛憤)치 아니하리오?"

언미필(言未畢)에 고려병이 철통 같이 두르고 시석(矢石)이 비 오듯
16 하니, 악비 능히 벗어나지 못할 줄 알고 스스로 멱찔러 죽으니, 원수가 드디어 악비의 수급(首級)을 취하고 일진을 대살(大殺)하니, 남은 장졸이 살기를 애걸하거늘, 원수 하령하여 항졸(降卒)을 거둔 후 일지병을 광탄 하류에 보내어 하수 막을 것을 이르고 엄신·여개의 소식을 탐지하더니, 초마가 보하되,

"엄신·여개 거야(去夜)에 하수를 막고 악비의 후군을 시살하더니, 적장 벽하람·육진애를 만나 공전(攻戰)하다가 적이 거짓 항복을 청한대, 엄신이 알지 못하고 항복을 받았다."

하거늘, 원수 급히 군을 재촉하여 하구에 이르러 엄신·여개를 준책(峻責)하고 하령 왈,

"북호(北胡)와 요금(遼金)은 강한 오랑캐라. 금일 항복하니 타일 반드시 반복함이 있을 것이니, 가히 믿지 못하리라."

하고, 육·범 이장(二將)을 원문(轅門)에 참(斬)하고 대연을 배설하고 승
17 전곡을 울리며 밤을 쉬게 한 후, 익일(翌日) 평명(平明)에 군례를 행하고 이에 승전한 첩서(捷書)와 악비의 수급을 한 가지로 봉(封)하여 성도에 보한 후 득승지병(得勝之兵)을 거두어 오랑캐 굴혈(窟穴)을 멸(滅)하려 하더라.

선설(先說)[29]. 진북장군(鎭北將軍) 석문원이 중군참모 한승으로 더불어 군마를 총독하여 철원성에 다다라 유진하고 밤을 지내더니, 홀연

29) 선설(先說): 앞의 이야기로 돌아감.

비몽간(非夢間)에 오색전복(五色戰服)을 입은 군관이 앞에 들어와 배복(拜伏) 왈,

"소도(小道)는 금악산 안녕궁 수문관(守門官)이옵더니, 우리 주모(主母) 낭랑(娘娘)이 이장군의 북정(北征)하신단 말을 들으시고 특별히 청하시더이다."

하거늘, 석·한 양인이 한가지로 군관을 따라 한 곳에 이르니, 일좌(一座) 고산(高山)이 운무(雲霧) 중에 솟은 듯한데, 주궁패궐(珠宮貝闕)[30]이 표묘(縹緲)[31] 영롱하거늘, 이인(二人)이 황홀하여 감히 궁문에 들지 못하고 주저할새, 안으로 채의(彩衣)한 여관(女官)이 나아와 양인을 인도하여 옥계하(玉階下)에 이르러 배알(拜謁)하고, 눈을 들어 전상(殿上)을 바라보니, 일위부인(一位夫人)이 머리에 진주 영락(瓔珞)[32]을 쓰고 몸에 운무의(雲霧衣)를 입고 손에 벽력화(霹靂花)를 쥐고 백옥교의(白玉交椅)[33]에 18
단정히 앉아 옥음(玉音)을 열어 왈,

"석장군은 본디 복록이 구존(具存)한 사람이라. 당초로 어진 임금을 만났으매, 동정서벌(東征西伐)하여 위엄이 사해에 진동하며, 정토(征討)하되 소향무적(所向無敵)하니 남자의 사업이라 하려니와, 금번 출정하매 적장 굴돌치는 호국 명장이라. 겸하여 용병키를 잘하는 고로, 장군의 대병이 북지에 이르러 야영하는 날 밤에 호병의 겁채(劫寨)함을 입으면 삼군이 절상(折傷)[34]할 뿐 아니라 이공(二公)이 또한 목숨을 보전치 못할 것이니, 십분 조심하여 지경(地境)에 이르는 날 적의 겁채함을 방비하라."

---

30) 주궁패궐(珠宮貝闕): 금은보배로 아름답게 꾸민 궁궐
31) 표묘(縹緲): 끝없이 넓거나 멀어서 있는지 없는지 알 수 없을 만큼 어렴풋함.
32) 영락(瓔珞): 구슬을 꿰어 만든 장신구. 목이나 팔 따위에 두른다.
33) 백옥교의(交椅): 흰 옥으로 만든 의자.
34) 절상(折傷): 뼈가 부러지는 부상.

하고, 또 한승을 향하여 왈,

"명공(明公)[35]은 처음으로부터 어진 임금을 만나지 못하고 무도혼군(無道昏君)을 만나 직간무은(直諫無隱)하던 적심(赤心)이 능히 발뵈지 못하더니, 상천(上天)이 지공무사(至公無私)하시기로 무도혼군이 사직생
19 민(社稷生民)을 보전치 못하고 스스로 망하매, 동국지계(東國之界) 다 왕모에게 돌아가니 이는 유덕지군(有德之君)이라. 공이 이미 명주(明主)를 만나 군신이 한가지로 양미토기(揚眉吐氣)[36]할 때이거늘, 뜻밖에 북방 오랑캐 지경을 침노함으로써 군중(軍中)에 불측지환(不測之患)이 있음을 가르쳐 석일(昔日) 조정에 직절단충(直節丹忠)[37]을 한 번 갚고자 하여 특별히 청하매, 양공을 일체로 이루었나니, 공 등은 괴이히 여기지 말라."

언파에 좌우로 하여금 두 낱 과자를 내와 이인을 권하여 왈,

"이는 청심단(淸心丹)이니, 한 번 먹으면 마음이 청량하여 적의 겁채함을 방비할 것이거늘, 군이 승첩하고 개가(凱歌)를 울리며 성공 환조(還朝)할지어다."

이장이 황공(惶恐) 돈수(頓首)하여 과자를 받고 복지주왈(伏地奏曰),

"소장 등은 진세범골(塵世凡骨)이라. 감히 낭랑(娘娘) 존휘(尊諱)[38]를 알지 못하니, 청컨대 낭랑은 밝히 가르쳐 소장 등의 마음을 깨닫게 하소서."

그 부인이 답왈,

20 "나는 본디 태봉왕 궁예의 원비(元妃) 강씨라. 천의를 알지 못하고 다

---

35) 명공(明公): 듣는 이가 높은 벼슬아치일 때, 그 사람을 높여 이르던 이인칭 대명사.

36) 양미토기(揚眉吐氣): 기염을 토하며 눈썹을 치켜올린다는 뜻으로, 득의만만한 모습을 두고 이르는 말.

37) 직절단충(直節丹忠): 곧은 절개와 참된 마음에서 우러나오는 충성.

38) 존휘(尊諱): 손윗사람의 이름.

만 사직생민(社稷生民)의 도탄함을 차석(嗟惜)하여 자주 간(諫)하다가 무도혼군의 참형을 만나 주륙(誅戮)함을 받으니, 놀란 혼백(魂魄)이 유유탕탕(幽幽蕩蕩)하여 지향할 바를 알지 못하더니, 서왕모(西王母)[39] 군이 대행군(大行軍) 한다 함으로부터 군영 채책(寨柵)을 다 옮겨 산험지지(山險之地)에 안병부동하니 그 뜻을 알지 못할러이다."[40]

한대, 석광이 가로대,

"이는 우리 수공지물(水攻之物)을 준비하는 줄 알고 계변(溪邊)을 피하여 산림에 유진함이요, 또 안병부동하는 뜻은 우리 군이 멀리 와 피곤함을 승시(乘時)하여 가만히 겁칙하려 하는 계교로다."

하고, 즉시 부장 문통과 본부 태수 홍광으로 일지군을 주어,

"북안 좌우에 매복하였다가 적장이 돌아가는 길을 막으라."

하고, 선봉 신철로 원군을 거느려 대채(隊寨) 우편에 매복하고, 문원이 한승과 한가지로 후영을 지키어 적기를 탐지하더니, 과연 이 날 밤 삼경(三更)에 호장 굴치 수만 군을 거느리고 바로 대영채(大營寨)로 돌입 21
하니, 다만 빈 영채뿐이요 한 사람도 없거늘, 급히 군을 물리더니 곡로(谷路) 언덕에서 포성이 진동하며 신철은 대채 우편으로 살출하고, 동방초는 대채 좌편으로 시살하니, 굴돌치 낙담경혼(落膽驚魂)하여 도로 후군을 물리더니, 또 전면 일지군이 내달아 길을 막으니, 위수대장(爲首大將)은 홍관·문통이라.

이장(二將)이 각각 병기를 들어 살입(殺入)하니 호장졸(胡將卒)이 다 목숨을 도망하여 사산분주(四散奔走)하거늘, 굴치 대호일성(大呼一聲)에

---

39) 서왕모(西王母): 중국 신화에 나오는 신녀(神女)의 이름. 불사약을 가진 선녀라고 하며, 음양설에서는 일몰(日沒)의 여신이라고도 한다.

40) 이 대목은 내용이 빠졌음. 강씨가 적을 막을 계책을 알려주는 내용이 들어 있어야 하나, 이런 내용이 없음.

휘검약마(揮劍躍馬)하여 일면을 짓쳐 내다르니, 홍관은 본디 굴치로 더
불어 접전하여 용맹을 익히 아는 고로 감히 따르지 못하고, 문통이 홀
로 추살(追殺)하며 화광 중 살펴보니 굴치 한 살을 띠고 도망치거늘,
통이 진력하여 따르더니, 문득 적장 번우기 삼천 군을 거느려 굴치를
접응하고 문통의 길을 막아 혼전(混戰)하니, 호병의 형세 점점 더하여
22 문통을 해심(垓心)중에 싸고, '항복하라.' 하는 소리 진동하거늘, 통의
부장 남궁식이 급히 본채(本寨)에 고하니, 석광이 대경하여 선봉 신철
과 기장 동방초에 일지군을 주어 문통을 구하라 하니, 이장이 청령하
고 인마를 재촉하여 호로곡 어귀에 다다르니, 호장 번우기 일응이출
(一應而出)하여 한손에 도채를 들고 또 한손에 청강검(靑江劍)을 잡아 양
인을 대적하니, 신철이 절치(切齒)하여 장창(長槍)을 비끼고 적의 병기
(兵器)를 막으며 우수(右手)의 유성퇴(遊星槌)[41]를 날려 우기의 가슴을
맞히자, 우기 몸을 곤두쳐[42] 피하다가 미치지 못하여 좌비(左臂)를 맞
아 정신이 어찔하여 창을 버리고 엎어지니, 길마[43]를 잡아 후진으로
달아나거늘, 이장(二將)이 승승(乘勝)하여 일진을 대살하고 문통을 구
하여 대채로 오니라.

선설. 굴치 사로복병(四路伏兵)을 겨우 벗어나오다가 무수한 난전(亂
23 箭)을 맞아 정히 위급하더니, 부장 번우기를 만나 죽기를 면하고 본진
에 돌아와 전창(箭瘡)[44]이 대발하여 군무를 다스리지 못하고, 부장 번
기 신철의 유성퇴를 맞아 좌비를 쓰지 못함으로 호왕 여한걸이 크게
근심하여 목책(木柵)을 굳게 세우고 순초(巡哨)하기를 엄히 하여 안병부

41) 유성퇴(遊星槌): 긴 쇠사슬 양 끝에 쇠뭉치가 달려 있는 무기.
42) 곤두치다: 몸을 뒤집어 갑자기 거꾸로 내리박히다. 곤두박질.
43) 길마: 짐을 싣거나 수레를 끌기 위하여 소나 말 따위의 등에 얹는 도구.
44) 전창(箭瘡): 화살에 맞아 생긴 상처.

동하니라.

각설(却說). 요동왕 만총이 선봉 필홍으로 삼군을 거느려 압록강 상류를 건너가니라. 차시 홍이 가로대,

"적장이 본디 평지에서 생장하여 수전과 육전이 관숙(慣熟)하나, 산곡으로 유인하여 불로 치려 하니 장군은 화공지계(火攻之計)를 자상(仔詳)히 방비하소서."

하거늘, 만총이 청파에 대희하여 즉시 전령하여 산림 대채를 거두어 진구령에 유진하고, 진 밖에 토성(土城)을 쌓고 성 밖에 해자를 열어 화공지계를 준비하더라.

재설(再說). 황공필이 삼군을 진발하여 호호탕탕히 행군하여 왕검성
에 다다르니, 태수 기번이 대군을 영접하고 적세(敵勢) 호대(浩大)한 사
연과 평지에 유진하고 적의 계교가 어떠한 줄 알지 못함을 고하니, 공 24
필이 점두(點頭)[45]하고 향도관(嚮導官)을 불러 지형을 물은 후 원수의
금낭서(錦囊書)를 가만히 열어보매, 서에 왈,

> 욕파요동(欲破遼東)은 의용수공(宜用水攻)이라.[46] 세작 계진청을 짐짓 머물게 하여 화공할 형세를 누설한 뜻은 적을 속이는 계교라. 만총이 반드시 대군을 주찰(駐札)하매 물을 임하여 평지에 진(陣) 칠 것이니, 대택상류(大澤上流)를 굳이 막아 써 승시수파(乘時水破)하면 대획승전(大獲勝戰)하리라.

하였거늘, 견파(見罷)에 경복(驚服)하여 이에 중군 참모 유지방으로 더불어 수공지계를 분발(分發)할새, 선봉 배운태와 부장 고월로 각각 본

---

45) 점두(點頭): 승낙하거나 옳다는 뜻으로 머리를 약간 끄덕임.

46) 욕파요동(欲破遼東)은 의용수공(宜用水攻)이라: 요동을 파하고자 한다면, 마땅히 수공을 쓰라.

부병과 토병(土兵) 오천을 주어 여차여차하라 하고, 또 의병장 김주경
과 곽철웅을 불러 각각 이천 군씩 주어 이리이리하라 하니, 사장(四將)
이 청령하고 물러나매, 공필이 또한 태수 기번과 한 가지로 남은 장졸
25 을 데리고 증구강 근처에 나아가 진세(陣勢)를 베풀고, 강변 상류로부
터 남안 하류까지 목책(木柵)을 배설(排設)하여 성곽(城郭)을 삼아두고,
목책 안에 시초(柴草)[47]를 많이 장만하여 쌓았으니, 이는 거짓 양초(糧
草)[48]를 많이 저축함 같이 형세를 허장(虛張)하고 소선(小船)과 주즙(舟
楫)[49]을 많이 장만하여 화공하려 하는 거동을 의장(擬裝)하며, 강을 아
니 건널 징조를 삼고, 군사로 하여금 높은 언덕에 올라 적세를 탐지하
더라.

어시에 만총이 진구령에 유진하고 고려병의 소식을 탐지하더니, 및 '황분의 대병이 강남에 이르러 강변에 목책을 세워 굳이 지키고 안병부동한다.' 하거늘, 총이 친히 수백 기를 거느리고 강북 안상(岸上)에 올라가 강남을 바라보니, 연강 일대에 목책을 세우고 그 안에 시초와 집물(什物)을 중(重)히 쌓았거늘, 총이 제장(諸將)더러 왈,

"황분 소아 적은 꾀로 우리 마음을 격동하는도다."

하더니, 이러구러 중추(中秋) 망간(望間)에 강변 초마(哨馬)가 보하되,

26 "고려병이 주즙과 선척을 무수히 만들어 강남 안상(岸上)에 수책(水
柵)을 벌였으니, 그 뜻을 알지 못한다."

하거늘, 만총이 대소왈(大笑曰),

"고려장 황분이 죽을 날이 멀지 않았도다."

하니, 좌우 제장이 그 연유를 물은대, 총이 대왈,

---

47) 시초(柴草): 땔나무로 쓰는 풀.

48) 양초(糧草): 군사가 먹을 양식과 말을 먹일 꼴을 통틀어 이르는 말.

49) 주즙(舟楫): 배와 삿대라는 뜻으로, 배 전체를 이르는 말.

“황분이 반드시 모야간(暮夜間)에 강을 건너와서 우리 영채를 겁칙할 뜻이 있으매 대소선척(大小船隻)을 준비함이니, 내 이 기미를 좇아 고려병의 편갑(片甲)도 남겨 보내지 아니하리라.”

하고 즉시 군중에 호령하여,

“시초 수만여 석을 성야(星夜)로[50] 준비하고, 선봉 필홍으로 일군을 거느려 써 증평·계림으로부터 상도 해자까지 이르게 마른 섶과 화약·염초(焰硝)와 어유(魚油) 등물(等物)을 장(藏)하여 적병 오기를 기다리라.”

하고, 또 중군교위 호섭과 부장 하우교로 일군을 영하여,

“계림 수풀에 숨었다가 고려장 황분이 모일야(某日夜)에 강을 건너와 계림 하(下)를 지나거든 적군 후면에 불을 지르고 뒤를 엄습하라. 나는 중장으로 더불어 토성 밖에 있다가 계림 화광을 보고 상도 전면에 불을 놓고 그 앞을 엄살하면 고려병이 불 가운데서 함몰(陷沒)하리라.” 27

하니, 중장이 청령하고 각각 임소에 나아가 마른 섶과 염초 등물(等物)을 운전(運轉)하여 황분병(兵)이 오기를 기다리더라.

선시(先時)에 고월·배운태 토병을 거느리고 천학산 후면으로 일백이십 리를 가니, 산곡이 심험(深險)한데 큰 시내 있으되, 서으로 봉구산이 있고 동으로 천학산이 있으며, 간수(澗水)[51]가 잔원(潺湲)[52]하여 근원이 삼백여 리에 남북 동천(洞天)에 횡류(橫流)하매, 호 왈 ‘공류수’라 하고, 또 천학산과 봉두산이 머리를 맞추어 팔짱 낀듯하고 사이로 물이 흐르며 우(又) 왈, ‘월계’라 하거늘, 이장이 각각 병(兵)을 분(分)하여 수구(水口) 막기를 시작할새, 배운태는 천학산에 들어가 나무를 베

50) 성야(星夜)로: 밤을 새워.
51) 간수(澗水): 골짜기에서 흐르는 물.
52) 잔원(潺湲): 물의 흐름이 잔잔하고 조용함.

며 돌을 굴리고, 또 고월은 봉구산에 들어가 흙을 파며 섶을 운전하여 주야로 토역(土役)하며 일지병으로 하여금 수구(水口) 석두에 부교(浮橋)
28 를 크게 세우니, 높기 삼십여 장(丈)에 굳음이 산악 같아 수세(水勢) 비록 창일(漲溢)하여도 능히 수창(水倉)[53]을 요동치 못하게 하니, 역사(役事) 호대(浩大)함이 장성지역(長城之役)이나 다름이 없더라.

불분주야(不分晝夜)하고 시역(始役)한 지 사십여 일만에 수창을 완비하니, 이장이 대열(大悅)하여 일변 연유를 대채(大寨)에 보하고 우양(牛羊)을 잡아 군졸을 호궤(犒饋)한 후, 오량천에 내려가 수세를 살펴보니 다섯 길로 흐르는데[54] 강 상수되고, 서편 양구는 청강 상수 되고, 중간 일로는 증력 대택(大澤)으로 흐르거늘, 이장이 각각 군을 양분하여 새로이 시역할새, 배운태는 동편 양천을 굳게 지키고 고월은 서편 수구를 차지하여 양구를 견고히 막은 후에, 또 공장(工匠)을 명하여 주량(柱梁) 체목(體木)으로 떼를 모아[55] 계수변에 대후(待候)하고, 즉시 천학산 상봉에 봉화를 들어 대채에 암호를 마친 후에, 당야 초혼(初昏)[56]에 수창을 크게 트니 물결이 흉흉(洶洶)하여 파도 열렬(烈烈)하거늘, 삼군을 전령하여 각각 떼를 타고 물결을 좇아 하류로 내려가니라.

29 어시에 요동병이 증평 계림에 화염(火焰)을 준비하고 황분이 겁채하기를 기다리더니, 이날 밤 삼경에 초마가 보하되,

"고려 대병이 대소 선척(船隻)을 다 움직여 강을 건넌다."

하거늘, 총이 대열 왈,

"황분 필부 나의 소료(所料)[57]의 내(內)서 나지 못하리로다."

---

53) 수창(水倉): 물을 저장하여 두는 곳.

54) 내용이 빠졌음. 다섯 길로 흐르는 물에 대한 설명 가운데 둘이 없음.

55) 주량(柱梁) 체목(體木)으로 떼를 모아: 기둥과 대들보 등의 재목으로 뗏목을 만들어.

56) 초혼(初昏): 초어스름. 해가 지고 어슴푸레 땅거미가 지기 시작할 무렵.

57) 소료(所料): 미루어 생각한 바.

하고, 선봉 필홍매와 하우로 호섭에게 전령하여,

"화포(火砲) 화염(火焰)을 일제히 준비하고 적군이 계림에 지나거든 불을 놓아 황분을 소멸(消滅)하리라."

하더니, 문득 들으니 동구(洞口) 상면(上面)으로부터 우레 같은 소리 나거늘, 요병이 생각하되, '고려장 황분이 강을 건너며 통성 후면을 불로 치려 한다.' 하거늘, 언덕에 올라보니 냉풍이 삽삽(颯颯)하고[58] 사면(四面)이 혼흑(昏黑)하여 일점 화광이 없으되, 다만 들으니 살벌(殺伐)한 소리 들리거늘, 만총이 능히 방심치 못하여 일군을 거느리고 성에 들어가 각영을 순호(巡呼)하더니, 우레 점점 가까워 오며 태산 같은 물결이 흉용(洶湧)하여 대채를 충살하니, 천지간에 수세 창일하여 노성과 녹강이 30
다 무너지고 인마전량(人馬戰糧)과 거갑치중(車甲輜重)이 다 이별이 되니, 총이 대겁하여 급히 언덕에 오르니 약간 남은 군사가 총을 구호하여 도망할새, 문득 고월 등이 상류로 좇아 떼를 타고 상채군(上寨君)을 엄살하고 또 황분·기반이 선척을 재촉하여 적병을 시살하니, 총이 창황히 남녘을 바라고 닫더니, 타하곡 어귀에 다다라 군사가 보하되,

"야색(夜色)이 혼흑(昏黑)하여 길을 분변(分辨)치 못하는데, 산곡(山谷) 수림중(樹林中)에 화광이 드러난다."

하거늘, 총이 이때를 당하여 날개 있어도 능히 나가지 못할지라.

정히 창황(蒼黃)할 즈음에 황분의 인마가 달려들어 대갈일성에 총을 찍어 양단(兩斷)을 내고 일진을 혼살(混殺)[59]하여 대획(大獲) 승전하니, 일변 첩서(捷書)를 성도에 보한 후에 초구성에 사람을 보내어 강원수에게 글월을 올리고 반사(班師)[60]할 거취를 기다리더니, 소교(小校)가 돌

58) 삽삽(颯颯)하다: 바람이 몸으로 느끼기에 쌀쌀하다.

59) 혼살(混殺): 함부로 죽임.

60) 반사(班師): 군대를 돌이킴.

아와 원수의 회보(回報)를 드리거늘, 떼어 보니 왈,

31 내 일찍이 악비를 대살(代殺)[61]하고 삼강을 건너가 요·금 이국을 진멸(盡滅)하고자 하였더니, 잠시 불행하여 전창(箭瘡)이 졸발(猝發)하기로 이에서 조병(調病)하나니, 장군은 득승지군을 거느려 회군치 말고 기장의 전창이 소복(蘇復)[62]하기를 기다림으로써 북방에 들어가 오랑캐를 분탕(焚蕩)한 후 회군하려 하나니, 그 중의 본도 토병은 각각 고향으로 보내고 정병(正兵)은 머물러 장령(將令)을 기다리라.

하였거늘, 황공필이 정병을 점검하여 청남에 둔(屯)하고 원수의 전창이 평복(平復)[63]하기를 기다리더라.

차설, 진북장군(鎭北將軍) 석문원이 호병과 한 번 싸워 양진을 크게 이기고 중장(衆將)으로 더불어 다시 승전할 일을 의논할새, 일일은 원수의 금낭서(錦囊書)를 개탁(開坼)하니 서에 왈,

욕파북적(欲破北狄)이면 의용화공(宜用火攻)이라. 내 당초에 북방을 가르쳐 수공(水攻)을 준비한 뜻은 호적을 속이는 계교라. 저들이 반드시 계진청의 탐보(探報)를 받아본 후에 물을 염려하여 산곡수림(山谷樹
32 林)으로 이진(移陣)할 것이니, 다만 장군은 언기식고(偃旗息鼓)하고 안병지계(按兵之計)를 쓰다가, 호병이 해태(懈怠)키를 승시(乘時)하여 마른 섶으로 골 어귀를 막고 화염을 둘러 묻어 일시에 불로 치면 반드시 승첩하리니, 득승지병으로 두만강(豆滿江)을 건너가 오랑캐 굴혈(掘穴)을 진수분탕(盡數焚蕩)하여 소멸하리니, 청컨대 장군은 반사치 말고 북지에 둔병(屯兵)하여 기회를 어그릇지[64] 마소서.

61) 대살(代殺): 살인자를 사형에 처함.
62) 소복(蘇復): 원기가 회복됨. 또는 원기가 회복되게 함.
63) 평복(平復): 병이 나아 건강이 회복됨.

하였더라.

중장이 견파에 원수의 지혜를 탄상(歎賞)[65]하고 일변으로 수공지계를 되돌려 화공지물(火攻之物)을 준비하며, 각 군현에 격문(檄文)을 전하여 유황(硫黃)·염초(焰草)를 모으고 동해 강변에 전령하여 어유(魚油) 등물(等物)을 구하며 당야(當夜)에 겁칙하려 할새, 즉시 각채에 전령하여 어유 등물을 구하며, 인마(人馬)가 다 함매(銜枚)하고 이날 밤에 육속(陸續) 진발하여 호로곡에 들어갈새, 신철 일군은 남문을 치고, 문통 일군은 동문을 치고, 홍관 일군은 서문을 치고, 동방초로는 북문을 칠새, 초갈과 부섶[66]과 화약·염초를 일제히 발하니, 냉풍(冷風)이 맹렬
한 가운데 마른 섶과 어유 등물에 불이 한 번 일어나매, 바람은 화세 33
(火勢)를 돋우고 불길은 바람을 좇아 화열풍맹(火烈風猛)하니, 호군장졸(胡軍將卒)이 깊이 잠들었다가 불의지변(不意之變)을 당하매, 달아날 길을 얻지 못하여 주검이 산채(山寨) 중에 뫼 같이 쌓이고, 또 양초치중(糧草輜重)이 진소분탕(盡掃焚蕩)하니 호왕 여한걸이 낙담상혼(落膽喪魂)하여 아무리 할 줄을 모르더니, 문득 대장 굴돌치는 동문으로 달아나고, 모사(謀士) 진돌걸은 북문으로 달아나고, 호왕이 홀로 있어 망지소조(罔知所措)[67]하다가 철갑을 껴입고 방패로 앞을 가리고 나오다가, 홍관의 북로군(北路君)을 만나 남은 군사를 다 죽이고, 겨우 수십 기를 인(引)하여 가만히 도망하여 뫼를 넘으며 물을 건너고 수풀을 의지하여 빨리 행하여 주발령에 다다르니, 날이 장차 밝는지라.

인마가 다 곤핍(困乏)하여 정히 쉬고자 하더니, 문득 전면에 일표군

---

64) 어그릇다: 어긋나다.

65) 탄상(歎賞): 탄복하여 몹시 칭찬함.

66) 초갈과 부섶: 갈대와 섶나무를 말하는 것으로 보임.

67) 망지소조(罔知所措): 너무 당황하거나 급하여 어찌할 줄을 모르고 갈팡질팡함.

(一彪軍)[68]이 달려오거늘, 호왕이 앙천탄왈(仰天嘆曰),

"내 이곳에서 죽으리로다."

34 하고 군사로 탐지하니, 이는 곧 호장(胡將) 서걸이라. 걸이 본디 견훤성을 지키어 양초(糧草)를 운전하여 미상핍절(未嘗乏絶)이더니,[69] 이날 마침 월색이 희미하고 풍세(風勢) 괴이하거늘 동자로 더불어 언덕에 올라 천애(天涯)를 바라보니, 호진 대채(大寨) 중에 화광이 충천(衝天)함을 보고 무슨 변이 있는가 구원하러 오다가 만난 바라. 호왕이 크게 반겨 걸의 손을 잡고 패망한 수말을 이르고 분연(憤然)함을 마지않으니, 서걸이 대경하나 하릴없어 뒤를 끊으며 왕을 보호하여 망야(罔夜)[70]하여 북으로 향하니라.

어시에 한승·석광이 호진(胡陣)에 불을 놓고 제장(諸將)이 사면을 둘렀더니 날이 밝으매 군사가 보하되,

"선봉 신철이 호장 번우기를 베고, 문통은 굴돌치를 베고, 동방초는 모사 진돌치를 베되, 태수 홍관이 여한걸을 잡지 못하고 추살(追殺)하다가, 금지 액구에서 호장 서걸을 만나 서걸의 뒤를 엄습하다가, 벌써 호왕을 보호하여 두만강을 건넜다 하거늘, 석·한 이인이 불승분노(不勝憤怒)하나 하릴없어 대소병(大小兵)을 경성에 머무르고 강원수의 장령을 기다리더라.

분석(分析) 하회(下回)하라.

---

68) 일표군(一彪軍): 한 무리의 날랜 군사.

69) 미상핍절(未嘗乏絶)이더니: 일찍이 끊어진 일이 없더니.

70) 망야(罔夜): 밤을 새움.

고려보감 권지팔

卷之八

차설(且說). 석광·한승이 불승분노(不勝憤怒)하여 대소 병마를 경성 1
에 머물고 홍관에게 전령하고 토병을 장솔(將率)하고 삼군을 연습하며 원수의 영을 기다리며 북정(北征)하려 하더라.

각설(却說). 금장(金將) 봉효달이 광탄수 변에서 악비를 보호하여 도망하려 하더니, 강원수의 시살(廝殺)함을 두리어 감히 나아가지 못하고 산곡(山谷) 험준한 곳에 숨었더니, 문득 악비의 부장(副將) 적단이 구계령에서 실산(失散)한 군마를 수습하여 영북(嶺北) 소로(小路)로 오다가 봉효달을 만나 비로소 악비의 죽음을 알고 절치부심(切齒腐心)하기를 마지아니커늘, 달이 위로 왈,

"군세(軍勢) 불행하여 대장이 이미 망(亡)하고 북령채책(北嶺寨柵)이 다 고려병의 겁채(劫寨)함이 되었으니, 아등(我等)이 돌아갈 곳이 없는지라. 내 그대와 평주(平州) 지경에 들어가 만총으로 군사 소복(蘇復)하고 구원(仇怨)을 갚음이 어떠한고?"

적단이 탄식 왈,

"장군의 말이 마땅하나, 내 일찍이 들으니 강계 태수 엄신이 광탄 하류에 둔군(屯軍)한다 하니, 이제 정주(定州)로 가다가 만일 엄신에게
잡힌 바 되면 대사(大事)가 그릇되리니, 정주로 가지 말고 소로로부터 2
간로(間路)로 좇아가면 반드시 북방으로 통할 길이 있을 것이니, 호국

에 들어가 여한걸을 도와 일군을 웅거(雄據)하여 진심갈력(盡心竭力)하고 여한(餘恨)을 갚음이 상책일까 하노라."

효달이 종기언(從其言)하여 가만히 북으로 행하니, 산로가 험준하고 산곡이 심험(深險)한지라. 오륙 일만에 협산을 지나 포군 노량현에서 일표군(一彪軍)을 만나니 당선대장(當先大將)은 이에 선경덕이라. 크게 불러 왈,

"내자(來者)는 어떤 군마로 어디로 가는다?"

봉효달이 답왈,

"우리는 정남 사람으로 금번 난지사(亂之事)로 진번(眞番)에 들어가 할 일이 있어 북방으로 가거니와, 너는 하인(何人)이건데 감히 길을 막고 시비하는다?"

경덕이 다시 웨여[1] 왈,

"나는 협산 동곡에 웅거하였던 삼진대장(三陣大將) 선경덕이라 하거니와, 너의 복색(服色)을 보건대 당당한 금국 오랑캐라. 무슨 일을 위하여 북방으로 가느냐? 그 본사(本事)를 자세히 이르면 길을 허(許)하려니와, 불연즉(不然則) 일사전(一死戰)을 결단하리라."

3 하고, 중군(衆軍)을 호령하여 전로(前路)를 길이 막거늘, 금장(金將) 적단이 출마 대호왈(大呼曰),

"나는 과연 금장 적단이니 악장군의 명을 받아 북호왕 여한걸을 도우러 가는 길이거니와, 너는 어떠한 놈으로 죽을 줄 모르고 감히 행군 길을 막는고?"

경덕이 경희하여 즉시 말에 내려 화극(畫戟)[2]을 버리고 금진(金陣) 문기하(門旗下)에 나아가 절하고 왈,

---

1) 웨다: 외치다.

2) 화극(畫戟): 방천화극(方天畫戟). 창의 하나.

"나는 위경장군 선총독의 아들 경덕이니,[3] 석일(昔日) 나의 부친이 운산 총장 손실능과 토군 태수 김지대로 더불어 한가지로 일어나 정의동맹(情誼同盟)하고 병마를 초집하여 관서 땅을 취할새, 낙랑 태수 엄신이 평주목하고 적소둔양하여[4] 각각 부형의 원수 갚기를 일야(日夜)에 생각하더니, 하늘이 마침내 사람의 지원(至願)을 좇으사 보수(報讐)할 때를 지시하시매, 천만몽외(千萬夢外)[5]에 북호왕과 금국왕 · 요동왕이 거병(擧兵)하여 동국지경(東國地境)을 삼로로 살분(殺奔)하니, 왕모가 정병대갑(精兵帶甲)[6]을 다시 이루어 서북 삼처에 보낸 바 되고, 지금 도성이 공허하였으매 우리 삼진(三陣)이 승시(乘時)하여 의논을 정하고,
각각 동병(動兵)하여 행군하는 길일러니, 다행히 대국 병마를 중로에 4
서 만나니, 차(此)는 비단 위에 꽃을 더함 같은지라. 청컨대 이장(二將)은 북방으로 가지 말고 소장의 말을 들어 삼진과 한 가지로 고려국을 파한 후 토지를 삼분하여 각각 일방(一方)씩 웅거함이 어떠하뇨?"

봉 · 적 이장이 듣고 대희(大喜)하여 허락하고 인마를 합하여 정히 대철령으로 행하더니, 갈산지경에 다다라 소식을 먼저 호군장(胡軍將)에게 전하되, 김중태 등이 경덕이 옴을 듣고 아장 중각으로 더불어 경덕을 영접하여 토산 통로에 하채하고 금장 이인을 달래어 순종함을 못내 칭선(稱善)하며, 일변 마월령 손지사의 소식을 탐지터니, 두어 날이 지나매 손지사의 종제(從弟) 지강 · 지남과 부장 기흥으로 더불어 일천 군을 인(引)하여 장하(帳下)에 이르렀더라.

---

3) 5장에 등장하는 석주령이 선경덕의 아버지이므로 석경덕이 되어야 하나, 여기서는 선경덕이라 했음.

4) 적소둔양하여: 미상. 이 대목은, 낙랑 태수 엄신과 평주목 기반을 죽여 원수를 갚겠다는 내용임.

5) 천만 몽외(千萬夢外): 천만 뜻밖에.

6) 대갑(帶甲): 갑옷을 입은 장졸을 지칭함.

중태·경덕이 대희하여 즉시 개문영접(開門迎接)하고 동원(東轅)에 주
찰(駐札)하여 삼진이 각각 방소(方所)를 정하고 금장 이인의 동심귀부
(同心歸附)[7]하는 뜻을 갖추어 통하되, 손지사가 더욱 기뻐 봉·적 이장
에게 하례하고 한가지로 조련(調練)하는 공덕을 하례하더니, 문득 북
5 방 초마가 보하되,

"고원 태수 신검은 본디 견훤왕의 아들로서 하남왕이 되었더니, 고
려에 항복한 바 되었으나 형세 마지못한 바이라. 한을 품은 지 오래더
니, 마침 북호와 요·금 삼처에서 각각 장수를 보내어 삼로로 창궐하
매, 신검이 또한 구원(仇怨)을 갚고자 하여 본읍 소속 삼천 병과 문사
(文師) 석진과 부장 이객으로 더불어 투응(投應)하여 온다."

하거늘, 김중태 등 삼인이 더욱 기뻐 구원병 오기를 기다리더니, 십여
일 후 신검의 전군이 삼진 하에 이르거늘, 손지사가 원문(轅門) 밖에
나가 신검의 대군을 맞아 동록(東麓)[8]에 안찰(按察)하고 대연을 배설하
여 장졸을 후상(厚賞)하고, 일변 사로군마(四路軍馬)를 일처(一處)에 회
합하여 오방채(五方寨)를 만들고 각각 출거(出去)하여 진발(進發)할새,
군호(軍號)를 오방장군(五方將軍)이라 하고 제일대(第一隊) 선경덕[9]은 경
협으로 중군도총독(中軍都總督)을 삼고, 제이대(第二隊) 백호장군(白虎將
軍) 신검은 문사 석진으로 전부선봉을 삼고, 제삼 손지사는 종제(從弟)
6 지강으로 전부대선봉을 삼아 주작장군(朱雀將軍)으로 칭하고, 제사 금
장 적단은 부장 모구검으로 중군을 삼고 호달로 전부선봉을 삼아 현무
장군(玄武將軍)이라 하고, 제오대 김중태는 종제 중배로 중군 도총장을
삼고 중각으로 전부 선봉을 삼고 중앙장이라 하고, 매대(每隊)에 삼천

7) 동심귀부(同心歸附): 한마음으로 복종함.
8) 동록(東麓): 산의 동 기슭.
9) 원문에는 "청션덕"으로 되어 있는데 선경덕을 지칭하는 것으로 보임.

군씩 전진하니, 도처군현(到處郡縣)이 망풍귀항(望風歸降)[10]하니 산서 산북을 돝[11] 몰듯 하는지라.

차시(此時) 왕태조가 강원수의 승첩을 보았으나 또한 전창(箭瘡)이 발(發)한단 말을 들으시고 우려하시는 중, 천만몽외(千萬夢外)에 오방장군의 반복(反覆)[12]하는 변보(變報)를 들으시고 대경하사, 일변 유성군(留城軍)으로 사문(四門)을 견수(堅守)하며 문무중관(文武衆官)으로 진기지책(振起之策)을 의논하신대, 제신이 주왈,

"차(此) 오적(五賊)은 심상(尋常)[13]한 도적이 아니오나, 그러나 신 등이 일찍이 듣사오니 도원수 기장이 악비를 파하고 득승지병(得勝之兵)으로 오랑캐 굴혈(掘穴)을 멸할 뜻이 있어 안병부동(按兵不動)하고 회군치 아니하오매, 중군(中軍) 갑병(甲兵)이 다 외방(外邦)에 머물고 도성이 공허하였으니, 오적의 봉예(鋒銳)를 방비치 못하올지라. 청컨대 폐하는 급히 사(使)를 토구성에 보내사 도원수 기장을 불러오라 하시면, 중군 7
대병(大兵)이 밖으로 외응(外應)이 되고 폐하는 유성군을 거느려 내외응접(內外應接)하면, 오적을 퇴멸(退滅)함이 반장(反掌)[14] 같으리이다."

한대, 태조가 옳이 여기사 병부시랑(兵部侍郎) 최양과 병부시랑 대주로 동규문을 지키고, 군사 마염쾌로 남성문을 지키고, 우사마(右司馬) 방흠과 부장 도천으로 서화문을 지키고, 용양상희군 맹천과 부장 문병주로 정오문을 지키오고, 호분장(虎賁將) 심환과 부장 김용채로 중인문을 지키오고, 다만 초구성에 보낼 사람을 정치 못하여 우민(憂悶)하시더니, 문득 반부중으로 일위(一位) 소년장(少年將)이 출반주왈(出班奏曰),

---

10) 망풍귀항(望風歸降): 소리만 듣고 항복함.

11) 돝: 돼지.

12) 반복(反覆): 언행이나 일 따위를 이랬다저랬다 하여 자꾸 고침.

13) 심상(尋常): 대수롭지 않음. 예사로움.

14) 반장(反掌): 손바닥 뒤집기. 쉬운 일을 말함.

"신이 비록 연소무재(年少無才)오나, 능히 적군의 두른 것을 헤치고 강원수의 대채에 가서 폐하의 조명(詔命)을 봉행(奉行)케 하오리이다." 하거늘, 이는 진남장군(鎭南將軍) 김모의 제이자(第二子) 후억이라. 나이 십구 세에 신장이 팔 척이요, 양목(兩目)이 샛별 같고 정신이 여상(如常)하여 짐짓 영웅지상(英雄之狀)이라.

8 태조가 대희(大喜)하사 즉시 김후억으로 사명(使命)을 삼으시니, 황금자화모와 방통갑이며[15] 사송(賜送)하시니, 후억이 봉명하고 능주 마군(馬軍) 삼십 기를 인(引)하여 각각 두상(頭上)에 적건(赤巾)을 포하고[16] 좌수(左手)에 방패를 잡아 시석(矢石)을 막게 하고, 당야 삼경(三更)에 삼십 기로 더불어 포식(飽食) 쾌량하고서[17] 서화문을 충돌하니, 적병이 잠결에 고려병의 대소를 알지 못하고 야색이 혼흑(昏黑)하여 피차(彼此)를 분변치 못하고, 오직 후억의 삼십 기는 화광 중에 서로 적건을 상고(相顧)하매 일마일졸(一馬一卒)도 상함이 없어 중위(重圍)를 벗어나니, 때 정히 오경(五更)이라. 즉시 토구성에 진발하니라.

날이 밝으매 적병이 고려병이 출성(出城)하여 나감을 알고 대경하여 공성(攻城)키를 머물고 서로 의논 왈,

"고려왕의 형세 고단(孤單)하매 반드시 서방으로 구원병을 청하러 보냄이니, 만일 구병(救兵)이 이르러 내외응합(內外應合)하면 졸연(卒然)히 파하지 못하리니, 급히 쳐서 미처 구응(救應)치 못하게 하리라."

9 하고 당야(當夜)에 사면(四面)으로 공성할새, 선경덕은 동문을 치고, 손지사는 남성문을 치고, 신검은 서화문을 치고, 적단은 중화문을 치고, 김중태는 정오문을 치니, 금고함성(金鼓喊聲)은 천지진동하고 고각(鼓

15) 황금자화모, 방통갑: 투구와 갑옷의 이름.

16) 포하고: 쓰고.

17) 쾌량하고서: 미상. 잘 먹었다는 의미로 보임.

角)·쟁북[18]은 성두(城頭)를 흔드는 듯하니, 만성인민(滿城人民)이 혼불부체(魂不附體)[19]하여 남녀노소 없이 서로 붙들고 호곡(號哭)하니, 태조가 경구(驚懼)하여 능히 궁중에 안한(安閒)치 못하고 군하(群下)로 더불어 사문을 순초(巡哨)함에 불분주야(不分晝夜)하고 일시도 휘개[20]를 끌러볼 때 없더라.

시시(是時)에 금장(金將) 적단이 숭인문을 에운 지[21] 장차 협순(浹旬)[22]이로대 함성(陷城)할 방략(方略)을 얻지 못하더니, 일일은 문득 일계를 생각하고 봉효달과 더불어 의논 왈,

"내 고려성 지도를 잠깐 살피니, 동북간방(東北間方)에 작은 협문(夾門)이 있으니 이름은 수창문이라. 좌우 성벽(城壁)에 수목이 무성하나, 본디 산벽이 험조(險阻)치 아니하고 골이 깊으나 물이 평탄하니, 원컨대 장군은 안읍 병마 일천 군을 거느리고 협문 하에 나아가 운제(雲梯)[23]를 둘러놓고, 전군이 먼저 성에 기어올라 일변 관문에 불을 놓으며 후군이 용약(踊躍)하여 수관장(守關將)을 벤 후에 전군 일대(一隊)는 각각 불을 들어 화공하는 형세로써 장안(長安)을 엄습하고, 또 후군 일대는 숙록정에 올라 동문 지킨 장수 채양을 엄살하면 심·채 양장(兩將)이 다 마음이 송구(悚懼)하여 감히 관문을 지키지 못하고 퇴병하여 장안으로 갈 것이니, 내 승시(乘時)하여 숭인문을 파하고 경덕을 접응하여 동문을 깨뜨림으로 대병이 상응하여 장안을 취함이 여반장(如反掌)이라."

---

18) 쟁북: 꽹과리와 북을 아울러 이르는 말.

19) 혼불부체(魂不附體): 몹시 놀라 넋을 잃음. 혼비백산(魂飛魄散).

20) 휘개: 미상.

21) 원문에는 "에운 지"가 없으나 문맥에 맞게 넣었음.

22) 협순(浹旬): 열흘 동안.

23) 운제(雲梯): 성을 공격할 때 쓰는 사다리.

하니, 달이 응낙하고 차야(此夜) 삼경에 안읍 병을 점검하여 가만히 진발할새, 군사는 하무[24]를 물고 말은 방울을 떼고, 사천 계변(溪邊)으로 좇아 대덕동에 들어가니 때 정히 사경(四更)이라.

연강순초군(沿江巡哨軍)이 안심방하(安心放下)[25]하고 경점(更點)[26]이 분명치 못하거늘, 달이 전령(傳令)하여 협문 수창 앞에 운제를 놓고 전군을 재촉하여 성상(城上)에 오르며 관문 사면에 불을 놓으니, 이적에 수창문 지킨 장수 김용해는 심환의 부장이라. 성지를 순초한 지 협순
11 이 지나도록 도적이 다만 오방문을 치고 수창문 근처에는 적의 동정이 없음을 방심하고 잠을 들었다가, 부지불각(不知不覺)에 불의지변(不意之變)을 만나매, 몽혼(夢魂)이 비월(飛越)하여 수무족도(手舞足蹈)[27]하나 적장을 한 번도 대적치 못하고 난군중에 죽으니, 관상소졸(關上小卒)이 연유를 나는 듯이 심환에게 보(報)한대, 환이 대경하여 질욕(叱辱) 탄 왈,

"내 일찍 사람을 잘못 택용(擇用)하여 일이 여차지경(如此之境)을 당하니 수한수원(誰恨誰怨)이리오? 연(然)이나 사세(事勢) 급박하였으니 내 죽기로써 협문을 구하다가 힘이 미치지 못하거든 목숨을 멸하여 국은을 갚으려니와, 다만 숭인문을 맡길 사람이 없으니 누가 능히 일군을 영(令)하여 이 관액(關額)을 보전할꼬?

언미필(言未畢)에 우군교위(右軍校尉) 원침이 이르되,

"도적이 비록 수찬문을 파하였으나, 동북 성내에 작은 초경(樵逕)[28]

---

24) 하무: 군중에서 병사들이 떠들지 못하도록 입에 물리던 가는 나무 막대기.

25) 안심방하(安心放下): 안심하고 마음을 놓고 있음.

26) 경점(更點): 경(更)은 하룻밤을 다섯으로 나눈 시간이고, 점(點)은 경을 다시 다섯으로 나눈 것임. 경점이 분명치 못하다는 말은 경계가 허술하다는 의미임.

27) 수무족도(手舞足蹈): 춤을 추는 것을 형상한 말이나, 여기서는 손발을 휘저으며 대항하는 것을 묘사한 것임.

이 중첩하여 길이 희미하니, 적병이 졸연히 장안을 엄습치 못할 것이거늘, 장군이 한 번 움직이면 적단이 반드시 숭인관을 취하고 대로로 좇아 장안을 엄습하리니, 장군은 동병치 말고 진심수성(盡心守城)하라. 12
소장이 비록 재주가 없으나 일지군(一枝軍)을 영하여 적병을 물리치고 성지를 회복하리이다."

환이 대희하여, '원첨의 본부병과 유성호위(留城護衛) 삼백 군을 더하여 급히 협문을 구하라.' 한대, 원첨이 청령(聽令)하고 즉시 병마를 점검하여 숭록정에 들어가니, 도적이 벌써 불을 들고 숭록대에 올라 만산편야(滿山遍野)[29]하거늘, 첨이 분노하여 궁노(弓弩) 일대(一隊)를 마전(馬前)에 벌이고 일성호포(一聲號砲)에 적군을 시살하니, 적병이 처음으로 중지에 들어와 토산(土山)과 동곡(洞谷)이 중첩하기로 주저하다가, 원첨의 생력군(生力軍)[30]을 만나니 능히 도망치 못하고 스스로 물러나니, 적장 효달이 분연히 원첨을 취한대, 첨이 맞아 싸워 삼십여 합에 이르매 첨이 양패(佯敗)하여 말을 되돌려 가만히 유성퇴를 날려 치니, 효달이 미처 피지 못하고 팔을 맞아 말에서 떨어지니, 고려 진중에 삼백 호위군이 내달아 효달을 양단(兩斷)을 내고 적군을 엄살하니, 적병이 대패하여 달아나거늘, 첨이 드디어 안읍 병을 다 초항(招降)[31]하고 13
효달의 수급(首級)을 취하여 심환에게 보한대, 환이 대희하여 원첨을 수관장(守關長)을 삼아 파경지지(破境之地)를 총찰(總察)케 하고, 안읍 향졸(鄕卒)로 하여금 목책군(木柵軍)을 삼아 일변 포석(砲石)을 운전(運轉)하여 파잔(破殘)한 성지(城池)를 수축(修築)하더라.

---

28) 초경(樵逕): 나무꾼이 다니는 길.

29) 만산편야(滿山遍野): 산과 들에 가득함. 사람이 많음을 비유적으로 이르는 말.

30) 생력군(生力軍): 정예부대.

31) 초항(招降): 적을 타일러서 항복하도록 함.

어시(於是)에[32] 태조가 군신으로 더불어 사문(四門)을 순초(巡哨)하시다가 동북 협문이 파했다는 말을 들으시고 대경하사, 군하(群下)로 더불어 지기지책[33]을 의논하신대, 제신이 주 왈,

"토성 협문이 파하였으나 환·첨 등이 극력(極力) 공전(攻戰)하여 적을 물리치고 성지(城地)를 겨우 보전하였다 하오나, 이는 장구지책(長久之策)이 아니오라 불구(不久)에 오적(五賊)이 창궐(猖獗)할 것이니 동궁(東宮)과 대신으로 하여금 장안을 지키고 폐하는 중장으로 더불어 강도(江島)로 가사 봉예(鋒銳)를 피하소서."

태조가 그 말을 좇으사 중서령(中書令) 정침으로 대사도(大司徒)를 삼고, 왕희덕으로 대사공(大司空)을 삼고, 승희·최전 등 일반 대신으로 동궁사마(東宮司馬)를 삼아 쓰고, 장자(長子) 무로 도성을 지키고, 차자
14 (次子) 호와 삼자(三子) 소는 대사(大司) 천석봉과 대사 도하·시강과 이부상서(吏部尚書) 남정과 부총독 전의 등으로 더불어 외성과 장안을 순초케 하고, 태조가 친히 문무 중장을 거느려 강도로 향하실새, 중군교위(中軍校尉) 남월로 선봉을 삼고, 동신·위항으로 인거장군(引車將軍)을 삼고, 기풍·한목으로 보가장(步駕將)을 삼고, 엄녀·백기 등 백여 장사를 좌우에 호위하여 남성문을 대개하고 일시에 충돌하니, 적장 손지사가 태조의 출성하시는 동정을 알고 선봉 손지강과 중군 손지남으로 더불어 대대인마(大隊人馬)를 좌우에 벌이고 일성(一聲) 나향(螺響)[34]에 남월의 길을 막거늘, 남월이 정창출마(挺槍出馬)하여 지강을 취하되 지강이 맞아 싸워 이십여 합에 능히 대적치 못할 줄 알고 말을 돌려 성동(城東)으로 달아나거늘, 월이 분용(憤湧)하여 적병을 헤치고 거가(車駕)

---

32) 어시(於是)에: 여기에 있어서.

33) 지기지책: 미상. 방어지책(防禦之策)이라는 의미로 보임.

34) 나향(螺響): 커다란 소라 껍데기로 만든 악기를 부는 소리.

를 인(引)하여 정히 행(行)터니, 문득 손지사의 일군이 중로로 뛰쳐나와
태조의 거가를 막고, 또 손지남의 일군이 후면을 엄살하매, 태조의 일
행 인마가 다 적병에게 둘러싸여 정히 위급하거늘, 월이 더욱 분노하 15
여 기풍·한목 등 중장으로 태조를 보호케 하고 정신을 떨쳐 대갈일성(大喝一聲)에 전면으로 헤쳐 나아가더니, 웅천 전랑에서 손지강의 복병을 만나 싸울새, 지강의 창이 빗나는 곳에 백기를 양단(兩斷)에 내고 또 변승을 취한대, 승이 철추(鐵椎)를 들고 지강을 맞아 싸워 사오 합에 지강이 쇠채로 변승의 가슴을 맞히니, 월이 대규일성(大叫一聲)에 구절창을 날려 지강의 꼭뒤[35]를 맞히니 투구 깨어지고 정신이 혼혼(昏昏)하여 감히 대적치 못하고 달아나거늘, 월이 적병을 시살하고 다시 뒤를 돌아보니, 태조를 호송하던 장수가 다 적병의 척살(刺殺)함을 입어 각각 흩어지고, 기풍 등 수십 인이 있어 능히 거가(車駕)를 보호치 못하고, 적장 손지남이 중군을 짓쳐 들어가며 곧 태조의 거가를 취하고 창을 들어 태조의 면전에 찌른대, 형부상서(刑部尙書) 김락이 급히 내달아 태조의 앞을 가리오고 지남의 창을 막으니, 창날이 정히 김락
의 흉당(胸膛)에 박히는지라. 락이 몸을 번드쳐[36] 거전(車前)에 구러지 16
매 두 손으로 창을 단단히 잡고 놓지 않으니, 지남이 능히 창을 빼지 못하여 서로 힐난(詰難)[37]하거늘, 월이 불승분노(不勝憤怒)하여 다시 말을 달려 들어가며 대호왈(大呼曰),

"반적(叛賊) 지남은 나의 임금을 해치 말라. 남월이 여기 있노라."
하고, 구절창을 높이 들어 전군을 짓치고 지남을 취하니, 지남이 경혼(驚魂)하여 감히 대적치 못하고 말을 돌리고자 하거늘, 월이 급히 정강

35) 꼭뒤: 뒤통수의 한복판.

36) 번드치다: 한 번에 뒤집다.

37) 힐난(詰難): 여기서는 다툰다는 의미로 썼음.

모(精剛矛)를 날려 지남의 머리를 베고 중군을 충돌하니, 적병의 머리 추풍에 낙엽 같더라.

적장 중에 감히 막을 자가 없어 주저하더니, 월이 승시하여 앞을 헤치고 거가를 채쳐[38] 진문(陣門)을 깨쳐 나아가니, 적군 장졸이 월의 용맹을 익히 아는 고로 감히 당두(當頭)하여 대적치 못하고 피차 상지(相持)하여 싸우지 못하거늘, 태조가 착급(着急)[39]하사 우황(憂惶)하시니, 제신이 근전 주왈(奏曰),

"사세(事勢) 급하였사오니 강변 언덕에 영채(營寨)를 세우고, 밖으로 토성(土城)을 둘러쌓고 일시 급함을 방비하고 서서히 구처(區處)함이 마땅할까 하나이다."

17 태조가 종기언(從其言)하사 대소병마(大小兵馬)를 다 언덕에 올리고 군사로 하여금 성을 쌓으라 하시니, 군사들이 흙을 지며 돌을 굴리며 불분주야(不分晝夜)하고 오 일만에 필역(畢役)하니, 이름을 영안성이라 한대, 태조가 대희하사 잠깐 안심하시고 선척(船隻)을 두루 구색(求索)하시더니, 제 팔일에 이르러 초마(哨馬)가 보하되,

"적장 손지사가 부장 무획으로 일군을 더하여 영안성을 둘러싸고 양도(糧道)[40]를 끊으니, 성중(城中)이 탕갈(蕩竭)하여 군사가 주림을 견디지 못한다."

하거늘, 태조가 대경하사 안병지책(按兵之策)을 군하(群下)로 의논하신대, 제신이 주왈,

"이 성 동남으로 팔십 리를 가오면 동방토라 하는 물이 있삽고, 강변 대창(大倉)이 있으되, 토성이 견고하고 창곡(倉穀)이 유여(裕餘)하오

---

38) 채치다: 채찍 따위로 휘둘러 세게 치다.

39) 착급(着急): 몹시 급함.

40) 양도(糧道): 군량(軍糧)을 운반하는 길.

니, 원컨대 폐하는 동방토로 가심이 가(可)할까 하나이다."

태조가 옳이 여기사 인마를 다 결속하고, 선봉 남월이 동문을 잣쳐 나가 급히 행하니, 적장 손지강이 뒤를 따라오는지라. 태조의 일행이 산협(山峽)으로 행하여 황강구로 행터니, 문득 손지강의 부장 마연이 광천 수풀에 숨었더니 급히 내달아 전로를 막거늘, 태조의 주린 군사 18
가 능히 싸우지 못하고 인하여 유진(留陣)하니, 태조가 마상(馬上)에서 앙천탄왈(仰天嘆曰),

"앞에는 복병이 막아 있고, 뒤로는 추병(追兵)이 급한데, 전면에 대해(大海) 막히어 건널 선척이 없으니, 짐의 일명(一命)이 금일 강변에서 진(盡)하리로다."

언파(言罷)에 탄식하심을 마지아니하시더니, 문득 탐마(探馬)가 보하되,

"해상(海上)으로부터 일편(一片) 선척이 나는 듯이 떠 오며 배를 강변에 대이고 폐하의 거가(車駕)를 청한다."

하거늘, 태조가 대희하사 불문사고(不問事故)하시고 빨리 강변에 다다르시니, 일좌대선(一座大船)이 백깁[41]을 편 듯한 가운데 만마천병이 족히 용납할 듯하거늘, 태조가 애열(愛悅)하사 즉시 상선하시고 일변 행군마를 다 명하여 배에 올리니, 적장 손기강이 이르러 태조의 상선함을 보고 일진을 휘동(麾動)하여 급히 따르며 강궁경노(强弓硬弩)[42]를 어지러이 쏘고 일변 태조의 배를 잡으려 하거늘, 기풍·한목이 방패로 손기강의 시석(矢石)이 여우(如雨)함을 막으며 남월·위황이 창을 겨누
며 선두에 나서니, 적장이 월의 용맹을 아는지라 감히 싸우지 못하고, 19
배 섬점 행하여 중류(中流)에 이르러 문득 오색채운(五色彩雲) 선창(船艙)

41) 백깁: 흰 비단.

42) 강궁경노(强弓硬弩): 강한 활과 튼튼한 쇠뇌.

을 두르고 맑은 바람이 일어나매, 태조의 타신 배 살같이 순식간에 대해를 무사히 건너 강두(江頭)에 배를 대고 일행 인마가 하선(下船)하기를 마치매, 태조가 안심하사, '사공(沙工)을 중상(重賞)하라.' 하시고 사공을 보니, 주중(舟中) 다른 사람은 없고 다만 일위동자(一位童子)가 있어 몸에 자적단의(紫赤緞衣)로 머리에 벽력화를 꽂았으며, 손에 옥저[43]를 쥐고 즉시 태조께 읍(揖)하여 왈,

"소동은 용궁 승전사명(承傳使命)이옵더니, 왕의 명을 받아 군후(君侯)의 거가를 영접하온 바라. 무슨 치사(致謝)할 바 있으리오?"

하고 언파(言罷)에 배를 돌리더니, 중류에 가서는 그 가는 바를 알지 못하니라. 태조 그제야 남해 용왕이 표주(瓢舟)를 보내어 구함인 줄 알으시고 일행 인마를 재촉하여 도중(島中)에 들어가니, 이미 밤이 새고 날이 장차 밝는지라.

태조가 이에 남월을 인견(引見)하사 손을 잡으시고 전공(戰功)을 못
20 내 칭찬하시며 자세히 살펴보시니, 갑주 위에 혈흔(血痕)이 낭자하거늘 태조가 어루만지시며 탄식하시고 물러가 치료하라 하시고, 일변 도총장에게 전지(傳旨)하사 도중(島中) 수군을 조발(調發)하여 강변 액구를 지키오고, 또 공장(工匠)을 채정(採定)하여 전선(戰船)을 수보(修補)하며, 각처 군현(郡縣)의 외응 있기를 기다려 의논하려 하더라.

각설. 강원수 초구성에 유진하고 황·석 이장의 승첩(勝捷)하기를 기다려 오랑캐의 굴혈(掘穴)을 분탕하려 하더니, 천만 뜻밖에 원수의 전창(箭瘡)이 점점 대발하여 일일 침중(沈重)하여 만신이 다 붓고 골절이 저림을 견디지 못하니, 일반중장(一般衆將)이 경황초조(驚惶焦燥)하여 일변 연유를 성도에 보하고, 의자(醫者)와 명약(名藥)을 사방으로 구하

43) 옥저: 옥피리. 옥적(玉笛).

더니, 문득 강계 토민 구응술이 태수 엄신을 보고 왈,

“소생이 일찍이 의술을 묘득(妙得)하여 약간 금창(金瘡)[44]의 조백(皁白)을 아옵더니, 듣사오니 원수께서 전창이 복발(復發)[45]한다 하오니, 청컨대 한번 보아 시험코자 하나이다.”

태수가 대희하여 구응술을 데리고 장중(帳中)에 들어가 원수의 창처 21
(瘡處)를 뵌대, 응술이 정신을 정돈하고 전 창처와 일신맥도(一身脈道)를 진맥(診脈)하고 좌우더러 왈,

“원수가 당초에 독한 살을 견갑(肩胛)에 맞을 때에 살이 허정[46]으로 들어가 간경(肝經)[47]을 촉범(觸犯)하였으니, 그 때에 즉시 치료하셨으면 거의 무사할 것을, 분기(憤氣)를 격발(激發)하여 풍한(風寒)을 무릅쓰고 사전(死戰)을 결단하매, 경혈(經穴)이 충발(衝發)하여 뼈 위에 엉키고, 야기냉습(夜氣冷濕)에 폐부(肺腑)를 촉상(觸傷)하매, 이로 인하여 골절이 저리고 호흡이 천촉(喘促)하시니 그 근심이 경(輕)치 아닌지라. 다만 소생에게 일지방문(一枝方文)이 있사오니, 연침으로써 상처 사면의 육십사 공(孔)을 통침하옵고, 파엽(波葉)[48]이라 하는 풀잎에 송액단(松液丹)이라 하는 약을 싸매면 일찍 삼일에 농즙(膿汁)이 흐르고 골절이 유유하여 호흡이 순수(純粹)하올 것이니, 그 때에 또 청금단(青金丹)이란 약을 십수일을 붙이고, 그 후에 채양단이란 약을 연하여 붙이면 창처(瘡處)가 완합(完合)하리이다.”

원수가 점두(點頭)[49]하고 대소 군정사(軍政事)를 다 조창에게 맡기고 22

44) 금창(金瘡): 쇠붙이로 된 칼·창·화살 등으로 입은 상처를 지칭함.
45) 복발(復發): 병이나 근심, 설움 따위가 다시 또는 한꺼번에 일어남.
46) 허정: 미상.
47) 간경(肝經): 간에 속하고 담에 이어지는 경맥(經脈).
48) 파엽(波葉): 열(熱)을 내려주고 해독하는 효능이 있는 약재.
49) 점두(點頭): 승낙하거나 옳다는 뜻으로 머리를 약간 끄덕임.

구생(生)의 주의대로 연침을 통처(通處)하고 송액단을 붙이니, 과연 수
일 만에 농즙이 흐르고 일신이 유유하여 호흡이 순수하거늘, 원수가
드디어 의자(醫者)를 상주고 군중(軍中)에 머물러 청금단을 붙이기를 반
월(半月)을 하고 또 채양단을 연하여 붙이더니, 문득 김후억이 성도(城
都)로부터 주야(晝夜) 배도(倍道)하여 조명(朝命)을 모셔 왔다 하거늘, 원
수가 대경하여 조서를 개탁(開坼)하니, 석일(昔日) 대양천에서 태조의
거가를 겁칙하려 하던 김지대 등 삼적의 아들과 견훤의 아들 신검 등
이 새로이 모반하여 오방장이라 칭하고 도성으로 창궐하여, 적세 긴급
하매 중군 대병이 반사(班師)함을 재촉하였거늘, 원수가 견파(見罷)에
크게 분노하여 피를 토하고 장중(帳中)에 구러지니, 좌우가 구호하여
반향(半晌) 후 진정하고 중군에 하령하여 즉일 반사할새, 일변 서북 양
23 진에 사람을 보내어 회군하는 뜻을 통하고, 또 단성 총관 여개에게 전
령하여 금국 장졸을 효유(曉諭)하여 돌려보내고 즉일 반사하니, 중군
이 호호탕탕이 진발하여 금룡단 지경에 다다라 밤을 지내더니, 이날
밤에 원수의 금창(金瘡)이 점점 대발하거늘, 좌우가 고간(固諫)[50]하여
군행을 머물고 조병(調病)함을 간(諫)하되, 원수가 불청하고 선봉을 재
촉하여 자란현을 지나오더니, 원수 탄 말이 중야를 향하여 크게 울고
죽으니, 후인이 그 지명을 제마동이라 하더라.

차야(此夜) 오경에 원수가 중군 조창과 선봉 설영과 송함·허정 등 사오 대장의 손을 잡고 탄식 왈,

"지금 당나라 운수가 쇠미(衰微)하매 중원이 분분(紛紛)[51]하여 미구(未久)에 쟁힐(爭詰)할 것이니, 가히 이때를 타 영웅의 지기(志氣)를 토할 것이라. 비록 지용이 천단(淺短)하나 일찍 조정에 모첨(冒添)[52]하여

50) 고간(固諫): 윗사람에게 강경히 간함.
51) 분분(紛紛): 뒤숭숭하고 어지러움.

중임(重任)을 맡았으니, 삼군을 장솔(將率)하여 중원을 진정(鎭定)하고
천하를 통일한 후에 태조 폐하를 받들어 황제위(皇帝位)에 즉(卽)하시게
하고, 공 등으로 더불어 제후지열(諸侯之列)이 되면 태평기상을 길게 24
누리고자 하였더니, 천(天)이 뜻 같지 못하여 독한 살을 맞고 길이 신
고(辛苦)하다가 황천객(黃泉客) 되니 어찌 한홉지 않으리오. 원컨대 제
공(諸公)은 나의 명이 몰(沒)한 후에 그 시수(屍首)[53]를 발상(發喪)치 말
고 용병진퇴(用兵進退)를 평석(平昔)같이[54] 하면 일월(一月)이 못하여 적
을 삭평(削平)할 것이니, 명심(銘心)히 행하여 국가를 평정한 후에 태조
를 당보(當補)하여 진충보국(盡忠報國)하라. 나는 장년청춘(壯年靑春)에
학발쌍친(鶴髮雙親)[55]과 유치자식(幼齒子息)으로 반기지 못하고 당하(堂
下)에 애석지탄(哀惜之嘆)을 끼치니 불효막심(不孝莫甚)이거니와, 이 또
한 운수이라."
하고 언파에 숨을 길게 쉬고 몰(歿)하니, 시년(時年)이 이십육 세라.

조창 등 오인이 신체를 붙들고 곡읍애통(哭泣哀痛)하다가 만일 곡성
(哭聲)이 장(帳) 밖에 나면 원수의 탁고(託孤)[56]함을 저버림이 될까 두려
워 읍읍(泣泣)히 느끼며,[57] 일석(一石) 포어(脯魚)로 신체를 부급하고[58]
긴밀히 엄장(掩藏)한 후, 각 영에 상고지사(喪故之事)를 사색(辭色)치 아
니하고, 평석같이 청령하고 황교 원평에 영채를 배설하고 영리한 소교 25
를 사방에 보내어 적세를 자세히 탐지하더라.

---

52) 모첨(冒添): 헛되이 이름을 올림.

53) 시수(屍首): 시체.

54) 평석(平昔)같이: 평상시처럼.

55) 학발쌍친(鶴髮雙親): 머리가 하얗게 센 늙은 부모.

56) 탁고(託孤): 여기서는 부탁한다는 의미로 썼음.

57) 느끼다: 서럽거나 감격에 겨워 울다.

58) 일석(一石) 포어(脯魚)로 신체를 부급하고: 한 가마의 말린 생선으로 시체를 싸고. 시체 썩는 냄새가 말린 생선 냄새와 섞이도록 시체에 말린 생선을 쌓아놓은 것을 말함.

각설. 안동 태수 권율이 낙강(洛江)[59] 지경을 지키고 삼자로 더불어 무예와 학문을 교훈터니, 문득 김중태 등의 반함을 듣고 대로하여 안동 소속 일만 오천 군을 조발하여 도성으로 진발할새, 장자 백부로 전부선봉(前部先鋒)을 삼고, 차자 중부로 중군호위(中軍護衛)를 삼고, 삼자 태부로 구응사(救應使)를 삼고, 부장 곽자웅으로 호위군장(護衛軍將)을 삼고, 율이 친히 중군이 되어 도성 근처에 다다르니, 적장 선덕이 도성 동문을 엄살(掩殺)하다가 안동병이 이르러 외응함을 보고 각처에 전령하여 안동병을 영적(迎敵)하니, 전부선봉 백부가 나아가 여성대매(勵聲大罵) 왈,

"적장 선경덕은 들으라. 전자(前者)에 네 아비 천시(天時)를 모르고 망령되이 태조의 거가를 겁측하려다가 하늘에게 죄를 얻어 죽었거늘, 또한 망발생의(妄發生意)하여 백성을 도탄(塗炭)하니 그 죄 만사무석(萬死無惜)이라. 빨리 항복하여 죽기를 면하라."

26 경덕이 대매왈(大罵日),

"왕모 역적이 나의 부형을 해하였으니 이는 불공대천지수(不共戴天之讐)[60]라. 네 어찌 감히 나로 하여금 항(降)하라 하는가?"

하고, 언파에 대도(大刀)를 춤추어 백부를 취한대, 백부가 철편(鐵鞭)으로써 대도를 막고 창을 날려 경덕의 흉당(胸膛)을 찌르니, 경덕이 몸을 기울여 피하고 한 손으로 창을 잡고 힘을 다하여 서로 당기기를 양구(良久)히 하다가, 이장(二將)이 다 실족(失足)하여 말에서 떨어져 피차 창대만 잡고 보행으로 상힐(相詰)터니, 문득 창대 양단(兩斷)이 나니 이장이 각각 한 머리씩 잡고 좌우로 무수히 힐난하더니, 문득 안동 진상(陣上)으로써 중부와 태부가 일시에 내달아 백부를 구하니, 적진 중에서

59) 낙강(洛江): 낙동강.

60) 불공대천지수(不共戴天之讐): 한 하늘 아래서는 같이 살 수가 없는 원수.

명기 · 경협이 내달아 경덕을 구원하거늘, 육원대장(六員大將)이 섞여 싸워 충돌하더니, 적장 경협이 한 창으로 중부를 찔러 내리치고 바로 중군 전면을 쫓거늘, 태수가 진상에서 양진 승패를 보다가 중자의 낙마
함을 보고 대로하여 친히 말을 채쳐 나오더니, 정히 경협을 만나매 분 27
기대발(憤氣大發)하여 맞아 싸워 삼십여 합에 권율이 한 창으로 경협을 찔러 말에서 내리치고 그 배를 갈라 염통을 빠히고[61] 일진을 충살(衝殺)타가 돌아오더니, 적장 이지원이 급히 따르거늘, 호위장 곽자웅이 적장을 향하여 한 번 쏘니 정히 명문(命門)[62]을 맞고 말에서 떨어지거늘, 자웅이 중군을 호위하여 본진으로 보내고 다시 중군을 쫓아 들어가더니, 적장 선명기 분력(奮力)[63]하여 맞아 싸우더니, 문득 적진 중에서 일성포향(一聲砲響)에 일자장사진(一字長蛇陣)이 변하여 육정진[64]이 되고, 적장 선경덕이 왕래충돌(往來衝突)하매 벗어나지 못하더라.

자웅이 앙천탄식 왈,

"오늘날 내 몸이 여기서 마치리라."

하더니, 권백부가 경덕으로 더불어 오십 합을 싸우더니 문득 경덕이 마두(馬頭)에서 기치번롱(旗幟翻弄)하며 일자장사진이 변하여 육정진이
되고, 경덕의 간 바를 알지 못하니, 백부가 경아(驚訝)하여 주저터니, 28
문득 소교가 보하되,

"적장 선경덕이 곽자를 엄살하니, 자웅이 벗어나지 못한다."

하거늘, 백부가 경황(驚惶)하여 사방으로 충돌하며 자웅을 찾더니, 문득 남각상에서 암암히 불러 왈,

61) 빠히고: 뽑고.

62) 명문(命門): 명치.

63) 분력(奮力): 힘을 떨쳐 일으킴.

64) 육정진: 미상. 진(陣)의 하나를 말하는 것임.

"선봉 권백부는 곽자를 구하라."
하는 소리가 희미하게 들리거늘, 백부가 즉시 충돌하여 동남을 헤치고 들어가 보니, 적장 선명기 자웅의 말을 엎지르고 군사를 호령하여 잡아매거늘, 백부가 한 창으로 명기의 후심을 찔러 엎지르고 자웅을 구하여 본진으로 돌아오니, 권율이 일희일비하여 중자를 생각하매 마음이 당황하여 싸우지 못하고 안병부동(按兵不動)하더라.

각설. 원주목 주경이 장자 진기를 강원수의 중군에 보내고 승첩하여 돌아오기를 기다리더니, 천만 뜻밖에 성도 소식을 듣고 대경대로하여 기장 오릉과 부장 양경태로 전부 선봉 삼고, 차자 진연과 부장 방달호로 좌익장(左翼將)을 삼아 소속 병마 일천 오백을 인(引)하여 즉시
29 도성으로 행하더니, 연동 땅에 다달아 소교가 보하되,

"진북장군(鎭北將軍) 석문원이 호적(胡敵)을 불로 쳐 대획승전(大獲勝戰)하고 삼군을 반사하여 돌아온다."
하거늘, 주경이 대희하여 문원의 군행을 영접하고 북정(北征)함을 치하하며 김중태 등 오적이 반하여 성도를 창궐하매 장안이 위태함을 설화(說話)하고 이날 밤에 중장으로 퇴적지책(退敵之策)을 의논한대, 중군통모(中軍統謀) 한승이 정신출왈(挺身出曰),

"무릇 병법에 일렀으되 '군무이장(軍無二將)이라.' 하거늘, 만일 석장군과 주도독이 장막지분(將幕之分)[65]을 정하지 아니하고 한가지로 주장하면 저컨대[66] 군률(軍律)이 정(定)치 아니할까 하나니, 먼저 주장(主將)을 정한 후에 가히 파적지책(破敵之策)을 의논함이 늦지 않으니, 석·주 이장군 중에 총독지임(總督之任)을 정할지어다."

중장이 다 '선(善)타.' 하고 먼저 주장을 정할새, 석·주 이장이 피차

---

65) 장막지분(將幕之分): 군대 안에서의 위계질서.

66) 저컨대: 저어컨대. 두렵건대.

사양하고 밤을 맞도록 결치 못하니, 기장(騎將) 동방초가 대호왈(大呼曰), "왕법과 군법은 능히 사정(私情)을 발뵈지[67] 못하고 공론으로써 으뜸을 삼는 고로, 소장이 감히 방자함을 무릅쓰고 공의(公意)를 고하나
니, 장군 석문원이 호왕을 불로 쳐 파하였으나 실은 강원수의 여신(如 30
神)한 비계(秘計)를 좇아 승전함이요, 원주목 주자천도 강총독의 위무신산(威武神算)을 힘입어 경순왕을 초항(招降)[68]하였으니, 주·석 이장의 결승한 자작지책(自作之策)을 함이 아니니 가히 중임대사를 맡기지 못할지라. 다만 중군통모 한승이 족히 양진병마(兩陣兵馬)를 총독하리이다."

중장이 모두 '선(善)타.' 하고 즉시 한승을 추존(推尊)하여 양진 도총독을 삼은데, 승이 심중에 크게 미안하나 부득이 총독장에 나아가니, 장군 석문원이 자원하여 전부선봉이 되고 신철로 부선봉을 삼고, 주자천으로 선봉장을 삼고, 주사천으로 중군장을 삼고, 문통으로 후군장을 삼고, 방달호로 또 후군장을 삼고 호호탕탕히 성도로 진발하니, 금장(金將) 적단이 숭인문을 치다가 북군 대병이 이르렀음을 보고 감히 싸울 뜻이 없어 진문(陣門)을 굳게 닫고 안병부동한대, 부장 모구검이 고왈,

"전일 장군이 봉허달로 하여금 도성 협문(夾門)을 치다가 달이 망(亡) 31
한 후에 고려왕이 도망하여 강도로 달아났다 하니, 그 때를 타 발병하여 강도를 엄습함이 상책이어늘, 쓸데없는 빈 성을 지키어 누월(累月) 상지(相持)하다가 이제 북 대병이 다 돌아오고, 또 각로(各路) 군현(郡縣)이 병구(竝驅) 장진(將進)하여 내응외합(內應外合)하면 이를 장차 어찌하리오?"

---

67) 발보이다: 남에게 자랑하기 위하여 자기가 가진 재주를 일부러 드러내 보이다.
68) 초항(招降): 적을 타일러서 항복하도록 함.

단이 대왈,

"왕사(往事)는 이의(已矣)라 하릴없거니와, 이에 북군병이 목전에 이르렀으니, 우리 형세는 비컨대 그물에 든 고기요, 임통[69]에 든 뱀이라. 시고(是故)로[70] 형[71] 안병부동(按兵不動)하고 싸우지 못하나니 북군(北軍)의 해태(懈怠)하기를 승시(乘時)하여 한 번 사전(死戰)을 결단(決斷)코자 하노라."

검이 배사(拜謝)하고 물러 와 북군이 해태하기를 엿보더라.

69) 임통: 통발. 가는 댓조각이나 싸리를 엮어서 통같이 만든 고기잡이 기구.

70) 시고(是故)로: 그러므로.

71) 31장 뒷면부터 원본이 떨어져나갔으므로, 이 부분은 『고려태조』를 참고하여 보완하였음. "시고로 안병부동(按兵不動)ᄒᆞ고 ᄊᆞ호지 못ᄒᆞᄂᆞ니 ᄇᆡᆨ군(北軍)의 ᄒᆡᄐᆡᄒᆞ기를 승시(乘時)ᄒᆞ야 ᄒᆞᆫ 번 ᄉᆞ젼(死戰)을 결단코ᄌᆞ ᄒᆞ노라. 검이 ᄇᆡ샤(拜謝)ᄒᆞ고 믈너와 ᄇᆡᆨ군(北軍)이 ᄒᆡᄐᆡᄒᆞ기를 여어보더라."(『고려태조』, 132쪽) 『고려보감』은 "시고로 형…"으로 시작하는데 비해 『고려태조』의 같은 대목은 "시고로 안병부동(按兵不動)ᄒᆞ고…"로 이어지고 있어 내용이 일치하지는 않는다. 『고려보감』은 대체로 한 권이 32~33장이므로, 한 장 반 정도는 빠진 것으로 보인다.

고려보감 권지구
卷之九

화설(話說). 한승이 윤관 동구(洞口)로 영채(營寨)를 배설하고 소졸(小卒)로 하여금 싸움을 돋우어 재촉한대, 관이 불청(不聽)하고 동병(動兵)치 아니하거늘, 한승이 중장(衆將)으로 더불어 의논 왈, 1

“적장이 이소적대(以小敵大)하는 계교(計巧)로써 아병(我兵)이 해태(懈怠)키를 기다려 사전(死戰)을 결(決)하려 함이니, 저의 계교 위에 계교를 쓰리라.”

하고 부선봉(副先鋒) 신철과 중군비장(中軍裨將) 신철로[1] 동방초로 일군을 주어 왈,

“너희 이장(二將)이 금야(今夜) 사경(四更)에 인마(人馬)를 다 함매(銜枚)하고 대암산간(大巖山間)으로부터 삼십 리를 가면 보봉치(峙)라 하는 영(嶺)이 있으니, 적병이 반드시 그 길로 지날 것이니 좌우 곡로(曲路)에 매복하였다가 여차여차하라.”

하고, 삼군비장 오릉과 후군비장 방달호로 일군을 주어 왈,

“너희는 서북대로로 오십 리만 가면 대원동이란 골이 있으니, 그곳에 숨었다가 적병이 지나거든 후면을 접응(接應)하라.”

하고, 또 문통·양성태로 노약군(老弱軍)을 거느리고,

---

1) 문맥상 “신철로”가 빠져야 함.

"사천 사장(沙場)에 나아가 적단을 욕매(辱罵)하며, 혹 곤핍(困乏)하여
2 사장 가운데서 잠자는 거동도 하며, 혹 원망하여 달아나다가 다시 잡히는 거동도 하여 군심이 분잡(紛雜)하게 하라. 결단코 적병이 모야간(暮夜間)에 와 우리 영채를 겁칙하리라."

하고, 한승이 친히 석문원으로 더불어 사영(四營)을 순초(巡哨)하여 밤이면 각각 융장(戎裝)[2]을 정제하고 적병이 진전에 임한 듯이 다시 준비하더라.

차설(且說). 조창 등이 강원수의 상사(喪事)를 발상(發喪)치 못하고 평석(平昔)같이 거행하여 황교 원평에 안영(安營)하고 소교(小校)로 하여금 적기(敵騎)를 탐지터니, 문득,

"정서장군(征西將軍) 황공필이 서성을 진무(鎭撫)하고 반사하여 돌아온다."

하거늘, 조창이 대희(大喜)하여 공필의 대병을 영접한 후에 강원수 임종시에 유탁(遺託)하던 사연을 고하되, 공필이 불승애상(不勝哀傷)하나 이미 군중이 알지 못한다 하니 군심이 의혹할까 태연자약(泰然自若)하고 파적(破敵)할 의논을 하더니, 탐마(探馬)가 보(報)하되,

"적병이 도성 사문을 두르고 오방문(五方門)을 엄살(掩殺)하매, 적세
3 긴급하기로 태조가 능히 방적(防敵)지 못하시고 문무(文武)로 더불어 봉예(鋒銳)를 피하실새, 동궁과 대신으로 머물러 도성을 지키고 모야(暮夜)에 피란하여 강도로 가실새, 적장 손지강이 강변에 가 진세(陣勢)를 벌이고 태조의 거가를 빈척(擯斥)하기로 장안이 요란하다."

하거늘, 중장이 청파(聽罷)에 대경하여 일변으로 성도를 구원하려 하거늘, 또 문득 보하되,

---

2) 융장(戎裝): 싸움터로 나아갈 때의 차림.

"안동 태수 권율이 기자(其子) 삼인으로 더불어 성도를 구원타가 첫 번 싸움에 차자(次子)를 죽이고 안병부동(按兵不動)하여 원수의 대군을 기다린다."

하거늘, 황장군이 가로되,

"도적의 형세 여차(如此) 태심(太甚)하다 하니, 내 마땅히 본부병을 거느리고 남양 강변에 가 지강 적을 살파(殺破)하고 강도에 들어가 태조의 거가(車駕)를 모시고 그 길로 좇아 남성문에 돌아와 손지사를 잡은 후 안동병을 접응하여 동수문을 구하리니, 공등(公等)은 다만 정오문과 서화문을 쳐 장안을 구원함이 어떠하뇨?"

하거늘, 중장이 다 '선(善)타.' 하고 의논을 정하매, 공필이 부촉(咐囑)[3]
하여 강도 강변으로 가더니, 또 보하되, 4

"원주목 주자천이 차자 진연과 소속 병마 일만 오천을 거느리고 행군타가 중로에서 진북장군 석문원을 만나 한가지로 도성을 구원하려 하고 육안 동구에 주찰(駐札)한다."

하거늘, 교위장(校尉將) 주진기 장전(帳殿)에 모셔 있다가 자기의 부친이 기병하여 온단 말을 듣고 대희과망(大喜過望)[4]하여 중군 장하(帳下)에 체읍(涕泣) 고왈(告曰),

"소장이 전일 구계령 싸움에 악비의 채를 맞아 병상지인(病床之人)이 되었삽더니, 지금 군중에 머물러 있으나 쓸 곳이 없는지라. 청컨대 장령(將令)을 얻으면 동토에 나아가 부자가 산 낯으로 상면(相面)하옵고, 원수의 대병이 돌아온 소식과 장군으로 하여금 강동 강변에 가 태조의 거가(車駕)를 구원하시려 하는 뜻을 갖추어 전하리이다."

하되, 조창이 허락하고 글을 닦아 주진기를 보낸 후에 다시 중장을 모

---

3) 부촉(咐囑): 부탁하여 맡김.

4) 대희과망(大喜過望): 바라던 것 이상의 성과로 크게 기뻐함.

아 의논 왈,

"이제 사문 구원병이 각각 있으나 홀로 서화문을 구응(救應)할 사람이 없으니 차사(此事)를 어찌 할꼬."

선봉장 설영이 대호왈(大呼曰),

5 "석일(昔日) 소장이 원수를 따라와 산성을 치고 신검을 항복받을 제 저의 충심을 깊이 아나니, 원컨대 일지군(一枝軍)을 빌려주시면 신검을 파하고 서화문을 구하리이다."

조창이 대희하여 설영을 대장을 삼고 송지원·함사밀로 좌우익을 삼고, 참승·여개로 구응사(救應士)를 삼아 정병 일만 오천 군을 준대, 설영이 배사(拜謝)하고 군마를 총독(總督)하여 변견구에 하채(下寨)하고 참승·여개로 일천 군을 주어 정경구를 막은 후에 선봉을 재촉하여 신검을 엄살하니, 신검이 본디 설영의 용맹을 아는지라. 낙담하여 감히 싸우지 못하고 소교로 '길을 열라' 하여 김중태의 진으로 도망할새, 선봉이 '객으로 뒤를 막으라' 하고 전군을 재촉하여 행터니, 문득 가만히 여어보니[5] 후면에 금고제명(金鼓齊鳴)하며 일표군(一彪軍)이 살출(殺出)[6]하니 당선(當先) 선봉장은 김후억이라. 적장이 객을 계암동 수림(樹林) 중에 버리고 신검의 뒤를 따라 후군을 엄살하니, 좌변(左邊)은 송지원이요, 우(右)에는 함사밀이요, 대장군 설영이 거기중(居其中)하

6 여 짓쳐 나오니 신검의 장졸이 황황전율(遑遑戰慄)하여 수풀 밑에 숨었더니, 문득 들으니 원평 삼로(三路)에 포성이 진동하고 고각(鼓角)이 천지를 흔드는 듯하거늘, 신검이 수풀 사이로 여어보니 고려병이 김중태로 크게 싸워 조창은 거중(居中)하며 수기(手旗)를 지휘하고, 이·허 양장이 당선(當先)하였고, 김후성·양문기는 일시에 내달아 김중태 등과

5) 여어보니: 엿보니.

6) 살출(殺出): 힘차게 돌진하여 나감.

섞여 싸울새, 날이 맟도록[7] 혼전터니, 김중태는 허정에 베인 바 되고, 김중태는 허정에[8] 중각은 김후성에게 베인 바 되고, 중배는 이필에게 베인 바 되니, 기여장졸(其餘將卒)은 다 항복하니, 조창이 항복한 군졸을 금은을 주어 초안(招安)하니, 신검이 원수의 영구(靈柩)를 맞아 조문하고 상구(喪具)를 천봉산 본가(本家)로 보내고자 하나, 동문이 막히어 통로(通路)치 못하매 별궁으로 보내니, 사도 정침이 원수의 영구를 맞아 애통하며 여아(女兒)의 홍안박명(紅顔薄命)[9]을 슬퍼하나, 다만 믿는 바는 유자(幼子) 구만이 나이 삼 세 되었음을 행희(幸喜)하더라. 7

각설(却說). 황장군이 조창을 하직하고 중군참모 유지방과 선봉 배운태로 더불어 대군을 휘동(揮動)하여 황강변에 다다르니, 이 때 적장 손지강이 태조를 추습(追襲)하려 하고 선척을 만들고 수군을 연습하더니, 뜻 아닌 황분의 대군이 이르렀다 하거늘, 지강이 심중(心中)에 황장의 연로함을 업신여겨 진전에 나와 크게 불러 왈,

"황분 필부(匹夫)는 늙은 가죽이라. 어찌 감히 나를 당하리오?"

황분이 대로하여 출마대호(出馬大呼) 왈,

"반적(叛賊)이 어찌 큰 말을 하는가?"

하고 칼을 날려 즉취(卽取) 지강하니, 황분 나이 많으나 창 쓰는 법이 별 같아 일충일당(一衝一撞)하고 일왕일래(一往一來)하니, 지강이 평생 힘을 다하여 삼십여 합에 능히 대적치 못하고 말을 돌리어 본진으로 닫거늘, 적군이 감히 당치 못하고 진문(陣門)을 굳게 닫고 강궁경노(强弓勁弩)로 어지러이 쏘거늘, 황분이 능히 나아가지 못하고 본진으로 돌

7) 맟다: 마치다. 끝나다.

8) '김중태는 허정에'를 두 번 썼음.

9) 홍안박명(紅顔薄命): 얼굴이 예쁜 여자는 팔자가 사납거나 수명이 짧은 경우가 많음을 이르는 말.

아와 제장들에게 왈,

8 "적진 장졸이 금일 싸움에 이미 낙담상혼(落膽喪魂)하였으니, 제 오래 머물지 못하고 반드시 금야에 남성문 대채(大寨)로 돌아가리니, 우리 먼저 일군을 보내어 적장의 가는 길을 막아 차질(蹉跌)[10]함이 없게 하리라."

하고, 부장 고월로 일군을 영(令)하여 황강 상면(上面)에 매복하였다가 적장 손지강이 모야간(暮夜間)에 물러나거든 앞을 막고 엄살하라 하니, 고월이 영을 듣고 차야 초혼(初昏)[11]에 본부병을 인(引)하여 황강 간로(間路)[12]로 좇아 수백 구[13] 수풀에 은복(隱伏)하니라.

이때 지강이 제장으로 의논 왈,

"황분의 영채를 겁칙코자 하나, 제 만일 준비함이 있으면 어찌하리오?"

부장 마연이 고왈(告曰),

"장군의 의심함이 이 같을진대 한 계책이 있나니, 약한 보졸(步卒)로 하여금 행리(行李)를 수습하여 먼저 황강구(江口)를 건너게 하고, 장군이 친히 굳은 궁노(弓弩)와 건장한 군마를 거느려 적진을 엄살함으로써, 저의 준비함이 없으면 드디어 득승(得勝)할 것이요, 만일 이기지
9 못하거든 뒤로 물러가 대채(大寨)로 돌아감이 마땅할까 하나이다."

지강이 그 말을 좇아 이날 초경(初更)에 일변 노약졸로 행리를 수습하여 황강구로 보내고, 또 궁노수(弓弩手)를 발하여 마전(馬前)에 벌이고 당야(當夜) 오경(五更)에 진발하여 고조납함(鼓譟吶喊)[14]하고 황분의

---

10) 차질(蹉跌): 일이 어그러짐.

11) 초혼(初昏): 해가 지고 어슴푸레 땅거미가 지기 시작할 무렵.

12) 간로(間路): 샛길. 큰길 사이로 난 작은 길.

13) 구: 사람.

14) 고조납함(鼓譟吶喊): 북을 치며 큰 소리로 떠듦.

채(寨)를 살입(殺入)하니, 과연 고려병이 안심해갑(安心解甲)하고 바야흐로 잠을 들었거늘, 지강·마연 등이 득세함을 행희(幸喜)하여 성화(星火)같이 짓치니, 차시 고려병이 천만몽매(千萬夢寐)에 불의지변(不意之變)을 당하여 적군의 다소(多少)를 알지 못하매 제장 군졸이 살기를 생각하고 황강 계구를 건너 도망할새, 기갑치중(機甲輜重)[15]을 미쳐 배에 올리지 못하고 다 물에 들이치며, 군사가 서로 밀쳐 물에 떨어지니 강수(江水)가 위하여 흐르지 못하더라.

이적에 황분·배운태 저의 궤산(潰散)함을 보고 경구낙황(驚懼落惶)하여 각각 병기를 들고 일면으로 적군을 시살(廝殺)하여 앞을 막으며, 중군 유지방이 또 약간 기계(器械)를 수습하여 뒤로 달아난대, 지강이 황분의 형세 고단함을 보고 후군을 재촉하여 성화같이 추살할새, 전군과 후군이 다 황강구를 건너 다다르니 동방이 이미 밝는지라. 멀리 바라보니, 황·배 이장이 전면에 있어 멀지 아니하고, 잔병(殘兵)이 소소하여 불과 수백 기어늘, 지강이 마상(馬上)에서 크게 불러 왈,

"노필부(老匹夫)가 지궁병패(至窮兵敗)하여 돌아가 곳이 없으니, 빨리 말에서 내려 항복하면 일사(一死)를 면하고 내 형을 도와 왕모를 파하면 부귀를 한가지로 누리리라."

한대, 황분·배운태 불승분노하여 필마단창(匹馬單槍)으로 지강을 대적코자 하거늘, 중군 유지방이 급히 말려 왈,

"불가(不可)라 불가라. 당금(當今) 형세를 보건대 적중(敵衆)이 강하니 가히 더불어 싸우지 못할지라. 청컨대 장군은 잠깐 분을 참고 날이 밝기를 기다리소서. 헤아리건대 부장 고월이 근처 수림(樹林) 중에 은복하였을 것이니, 날이 밝으면 구원병이 있으리다."

---

15) 기갑치중(器甲輜重): 병기와 갑옷, 그리고 여러 가지 군수품.

말이 마치지 못하여서 적진 후면으로 금고(金鼓)가 진동하며 일표군이 살래(殺來)하니, 당선 대장은 고려장군 고월이라. 월이 본디 지강의
11 물러가고자 하는 길을 겁칙코자 하여 이곳에 은복하였더니, 천만의외에 본부병이 대패하여 도산(逃散)한단 말을 듣고 소교로 양진 승패를 탐지하더니, '지강의 적군이 황장군을 추살하여 이에 지난다.' 하거늘, 월이 일군을 휘동하여 적군의 뒤를 쫓아 내달으니, 지강·만연 등이 고려병의 북로군(北路軍)이 있음을 보고 감히 황분을 추살치 못하고 군을 돌려 월을 대적한대, 월이 즉시 적진을 헤치고 마연을 충살(衝殺)하며 지강을 대적하여 동치서돌(東馳西突)하니, 적병이 달야(達夜)토록 혼전하매 곤핍한 중 월의 생력군(生力軍)을 만나니 어찌 대적하리오? 사면으로 흩어지니, 이때 황장·배운태 유지방의 만류함으로부터 분함을 참고 수 리(里)를 더 물러가더니, 문득 '지강의 군사가 크게 요란하며 사면으로 헤어진다.' 하거늘, 이장이 비로소 월의 구응함이 있는 줄 알고 즉시 말을 돌려 지강을 엄살하니, 적군이 그제야 해심(垓心) 중에
12 빠진 줄 알고 각각 도망하여 살기를 바라더라.

이때 고월이 후면을 짓치다가 마연을 베고 황·배 이장은 앞을 충살하다가 지강을 만나니, 배운태 연(連)하여 활로 쏘매 지강이 말에서 떨어지거늘 운태 드디어 지강의 수급(首級)을 취하여 돌아오니, 이때 황분·고월이 옥년평에서 적을 대살하고 기갑치중(器甲輜重)을 탈취하여 일변 궤산(潰散)한 장졸을 거두어 안녕하고, 적진에서 얻은 바 금은을 다 혜쳐[16] 삼군을 후상(厚賞)한 후 강도로 진발하여 태조의 거가를 청코자 하거늘, 중군이 가로되,

"장군이 이제 지강을 잡았으니 득승지군(得勝之軍)으로써 지사가 급

---

16) 혜쳐: 나누어 주어.

히 치는 남성문을 먼저 구하고 거가를 호위함이 늦지 아니하리이다."

공필이 그 말을 좇아 대소 장졸을 남성문으로 진발하여 옥계를 건너 웅천 전량에 유진(留陣)하고 격서(檄書)를 손지사에게 보낸대, 지사 황분의 글을 보고 대경(大驚)하여 제장(諸將)더러 왈,

"믿는 바는 지강·지남이러니, 지강이 죽고 지남이 패망하였으니 장 13
차 어찌하리오?"

부장 기응이 가만히 고왈,

"근일(近日)에 듣사오니 강기장의 병(兵)이 성도로 돌아와 신검을 베고 김중태를 패한다 하니, 우리 오방채중(五方寨中)에 양진이 망하고 형세 고단하니, 차야(此夜)에 채책(寨柵)을 버리고 가만히 도망하여 청룡장(青龍將) 선경덕과 합세하고 안동 태수 권율을 먼저 치면 이는 상책(上策)이요, 득승지군을 돌려 동수문을 쳐 파하면 이는 중계(中計)요, 만일 권율을 쳐 파하지 못하면 북방 협로(峽路)로 십리를 더 갈진대 숭인관이 있으니 차(此)는 금장(金將) 적단이 유진한 곳이라. 적단과 한가지로 삼군이 합세하여 뒤를 끊고 산로로 좇아 폐사군(廢四郡)[17]에 들어가 험액지지(險阨之地)에 웅거하면 이는 하책(下策)이 되리라."

한대, 지사가 그 말을 좇아 차야 삼경(三更)에 인마(人馬)를 함매하고 웅천장 소로(小路)로부터 마령평에 나아가니, 청룡장 경덕이 지사의
도망함을 듣고 급히 영채를 휘동하여 영접하고 양군이 합취(合聚)한 후 14
에 지강의 패망한 설화(說話)를 전하고, 고려병의 형세를 당치 못한 연유를 일일이 고하며 부장 기응의 삼책(三策) 드린 말과 진병한 말을 의논한대, 경덕의 부장 이지원이 크게 불러 왈,

---

17) 폐사군(廢四郡): 여진족이 침입하는 것을 방비하기 위해 조선 세종 때에 북방 국경 지대에 설치한 여연(閭延)·자성(慈城)·무창(茂昌)·우예(虞芮) 등 네 고을을 단종 때에 폐지했으므로 폐사군이라 말함. 폐사군은 조선에 들어와서 생긴 명칭임.

"기장군의 삼책이 마땅하오나, 그러나 날이 밝으면 황분이 반드시 일지병을 보내어 손장군의 뒤를 추습(追襲)할 것이니, 저들의 병이 오기 전에 먼저 동병하여 권율을 급히 치면 상책일가 하나이다."

중장(衆將)이 다 '선(善)타.' 하고, 이 날 새배[18]에 중장을 진발하여 채변(寨邊)에 거짓 기치(旗幟)를 벌이고, 일천 부억에 연기를 피움으로써 유성군(留城軍)으로 하여금 감히 나오지 못하게 한 연후에, 지사로 좌군을 삼고 지원·기응으로 우군을 삼고 경덕이 친히 중군이 되어 안동 대채를 엄살하니, 어시(於是)에 태수 권율이 장자(長子) 백부 등 중장으로 더불어 동수문 파할 묘책을 의논터니, 문득 관상(關上) 세작이 보하되,

"적장 손지사가 남성문을 치다가 황분 외응을 만나 저당(抵當)치 못하여 도망하여 동수문에 돌아오니, 적장 선경덕이 손지사를 맞아 양군을 합하고 삼로로 분(分)하여 안동 대채를 엄습하오려 하니, 장군은 각별 준비하소서."

언미필(言未畢)에 원문장(轅門將) 보하되,

"적이 삼로로 진발하여 진전에 왔다."

하거늘, 권율이 전령하여 장자 백부로 좌군 일대를 삼고, 곽자웅·박시천으로 중군 호위를 삼아 진전에 나서며 크게 불러 왈,

"반적(叛賊) 경덕 등은 전일 미결한 승부를 오늘날 결하리라."

경덕 등이 부답(不答)하고 말에 올라 교봉(交鋒)할새, 지사는 우영(右營)으로 엄살하여 백부로 교봉하고, 지원은 좌영(左營)으로 엄살하여 태부로 교전하고, 경덕은 중군을 살입(殺入)하여 양진이 섞여 싸우더니, 문득 경덕이 한 창으로 박시천의 탄 말을 거꾸러치니 시천이 낙마

---

18) 새배: 새벽.

하거늘, 부장 곽자웅이 적병을 살퇴(殺退)하고 시천을 구하여 후영으
로 물러난대, 경덕이 승승장구하여 중군 대병에 살입하더니, 문득 초 16
탐(哨探)이 마두(馬頭)에 보하되,

"황분이 남성문을 진수(鎭守)한 후에 은산병의 도망한 거취를 탐지
하고 배운태와 고월로 더불어 일군을 거느리고 손지사의 뒤를 추살하
매, 저들의 추병(追兵)이 지금 배후에 이르렀다."

하거늘, 경덕이 대경하여 부장 이지원으로 '백부를 막아 좌영을 대적하
라' 하고, 또 기웅으로 중군을 삼아 '자웅을 대적하여라.' 하고, 경덕이
일군으로 추병을 막으며 배운태 등을 대적하려 하더니, 문득 백석탄
부교상에 일표군이 살래(殺來)하니, 이는 병부시랑(兵部侍郎) 채양이라.

양이 본디 동수문을 지키고 누상(樓上)에서 양진 승패를 탐지타가,
고월·배운태의 추병을 보고 유성군으로 경덕의 청룡채(靑龍寨)와 지사
의 주작채(朱雀寨)를 겁칙하고 부교(浮橋)로 내달아 경덕의 후군을 짓치
니, 경덕이 그제야 본영채책(本營寨柵)이 다 망함을 알고 창황(蒼惶)하
더니, 채양의 일기마(一騎馬)가 이르러 경덕을 취한대, 덕이 맞아 싸우
더니 또 고월의 병이 짓쳐오거늘, 경덕이 말을 돌리고자 하다가 권백 17
의 창이 빛나며 이지원을 찔러 말에서 내리치고 운태·손지사를 한 칼
로 찍어 양단(兩斷)을 내거늘, 경덕이 능히 중군을 구원치 못하고 동북
을 향하여 달아나더니, 태수 권율이 길을 막고 경덕을 추살하더니, 백
부가 지원을 베고 좌영을 진살(盡殺)하다가 자기 부친이 경덕과 싸움을
보고 급히 달려오며 일편 유성퇴(遊星槌)로 경덕의 꼭뒤[19]를 맞혀 말에
서 내려치니, 위성장졸(圍城將卒)이 다 권율의 장전(帳前)에 와 항복하
거늘, 백부가 이에 경덕의 수급을 취하여가지고 다시 말을 놓아 우영

19) 꼭뒤: 뒤통수의 한가운데.

을 살분(殺奔)하여 삼제(三弟) 태부를 접응(接應)하고 또 우영의 기응을
엄살하니, 기응이 갑(甲)을 벗고 태부에게 항복한대, 태부가 제 형의
전망(戰亡)함을 한(恨)하여 기응의 항(降)함을 용납지 아니하고 운산병
을 다 짓찔러[20] 중부의 한을 갚고자 하거늘, 기응이 대호 왈,
18 "원앙(怨怏) 원앙이라. 우리들이 처음에 손지사의 겁칙함을 막지 못
함이니 장군은 살피라."
한대, 태부가 침음양구(沈吟良久)[21]에 기응을 사(赦)하고 운산병(雲山兵)
과 위성군(衛城軍)을 다 초안(招安)하니, 이로 인하여 채양 등 삼로병이
대획전승(大獲全勝)하고 기갑치중(器甲輜重)을 수습하여 각각 임소(任所)
로 돌아갈새, 태수 권율은 채양과 한가지로 동문을 주찰(周察)하고, 고
월·배운태는 남성문에 돌아가 황공필을 보고 손지사의 수급을 드린
대, 공필이 대희하여 남관당 염쾌에게 승전함을 칭(稱)하고 군마를 점
검하여 태조의 거가를 호위하려 하고 강도로 진발하니라.

각설. 원주목 주자천이 총독장(總督將) 한승으로 더불어 육안 동구에
서 군중사를 논(論)터니, 문득 장자 진기 한 팔을 병칩하고[22] 돌아와
부친 면전에서 울며 고왈(告曰), 구계령의 싸움에서 악비의 채를 맞아
좌우비(左右臂)를 쓰지 못하는 사연과 요·금 양적(兩敵)을 승전하였으
나 강원수의 전창(箭瘡)이 완합(完合)[23]지 못한 중에 오적의 모반함을
19 더욱 격분하여 금창(金瘡)이 다시 병열(病熱)한 말씀을 대강 고하고 중
군 조창의 서간을 드리거늘, 한승·석광이 한가지로 뜯어보니 중군 대
병이 황교 원평에 이르러 김중태·신검 등을 엄살하려 하는 뜻을 이르

20) 짓찌르다: 함부로 마구 찌르다.
21) 침음양구(沈吟良久): 속으로 깊이 생각한 지 오랜 뒤.
22) 병칩하고: 미상. 다쳤다는 의미로 썼음.
23) 완합(完合): 상처 따위가 완전히 아묾.

고, 또 진서장군 황공필로 강도 강변에 가 손지강을 파한 후 태조의 거가를 영접하여 환궁하려 하는 뜻을 기록하였거늘, 삼인이 견필(見畢)에 대희 왈,

"이제 강적을 이미 토멸(討滅)하고 도경사문(都京四門)을 각각 구원하는 협응병(協應兵)이 있으니, 어찌 서절구투(鼠竊狗偷)[24]를 근심할 바리오? 금야에 적진을 겁칙함이 좋으리로다."

총독장 한승이 왈,

"불연(不然)하다. 적장 적단이 굳이 지키고 만단욕매(萬端辱罵)를 들은 체 아니하니, 이는 반드시 무슨 계교 있음이니 아직 머물러 동정을 기다리리라."

하더라.

차야 삼경에 문원이 군사를 거느리고 삼순천 부교를 건너 백사장에 다다르니, 문득 적채(敵寨) 중에 포성이 진동하는데, 한 줄 화광이 일어나며 일자장사진(一字長蛇陣)을 벌이고 강궁경노(强弓勁弩)를 일시에 발(發)하니, 북군 선봉이 감히 나아가지 못하고 점점 퇴피(退避)하거늘, 20
문원이 당선하여 장사진을 충살코자 할새, 또 우황뫼[25] 어귀로서 금고(金鼓)가 제명(齊鳴)하며 일지군이 살출하니, 이는 적장 모구검이라. 풍우같이 내달아 북군 군영을 살래하니, 북군이 감히 싸울 뜻이 없어 도망키를 생각하거늘, 문원이 대호 왈,

"너희는 물러가지 말고 마땅히 나를 따라오라."

하고 즉시 말을 뛰어 모구검을 취하니, 검이 냉소하고 문원을 맞아 싸워 일장을 혼전타가, 또 들으니 수풀 속으로서 고각(鼓角)이 제명하고 일표군이 살래하니, 이는 적장 두습이라.

---

24) 서절구투(鼠竊狗偷): 쥐나 개처럼 몰래 물건을 훔친다는 뜻으로 좀도둑을 이르는 말.
25) 우황뫼: 우황산.

성화같이 달려오며 화포(火砲)와 시석(矢石)을 일시에 발하니 북군이
혼불부체(魂不附體)하여 사산분주(四散奔走)하거늘, 문원이 또한 달아나
교변(橋邊)에 이르러 생각하되, '중군 지휘를 듣지 아니하고 자행(自行)
타가 병패(兵敗)하고 가면 총독의 중책(重責)을 면치 못하리니, 차라리
일사전(一死戰)을 겨루다가 힘이 밎지 못하면 사장(沙場)에서 죽음만 같
21 지 못하다.' 하고 다시 뛰어 적장을 충돌하더니, 문득 일성포향(一聲砲
響)에 적장 주습이 앞을 막거늘, 문원이 심중에 생각하되, '내 평생에
익히 쓰던 창계(槍計)를 배웠더니, 오늘날 척신(隻身)[26]으로 적을 대하
매 먼저 적장의 머리를 벤 후 적군을 파할 것이니, 번창계(飜槍計) 아니
면 적을 파치 못하리라.' 하고, 거짓 패하여 말을 돌이키는 체하고 다
시 창을 날려 좌우치빙(左右馳騁)하며 일성 호통에 두습을 찔러 말에 내
리치고 또 모구검을 맞아 싸워 일장을 혼전하더니, 적진 양편에 복병
이 일어나 첩첩이 둘러싸고 시석(矢石)이 비 오듯 하며 항(降)하라 하는
소리가 천지에 진동하는지라.

문원이 능히 싸우지 못할 줄 알고 또 일변 충돌하여 벗어나고자 하나, 시석에 막히어 나오지 못하고 한갓 초조할 따름이니, 스스로 차석(嗟惜)하여 왈,

"내 자소(自少)로 주상을 좇아 임진(臨陣)[27]한 지 삼십 년에 대소 싸
움을 많이 지냈으나 일찍이 이 같이 패한 일이 없더니, 오늘날 남을
22 경시(輕視)타가 속절없이 사장(沙場) 가운데서 마칠 줄 어찌 뜻하였으리
오?"

하더라.

어시에 총독장 한승이 장중(帳中)에서 촉(燭)을 밝히고 생각하되, '장

26) 척신(隻身): 홀몸.

27) 임진(臨陣): 전쟁터에 나섬.

군 석문원은 본디 지략을 겸전(兼全)치 못한 장수라. 다만 일편 지용(智勇)을 믿고 적진을 겁칙코자 하니, 내 근심이 없지 못하도다.' 하고, 즉시 주자천을 청하여 일을 의논코자 하더니, 문득 순초군이 보하되,

"장군 문원이 금야에 본부병을 거느리고 적진을 겁칙하더니, 삼순천 백사장에서 화광이 충천(衝天)하다."

하거늘, 한승이 대경하여 철기(鐵騎)를 조발(調發)하여 주자천을 불러 문원을 구하라 하고 우왈(又曰),

"내 또 마땅히 갑병(甲兵)을 점검하여 구응(救應)이 되리라."

하더니, 북군 패잔병이 무수히 돌아오며 석문원의 위급함이 시각(時刻)에 있다 하거늘, 자천이 분노하여 군을 재촉하여 부교상(浮橋上)에 다다르니, 문득 일군이 마두(馬頭)에 참배하고 왈,

"지금 문원이 우황뫼에서 싸이어 사생이 시각에 있사오니, 원장군은 백사장에 가지 말고 부교 하류로부터 우황뫼에 들어가 석장군을 구 23
하소서."

자천이 종기언(從其言)하여 그 군관으로 '길을 인도하라.' 하고 부교 하류로 좇아 우황뫼 수림중(樹林中)에 다다르니, 그 군관이 문득 요대(腰帶) 아래에서 일좌 석탁(石鐸)을 내어 한 번 치매, 양로 복병에 벌떼같이 일어나며 철통 같이 둘러싸고 일대 화포로 어지러이 놓으니, 주도독이 그제야 적장의 꾀에 속은 줄 알고 대경하여 인도하던 군관을 찾으니 멀지 아닌 곳에 있거늘, 그 군관이 대검을 들고 왈,

"나는 번무장군(藩武將軍) 적단의 명을 받아 그대를 이곳에 유인하였나니, 금채(金寨) 중에 항복하라. 석장군도 이미 항하였나니, 장군도 또한 살기를 도모하라."

자천이 대로 왈,

"네 요망한 금인(金人)으로 감히 대장을 속여 그릇 인도하고 또 이렇

듯 간사한 뜻을 놀려 나를 훼욕(毁辱)하니 어찌 통한치 아니리오?"

언파(言罷)에 좌우를 돌아보아 왈,

"누가 능히 저 간적(奸賊)을 사로잡을꼬?"

24 하니, 공의 차자 진연이 응성(應聲) 왈,

"부친은 성노(盛怒)를 아직 그치소서. 불초자(不肖子)[28]가 차적(此賊)을 잡아 장전(帳殿)에 바치리이다."

하고 휘검책마(揮劍策馬)하여 적장을 취하니, 적장이 맞아 싸우지 못하고 패하여 수목(樹木)이 총잡(叢雜)[29]한 길로 들어가거늘, 진연이 분력(奮力)하여 급히 따르더니 문득 수림 중에서 금고제명(金鼓齊鳴)하며 사면으로 시석이 비 오듯 하거늘, 진연이 급히 말을 돌릴새, 홀연 한 살이 날아들어 말 다리를 맞히니 말이 거꾸로 박히며 진연이 번신낙마(翻身落馬)[30]하여 구렁에 떨어지니, 연이 보행(步行)으로 도망하더니 천행(天幸)으로 철기(鐵騎) 등류(等類)의 구함을 입어 말을 얻어 타고 본진에 돌아오니, 자천이 대경 왈,

"내 일시지분(一時之憤)을 참지 못하여 하마[31] 천금아자(千金兒子)로 하여금 시석간(矢石間)에 마칠 뻔하였도다."

하고, 다시 제장으로 더불어 의논 왈,

"이제 이미 밤이 깊었으니 날이 밝은 후 구원병이 오는 때에 한가지로 충돌하여 벗어나리라."

25 하더라.

차설. 이적에 총독장 한승이 주자천으로 먼저 철기를 주어 보내어

28) 불초자(不肖子): 아들이 부모를 상대하여 자기를 낮추어 이르는 말.

29) 총잡(叢雜): 나무가 무더기로 자라서 빽빽함.

30) 번신낙마(飜身落馬): 몸을 뒤집어 말에서 떨어짐.

31) 하마: 하마터면.

'석문원을 구하라.' 하고 장중에 돌아와 제장으로 갑병을 점검하여 높은 뫼에 올라 숭인관을 바라보니, 백사장에 화광이 충천하고 함성이 우주를 흔드는 듯하거늘, 또 남북 동편을 바라보니 남편 우황뫼 위에 은은한 화광이 일어나며 고각이 진동하거늘, 한승이 의혹하여 문통으로 채책을 지키오고 친히 오백군을 거느리고 부교상(浮橋上)에 다다르니, 문득 일대 군관이 앞에 와 고왈,

"소교(小校)는 장군의 부하 제장이옵더니, 마침내 주장군이 두습의 유인하는 계교에 속아 뒤를 충살하다가 약대동에서 싸이어 벗어나지 못하오니, 원장군은 먼저 약대동에 들어가 주장군을 구하소서."

하거늘, 총독이 군관더러 문왈(問日),

"석장군이 그곳에 있느뇨?"

그 군관이 대왈,

"적인(敵人)의 병세(兵勢) 진동하오매, 석장군이 있는 곳을 자세히 알지 못하나이다."

총독이 우문왈(又問日), 26

"만일 그러면 약대동을 어디로 가느뇨?"

대왈,

"북편 높은 뫼로 가면 좌편 산 이름은 북혼산이요, 그 전면이 약대동이니, 소졸을 따라가시면 마땅히 인도하리이다."

총독이 그 군관을 자세히 살피다가 문득 좌우를 호령하여 기인(其人)을 결박하여 장하(帳下)에 내리오고 꾸짖어 왈,

"조그만 오랑캐 감히 나를 속이고자 하여 간사한 혀끝을 놀려내니, 내 어찌 너 소배(少輩)의 간계(奸計)에 속으리오?"

그 군관이 대호 왈,

"소졸이 장군을 따라 행군하다가 적병이 일어남을 보고 도망하여

돌아와 기밀사(機密事)를 충성되이 보하거늘, 무슨 연고로 이렇듯 핍박하시며 도적이라 하시나이꼬?"

인하여 백단(百端)으로 발작하여 승복치 아니커늘, 총독이 대로 왈,

"내 이미 남편 우황뫼 전면에 화광이 있음을 보고 양진 전기(戰機)를 짐작한 바이거늘, 네 감히 약대동에 은복(隱伏)을 두고 나를 유인코자
27 하니 너를 먼저 벨 것이로되, 아직 머물러 구애하는 뜻은 석장군의 싸인 곳을 자세히 묻고자 하나니, 네 바른대로 고하여 일명을 보전하라. 석장군을 구하여 돌아올 때에 너를 놓으리니, 만일 일분(一分)이나 간사하면 한번 죽기를 면치 못하리라."

그 군관이 머리를 조아려 두 번 절하고 왈,

"장군의 위무신명(威武神明)이 여차하시니 어찌 일호(一毫)나 은휘(隱諱)하리이까? 과연 저곳에 일지군을 은복하고 장군을 유인하여 양처 구원병이 상응치 못하게 하려하옵더니, 하늘이 돕지 아니하사 장군의 신명이 여차하심으로 써 일이 패루(敗漏)하였사오니, 마땅히 양진 형세와 석장군의 싸인 곳을 자세히 고하려니와, 장군이 소장을 놓아 본진으로 보내시면 전단이 나로 하여금 기밀사를 주밀(周密)[32]히 못하고 일이 패루(敗漏)한다 하여 용납지 않을 것이니, 차라리 장군께 항복하여 일명을 보전함만 같지 못할까 하나이다."

하거늘, 총독이 허락하고 석장군 구할 묘책을 물은대, 군관이 대왈,

28 "전면 백사장은 석장군이 싸인 곳이요, 우황뫼 수림중은 주장군이 둘러싸인 바라. 그곳은 군사가 많지 않으니 염려치 마시고 우선 석장군을 구하소서."

총독이 종기언(從其言)하여 삼백 갑병으로 전대를 삼고, 이백 화포수

---

32) 주밀(周密): 허술한 구석이 없고 세밀하다.

(火砲手)로 전후대를 삼고 친히 적진을 충돌하니, 적병이 무심중에 외응(外應)이 있음을 보고 싸울 뜻 없어 각각 목숨을 도망하여 물러가기를 생각하더라.

이적에 문원이 적진에 싸이어 벗어날 묘책이 없어 동서치빙(東西馳騁)하다가 밤이 점점 깊으매 인곤마핍(人困馬乏)하여 언덕을 의지하고 목인(木人) 같이 섰더니, 적진 장졸이 본디 석광의 이름을 아는 고로 그 용(勇)을 저어하여 감히 일인도 가까이 충돌치 못하고 멀리서 궁노(弓弩)를 쏘니, 살이 여우(如雨)하되 문원이 철갑을 입었으매 꿰뚫지 못하더니, 홀연 진 밖에 일도금광(一道金光)[33]이 일어나며 함성이 진동하는 곳에 적병이 궤산(潰散)커늘, 문원이 그제야 대희하여 제장으로 더불어 즉시 동남을 헤치고 나오다가 북군을 만나 한가지로 부교변에 돌 29
아오니, 이 곧 총독이라.

문원이 한번 보매 반갑고 부끄러움이 욕사무지(欲死無地)[34]한지라. 즉시 말에서 내려 머리를 두드리며 죄를 청한대, 총독이 붙들어 위로하고 갑병을 다시 점검하여 우황뢰 수풀로 진발하니, 이적에 모구검이 자천을 유인하여 돌아갈 길을 막고 초탐(哨探)하다가 저의 대진병(大陣兵)이 이미 궤산한 줄 알고 가만히 군사를 거두어 본채로 돌아가니, 자천이 행희(幸喜)하여 중위(重圍)를 벗어나 한승과 문원을 영접하며 문원의 곤곤(困困)하던 환란(患亂)을 위문하며 적장의 궤계(詭計)[35] 백출(百出)함을 고한대, 삼군 비장 양경태 진전(陣前) 고왈(告曰),

"적장의 지모계책(智謀計策)이 비록 유여(裕餘)하오나, 이제 두 진을 대패하였으니, 저의 군심이 황란(荒亂)하고 예기(銳氣) 최절(摧折)[36]함

---

33) 일도금광(一道金光): 한 줄기 금빛 광채.

34) 욕사무지(欲死無地): 죽으려고 하여도 죽을 만한 곳이 없음. 아주 분하고 원통함을 이름.

35) 궤계(詭計): 간사하게 남을 속이는 꾀.

을 타 적진을 살분하오면 가히 대공을 이루리로다."

총독이 그 말을 좇아 문원으로 오백 군을 주어 우대(右隊)를 삼고 자
30 기 친히 갑병 오백을 거느리고 적진 대채를 살분하니, 때 정히 계명시
분(鷄鳴時分)[37]이더라.

선설(先說). 이적에 숭인관 지킨 장수 심환이 적루상(敵樓上)[38]에 올라 순초하다가 홀연 적병이 백사장에서 요란히 쟁란(爭亂)함을 보고 즉시 관군을 몰아 적진 대채를 겁칙하려더니, 문득 우황뫼 수림중으로서 화광이 일어나며 금고제명(金鼓齊鳴)함을 보고 적군 북로군이 있는가 하여 감히 움직이지 못하고 소교로 탐지하니, 계초명(鷄初鳴)[39]에 보하되,

"진북장군 석문원이 호병(胡兵)을 승전하고 돌아오는 길에 원주병을 합세하여 육안 동구에 유진하고 금야 정반(正半)에 적진을 겁칙하려다가 도리어 적에게 곤(困)한바 되었다."

하거늘, 또,

"중군통모 한승[40]이 주자천으로 철기를 주어 문원을 구하려다가 또 적병에게 둘러싸이매, 한승이 외응이 되어 적군을 살퇴(殺退)하고, 주·석 이장을 구하고 지금 적진을 세 길로 살분하련다."

하거늘, 심환이 대희하여 부장 성권으로 '일지군을 영하여 적진을 엄
습하라.' 한대, 성권이 청령(聽令)하고 오백 군을 거느리고 관문 밖에
31 내달아 말을 뛰며 적진 후면을 협공하니, 사로대병(四路大兵)이 사면으

---

36) 최절(摧折): 기운이 꺾임.

37) 계명시분(鷄鳴時分): 닭이 우는 때.

38) 적루(敵樓): 성문 양옆에 외부로 돌출시켜 옹성과 성문을 적으로부터 지키는 네모꼴의 대(臺).

39) 계초명(鷄初鳴): 닭이 처음 우는 때.

40) 한승: 한승의 벼슬은 중군총독, 총독장, 중군통모, 중군참모 등 여러 가지로 나옴.

로 엄살하니 적장 모구검이 낙담상혼하여 북로로 달아나거늘, 북군 장졸이 서로 재촉하여 수리(數里)를 따르더니, 합수 계변(溪邊)에 이르러 보니 적군 인마가 구갈(口渴)함으로 물을 먹으러 시내를 둘러싸고 요동치 아니커늘, 총독이 중장더러 왈,

"우리 군마가 구치(驅馳)[41]하였으니 멀리 추습할 바가 아니라."

하고, 삼군에 전령하여 '병마를 다 거두라.' 하니, 양성태 다시 고왈,

"적병이 앞에 있어 멀지 않으니 급히 추살하여 승부를 결할 것이어늘, 어찌 군을 거두고자 하시느뇨?"

총독이 함소(含笑)하고 왈,

"내 이미 적장이 달아날 줄 짐작하고 양지(兩地) 복병(伏兵)으로 전면에 매복하였으니, 날이 못하여 적장의 수급을 취하리라."

운량관(運糧官)[42]을 재촉하여 삼백 부엌을 정제하고 해갑(解甲) 안심하더라.

차설. 적단이 약간 기계(器械)를 수습하여 거느리고 북로로 행하여
급히 달아날새, 부장 모구검이 구하여 가로되, 32

"배후(背後)에 추병이 긴히 따르고 물러가지 않으니, 소장이 마땅히 일지군을 거느려 뒤를 끊어 따르지 못하게 하고 장군이 앞으로 빨리 행하시면 거의 무사함을 얻으리이다."

적단이 왈,

"그렇지 않다. 이곳 산천이 험준치 못하고 또한 수목이 무성치 않으니 사로군마(四路軍馬)가 뒤를 막아 대적하다가 날이 밝으면 추병이 전면을 탐지하고 엄살하면,[43] 내 생각컨대 전면으로 이십 리를 가면 보

41) 구치(驅馳): 말을 달림.

42) 운량관(運糧官): 군량 운반의 일을 맡아보던 벼슬.

43) 위태하다는 내용이 빠진 것으로 보임.

봉령이란 영(嶺)이 있고, 그곳 수목을 의지하여 거짓 기치(旗幟)를 세우고 약간 군사로 고각를 울리면, 고려병이 험액지지(險阨之地)에 이르러 복병 다소(多少)를 알지 못할 것이니, 날이 밝기 전에 보봉령을 넘어 갈만 같지 못하리라."

중장(衆將)이 일시에 적단의 선견지명(先見之明)을 칭복(稱服)하고 북로로 향하여 대원 동중에 이르러, 문득 일성포향(一聲砲響)에 양로(兩路) 복병이 살출하니, 당선대장은 오풍·방달호라. 전군은 지나보내고 중군을 살입하니, 적단이 말을 뛰어 달호를 대적하고 모구검은 오풍을 대적할새, 사장(四將)이 서로 용(勇)을 발하여 사생(死生)을 돌아보지 아니하더라.

세 무술 팔월 일 서

고려보감 권지십 종
卷之十 終

각설(却說). 네 말이 섞이어 싸울새, 사장(四將)이 각각 용(勇)을 발 1
(發)하여 사생을 돌아보지 아니하고 진력(盡力)하여 싸우며 일충일당(一
衝一撞)하고 일왕일래(一往一來)하여 일장(一場)을 시살(厮殺)타가, 적단
이 대갈일성(大喝一聲)에 좌충우돌하여 적진을 헤치고 몸을 빼어 달아
나려하거늘, 방달호가 연하여 앞을 막아 엄살(掩殺)하고 놓아 보내지
아니하되, 적단이 더욱 분노하여 평생 힘을 다하여 좌수로 일편 철퇴
(鐵槌)를 날려 달호의 창을 막으며 우수로 양지극(兩枝戟)을 날려 달호
의 좌견(左肩)을 찔러 내리치고, 즉시 말을 뛰어 앞을 헤쳐 나아가니
모구검이 또한 싸우지 아니하고 양간(兩間) 군사로 더불어 적단의 뒤를
좇아 진력추살(盡力追殺)하여 나아가더니, 날이 쾌히 밝으며 교봉령 어
귀에 다다르니 문득 좌우 산각(山脚)에서 포성(砲聲)이 일어나며 또 양
원대장(兩員大將)이 살출(殺出)하니 좌(左)에는 신철이요, 우(右)에는 동
방초라.

적단·모구검이 겨우 중위(重圍)를 헤쳐 나와 인곤마핍(人困馬乏)한
가운데 신철 등의 생력군(生力軍)을 만나니 뇌정벽력(雷霆霹靂)[1]이 꼭뒤 2
를 임한 듯 낙담하여 면면상고(面面相顧)[2]터니, 또 후면으로 좇이 오풍

1) 뇌정벽력(雷霆霹靂): 천둥과 벼락이 격렬하게 침. 또는 그런 천둥과 벼락.
2) 면면상고(面面相顧): 아무 말도 없이 서로 얼굴만 물끄러미 바라봄.

의 양지(兩地) 복병(伏兵)이 물밀듯 들어와 사면팔방(四面八方)으로 중중첩첩(重重疊疊)이 철통(鐵桶)같이 두르니, 적·모 이장(二將)이 죽기를 무릅쓰고 일심병력(一心竝力)하여 산도협로(山道峽路)로 꿰쳐[3] 올라가더니, 문득 산상에서부터 뇌목포석(檑木砲石)[4]이 눈 내리듯 하거늘, 이장이 감히 올라가지 못하고 또 산 서편 적은 길로 총망(悤忙)히 달아날새, 문득 전면 곡로(曲路)에 신철의 일군이 앞을 막아 엄살하고, 또 후면에 오풍의 일군이 짓쳐오니 모·적 이인이 감히 싸우지 못하고 다만 도망키를 생각하더니, 시각(時刻)이 못하여 신철의 일지마가 나는 듯이 달려들어 앞을 막으며 대호일성(大呼一聲)에 한 창(槍)으로 적단을 찔러 말에서 내리치고, 또 오풍의 검광(劍光)이 빛나는 곳에 모구검을 찔러 두 조각을 내고 양원대장이 휘검책마(揮劍策馬)하여 일진을 대살하니, 동방채 드디어 금병(金兵)을 진살(盡殺)하고 삼군을 거두어 돌아
3 올새, 대원동구(洞口)에 이르러 달호의 시신을 찾으려한즉, 탐지하는 군사가 마두(馬頭)에 와 보(報)하되,

"무수한 주검이 산 좌편에 깔렸으니, 어느 시신이 방장군의 시신인 줄 알지 못하리로소이다."

하거늘, 동방채 가로되,

"비록 주검이 쌓였으나 그 중에 요패(腰帶)[5]와 전지각명(篆之刻銘)[6]을 상고(相考)하여 찾으라."

한대, 소교(小校)가 또 돌아와 보하되,

"무수한 시신을 상고한즉, 다만 적장의 주검뿐이요, 방장군의 전각(篆

---

3) 꿰쳐: 꿰뚫고.

4) 뇌목포석(檑木砲石): 적을 막기 위해 굴리는 통나무와 돌.

5) 요패(腰牌): 군졸이 신분을 나타내기 위해 허리에 차던 패.

6) 전지각명(篆之刻銘): 이름을 새긴 것이라는 의미로 보임.

刻)과 요패(腰牌)는 다 각각 훼산(毁散)하였으니 가히 상고할 것이 없다." 하거늘, 중장이 이 말을 듣고 크게 놀라 다시 찾으려 의논터니, 문득 항오(行伍) 중에 한 사람이 정성대호(正聲大呼) 왈,

"소졸이 본디 방장군으로 동향(同鄕)에 살아 주야(晝夜)상종(相從) 하오매, 그 신(身)에 표적(標的)이 있음을 자상(仔詳)히 아옵나니, 방장군이 우편 겨드랑이에 검은 혹이 있고 좌편 무릎에 붉은 사마귀가 있으매, 전일 관상하는 사람이 방장군의 상모(相貌)를 보고 이르대, '집에 있은 즉 호환(虎患)이 두렵고, 임진(臨陣)하면 전망(戰亡)함을 면치 못하리라.' 하였으니, 그 표적으로 알기 쉬우니 그 표적대로 찾으라 하 4
소서."

한대, 중장(衆將)으로 더불어 의논하고 다시 찾으려 하매, 과연 대원 청계변에 가 죽었거늘, 중장이 즉시 그 시신을 거두어 후군 거장(車帳)에 싣고 육속(陸續)[7]히 행군하다가 합수 사장(沙場)에서 한총독의 사로병을 만나 크게 반기고, 전사(戰事)를 자세히 고하며 모·적 이장의 수급(首級)을 장전(帳前)에 올린대, 중장이 대희(大喜)하여 제장을 중상(重賞)하고 승전한 사연을 관상(關上)에 보(報)한대, 유성·심환이 중군 보함을 보고 승전함을 대열(大悅)하여 관문을 크게 열고 북군을 영접하여 각각 하례(賀禮)하며, 손으로[8] 반적을 일시에 소멸하고 비로소 성중 사문이 평정함을 대강 설화(說話)하고, 일변(一邊) 연유를 조당(朝堂)에 전포(傳布)한 후에 대연(大宴)을 배설(排設)하고 중군으로 즐길새, 이미 날이 저물매 파연(罷宴)하여 삼군사병(三軍士兵)을 다 숭인관에 머무르고, 한승·석광과 주성·심환 등 사장이 각각 종자(從子) 수백을 거느리고 궐문하에 나아가 조현(朝見)키를 청한대, 동궁(東宮)이 제공자(諸公

---

7) 육속(陸續): 끊이지 않고 지속됨.

8) 손으로: 손님으로.

子)로 연경성에 나와 사장(四將)을 영접하고, 동궁과 제공(諸公)과 제공
5 자가 중장을 향하여,

"원정대공(遠征大功)의 행로(行路)와 오로반적(五路叛賊)이 창궐(猖獗)하여 오방(五方)이 다 둘리고,[9] 더욱 숭인문이 최심(最甚)으로 위태하더니, 천우신조(天佑神助)하여 공 등의 외응(外應)함을 힘입어 이제 다 삭평(削平)하였으니, 어찌 기쁘고 쾌창(快暢)치 아니리오?"

하며, 삼군사병(三軍士兵)을 다 뇌군원에 청하여 호군(犒軍)할새, 우양(牛羊)과 주효(酒肴)를 크게 장만하여 삼군을 위로하고,

"전진공로(戰陣功勞)의 작록범절(爵祿凡節)은 태조가 환궁(還宮)하신 후에 중상(重賞)하리라."

하니, 사장(四將)이 부복청령(俯伏聽令)하고 사은퇴조(謝恩退朝)하여 뇌군원에 물러오니, 이 날 조창·설영 등 대신(大臣) 중장(衆將)이 일시에 모두 원정대공으로 피차(彼此) 사례(謝禮)하고, 조창이 새로이 강원수의 조몰(早歿)한 사연과 중장을 대하여 심복소회(心腹所懷)를 비진(備盡)[10]히 탁고(託孤)하던 수말(首末)을 설파(說破)하며 못내 애석하니, 문원이 청미파(聽未罷)에 대곡일성(大哭一聲)에 기절하여 엎더지니 중장이 대경(大驚)하여 급히 수족(手足)을 주무르며 구호하니, 반향(半晌)[11]이나 하여 정신을 찾아 밤이 맞도록 애통하니, 한승 등 중장이 더욱 비감(悲感)하고 군졸이 새로이 체읍(涕泣)하더라.

6 각설. 왕태조가 강도에 피란하사 성도(城都) 소식을 몰라 우구(憂懼)하시더니, 일일은 청탐이 보하되,

"진서장군(鎭西將軍) 황공필이 요동 강적을 소멸(掃滅)하고 쉬이 돌아

---

9) 둘리고: 포위되고. 이 대목은 직접화법과 간접화법이 섞여 있고, 내용이 분명치 않음.
10) 비진(備盡): 마음과 힘을 있는 대로 모두 씀.
11) 반향(半晌): 반나절.

와 손지강을 파(破)하고, 또 동남 양문을 구한 후에 대가(大駕)를 청하여 환조(還朝)하려하고 도강(渡江)하였다."

하거늘, 태조가 대희하사 문무제신(文武諸臣)을 거느리고 황분을 영접하실새, 공필이 급히 태자의 면전(面前)에 돈수재배(頓首再拜)하고 전쟁지사(戰爭之事)를 의논할새, 김지태 오로(五路) 반적 등의 난을 만나 곤궁(困窮)하시던 액경(厄境)을 위문하온대, 상이 흔연(欣然)하사 공필의 손을 잡으시고 위유(慰愈)하여 가로대,

"장군이 한 번 서(西)로 정벌하매 요동 강적을 쳐 회복하고, 돌아와 반적 손지강을 멸하여 짐(朕)의 도중(島中)을 빙차(憑借)하는[12] 환(患)이 없게 하며, 또 동남 양문을 구한다 하니 어찌 기쁘지 않으리오?"

하시고 좌우로 치주관위(置酒寬慰)[13]하신대, 공필이 부복돈수(俯伏頓首) 왈,

"신이 금번 행군에 요동장 만총을 파함은 용병(勇兵)함이 능함이 아니라 강원수의 금낭서(錦囊書)를 의방(依倣)[14]하여 삼군 장졸이 조금도 수고치 아니하고 도적을 멸(滅)하였사오니, 차는 도시(都是) 폐하의 흥 7
복(興復)이요, 또 적장 만총을 파한 후 즉시 반사(班師)하려 하옵더니, 원수의 장령(將令)이 있어 그 전창(箭瘡)이 평복(平復)하옵거든 오랑캐 굴혈(掘穴)을 분탕(焚蕩)하려 하는 장령이 있사오매 회군(回軍)치 못하옴이러니, 조서(詔書)를 받자와 보매 김중태 등으로 반적이 창궐(猖獗)하옴으로 도성이 위곤(危困)하온 줄 알고, 원수의 대병과 한가지로 돌아와 도성 양문을 구원한 말씀이며, 요동 태수 권율이 본부병과 그 아우 권영을 다 거느리고 동수문을 구하며, 다섯 번 싸움에 버금아들[15] 중

12) 빙차(憑借)하다. 의지하다.

13) 치주관위(置酒寬慰): 술을 따르며 위로함.

14) 의방(依倣): 남의 것을 모방하여 본받음.

인을 진상(陣上)에서 죽인 말씀과, 또 강원수 회군(回軍)시에 금창(金瘡)이 병발(竝發)하여 신고(辛苦)하다가 그날 밤에 제장을 모으고 유탁(遺託)하여 저 도적을 파한 후 발상(發喪)하라 한 말씀과, 중군 조창이 원수의 탁고를 받자와 슬픔을 참고 평시 같이 행군하여 선봉 설영으로 더불어 황교 원평에 대군을 안찰(按察)하고 정오문과 서화문을 구응하려 하던 말씀을 고하온대."[16]

8 태조가 청필(聽畢)에 일성애호(一聲哀呼)에 기절하여 용상(龍床)에 거꾸러지시니, 좌우시신(左右侍臣)이 황망(遑忙)히 구호하매, 이윽한 후에 정신을 차려 방성대곡(放聲大哭)하시고 좌우더러 일러 가라사대,

"짐이 당년(當年)에 초야(草野)에 일어나 청풍 군사의 모략을 좇아 기업(基業)을 창설하고, 또 뇌전의 신기한 위무(威武)를 힘입어 견훤을 소멸하고, 신숭겸 등 공신(功臣)의 원수를 다 갚고 군흉(群凶)을 제복(制服)하여 동방의 패업(霸業)을 정하였더니, 천만 의외에 삼국 오랑캐가 변방을 침노하매, 짐이 뇌전으로 곤외지임(閫外之任)[17]을 맡겨 강적을 소멸하고 돌아와 군신이 한가지로 즐길까 하였더니, 뇌전이 한 번 간 후 갈충보국(竭忠報國)하여 삼로강적(三路强敵)을 토멸하였으나 명천이 어찌 그런 영웅으로 하여금 힘힘히[18] 도적의 시석(矢石) 아래 명을 마칠 줄 알았으리오?"

언파(言罷)에 쌍루종횡(雙淚縱橫)하니, 군신(群臣)이 감상(感傷)하더라. 태조가 이에 하령하사 교위(校尉) 서령으로 강도 태수(太守)를 하이시고, 주부(主簿) 화안으로 강변 도총장(都總長)을 삼아 전선(戰船)을 신비

15) 버금아들: 둘째 아들
16) 직접화법과 간접화법이 섞여 있음.
17) 곤외지임(閫外之任): 군사를 이끌고 경외(境外)로 싸우러 나가는 장군의 직임.
18) 힘힘히: 부질없이.

(新備)하게 하시고, 군기(軍器)를 수보(修補)하고 십여 제성(諸城)을 안무 9
(按撫)하여 도중(島中) 액구를 지키게 하신 후 대소장졸을 명하여 행장
(行裝)을 수습하고 시위제신(侍衛諸臣)으로 거가(車駕)를 호위하여 발행
하실새, 황분·배운태로 전부선봉(前部先鋒)을 삼고, 유지방으로 중군
호가(中軍護駕)를 삼고, 공신 위황으로 좌우보가(左右保駕)를 삼고, 기
풍·한목으로 후군장(後軍長)을 삼고 일성포향(一聲砲響)에 상선(上船)하
시니, 대소전선(大小戰船)이 용주(龍舟)를 호위하여 해상에 덮였으니, 정
기절월(旌旗節鉞)은 일색(日色)을 가리우고 고각(鼓角)·쟁(箏)·북은 강심
을 흔드는 듯, 선봉 전선이 점점 행하여 중류에 다다르니, 문득 청수강
변(淸水江邊)으로부터 일진괴풍(一陣怪風)이 일어나 흑무(黑霧)가 만만(滿
滿)한 가운데 무수한 강적이 해상을 덮어오며 함성 소리가 요요파파(搖
搖擺擺)[19]하여 사람의 음성 같지 아니커늘, 황분·배운태 의혹하여 자
세히 살피니 이는 사람이 아니요, 어두귀면지졸(魚頭鬼面之卒)[20]이 천
승만기(千乘萬騎)[21]라. 선척(船隻)과 주즙(舟楫)을 타지 아니코 다만 흑
무 중에 은복(隱伏)하여 풍우같이 달려오거늘, 공필이 대경하여 각선(各
船)에 전령하여 시석(矢石)을 준비하고 기치(旗幟)와 검극(劍戟)을 엄정히
벌인 후, 제장으로 더불어 융장(戎裝)을 정제하고 병기를 예비하더니, 10
잠시간에 귀졸(鬼卒)이 선두(船頭)에 이르러 길을 막거늘, 황분·배운태
자세히 살펴보니 흑무 중에 일원대장(一員大將)이 순금 투구를 쓰고 흑
전포(黑戰袍)를 입었으며, 사만보대(獅蠻寶帶)[22]를 두르고 은빛 같은 칼

---

19) 요요파파(搖搖擺擺): 흔들거린다는 의미이나, 여기서는 괴이한 소리를 나타내는 말로 썼음.

20) 어두귀면지졸(魚頭鬼面之卒): 물고기 머리에 귀신의 얼굴을 한 존재.

21) 천승만기(千乘萬騎): 천 대의 수레와 만 명의 기병. 많은 수레와 말을 의미함.

22) 사만보대(獅蠻寶帶): 고리에 사자(獅子)와 만왕(蠻王)을 새겨 넣은 고위직(高位職) 무관(武官)의 허리띠.

을 잡았으니 위풍이 늠름하고 소리가 웅장하니 일진장졸이 한 번 보매 경혼낙담(驚魂落膽)하여 뒤로 물러가거늘, 황·배 이장이 낙혼(落魂)하나 크게 불러 왈,

"적장(敵將)은 어떤 도적인데 감히 동방창업지주(東方創業之主)의 선부 선봉 가는 길을 막느냐?"

한 장수가 이에 큰 입을 벌리고 왈,

"나는 울금산 기마동에 은거하던 점어장군(鮎魚將軍)[23]이러니, 석일
(昔日) 너의 임금 왕모가 남해로 가는 길에 근본이 나에게 혐원(嫌怨)이
없거늘, 무단히 철궁(鐵弓)으로 쏘아 나의 후심(後心)을 맞히니, 긍련(矜
憐)한 나의 넋이 강변에 원굴(寃屈)[24]하매 앙앙(怏怏)[25]한 혼백(魂魄)이
흩어지지 아니하는 고로 유유탕탕(悠悠蕩蕩)[26]하다가 정주 강변에 은
장(隱藏)한지 삼십여 재(載)라. 그간 귀졸(鬼卒) 수만 종을 취집(聚集)하
11 여 원수를 갚고자 하더니, 저적 왕모가 청주 강변에 와 머문다 하기로
반겨 탐지한즉, 뜻밖에 왕모 역적이 궁흉(窮凶)[27]하여 성을 쌓아 막았
기로 그 때에 잡지 못하고, 또 들으니 그 후에 동방으로 간다 하더니
중도에서 길을 몰라 강도로 피난 간다 하거늘, 그 때에 잡으려 하였더
니 용주(龍舟)의 빠름이 대해를 순식간에 건너는 고로 내 능히 미치지
못하였더니, 금일 왕모 역적을 만나니 어찌 놓으리오?"

하고, 사면팔방으로 납함(吶喊)하는 소리가 천지를 흔드는 듯하며 태조의 타신 용주를 둘러싸고 수요(首妖) 점어적(鮎魚賊)이 대도를 휘두르며 바로 선창(船窓)에 뛰어올라 용정봉기(龍旌鳳旗)와 표미(豹尾) 백범[白

23) 점어(鮎魚): 메기.
24) 원굴(寃屈): 원통한 누명을 써서 억울함.
25) 앙앙(怏怏): 매우 마음에 차지 아니하거나 야속함.
26) 유유탕탕(悠悠蕩蕩): 정처 없이 헤맴.
27) 궁흉(窮凶): 매우 흉악함.

虎] 창(槍)[28]을 다 거꾸러트리고 즉시 황나장을 짓치며 태조를 취하거
늘, 태조가 창황(蒼黃)히 몸 일으켜 좌수에 창을 잡고 우수에 상방검(尙
方劍)을 들어 요역(妖逆)의 비수(匕首)를 막으시며 급히 좌우를 부르신
대, 동신·위황·남월과 유지방 등 사장(四將)이 태조의 부르심을 응하
여 일시에 병기를 잡고 점어적을 방비하고 이·김·우·홍 전방의
용[29] 등 모든 시신(侍臣)이 태조를 붙들고 후진(後陣)으로 물러가심을 12
청하거늘, 태조가 몸을 뻗어 소선(小船)에 내리시며 좌우 시신을 대하
여 이르시되,

"짐이 기병(起兵)함으로부터 몸소 백여 전을 싸웠으되 도처위란중(到處危亂中) 금일 이 같은 흉괴망측(凶怪罔測)한 도적은 처음이라. 저 괴물이 다른 도적과는 달라 해상에 왕래하매 배를 타지 아니하고 운무중(雲霧中)에 은복함으로써 공격하기와 충돌키를 임의로 하니, 차는 범상치 않은 도적이라. 누가 능히 저 괴물의 작란(作亂)함을 방비할고?"

하신대, 시신이 주왈(奏曰),

"폐하께서 바삐 소선에 내리사 후진으로 물러가시면, 신등(臣等)이 비록 우용(愚慵)하나 마땅히 죽기로써 보호할 것이요, 남월·위황 등이 각별히 방어하리이다."

태조가 불열(不悅)하사 가라사대,

"짐이 비록 시신의 보호함을 힘입어 면화(免禍)하고 후진으로 물러가
나, 흉적(凶賊)이 반드시 물러가지 아니하고 음포(陰暴)하는 바람과 혼흑
(昏黑)한 안개를 대작(大作)하여 사람의 정신을 혼란케 하고, 모든 장수와
군사의 이목(耳目)을 가리워 서로 구응치 못하게 하리니, 차(此)는 만전 13

28) 표미(豹尾) 백범[白虎] 창(槍): 표미기(豹尾旗)와 백호기(白虎旗)의 깃대를 말하는 것으로 보임.

29) 장수들의 성을 가리키는 것으로 보이나 '우', '홍' 등이 어떤 인물인지 알 수 없음.

(萬全)한 의논이 아니라. 다른 계책이 있을까 듣고자 하노라."
하신대, 말을 마치지 못하여 초마(哨馬)가 급보(急報)하되,

"동신·위황 등 중장이 다 흑무(黑霧) 중에 촉상(觸傷)[30]하여 정신을 수습치 못하고, 또 남월이 홀로 흉적을 막고자 하나 힘이 미치지 못하여 용주를 거의 보전치 못하게 되었다."
하거늘, 태조가 대경하사 우구(憂懼)함을 마지않으시며 앙천탄식(仰天歎息)하시더니, 종신(從臣) 유시달이 가만히 주왈(奏曰),

"신이 미시(微時)[31]에 일찍이 비상한 몽사(夢事)를 이루고 보검산에 들어가 어진 스승을 구하고자 하여 방황타가 일좌궁전(一座宮殿)을 당(當)하니 현판에 안영궁이라 하옵고, 그 궁중에 일위(一位) 부인이 있으니, 도호(道號)는 동악부인 강씨라 하옵고, 신을 대하여 일권(一卷) 천서(天書)를 주시며 왈, '이 글을 읽어두면 후일 마땅히 쓸 곳이 있으리라.' 하옵거늘, 신이 받아본 즉, 제목이 쓰였으되, 「제요강마경(制妖降魔經)」이라 하였삽거늘, 즉시 그 부인을 하직하고 돌아와 인하여 수년을 숙독(熟讀)하였삽더니, 그 후에 폐하를 받들어 군국정사(軍國政事)를
14 경심갈력(傾心竭力)하옵기로 강마경(降魔經) 같은 잡술(雜術)은 망연(茫然)히 잊었삽더니, 이제 생각컨데 황연(晃然)히[32] 깨달을지라. 어찌 조그만 괴졸(怪卒)을 이기지 못하리이까?"

태조가 경희(驚喜)하사,

"경이 만일 요괴를 물리칠진대 짐이 타일(他日) 경으로 일등공신(一等功臣)을 봉(封)하리라."
하시니, 시달이 고두사은(叩頭謝恩)하고 즉시 군중에 하령하여 철전(鐵

30) 촉상(觸傷): 찬 기운이 몸에 닿아서 병이 일어남.

31) 미시(微時): 이름나기 전, 한미하거나 미천하여 보잘것없던 때.

32) 황연(晃然)하다: 환하게 밝다.

箭)을 사면으로 어지러히 쏘니, 괴물이 감히 막지 못하고 점점 뒤로 들어가거늘, 시달이 또 백모황월(白旄黃鉞)을 좌우수에 잡고 선창에 높이 서서 제요강마경 일편(一編)을 고성대독(高聲大讀)하니, 성음(聲音)이 요량(嘹喨)[33]하여 구소(九霄)[34]의 행운(行雲)을 헤칠지라.

시각(時刻)이 못하여 음풍(陰風)이 홍로(紅爐)에 눈 슬듯하며, 청풍(淸風)이 소소(蕭蕭)하여 백일(白日)이 명랑하니 어두귀졸(魚頭鬼卒)이 어찌 부지하리오? 하릴없어 바람을 좇아 사면으로 허여지고[35] 점어적이 홀로 범창(帆窓) 위에 서서 크게 불러 왈,

"내 금일 왕모를 죽여 구원(舊怨)을 갚고자 하였더니, 천(天)의 뜻 같지 못하여 유시달에게 「제요강마경」으로 방축(放逐)함을 만나니, 거역치 못하고 힘힘히[36] 물러가거니와, 후일 다시 침로하는 환이 있으리라." 하고 말을 마치며 청주 강변으로 달아나거늘, 유공이 즉시 후선에 내려가 태조를 뵈옵고 점어적이 하던 말을 진달(進達)하니, 상(上)이 청파에 환희쾌락(歡喜快樂)하사 강마경문(降魔經文)의 신기함을 못내 칭찬하시며 군신으로 더불어 용주에 다시 올라 행선하시더니, 일행 인마가 무사히 강을 건너 평지에 하륙(下陸)하고 좌우더러 이르시되,

"왕일(往日) 손지강 반적이 차지(此地)에 둔병(屯兵)하고 강도(江島)로 빙접(憑接)[37]하매 짐이 일야(一夜) 방심치 못하고 우구(憂懼)함을 마지 아니하더니, 친행(天幸)으로 공필의 구병(救兵)이 이르러 도적을 함몰(陷沒)한 고로 짐이 무사히 환궁(還宮)하니, 특별히 이 땅 지명을 승전포(勝戰浦)라 하라."

---

33) 요량(嘹喨): 소리가 맑고 낭랑함.

34) 구소(九霄): 높은 하늘.

35) 허여지다: 흩어지다.

36) 힘힘히: 부질없이.

37) 빙접(憑接): 붙어서 의지함.

하시고, 또 시달을 향하사 왈,

"금일 해상에서 요괴의 불측지변(不測之變)을 당하여 명(命)이 경각(頃刻)에 있더니, 신기한 경문(經文)을 힘입어 귀졸을 물리치고 요마(妖魔)를 제강(制降)하나, 다시 생각컨대 제 스스로 원(怨)을 품고 후일지환(後日之患)을 치부(置簿)[38]하더라 하니, 마땅히 그 원혼(冤魂)을 제어하여 후환을 방비함이 어떠한고?"

하시니, 좌우가 다 성의(聖意) 마땅하심을 칭한대, 상이 즉시 청주관에
16 전지(傳旨)하사 '제당(祭堂)을 세우시고 수륙치제(水陸致祭)[39]하여 점어신을 위로하라.' 하시고, 선봉에게 하령하사 정히 행군하시더니, 중군 거가(車駕)가 황강(江) 간수(澗水)를 건너 유연평에 다다르니, 호장(護將) 유지방이 어전(御前)에 고왈(告曰),

"왕일(往日) 공필이 부장 고월을 영(令)하여 이미 수풀에 매복하고 손지강의 퇴로를 끊고자 하더니, 과연 그날 밤에 패진(敗陣)하여 이곳까지 퇴병하오니, 신등의 고단함이 누란(累卵)갔삽더니, 다행이 고월의 후응함을 입어 다시 병세(兵勢)를 떨치고 지강을 베고 장졸을 함몰한 바로소이다."

한대, 상이 청파에 대희하사 왈,

"공필의 기략(機略)으로 이곳에 은복(隱伏)치 못하였던들 그 일이 없을 뻔하도다."

하시고 지방관(地方官)에게 전지하사, 수빈구를 고쳐 복병지(伏兵地)라 하시고 남성문을 고쳐 승전문(勝戰門)이라고 하시고, 다시 행군하여 전부선봉이 도성 근처에 다다르니, 태자동궁(太子東宮)이 문무관(文武官)과 제공자(諸公子)로 더불어 남성문에 나와 태조의 거가를 영접하고 부

---

38) 치부(置簿): 마음속으로 그러하다고 보거나 여김.

39) 수륙치제(水陸致祭): 임금이 제물과 제문을 보내어 지내는 수륙재.

자군신(父子君臣)이 환희하기를 마치매, 수년을 각리(各離)하여 용체 존 17
망(龍體存亡)과 평부(平否)[40]하신 소식을 알지 못하여 주야 우구(憂懼)하던 정사(情思)를 문후(問候)[41]하온 후, 원주목 주자천이 내병(內兵)을 총독(總督)하여 성도를 구원하러 오는 길에 공교히 한승·석광과 대병을 합하여 적단을 베고 숭인문 구원하던 일을 진달(進達)한대, 상이 기뻐하사 관유(寬宥)[42]하시며 왈,

"공 등이 출사(出師)하매 변방을 진무하고 내란을 구원하니, 차는 일거양전(一擧兩全)이라. 어찌 다 치하하리오? 다만 아끼고 한하는 바는 뇌전의 전망(戰亡)함을 차석(嗟惜)하노라."

하시니, 중장(衆將)이 태조의 말씀을 듣고 원수의 전망함을 새로이 통석(痛惜)하여 이에 태조 면전에 이르러 체읍돈수(涕泣頓首)하고 원수의 참상(慘狀)함을 주(奏)할새, 수구계령 싸움에 악비에 독한 살을 맞았으되 마침내 진병하기를 그치지 아니하고 밤이 새도록 싸워 악비를 잡던 사연과, 승전한 후에 즉시 회군치 아니한 뜻은 삼강을 건너가 오랑캐를 분탕(焚蕩)하여 후일지환을 제어코자 하더니, 마침내 전창(箭瘡)이
대발하여 안병부동(按兵不動)하던 말씀과, 의자(醫者) 구응술을 만나 신 18
통한 약을 쓰고 전창이 소복(蘇復)코자 할 차에 도성이 위급하신 조명(朝命)을 듣잡고 회군하옵더니, 금능관 지경에 이르러 금창(金瘡)이 대발하여 신고(辛苦)하던 말씀과, 또 원수의 임종시(臨終時)에 설영 등 사장(四將) 심복으로 더불어 폐부(肺腑)에 품었던 소회를 토설(吐說)하올새, 당차시(當此時)하여 당운(唐運)이 쇠진(衰盡)하고 신천자(新天子)가 창건하실 때라. 이러므로 중국이 분분(紛紛)하여 오호(五胡)가 작란(作

40) 평부(平否): 안부.
41) 문후(問候): 웃어른의 안부를 물음.
42) 관유(寬宥): 죄나 허물 따위를 너그럽게 용서함.

亂)하니, 내 이 때를 타 천하를 통일하고 중원을 진정한 후, 태조를 받들어 대업을 정하고 제공자·대신으로 더불어 황각(黃閣)[43]의 주인이 되고 평생을 안락(安樂)코자 하더니, 천(天)의 뜻 같지 못하여 요절(夭折)하는 슬픈 소회와 명이 그친 후 발상치 말고 군중에 하령하여 반적을 소멸하라 하고 유언하던 사연을 진달하온대, 상이 듣기를 다하시고 앙천탄식(仰天歎息) 왈,

"짐이 무덕(無德)하여 뇌전 같은 영걸을 잃으니 어찌 무덕이 아니리오?"
하시고, 하령하사 삼군사명(三軍司命)과 주자천·권율 등 각 영채중(營
19 寨中)에 금은채단(金銀綵緞)을 무수히 내리사 삼군을 상사(賞賜)하시고,
'각각 고향으로 돌아가라.' 하신 후, 백관(百官)으로 더불어 별궁에 이르사 원수의 영구(靈柩)를 붙들고 방성대곡(放聲大哭)하시니, 제공자·대신이 오열유체(嗚咽流涕)하더라.

태조가 드디어 일장애통(一場哀痛)하시고 즉일 입궐(入闕)하실새, 삼자(三子) 소와 예문관 고봉래로 호상사(護喪使)를 삼으시고, 금수채단(錦繡綵緞)을 내려 원수의 영구를 운상(運喪)하여 천봉산 고택(古宅)으로 호송하게 하시니, 사도(使道) 정침과 진북장군 석문원이 각각 수유(受由)[44]하고 예관(禮官)과 한가지로 상구를 호송하니 그 위의(威儀) 혁혁함과 기구(器具)의 장려(壯麗)함이 왕후(王侯)의 상례(喪禮)에 다름이 없더라.

여러 날 행하여 본부에 다다르니, 모비(母妃) 석부인과 실내(室內) 정소저(小姐)의 애통함은 이르도 말고[45] 가중상하(家中上下)며 향당(鄕黨)이 모두 호천통곡(呼天痛哭)[46]하되, 오직 평장(平章)이 최제[47]하고 일이

43) 황각(黃閣): 재상의 집무실.
44) 수유(受由): 말미를 받음.
45) 이르도 말고: 말할 것도 없고.

이에 있을 줄 이미 아는 바라. 슬프고 간절한 심회(心懷)를 척탕(滌蕩)하고 정신을 수렴(收斂)하여 왕자와 예관이며 정사도·석장군·일반중사(中士)를 영접하고, 일변 원수의 영구(靈柩)를 반혼(返魂)하여 태후 능소하(陵所下)에 예장(禮葬)하고 왕자로 더불어 집에 돌아와, 사도 정침과 장군 석문원은 내실친척(內室親戚)인 고로 중당(中堂)에 출입이 있어 구만의 유충(幼沖)[48]함을 보았으나, 왕자 소와 예관 봉래는 외헌(外軒)[49]에 있기로 구만의 치발(齒髮)[50]을 알지 못하매, 평장께 청하여 왈,

"만생(晩生)[51]이 성도에서 들으니 원수의 슬하(膝下) 일개 치자(稚子) 있다 하더니, 한 번 보아 그 치정(稚情)과 골격(骨格)을 알고자 하나이다."

하니, 평장이 허락하고 사동(使童)을 명하고 구만을 데려오니, 연기(年紀) 비록 사오 세나 기품이 준매(俊邁)하고 골격이 청수(淸秀)하거늘, 왕자가 왈,

"공이 비록 애석한 참상을 보았으나 손아(孫兒)의 골격이 저렇듯 청수하니 짐짓 원수의 후신(後身)이요, 선생의 보옥(寶玉)이라 하리로다."

하신대, 평장(平章)이 부복(俯伏)하고 왕자의 과칭(過稱)함을 사례한대, 고태후가 또 가로되,

"선생이 본디 독자를 두시고 친척이 고고(孤苦)한 가운데 소아의 치발(齒髮)이 유충(幼沖)을 지나지 못하였으니, 내외가권(內外家眷)이 요적한 심사를 위로하여 선생 안위(安慰)를 받자올 사람이 없사올지라. 만

---

46) 호천통곡(呼天痛哭): 하늘을 우러러 부르짖으며 목 놓아 욺.

47) 최제: 미상.

48) 유충(幼沖): 나이가 어림.

49) 외헌(外軒): 사랑(舍廊). 집의 안채와 떨어져 있는, 바깥주인이 거처하며 손님을 접대하는 곳.

50) 치발(齒髮): 나이.

51) 만생(晩生): 자신을 낮추어 이르는 말.

생의 우견(愚見)으로 생각컨대, 선생 전가(全家)와 석장군의 가권(家眷)
21 이 한가지로 솔가(率家)하여 성도에 들어가 태조 성상(聖上)의 국정을
도우시고 갑제동렬(甲第同列)[52]의 번화를 취하시면 유정유사(有情有事)
하여 자연 침식(寢息)하오리니, 기간(其間)에 잠깐 우탄지심(憂嘆之心)을
잊으시고 손아를 휵양(慉養)하사 장성하거든 일찍이 조정에 입신(立身)
하옴이 어떠하리이까?"

하되, 평장이 머리를 흔들어 왈,

"내 일찍이 독자(獨子)의 수요장단(壽夭長短)[53]을 염려치 않아 다만
저의 재능만 믿어 조정에 허신(許身)하였더니, 오늘날 이렇듯 참혹한
궁상(窮相)을 당하였거늘, 또 어찌 외로운 손아(孫兒)를 조정에 보낼 뜻
이 있으리오? 청컨대 명공(明公)은 궁박지인(窮迫之人)을 일찍이 염려치
말고 돌아가 직임을 정찰(精察)하고 국사를 봉지(奉旨)하여 길이 무궁하
소서."

한대, 정사도가 또 이어 말씀하여 왈,

"고태후의 말씀이 진실로 마땅하오니 존공(尊公)은 재삼 생각하여
보소서."

한대, 평장이 또 가로대,

"존공은 이미 일녀를 멀리 두고 그리는 심사가 절절(切切)하시니, 합
가(闔家)[54]가 한가지로 성도에 돌아옴을 생각함이 고이치 아니커니와,
만생은 본디 번화를 취하지 아니하고 성만(盛滿)함을 배척하는 고로,
22 태조 폐하 성심을 저버리지 않으나, 고향에 돌아와 여년(餘年)을 안정
히 하고자 하였더니, 독자(獨子)의 전망함을 만났으니 하면목(何面目)으

52) 갑제동렬(甲第同列): 갑제(甲第)는 잘 지은 집으로, 호화로운 집에서 사는 사람들을 뜻함.
53) 수요장단(壽夭長短): 수명의 길고 짧음.
54) 합가(闔家): 한 집안, 온 가족.

로 성도에 들어가 문무제공(文武諸公)으로 대인(對人)할 낯이 있으리오? 원컨대 명공은 순설(脣舌)[55]을 허비치 마소서."

말을 마치며 희허탄식(欷歔嘆息)[56]하거늘, 공자와 정공이 평장의 뜻을 돌이키지 못할 줄 알고 두어 날 머물다가 피차 결연(缺然)함을 머금고 각각 배별(拜別)코, 사마(駟馬)를 돌이켜 행한지 반월(半月)에 성도에 돌아와 태조 전에 봉명(奉命)하고, 원수의 예장(禮葬)한 사연을 고하고 청풍 군사를 권하여 환조(還朝)코자 개유(開諭)하되 군이 사양하던 뜻을 갖추어 고하온대, 태조가 청파에 감회(感懷)함을 마지 아니시고, 인하여 다섯 아들에게 유탁(遺託)왈,

"도원수 강기장이 조몰(早歿)하였으나 그 슬하에 치자가 있다 하니, 장성하거든 찾아 쓰되 중작(重爵)으로 초용(招用)하여 그 망부(亡父)의 성령(性靈)을 위로하라."

하시고, 이튿날 승정원(承政院)에 대연(大宴)을 배설(排設)하사 장자(長子) 문무로 왕태자를 책봉(冊封)하시고 정란공신(靖亂功臣)과 근로(勤勞)한 제장(諸將)을 차례로 봉작(封爵)하실새, 석문원으로 진북장군(鎭北將軍)을 하이사 병부시랑(兵部侍郎) 대사마(大司馬)를 배(拜)하시고,[57] 황
공필로 진서장군(鎭西將軍) 겸 형부시랑(刑部侍郎) 대장군(大將軍)을 배하 23
시고, 윤시달로 호위대부(護衛大夫) 문충공(公)을 봉(封)하시고, 한승으로 중군총모(中軍總謀) 겸 병부상서(兵部尙書)를 봉하시고, 유지방으로 삼군모주(三軍謀主) 예부사(禮部事)를 하이시고 주자천으로 정용위(精勇衛) 대장군(大將軍) 겸 병부상서(兵部尙書)를 하이시고, 조창으로 중군모주(中軍謀主) 겸 거기장군(車騎將軍)을 하이시고, 설영으로 대선봉(大先

55) 순설(脣舌): 입술과 혀. 여기서는 '말'이라는 의미로 썼음.

56) 희허탄식(欷歔嘆息): 한숨지며 한탄함.

57) 배(拜)하다: 조정에서 벼슬을 주어 임명하다.

鋒) 겸 표기장군(驃騎將軍)을 하이시고, 남월로 정전대장군(征戰大將軍)
을 하이시고, 김후억으로 호분중랑장(虎賁中郎將)을 하이시고, 동신·
위황으로 운기장군(雲騎將軍)을 하이시고, 기풍·한목으로 호가장군(護
駕將軍)을 하이시고, 신철로 좌장군(左將軍)을 하이시고, 배운태로 우장
군(右將軍)을 하이시고, 허정·강경태로 도호삼군태(都護三軍太)를 하이
시고, 송지원·오릉으로 중군도호(中軍都護)를 하이시고, 함사밀·박거
천으로 좌군도호(左軍都護)를 하이시고, 고월·문충으로 동호장군(東護
將軍)을 하이시고, 전부·백부·전태로 동서지휘사(東西指揮使)를 하이
시고, 주진연·곽자웅으로 남북병도사(南北兵都士)를 하이시고, 심제
렴·김일기로 산북총호사(山北總護使)를 하이시고, 곽철웅·김지경으로
용양교위(龍驤校尉)를 하이시고, 또 전진에 도창(刀槍)을 맞아 중히 상
24 (傷)하고 병잔(兵殘)한 제장과 전망(戰亡)한 장사들을 추증(追贈)하여 증
록(增錄)을 이루고 후록(厚祿)으로 표장(表章)하실새, 김락으로 형부상
서(刑部尙書) 겸 충렬공을 하이시고, 장갑으로 형부시랑(刑部侍郞) 겸 충
무공(忠武公)을 하이시고, 백기·번충으로 예부시랑(禮部侍郞) 겸 계익
공을 하이시고, 김용태·방달호로 공부시랑(工部侍郞) 겸 간의공으로
하여 직첩(職牒)[58]을 사송(賜送)하신대, 또 팔진각(八鎭閣)을 세우시고
예조낭관(禮朝郞官)으로 하여금 춘추향화(春秋香火)를 받들게 하시니,
간의태부(諫議太傅) 이석담과 대사총(大師聰) 유차달과 이부상서(吏部尙
書) 남정과 어사대부(御使大夫) 민정담 등 일반제신(一般諸臣)이 진전(進
前) 주왈(奏曰),

"폐하가 팔진(八鎭)의 미(微)한 공을 중히 봉하시니 홍은대덕(鴻恩大德)이 사골생육(死骨生肉)에 깊이 젖어 써 그 갚을 바를 알지 못하거니

58) 직첩(職牒): 조정에서 내리는 벼슬아치의 임명장.

와, 총독도원수(總督都元帥) 강기장과 선봉 신철·허정 등은 부자가 다 한마지공(汗馬之功)[59]과 전망지충(戰亡之忠)이 다른 신하로 더불어 크게 자별하오니, 원(願) 폐하는 얼굴을 능연각(凌煙閣)[60]에 그리고 이름을 금석(金石)에 새겨 꽃다운 충절이 청사(靑史)에 유전(遺傳)하옴이 마땅하여이다."

태조가 청파에 깨달으사 왈,

"과인이 혼모(昏冒)하여 잠깐 잊었더니, 경 등의 주사(奏辭)가 사리에 당연하여 일광이 폐운(蔽雲)을 벗어남 같은지라. 어찌 좋지 않으리오? 25
다시 생각하니 오인(五人)의 전망 뿐 아니라 초야에서 서로 좇아 일어난 사람과 중도에 서로 만난 유공제장(有功諸將)들의 공을 일일이 봉(封)하여 천추만세(千秋萬歲)에 유전하리라."

하시고, 즉시 하령하사 어서원(御書院)에 공신각(功臣閣)을 지으시고 대국원혼(大國冤魂)과 정난공신(靖亂功臣)을 차례로 어람(御覽)하실새, 태조가 친히 오자(五子)를 거느리시고 영솔백관(領率百官)하사 공신의 화상(畵像)을 기린각(麒麟閣)[61]에 봉안(奉安)하시니, 제일등공신(第一等功臣)은 시중태부(侍中太傅) 문현공 최전과, 어사대부(御使大夫) 장절공(壯節公) 신숭겸[62]과, 정장사 원충공 강사진과, 상서시중(尙書侍中) 여산군 송희와, 호위대부(護衛大夫) 양천군 허습과, 태중태부(太中大夫) 사정원·배현겸과, 문하시중(門下侍中) 화산군 권율과, 형부상서(刑部尙書) 충렬공 김락과, 강문지후 예부사(禮部事) 복지겸과, 병부시랑(兵部侍郎)

---

59) 한마지공(汗馬之功): 전장에서 이룬 공.

60) 능연각(凌煙閣): 당(唐)나라 창업공신 24명의 초상을 모셔놓은 건물.

61) 기린각(麒麟閣): 중국 한나라의 무제가 장안의 궁중에 세운 전각. 선제 때 곽광 외 공신 11명의 초상을 그려 각상(閣上)에 걸었다고 함.

62) 신숭겸: 994년(성종 13)월에 태사(太師)로 추증되어 태사개국장절공(太師開國壯節公)으로 태조 사당에 배향되었다.

대사마(大司馬) 석광과, 도원수(都元帥) 원정공 강기장과, 봉익대부(奉翊
大夫) 강릉군 한충과, 호위대장군(護衛大將軍) 문충공 윤신달과, 신송국
사 도선 등 일등공신 십수인을 주벽(主壁)하여[63] 수좌(首座)하고, 대사
도(大司徒) 정침과, 태사공(太師公) 반경석과, 대사전 석봉과, 대사홍 유
26 차달과, 상서(尚書) 정이겸과, 윤서령 최양과, 이부상서(吏部尙書) 남정
과, 호부상서(戶部尙書) 오학과, 예부상서(禮部尙書) 유지방과, 병부상서
(兵部尙書) 한승과, 공부상서(工部尙書) 장개와, 좌사마(左司馬) 영쾌와,
우사마(右司馬) 방홍과, 도총독(總督) 맹철과, 부총독(副總督) 전의와, 기
도위(騎都尉) 심한과, 본동사 우홍과, 추밀원(樞密院) 소홍과, 판의금(判
義禁) 목일과, 예문관(藝文官) 고봉래와, 찬성사(贊成事) 방용과, 장예원
(掌隸院) 노지수와, 진현관(進賢官) 최산해와, 보문관(寶文官) 황천조와,
즉금 오홍단과, 전옥정 양문기와, 총사관(冢司官) 이극과, 황문시랑(黃
門侍郎) 박술희와, 예부시랑(禮部侍郎) 성달과, 공부시랑(工部侍郎) 심제
량과, 감찰어사(監察御使) 민정담 등 십여 인 문관(文官)은 이등공신(二
等功臣)으로 공벽(共壁)하여 주좌(主座)하시고, 진남장군(鎭南將軍) 호강
백·김포와, 형부시랑(刑部侍郎) 대장군(大將軍) 황분과, 중군모주(中軍謀
主) 거기장군(車騎將軍) 한창과, 대선봉(大先鋒) 표기장군(驃騎將軍) 설영
과, 전대장군(戰隊將軍) 남월과, 용양장군(龍驤將軍) 김후억과, 호군중랑
장(護軍中郎將) 당원첨과, 운기장군(雲騎將軍) 교위황과, 주가장군(主駕將
軍) 동신과, 호가장군(護駕將軍) 기풍과, 좌장군(將軍) 신철과, 우장군(將
軍) 배운태와, 삼군도호(三軍都護) 허정과, 중군도호(中軍都護) 송지원과,
하군도호(下軍都護) 함사밀과, 표기장군(驃騎將軍) 여개와, 평장군(平將
軍) 동방초와, 청룡장군(靑龍將軍) 고월과, 백호장군(白虎將軍) 문통과,

63) 주벽(主壁)하다: 방문에서 정면으로 바라보인 벽을 향하다.

주작장군(朱雀將軍) 이필과, 현무장군(玄武將軍) 김후성과, 동정지위사 27
(東征指衛使) 전백부와, 서정지위사(西征指衛使) 전태부와, 남병사(南兵使)
곽자웅과, 북병사(北兵使) 주진천과, 강서절도사(江西節度使) 김일기와,
장군교위(將軍校尉) 양성태와, 중군교위(中軍校尉) 오릉과, 하군교위(下
軍校尉) 박시천과, 용양교위(龍驤校尉) 김주성과, 후군교위(後軍校尉) 곽
철웅과, 안동지사(安東知事) 지대수와, 산서총사(山西總使) 문병구와, 호
성도사(護城道使) 진담 등과 또 전장에서 병잔(病殘)한 자는 원정공 전
풍과, 원경공 주진기와, 충숙공 백기와, 충장공 변승과, 충무공 장각
과, 충례공 엄예와, 충익공 전중부와, 충간공 김용태와, 충의공 방달
호 등 사십 원(員) 무장(武將)은 제삼등공신(第三等功臣)으로 서벽(西壁)
하여 좌(坐)하니, 동서반열(東西班列)[64]에 강명정직(剛明正直)하고 장려
(壯麗)한 위의(威儀)와 표표(表表)한 풍채며 열렬한 충절이 석일 한고조
(漢高祖)의 공신각(功臣閣)을 배승(倍勝)하더라.

상이 가라사대,

"금일 연석(宴席)은 공신을 경하(慶賀)함이니, 한가지로 술을 마셔 즐
기리라."

하시고, 즉시 공장(工匠)을 분부하여 등신(等身)을 만들어 신숭겸 등 문
관은 광의대대(廣衣大帶)[65]를 입히고 백기·장갑 등 무장은 금갑은대
(金甲銀帶)로 안검집편(按劍執鞭)[66]하여 좌석에 열시(列侍)[67]하였으니,
용모풍신(容貌風神)이 조금도 어김이 없어 등신인 줄 깨닫지 못하더라. 28
상이 옥배(玉杯)를 들어 각각 권하시니 신숭겸 등 십일 인 앞에는 잔이

64) 반열(班列): 품계나 신분, 등급의 차례.
65) 광의대대(廣衣大帶): 넓은 옷에 넓은 띠.
66) 안검집편(按劍執鞭): 칼자루에 손을 대고, 채찍을 들고 있음.
67) 열시(列侍): 줄을 지어 임금을 모심.

그대로 있으되, 홀로 김락의 앞에 놓은 술잔이 스스로 움직이며 술잔이 다 마르는지라. 상이 기뻐하사 좌우 제신을 일시에 춤추라 하여 즐기시더니, 문득 김락의 등신이 스스로 일어나 반열 가운데 한가지로 춤추니, 상이 태자와 문무백관으로 차경차희(且驚且喜)[68]하사 이날 종일토록 연락(宴樂)하시더니, 밤이 깊으매 문득 공중에서 무슨 소리가 우레같이 일어나 궐중(闕中)에 진동하매, 궁중제인(宮中諸人)이 대경황겁(大驚惶怯)하며 상이 또한 경구(驚懼)하사, 지음관이 여쭈오되,

"신이 집음(集音)하옵건대, 한 소리가 '야옹'하고 또 한 소리가 '어흥' 하니, '야옹'은 호풍(虎風)이요, '어흥'은 용성(龍聲)이니, 용과 범이 서로 울어 궐내(闕內) 진경(震驚)함은 궁중에 불상지조(不詳之兆)가 있을까 하나이다."

한대, 상이 더욱 우구(憂懼)하사 근심하시더니, 날이 밝으매 조회(朝會)를 청하시고 문무관으로 더불어 거야사(去夜事)를 의논하신대, 제신이
29 진전 주왈,

"천하를 공변하여[69] 일광(日光)이 무색(無色)함은 중국 대당(大唐)의 불상지조(不祥之兆)요, 용호상쟁(龍虎相爭)함은 김중태 여얼(餘孼)[70]이 다시 있을까 하나이다."

언주파(言奏罷)에 병부상서(兵部尙書) 한송과 감찰어사(御使) 민정담 등이 주왈,

"신등의 우견(愚見)으로 보옵건대, 일색(日色)이 무광(無光)함은 폐하가 반드시 몽상(蒙喪)[71]하실 징조요, 용성호갈(龍聲虎喝)이 국중에 진동

68) 차경차희(且驚且喜): 한편으로 놀라면서 한편으로 기뻐함.
69) 공변되다: 사사롭지 않고 정당하다.
70) 여얼(餘孼): 이미 당한 재앙 외에 아직 남아 있는 재앙이나 액운. 여액(餘厄).
71) 몽상(蒙喪): 부모상을 당하여 상복을 입음.

함은 제공(諸公) 중에 국권을 엿보는 자가 있어 골육지환(骨肉之患)이 있을까 하나이다. 원컨대 폐하는 일찍이 전위(傳位)[72]하사 태자의 기업(基業)이 반석(盤石) 같게 하소서."

상이 청파(聽罷)에 중론(衆論)이 여차(如此)함을 근심하시더니, 차야(此夜)에 승전(承傳)[73]·비빙[74]이 안으로 바삐 나와, '태부인(太夫人) 명으로 폐하를 청하신다.' 하거늘, 상이 비빙을 따라 정궁(正宮)에 들어 정전(正殿) 앞에 가시니, 용녀부인(龍女夫人)이 이미 태부인을 시립(侍立)하였거늘, 태조가 총망(悤忙)히 자전(慈殿)[75]에 헌수(獻壽)하고 물러 시좌(侍坐)하니, 태부인이 좌우수(左右手)로 용녀부인과 태조의 소매를 잡으시고 길게 체읍(涕泣)하사 왈,

"일찍이 군부(君父)를 배(配)하여 무주공산(無主空山)을 지키었더니, 뜻 아닌 군후(君侯)를 생산하였으나 교목지훈(喬木之訓)을 가르치지 못 30
하였으니 무슨 영귀(榮貴)함을 바라리오마는, 군후의 천생대략(天生大略)으로 동방 수천 리에 왕패지업(王覇之業)을 창건하매, 만년(晩年) 영광이 비할 데 없더니, 이제 세속 인연이 이미 진(盡)하매, 우리 삼인의 처소(處所)가 다 각각이라. 차후(此後)로 군후는 양지(陽地)에 거하고, 현부(賢婦)는 수궁(水宮)으로 돌아가고, 나는 섬궁(蟾宮)[76]으로 올라가리니, 군후는 솔거자녀(率去子女)하여 길이 무궁(無窮)하라."

하시고, 언파에 용녀부인(龍女婦人)이 또 가로대,

"상계(上界)와 하계(下界)와 수부(水部)·지부(地部)를 이른바 사계(四界)라. 사계지내(四界之內)에 존비귀천(尊卑貴賤)이 다 정(定)한 수(數)가

72) 전위(傳位): 임금 자리를 후계자에게 전하여 줌.

73) 승전(承傳): 승전색(承傳色). 내시부에서 임금의 뜻을 전달하는 일을 맡아보던 벼슬.

74) 비빙: 비빈(妃嬪)을 뜻함.

75) 자전(慈殿): 임금의 어머니.

76) 섬궁(蟾宮): 달 속에 있다는 궁전.

있나니, 우리 삼인이 일세(一世)에 회합(會合)하여 주공(主公)의 기업을 광정(匡正)하였으매, 첩등(妾等)이 또한 본궁에 돌아가 계활(契活)[77]을 지키고자 하나이다."

상이 문파(聞罷)에 천만비회(千萬悲懷)를 띠어 밤이 새도록 말씀이 간절하시더니, 금계(金鷄) 새배[78]를 보(報)하고 대신이 조회를 청하거늘, 태조가 송안전에 나오시니, 제신이 주왈,

"지금 당실(唐室)이 쇠미(衰微)하여 조득모실(朝得暮失)[79]한다 하오니,
31 이때를 타 중원을 평정하며 천하를 취함이 어떠하시리이꼬?"

상(上)이 손을 저어 왈,

"불연(不然)하다. 짐이 나이 많고 군사 청풍이 산문(山門)에 나지 아니하고, 도원수 강기장이 이미 죽었으니 누구와 더불어 대사를 의논하리오? 경 등은 다만 변방을 굳게 지키며 오계(吾界)에 침탈(侵奪)하는 환이 없게 하라."

하신대, 제신이 하교(下教)가 마땅하심을 칭(稱)하고 인하여 파조(罷朝)하였더니, 송악산(松岳山) 상봉(上峰)으로부터 오색채운(五色彩雲)이 일어나고 또 붉은 안개 공중으로 두르고, 서기(瑞氣) 반공(蟠空)하고 산봉(山峰)과 대궐이 한가지로 운무(雲霧) 중에 막히어 지척(咫尺)을 분변치 못하더니, 반향(半晌) 후 우레 소리가 진동하며 두 줄 무지개 공중에 서고, 선인(仙人)의 풍류 소리가 반공(半空)에 임리(淋漓)[80]하여 선악(仙樂)이 쟁쟁하는 중, 왕태부인(王太夫人) 유씨와 왕비(王妃) 용녀부인이 일시에 등천(登天)하여 승피백운(乘彼白雲)[81]하시니, 왕태조가 망극(罔極)하사 실

77) 계활(契活): 삶을 위하여 애쓰고 고생함.

78) 새배: 새벽.

79) 조득모실(朝得暮失): 얻은 지 얼마 안 되어서 잃어버림.

80) 임리(淋漓): 흥건한 모양. 당나라 말기의 혼란한 정국을 말함.

81) 승피백운(乘彼白雲): 저 흰 구름을 타고.

성유체(失性流涕)하시고 사면(四面)으로 수포(搜捕)를 내리사 각별 심방(尋
訪)하시되, 그 자취를 알지 못하시더니, 일일은 금문관이 보하되,
"궁성(宮城) 자하문(紫霞門) 밖의 자하동에 일쌍(一雙) 금혜(錦鞋) 있으
니 차(此)는 유씨 태부인이 신으시던 금혜요, 또 금성(禁城) 현무문(玄武 32
門) 밖에 한 짝 금혜 있으니, 차는 왕비 용녀의 신으시던 금혜라."
하거늘, 태조가 전지(傳旨)하사, 태부인 금혜는 자하동 중에 매장(埋藏)
하여 사시(四時) 향화(香火)를 받들게 하고, 용녀부인 금혜는 효성동 중
에 예장(禮葬)하여 능호(陵號)를 웅현릉이라 하고, 조정에 전지하사 절
부새수(節符璽綬)와 옥보금척(玉寶金尺)을 다 태자 무에게 전위하시고,
차자 호로써 태종대군을 봉(封)하시고, 삼자 소로써 전왕대군을 봉하
시고, 사자 옥과 오자 욱은 미성(未成)하기로 세 공자 중에 주시고, 태
조가 스스로 공각(公閣) 곁에 별궁(別宮)을 지으시고 고요히 안거(安居)
하사 백세를 무양(無恙)하시니, 자수창업(自手創業)하여 왕위(王位)를 누
리신 지 이십팔 년이요, 수한(壽限)은 육십칠 세라.

태자(太子) 무가 피위(被位)를 받으사 고공(考功) 청목(淸穆)하시고 존현예사(尊賢禮士)하사 동방 수천 리 지방에 왕패지업(王覇之業)을 길이 누리시니, 성자신손(聖子神孫)이 계계승승(繼繼承承)하사 만세무강(萬世無彊)하시니라.

세 무술 팔월 일 향수동 필서(筆書)

2부
논문

역사기록과의 비교를 통해 살펴 본 『고려보감』의 지향

역사기록과의 비교를 중심으로

허찬

1. 서론

『고려보감』은 조선 후기에 세책으로 유통되었던 고소설로, 고려태조 왕건의 일대기를 중심으로 후삼국 통일 후 고려를 건국하고 외세의 침략을 물리치는 등의 내용을 담고 있다. 많은 고소설, 특히 『유충열전』이나 『조웅전』 같은 군담소설의 경우 예외 없이 중국을 배경으로 하고 있는데, 『고려보감』은 이런 경향에서 탈피한 작품이라는 점에서 주목을 요한다. 물론 『춘향전』이나 『홍길동전』과 같이 조선을 배경으로 조선인이 등장하는 작품이 활발히 유통되었고, 『삼한습유』나 『육미당기』 등 신라를 배경으로 한 한문 장편소설 또한 19세기에 창작된 바 있다. 그러나 고려를 소재로 한 고소설은 찾아보기 힘들며, 또한 이러한 서사가 상업출판인 세책의 형태로 유통된 경우는 『고려보감』이 유일한 것으로 보인다.

소재적인 특징 이상으로 『고려보감』이 흥미로운 점은 작품의 창작 방식에 있다. 앞서 언급한 것처럼 이 작품은 왕건이라는 실존인물의 일생과 초기 고려의 역사를 소재로 하고 있으며, 일정 부분 실제 역사와 부합하는 내용이 전개된다. 그러나 한편으로는 재미를 위해 역사와 무관한 허구를 적극적으로 끌어들이고 있다. 실존하지 않는 여러 인물이 등장하고 중요한 역할을 담당하는데, 특히 강사진·강기장 두 인물은『고려보감』에서 왕건과 함께 사실상의 주인공이라 할 만큼 비중 있는 인물들이다. 이들은 공식적인 역사기록에서는 나타나지 않지만, 진주 강씨 족보에는 고려의 일등공신으로 기록되어 있다. 인물뿐만 아니라 작품에 나타나는 여러 차례의 전쟁 에피소드 또한 대부분 허구이다. 이렇게『고려보감』은 인물이나 사건 모두 실제와 허구가 뒤섞여 있어 창작과 사실을 구분할 수 없는데, 이는 철저히 작자가 의도한 결과로 보인다.

『고려보감』은 지금까지 서지사항과 소장처가 학계에 보고되었을 뿐[1] 심도 있는 논의가 이루어지지 않았다. 이에 본 논문은 아직까지 알려지지『고려보감』을 소개하는 것을 목표로 한다. 이를 위해 먼저 세책『고려보감』의 서지사항과 전체적인 줄거리를 살펴보고, 활판본 이본이라 할 수 있는『고려태조』와 비교하도록 한다. 이어『고려보감』의 내용을『고려사』등의 문헌 기록과의 대조를 통해, 작중 인물과 사건의 실재 여부를 면밀히 살펴보도록 한다. 마지막으로 결론을 대신하여 허구와 사실이 뒤섞인『고려보감』의 창작방법의 의의를, 세책이라는 상업출판의 문제와 관련하여 논의하도록 한다.

---

1) 이윤석·정명기,「세책 고소설 연구의 현황과 과제」,『세책 고소설 연구』, 혜안, 2003년, p.66.
전상욱,「세책 총목록에 대한 연구」,『열상고전연구』제 30집, 2009년, p.168.

2. 서지와 내용

2.1. 서지와 이본

『고려보감』은 일본 동양문고(東洋文庫)에 소장된 필사본 세책으로, 10권 10책으로 이루어져 있다. 표제는 '高麗寶鑑'이고 권수제는 '고려보감'으로 되어 있으며, 권당 30~34장으로 이루어져 있다. 면당 11행, 행당 12~14자로 되어 있어 권당 분량은 약 10,000자, 작품의 총 분량은 약 100,000자다. 마지막 장이 온전히 남아 있는 권[2]의 필사기를 토대로 무술년(1898년) 7월부터 8월 사이에 향수동 세책집에서 필사되었음을 확인할 수 있다.[3]

이 작품의 이본으로는 활판본으로 간행된 『고려태조』가 있다. 현재 한국학중앙연구원·연세대·고려대 도서관에 소장되어 있으며, 표제는 '고려태조', 권수제는 '고려태조 왕건'으로 되어 있다. 단권으로 본문은 총 162쪽으로 이루어져 있으며 면당 14행, 행당 40자로 이루어져 총분량은 92,000자 정도다. 본문 오른쪽에 한자를 병기하여 어려운 한자 어휘를 쉽게 이해할 수 있도록 하였다. 판권지를 통해 대정(大正) 10년(1921년) 2월 30일에 대창서원(大昌書院)에서[4] 초판이 발행되었음을 알 수 있다.[5] 정가는 80전이다.

---

2) 10권 중 2·5·6·8권의 마지막 장이 낙장이다.

3) 각권에 남아 있는 필사기도 조금씩 다른데, 살펴보면 다음과 같다(7권의 경우 낙장이 없음에도 필사기가 남아있지 않다).

1권: 셰무슐 칠월일 향슈동 셔
3권: 셰무슐 칠월 향동 셔
4권: 셰무슐 칠월 일 향슈동 셔
9권: 세무술 팔월일 서
권지십: 세무술 팔월일 향수동 필서

4) 판권지에는 대창서원에서 간행된 것으로 되어 있으나, 작품의 표제에는 '大昌書院·普及書館 發行'이라고 적혀 있다.

『고려태조』의 작품 뒤에는 총 5페이지에 걸쳐 대창서원에서 간행된 여러 서적의 광고가 실려 있는데, 그 중에는 『고려태조』에 대한 광고문도 있다.

> 太祖ㅣ仗鉞起義ᄒᆞ야奄定三國ᄒᆞ고歷年五百ᄒᆞ니天生聖人이豈偶然哉아龍顏日角은與漢祖唐宗으로同ᄒᆞ고而豁達大度에仁明이過之로다破百濟合新羅에優禮降王ᄒᆞ고化育黎庶ᄒᆞ니試問古來帝王에有此者ㅣ幾人고卽東西兩洋에罕有其匹也니乃得之也ㅣ理ᄒᆞ야周武가有慚이오守之也ㅣ順ᄒᆞ야漢文이致隆이라謚曰神聖이非過語也로다今其創業記를婦人孺子가皆能暗誦ᄒᆞ니可見故都遺民이不忘舊君ᄒᆞ야千載不泯이로다至於或不經에涉於渺茫者는固當時事情오而亦稗史之慣例니何足深究리오
>
> 右는本文上에漢字로써肩書ᄒᆞ야一見了解케ᄒᆞ노라

『고려태조』가 간행된 식민지시기에는 출판에 대한 검열 때문에 민족의식·역사의식을 고취시키는 정치·사상서가 나오기 어려웠고, 이러한 주제는 소설의 형식을 빌어 출판되는 경우가 많았다.[6] 『을지문덕전』·『김유신실기』·『세종대왕실기』·『고려 강시중전』·『사명당전』 등 왕이나 나라를 구한 영웅들을 그린 전기(傳記)소설이 이에 해당한다. 물론 1898년 이전에 창작된 『고려보감』은 이러한 작품과 성격이 다르다. 중국에 대한 사대주의가 강하게 투영되어 있는 『고려보감』과 『고려태조』는, 이들 작품처럼 민족의식을 고취하는 작품이라 할 수 없다. 그러나 『고려태조』를 간행한 출판업자는 『고려보감』을 이와 동류의 작품으로 간주했을 가능성이 높다. 『고려보감』은 역사적인 인물을

---

5) 초판본 외의 다른 판본이 아직까지 발견되지 않는 것으로 보아 중간은 없었던 것으로 생각된다.

6) 방효순, 『일제 강점기 민간 서적발행활동의 구조적 특성에 관한 연구』, 이화여자대학교 박사논문, 2000년, p.68~69.

주인공으로 내세웠으며, 주인공의 영웅적인 면모를 그리고 있어 외견상 다를 것이 없기 때문이다. 『고려보감』이라는 제목을 『고려태조』로 바꾼 것 또한 이러한 맥락에서 이루어진 것으로 보인다. 출판업자의 입장에서는 이 작품이 왕건에 관한 이야기라는 것을 명확하게 내세우면서 앞서 열거한 역사전기물과 동류의 작품으로 보일 필요가 있었던 것으로 보인다.

『고려태조』는 작품명은 다르지만 내용이 『고려보감』과 거의 일치하며, 세책 고소설에서 자주 사용되는 표현이 남아 있다. 따라서 이 작품은 『고려보감』과 비슷한 내용의 이본을 대본으로 한 것으로 추정된다. 작품의 시작 부분을 보면 이와 같은 사실을 확인할 수 있다.

> 화설(話說). 당(唐)나라 현종(玄宗)[7] 황제 시절에 한림편수관(翰林編修官) 왕울이라 하는 사람이 있으니, 아자(兒子) 오형제를 두고 가산이 요부(饒富)하며 뜻이 청정(清淨)하여 벼슬을 하직하고 전리(田里)에 돌아와 월하(月下)에 밭 갈기와 조대(釣臺)에 고기 낚기를 일삼으며 가내(家內)를 인의(仁義)로 교훈하여 세월을 보내더니, 일찍 장자의 명은 초근이오, 차자의 명은 직근이오, 삼자의 명은 학근이오, 사자의 명은 인근이오, 오자의 명은 계근이니, 계근의 사람됨이 기질이 준매(俊邁)하며 또한 겸인지용(兼人之勇)이 있어 글 읽기를 폐(廢)하고 활쏘기를 좋아하여 능히 철현궁(鐵弦弓)을 쓰니[8] (『고려보감』 1권 1장)

> 거금 일쳔ᄇᆡᆨ여년 전에 당나라 현종시졀에 한림편슈 왕을이라 ᄒᆞᄂᆞ 니 잇스니 아ᄌᆞ 오형뎨를 두고 가산이 요부ᄒᆞ더라. 공이 ᄯᅳᆺ이 쳥졍ᄒᆞ야 벼ᄉᆞᆯ을 하직ᄒᆞ고 뎐리에 도라와 구름 속에 ᄇᆞᆺ갈기와 ᄃᆞᆯ 아ᄅᆡ 고기 낛기를

7) 현종(玄宗): 당나라의 제6대 황제.

8) 인용한 작품 원문은 이 책의 교주본을 쓰기로 한다.

> 일삼으며 쳐ᄉᆞᄒᆞ기를 인의로 교훈ᄒᆞ야 셰월을 보ᄂᆡ더라. 장ᄌᆞ의 명은 초근이오, ᄎᆞ자의 명은 직근이오, 삼ᄌᆞ의 명은 학근이오, ᄉᆞᄌᆞ의 명은 인근이오, 오ᄌᆞ의 명은 졔근이라. 졔근의 위인이 쥰ᄆᆡᄒᆞ며 ᄯᅩᄒᆞᆫ 겸인지용이 잇셔 글닑기를 폐ᄒᆞ고 활쏘기를 죠와ᄒᆞ야 능히 텰현궁을 쏘니
> (『고려태조』 1페이지)[9]

전체적인 양상을 살펴보면, 『고려태조』가 『고려보감』에 비해 표현이 축약된 경우가 많다.

> "짐이 들으니 동방이 안정치 못하여 요란하다하니 짐이 근심이 적지 아니한지라. 이러므로 짐이 특별히 경을 봉하여 진양후(晋陽侯)를 봉하고 삼만호(三萬戶)를 주나니 동방에 나아가 대국 위엄을 엄정히 하여 알게 하며, 백제성(百濟城)을 안찰(按察)하여 삼만 호 생민(生民)을 무휼(撫恤)하며 동방을 진정하고, 충량(忠亮)의 진무(鎭撫)를 본받아 쇠잔(衰殘)한 백성을 안돈하여 이산(離散)치 말게 하라."
> (『고려보감』 2권 1~2장)

> 짐이 드르니 방금 동방이 요란ᄒᆞ다 ᄒᆞ니 비록 타국이나 근심이 젹지 아닌지라. 고로 짐이 〃졔 특별히 경을 봉ᄒᆞ야 진양후를 ᄒᆞ이고 식읍 삼만 호를 주ᄂᆞ니, 경은 동방에 나아가 위엄을 셰우고 ᄇᆡᆨ뎨셩을 탈취ᄒᆞ라
> (『고려태조』 16페이지)

위의 인용문은 작품 전반부에서 당황제가 강태백을 신라로 파견하라는 명을 내리는 대목이다. 내용을 변형시키지 않는 선에서 간략하게 처리하였는데, 『고려태조』에는 이러한 부분이 많다. 더러 텍스트를 생략하고 압축하는 과정에서, 이야기 진행상 꼭 필요한 대목이 사라지

9) 『고려태조』의 본문에는 한자가 병기되어 있으나, 이본 비교의 편의상 생략하였다.

거나 오류가 발생하는 경우도 있다.

> 월이 더욱 분노하여 기풍·한목 등 중장으로 태조를 보호케 하고 정신을 떨쳐 대갈일성(大喝一聲)에 전면으로 헤쳐 나아가더니, 웅천 전랑에서 손지강의 복병을 만나 싸울 새, 지강의 창이 빗나는 곳에 백기를 양단(兩斷)에 내고 또 변승을 취한대, 승이 철추(鐵椎)를 들고 지강을 맞아 싸워 사오 합에 지강이 쇠채로 변승의 가슴을 맞히니, 월이 대규일성(大叫一聲)에 구절천을 날려 지강의 꼭뒤를 맞히니 투구 깨어지고 정신이 혼혼(昏昏)하여 감히 대적치 못하고 달아나거늘
>
> (『고려보감』 8권 15장)

> 월이 더욱 분노ᄒᆞ야 긔풍·한목 두 즁쟝으로 ᄐᆡ조를 보호케 ᄒᆞ고 정신을 ᄯᅥᆯ쳐 ᄃᆡ갈일셩에 젼명을 헤쳐 나아가더니, 웅쳔 젼랑에셔 손지강의 복병을 만나 ᄊᆞ홀ᄉᆡ 지강의 창이 빗나는 곳에 ᄇᆡᆨ긔를 량단에 ᄂᆡ고 ᄯᅩ 변송을 취ᄒᆞᄃᆡ 송이 텰츄를 들고 지강을 마져 ᄊᆞ화 ᄉᆞ오 합에 지강이 쇠ᄎᆡ로 변송의 가삼을 맛치니 투구 ᄭᆡ여지고 정신이 혼〃ᄒᆞ야 감히 ᄃᆡ뎍지 못ᄒᆞ고 다라나거늘 (『고려태조』 123페이지)

위의 대목은 고려군과 반란군의 전투 장면인데, 『고려보감』의 "월이 대규일성에 구절천을 날려 지강의 꼭뒤를 맞히니"가 빠져 앞뒤가 맞지 않게 된 경우이다. 『고려보감』 인용문을 보면 '맛치니'가 두 번 있는데, 이렇게 비슷한 문구 때문에 필사지점을 착각하고 문구가 탈락되는 경우를 흔히 발견할 수 있다. 이는 『고려태조』가 비슷한 계열의 『고려보감』을 저본으로 하여 만들어졌음을 보여주는 전형적인 예라 할 수 있다.

『고려태조』의 생략이 가장 눈에 띄는 부분은 이야기의 후반부다. 『고려보감』에서는 모든 반란을 진압하고 강도에서 돌아온 황분에게 부하

장수 정침이 강기장에 대해 장황하게 설명하는 대목이 있는데, 『고려태조』에서는 이 대목을 "졔신과 즁쟝이 ᄯᅩᄒᆞᆫ ᄋᆡ셕ᄒᆞ야 ᄒᆞ더라."로 짧게 압축하였다. 이후 왕건이 강기장의 영구(靈柩)를 이끌고 고봉산으로 들어가 강사진을 만나고 입조(入朝)를 권하는 대목은 완전히 생략되었다. 도성으로 돌아와 정난공신을 봉작하는 대목에서도 몇 십 명의 인물에게 관직을 수여하는 『고려보감』에 비해, 『고려태조』에서는 주요 등장인물 십여 명에 대한 것으로 대폭 축소되었다. 대연회가 열리던 날 밤에 공중에서 우레 같은 소리가 들려 나라의 액운을 예언하는 대목이나 왕건의 모친과 부인의 천명이 다했음을 이야기하는 부분도 삭제되었다. 이러한 생략은 단순히 분량을 줄이기 위한 것으로 보인다.

이렇게 『고려태조』가 『고려보감』에 비해 축약이나 오류가 많기는 하지만, 그 차이가 현저하지는 않다. 따라서 선행본(先行本)인 『고려보감』에서 낙장이나 필사상의 오류 등으로 내용을 확인할 수 없는 부분은 『고려태조』를 통해 그 의미를 파악할 수 있다.

2.2. 줄거리

10권으로 이루어진 『고려보감』의 권별 줄거리는 다음과 같다.

1권

당나라 한림편수 왕울은 낙향하여 오형제를 키우던 중 불치병을 얻는다. 천마산 괴물을 물리쳐야 병이 나을 수 있음을 알게 된 형제는 천마산으로 떠난다. 이들은 중도에서 만난 유옹(翁)의 만류에도 끝내 천마산에 당도하여 괴물을 물리치지만, 산사태로 형제가 모두 죽고 막내 계근만 살아남는다. 계근은 유옹과 재회하고 그의 딸과 혼인하지만, 곧 태어날 아이에게 전해줄 유물을 남기고 떠난다. 시간이 흘러 유부인은 아들 건을 낳는다. 왕건이 열 살이 되자 유부인은 아들에게 계근의 유물을 건네고, 자신의 출생에 대해 알게 된 왕건은 아버지를 찾아 집을 나선다. 풍천에 도착한 왕건은 남해 용궁에서 온 동자의 부탁으로 거마산 괴물을 물리친다. 동자와 함께 용궁으로 들어가자, 용왕은 왕건의 공을 치하하며 자신의 딸과 혼인시킨다. 행복한 시간을 보내던 왕건은 계근의 죽음을 전해 듣고 어머니를 봉양하기 위해 용궁을 떠나려 한다.

2권

용궁을 떠나려던 왕건은 용녀부인의 권유로 세상에 나설 때를 기다린다. 이 때 당나라 강태백이 천자의 명을 받고 진산도(晉山都)에 부임한다. 사십이 되도록 자식이 없던 강태백은 삼춘가절(三春佳節)을 맞아 부인과 운우지정을 맺고 아들 사진을 낳는다. 한편, 신라왕은 후비 소생의 궁예가 반골이 있다 하여 죽이려 하지만, 어린 궁예는 북경으로 도망쳐 유지엄의 보호 아래 자라난다. 성인이 된 궁예는 백성들의 신망을 등에 업고 반역을 꿈꾸지만 유지엄의 만류로 때를 기다린다. 완산에서 일어난 견훤은 삼남을 정벌하고 후백제를 건국한다. 십오 세가 된 강사진은 신라 침략에 대비하여 피난처를 찾아 나선 여행길에서 석광을 만나고, 그의 아버지 석공(公)으로부터 비기(秘技)를 전수받고, 그의 딸과 약혼한다. 얼마 후 견훤의 침략을 눈치 챈 신라는 요충지인 진산도를 점령하고, 강태후 일가는 천봉산으로 피란한다. 용궁에 있던 왕건은 때가 되었다는 용왕의 말을 듣고 세상으로 나와 동지들을 만난다.

3권

용궁에서 나온 왕건은 사진을 찾아가 함께 하기로 하고 감악산을 근거지로 하여 군사를 일으키고 때를 기다린다. 이 때 신라왕이 승하하자 궁예는 선왕의 유언장을 날조하여 북방 호족들을 자신의 수하로 끌어들여 태봉을 건국한다. 분노한 신라왕은 대장 안축을 파견하여 태봉군을 대파하고, 궁예는 철원으로 도망쳐 재기를 도모한다. 왕건은 궁예의 수하로 들어가 북경성 공략에 나서지만 쉽사리 성을 함락시키지 못한다. 한편 강사진은 후백제로 건너가 견훤에게 거짓 투항하여 견훤에게 신라를 공격할 것을 권유한다. 견훤이 신라 동경으로 진격하자 당황한 신라왕은 왕건과 대치중인 안축을 급히 불러들이지만, 견훤에게 대패하고 진산 협곡으로 도망쳐 농성전을 벌인다. 견훤은 신라 정벌이 여의치 않게 되자 신라와 궁예의 연합을 두려워하여 회군하고, 태봉 정벌을 결심한다.

4권

신라군이 돌아가고 위기를 모면한 궁예는 궁녀 무상에 빠져 학정을 일삼는다. 급기야는 부인 강씨와 충신들을 처형하고 무상을 왕후에 봉한다. 민심이 이반하여 도망가는 백성들이 생겨나지만, 궁예는 학정을 멈추지 않는다. 왕건은 신라가 자신을 두려워한다는 거짓 소문을 퍼트리고, 이를 명분 삼아 북경성을 접수하고 강사진의 귀환을 기다린다. 이때에 여진족이 북방 지역을 약탈하자 궁예는 왕건을 파견한다. 왕건은 여진군과의 첫 번째 전투에서 패하지만, 강사진의 매복작전으로 다음 전투에서 여진을 대파한다. 왕건은 여세를 몰아 정변을 일으키고 민심을 잃은 궁예를 축출한다. 도망치던 궁예는 백성들의 돌에 맞아 죽는다. 왕건이 철원으로 들어가 나라를 세워 태조대왕이 된다.

5권

왕건은 도선대사의 계획대로 송악 천도를 준비하고, 사진은 천상(天像)을 헤아려 부모님이 위독함을 깨닫고 낙향한다. 송악으로 행차하던 왕건은 내란 세력의 습격을 받지만, 뛰어난 무예로 이들을 물리친다. 무사히 송악에 도착하여 국가의 기틀을 다진 왕건은 백제 정벌을 결심하고 군사를 파견한다. 견훤의 용맹함을 간과한 한충이 무리한 전투를 펼치다 사망하고 대패하자, 왕건은 친정(親征)에 나선다. 견훤이 고려군을 협곡으로 유인하여 대파하자, 왕건은 백마산에서 농성전을 펼치다 신숭겸이 자신을 대신해 죽는 틈을 타 도망쳐 위기를 모면한다. 이 소식을 접한 강사진은 아들 강기장에게 자신을 대신하여 왕건을 도울 것을 명하고, 견훤에게는 신라 정벌을 권유하는 서찰을 보낸다. 견훤이 신라로 쳐들어간 사이 왕건은 강기장을 받아들이고 전투를 준비한다.

6권

왕건이 강기장에게 후백제 정벌을 명하자 강기장은 완산으로 출정한다. 강사진은 견훤의 아들 신검과 접촉하여 회유한다. 견훤은 신라를 침공하지만, 신라가 농성전으로 맞서자 성과 없이 시간을 지체한다. 다급해진 견훤은 또 다시 말머리를 돌려 북경성을 쳐들어가지만, 이때 신검이 반란을 일으켰음을 듣고 다시 완산으로 회군한다. 돌아가는 길목에서 매복하고 있던 황분과 석광에게 퇴로를 차단당한 견훤은, 어쩔 수 없이 신검을 왕으로 인정하고 구원병 요청한다. 이때에 강기장이 완산으로 들이닥치자, 놀란 신검은 정원을 출정시킨다. 강기장은 정원을 단칼에 베고 백제군을 대파한다. 완산을 접수한 강기장이 곧바로 견훤군을 압박하자, 견훤은 비로소 모든 계략을 깨닫고 자결한다. 백제의 멸망 소식을 접한 신라 경순왕은 고심 끝에 고려에 항복하고, 왕건은 삼국 통일을 달성한다.

7권

왕건이 삼국을 통일하자, 지난 날 패한 여진왕이 금과 요동과 연합하여 침략한다. 왕건의 부름을 받고 돌아온 강기장에게 금국 첩자가 거짓 투항하자, 강기장은 이를 간파하고 거짓 정보를 흘린 후 기습공격을 감행한다. 북방민족 최고 장수 악비가 강기장에게 패하자 스스로 자결하고, 이로써 강기장은 금군을 물리친다. 한편 여진과의 전투를 준비하던 석광의 꿈에 죽은 태봉의 왕후 강씨가 나타나 적의 기습공격을 경고하고 청심단을 건넨 후 사라진다. 이에 석광이 미리 대비하여 접전 끝에 여진군을 진압한다. 압록강을 건너온 요동군 또한 첩자의 밀고를 듣고 화공에 대비하지만, 고려 장수 황분은 강기장의 명령에 따라 화공을 가장한 후 수공을 펼쳐 요동군을 격파한다.

8권

고려에 패한 금의 장수 봉효달은 지난 날 왕건을 위협했던 내란세력과 신검 등과 연합하여 고려 도성을 침공한다. 성이 함락되는 위기에 놓이자 왕건은 강도로 피란길에 오른다. 장수 남월의 활약으로 적군의 추격을 따돌리고 해변에 당도하지만 배를 구하지 못한다. 이 때 남해 용왕이 보낸 배가 나타나 왕건은 무사히 강도로 건너간다. 한편 강기장은 전투에서 석광에게 화살을 맞은 후 중병을 얻고 휴식을 취하지만, 반란군의 소식을 듣고 무리한 출정을 감행하다 목숨을 잃는다. 남은 장수들은 그의 죽음을 발설하지 않은 채 전투를 준비한다. 안동 태수 권율이 반란군의 소식을 듣고 출정하여 선경덕 군과 접전을 펼치고, 원주 목사 주경 또한 반란군 진압에 가세한다. 불리한 상황에 놓인 반란군은 농성전에 들어간다.

9권

고려 장수들이 원병과 함께 차례로 집결한다. 책사 한승은 반란군이 지공전으로 나오자 매복작전을 준비한다. 장수들이 각각 도성 삼문을 구응하기로 하고 선봉장 설영이 신검이 지키는 서화문을 공격하여 도성을 되찾는다. 신검은 또 다른 내란세력인 김중태의 진으로 피한다. 왕건을 구하기 위해 출정한 장수 황분은 중도에서 손지강군과 마주친다. 황분은 매복작전을 간파당하고 위기에 놓이지만 남월의 구원병이 도착하자 전세를 역전시켜 이들을 대파하고 강도로 향한다. 안동태수 권율 또한 선경덕을 맞아 고전하지만, 황공필과 채영의 원군이 당도하자 형세를 역전시켜 적군을 섬멸한다. 전세가 기울자 금국 장수 적단과 모구검이 함께 도망치던 중 고려장수 방달호와 오풍을 만나 전투를 벌인다.

10권

방달호와 오풍이 접전 끝에 적단과 모구검을 죽이고 반란군을 모두 제압한다. 강도에 머물던 왕건은 도성으로 돌아가기 위해 배에 몸을 싣는다. 바다에서 지난 날 물리쳤던 거마산 괴물을 마주쳐 위기에 처하지만, 유시달이 제요강마경으로 괴물을 퇴치한다. 왕건은 무사히 도성에 당도하고 강기장의 죽음을 전해 듣고 슬퍼한다. 이튿날 대연을 베풀고 태자를 책봉하고 공신을 치하하며 승리를 자축한다. 밤이 깊어지자 흉조를 알리는 우레 소리가 들리고, 다음 날 왕건의 모친과 부인이 천명을 다하였음을 알려 온다. 왕건이 왕위를 태자에게 물려 준 후 별궁에서 생을 마감하니, 패위를 물려받은 태자가 아버지의 업적을 만세에 기린다.

권별 줄거리를 통해 살펴본 바와 같이 『고려보감』은 왕건의 탄생배경(왕건의 선조 이야기)에서 시작으로 하여 그의 죽음으로 끝난다. 왕건을 중심으로 한 이야기 외에도 강사진과 궁예, 견훤의 탄생과정과 개인사가 삽입되어 있다. 왕건의 행적과 관련된 중심 서사는 몇 개의 작은 이야기로 나뉘어 있다. 하나하나의 이야기에는, '궁예축출'·'견훤격퇴' 등 각각 성취해야 하는 목표가 있다. 이 목표를 달성하기 위해서는 쓰러뜨려야 하는 '적'이 있고, 이 적에 맞서 군담이 전개된다. 이렇게 각각의 목표가 단계적으로 성취되면서, 궁극적으로는 '왕건이 삼국통일과 고려의 안정을 이루고 생을 마감한다.'는 전체적인 주제가 완성되면서 이야기는 마무리된다.

각각의 작은 이야기의 내용과 그 목표 등을 살펴보면 다음과 같다. 첫 대목은 왕건의 탄생과 성장, 그리고 그가 세상에 나오는 과정을 그린다. 왕건의 선조가 당나라에서 신라로 건너와 왕건이 태어나기까지의 이야기, 이후 왕건이 성장하여 아버지를 찾아 나서고 용궁을 거쳐 세상으로 나와 강사진 등과 세를 규합하는 과정이 그려지고 있다. 이 대목은 전체 이야기의 시작이자 준비에 해당하기 때문에, 왕건이 거마동의 괴물을 쓰러뜨리는 것 외에 이렇다 할 군담은 없다.

두 번째 대목은 세를 규합한 왕건이 궁예를 몰아내고 고려를 건국하기까지의 이야기이다. 궁예의 수하로 들어간 왕건이 견훤과 북방민족을 맞아 싸우면서 궁예의 신임을 얻게 되고, 후에 정변으로 궁예를 몰아내고 고려를 세우는 과정을 그린다. 여기서는 견훤과의 전투, 북방민족과의 군담이 나타나지만 이들을 주된 적이라고 볼 수는 없다. 이들과의 전투는 궁극적으로 궁예를 무너뜨리고 왕권을 탈취하기 위한 것이기 때문이다. 결국 이 단락의 적은 궁예이고, 궁예를 무너뜨리는 것을 목표로 하는 이야기라 할 수 있다.

세 번째는 궁예를 몰아내고 고려를 건국한 왕건이 견훤과의 전투에서 승리하여 삼국을 통일하는 이야기이다. 왕건은 견훤에게 패하고 죽을 위기에 처하지만, 강사진의 계략으로 결국 후백제를 격파한다. 이후 신라의 항복까지 받아내며 삼국통일을 달성한다. 이 대목의 주된 적은 견훤이고, 견훤과 후백제군에 맞서 군담이 전개된다. 이외에도 송악으로 행차하던 중도에서 반란군을 맞아 싸우는 대목이 있지만, 이는 주된 목표와는 상관이 없다. 뒤이어 이어지는 이야기, 즉 반란군과 북방민족 연합군이 도성을 침공하는 이야기를 위한 복선의 성격이 강하다.

네 번째는 삼국통일을 한 고려에 북방민족이 쳐들어오는 이야기이다. 지난 날 왕건에게 패한 여진족을 주축으로 한 북방민족 연합군을 맞아 전투를 벌여 물리치는 것이 주된 내용이다. 주된 적은 북방민족군이며, 이들을 물리치는 것이 이 단락의 목표라 할 수 있다.

다섯 번째는 패퇴한 북방민족의 잔존세력이 내란 세력과 연합하여 고려 도성을 침략하는 대목부터 시작된다. 이들의 침략에 도성이 함락되어 왕건은 강도(江島)로 피란하고 강기장이 사망하는 등의 위기에 처한다. 이 단락의 목표는 이러한 위기를 극복하고 왕건이 무사히 도성으로 귀환하는 것이며 주된 적은 이 귀환을 방해하는 모든 것들로, 북방민족과 반란세력의 연합군, 그리고 거마산 괴물이다.

마지막은 모든 군담이 끝나고 평화를 되찾은 후의 이야기이다. 왕건은 공신을 치하하고 세자를 책봉하여 고려의 기틀을 다진다. 왕건의 어머니와 용녀부인이 죽을 때가 되어 하늘로 승천하고, 왕건 또한 천수를 누리다 생을 마감하면서 『고려보감』은 끝난다. 전체적인 양상을 표로 요약해 보면 다음과 같다.

	권수	큰단락(주 내용)	작은 단락(세부 내용)	주적	전투
1	1권	왕건 등 주요인물의 소개	왕건의 가계와 탄생과정		
			왕건의 성장과 출가		
			용궁 동자와의 만남과 괴물 퇴치		괴물과의 전투
			용녀와의 혼인		
	2권		용궁을 떠나려 하나 때를 기다림		
			강사진의 탄생과정		
			궁예의 탄생과정		
			견훤의 봉기		
			강사진의 성장, 혼인, 만남		
			신라의 당읍침략		신라군의 당읍 침공
	3권		왕건이 용궁에서 나옴		
2		왕건의 혁명과 고려건국	왕건이 강사진과 일행을 만나 세를 규합함	궁예	
			궁예의 태봉건국 백제와의 전투		궁예(태봉)와 견훤(후백제)의 전투
			왕건이 궁예에게 투항하고 백제와 전투를 벌임		왕건(태봉)과 견훤(후백제)의 전투
			강사진은 계략으로 백제군이 회군하여 신라를 침공함		견훤(후백제)의 신라 침공
	4권		궁예의 학정		
			혁명을 모의하는 왕건과 부하들		
			무상의 중상모략과 궁예의 계속되는 학정		
			여진족의 북방침략과 왕건의 응전		왕건(태봉)과 여진족의 전투
			왕건의 혁명과 궁예의 죽음		
	5권		왕건의 고려건국과 송악 천도		왕건(고려)과 반란군의 전투
3		왕건의 후백제 정벌과 삼국통일	석광, 염쾌가 견훤에게 대패함	견훤	고려군과 견훤(후백제)의 전투
			왕건이 견훤에게 대패함		왕건(고려)과 견훤(후백제)의 전투
			신숭겸의 희생으로 전장에서 벗어나는 왕건		신숭겸(고려)과 후백제군의 전투

			강사진의 복귀와 강기장의 등용		
	6권		기장과 고려군의 완산 출군		
			견훤의 신라 침략과 신검의 배반		견훤(후백제)의 신라 침략
			회군하던 견훤군을 왕건이 격파함		왕건(고려)과 견훤(후백제)의 전투
			완산에서 기장이 신검의 군사를 격파함		기장(고려)과 정원(후백제)의 전투
			견훤이 자결하고 백제가 고려에 투항		
			백제 멸망소식을 들은 신라가 항복하여 삼국통일		
4	7권	북방민족군의 침입	북방민족 연합군이 침략함	북방민족	
			군에 복귀한 기장에게 첩자가 나타남		
			기장이 금군을 기습공격함. 악비 사망		기장(고려)과 악비(금국군)의 전투
			석광군의 여진군 기습공격		석광(고려)과 여진군의 전투
			황분의 요동군 격파		황분(고려)군과 요동군의 전투
			석광군의 여진군 격파		석광(고려)과 여진군의 전투
5	8권	북방민족과 반란군의 도성침공	북방민족 잔존세력과 내란군이 도성으로 쳐들어옴	금국군 내란세력	연합군(금국군, 내란군, 신검)의 침공
			공성전에서 성벽이 뚫림		연합군(금국군, 내란군, 신검의 침공
			왕건이 강도로 피신함		손지강군(내란군)의 추격
			기장의 죽음		
			안동태수 권율의 출정		
			원주목사 주경의 출정		
	9권		고려군이 모임. 공성전을 준비함		
			고려군의 도성탈환		설영(고려)이 신검을 공격함
			황분이 강도로 향하던 중 손지강와 만남		황분(고려)과 손지강(내란군)의 전투,

					남월의 구원병
			고려군이 손지강을 물리침		황분(고려)과 손지강(내란군)의 전투
			주경이 모구검군을 격파함		석광(고려)과 모구검(금국군)의 전투
			반란군 잔존세력과 고려장수의 대결		방달호, 오풍(고려)과 적단, 모구검(금국군)의 대결
			강도로 향한 황분이 왕건을 만남		
	10권		돌아오는 뱃길에서 거마동 괴물을 만남	괴물	괴물과의 전투
6		후일담	왕건의 무사귀환, 공신들을 치하함		
			연회를 베풀던 날 흉조가 발생함		
			모친과 부인이 승천함		
			왕건이 천수를 누리다가 생애 마침		

표를 통해서 확인할 수 있듯이 10권 10책으로 이루어진 『고려보감』은 여섯 개의 작은 이야기가 분량 면에서 균형을 이루고 있다. 첫 번째 대목부터 네 번째 대목까지 네 개의 이야기가 각각 두 권 분량으로 이루어져 있다. 다섯 번째 이야기에는 많은 인물이 등장하고 전투도 여러 차례 이루어지는 것으로 되어 있어 분량이 많고, 마지막 이야기는 간략하게 마무리했다. 『고려보감』은 이렇게 6개의 이야기로 이루어져 있는데, 내용이나 등장인물 면에서 서로 얽히는 지점이 있다. 첫 번째 대목(이하 편의상 숫자로 표시함)에서 등장했던 거마동의 괴물이 5의 마지막에도 등장하여 왕건을 위협하고, 3에서 잠시 등장했던 내란세력과 신검이 5에서 다시 북방민족과 연합하여 도성을 침공한다. 2에서 궁예에게 살해당한 강씨가 4에서 고려 장수의 꿈에 나타나 적의 기습공격을 알려주는 것 또한 그런 예가 될 것이다. 각 이야기가 유기적으로 연결되어 있음을 확인할 수 있다.

3. 역사기록과의 비교

역사적 사실과 허구가 결합된『고려보감』의 양상을 보다 명확하게 살펴보기 위해, 작품의 시공간적 배경, 등장인물과 사건 등을『고려사』·『삼국사기』등의 사서와 비교해보도록 한다.

3.1. 배경

『고려보감』은 왕건의 일대기를 소재로 한 작품이기 때문에, 그의 생몰연대(877~943)를 전후로 한 9세기 말부터 10세기 중반까지가 주된 시간적 배경이라 할 수 있다. 그런데 작품 곳곳에 나타나는 설정을 보면, 이 시기와 맞지 않는 부분이 발견된다. 첫째로『고려보감』은 "화설. 당나라 현종 황제 시절에 한림편수관 왕울이라 하는 사람이 있으니"로 시작된다. '당나라 현종황제 시절'은 8세기 초중반(712~756)이다. 이 때 활동한 왕울의 손자인 왕건이 약 150년 후에 태어나는데, 한 세대를 약 30년으로 보았을 때 이는 맞지 않는 설정이라 할 수 있다. 왕울에서 시작하여 왕건이 탄생하는 과정까지 3대에 걸친 이야기는『고려사』의 서문을 참조하여 쓴 것으로 추정되는데, 왕건의 세계(世系)에 관한 이 기록[10] 자체가 신화적이며 정확한 연대가 나타나 있지 않다.『고려보감』의 작자는 이 기록을 수용하면서도, 왕건의 실제 활동시기와 최대한 맞추려했던 것으로 보인다.

왕건의 책사인 강사진과 그의 아버지 강태백에 관한 설정 또한 역사기록의 내용과 맞지 않는다.『고려보감』의 내용상 강태백은 당나라 천자의 명을 받고 '당읍(唐邑)'인 진주로 오고, 이후 이곳에서 강사신이 태어나는 것으로 되어 있다. 당나라는 663년에 신라에 계림대도독부

---

10) 왕건에 관한 인물연구 부분에서 자세히 다루도록 한다.

(鷄林大都督府)를 설치하였으나 이후 나당전쟁에서 신라가 승리한 후 667년까지 모든 도호부가 사라지게 된다. 따라서 '당읍'이 존재했던 시기는 고구려와 백제가 멸망한 직후가 되며, 왕건의 활동시기였던 후삼국시대와는 시차가 있다. 『고려보감』의 작자 입장에서는 왕건을 도와 고려를 창건한 일등공신인 강기장이 왕건과 마찬가지로 그 뿌리가 당나라에 있는 인물로 설정하려 했던 것 같다. 결과적으로 강기장에 대한 인물설정 때문에 시간적 배경이 맞지 않게 된 것으로 보인다.

작품 후반부에서는 거란과 요·금의 연합군이 침략하는 내용이 전개되는데, 이 또한 역사적 사실과는 다르다. 『고려사』 등을 살펴볼 때, 왕건의 재위 기간 동안 북방민족의 대규모 침략은 나타나지 않는다. 역사적으로 거란이 고려를 침공한 것이 대략 10세기 말(993년,[11] 1010년, 1018~1019년)이며, 말갈이 고려를 침공한 것이 12세기(1107년, 1115년)의 일이다. 또한 『고려보감』 후반부에서 이들 북방민족의 공격에 왕건이 도읍을 빼앗기고 강화도로 몽진(蒙塵)하는 이야기가 전개되는데, 이는 쉽게 대몽항쟁을 떠올릴 수 있게 하는 대목이다. 몽고의 고려 침공이 시작된 것은 1231년부터이다. 강화도는 조선시대에 이르기까지 나라의 변란이 있을 때마다 왕족의 피난처로 자주 이용되었던 공간이다. 당대 사람들에게는 강화도에 대한 이러한 지식과 인상이 오랫동안 축적되었을 것이며, 『고려보감』의 작가는 이를 작품에 반영한 것으로 보인다. 『고려보감』 후반부의 북방민족과의 전투 이야기는 왕건 사후 약 3세기에 걸쳐 일어난 역사적 사건들을 소설적인 재미를 위해 압축하고 변용한 것이라고 보아야 할 것이다.

11) 是月 女眞復報契丹兵至 始知事急分遣諸道兵馬齊正使.
冬十月 以侍中朴良柔爲上軍使內史侍郎徐熙爲中軍使門下侍郎崔亮爲下軍使軍于北界以禦契丹.
(『高麗史』 卷三, 「成宗 癸巳 十二年」.)

이렇게 『고려보감』은 왕건의 탄생에서 시작하고 죽음으로 끝나지만, 실질적으로 『고려보감』의 작자는 왕건이 출현하기 훨씬 이전인 7세기 중반부터 왕건 사후 대몽항쟁을 벌이던 13세기까지의 범위 내에서 필요한 사건을 작품에 수용한 것으로 보인다.

다음으로 공간적 배경을 살펴보도록 한다. 『고려보감』에는 왕건이 후삼국을 통일하기 전까지 고려·후백제·태봉 등 여러 국가가 만들어지는 과정이 묘사된다. 이때 제시되는 지역에 관한 정보는 역사적 사실과 대체로 일치한다. 『고려보감』에서는 먼저 궁예가 북경(원주)에서 태봉을 건국하지만, 북경으로 쳐들어온 신라군에게 패하고 철원으로 옮겨간다. 이후 왕건이 궁예를 축출하고 철원에서 고려를 건국한 후, 도선대사의 말을 따라 송악으로 천도하는 것으로 되어 있다. 『고려사』 등을 살펴보면 궁예가 북경이 아닌 송악에서 나라를 세운다는 점이 다르나, 이후 왕건이 송악으로 천도하기까지의 과정은 일치한다. 견훤의 경우도 『고려보감』에서 완산을 도읍으로 하여 후백제를 건국한다는 내용이 나오는데, 이 또한 역사적 사실과 일치한다. 왕건과 궁예·견훤 등 주요인물이 활동의 본거지로 삼았던 지역은 사실과 대체로 들어맞는다.

다음으로 살펴보아야 할 공간 배경은 『고려보감』에서 가장 중요한 부분이라 할 수 있는 군담이 전개되는 장소이다. 왕건과 거마동 괴물과의 전투, 북방민족과의 전투, 내란군과의 전투 등 『고려보감』에서 전개되는 대부분의 군담은 그 자체가 허구이기 때문에 그 공간적인 배경을 사료와 맞추어 볼 필요가 없다. 유일하게 역사기록과 비교해볼 수 있는 군담은 왕건(고려)과 견훤(후백제)의 전투 대목이다. 왕건이 견훤을 무너뜨리고 삼국통일을 이루었다는 큰 줄거리는 역사적인 사실이기 때문에, 세밀한 부분까지 일치하지 않더라도 공간 설정과 사료의 기록을 비교해볼 필요가 있다.

『고려보감』에서 고려군과 백제군이 벌이는 전투는 모두 여섯 차례이다. 각 전투의 내용과 전장을 정리해 보면 다음과 같다.

1. 석광, 함충, 염쾌의 완산 침공: 백마강 일대에서 고려·후백제 양군이 대치함. 함충이 백마강 상류에서 무리한 공격을 펴다 백제군의 매복병을 만나 대패하고 전사함.
2. 왕건의 친정: 왕건이 신숭겸, 황분 등과 함께 백마강으로 진격함. 이에 견훤은 왕건을 여산 안곡으로 유인하여 대파함. 왕건은 백마성으로 들어가 농성전에 돌입함.
3. 왕건의 백마성 탈출: 신숭겸이 왕건을 대신하여 희생되고 왕건이 이를 틈타 백마성을 탈출하여 도성으로 귀환함.
4. 회군중인 후백제군 습격: 신라 침공 중 신검의 모반 소식을 듣고 회군하던 후백제군을 태백령에서 매복중이던 고려군이 퇴로를 차단하고 습격함.
5. 기장과 정원의 여산 전투: 왕건이 견훤에게 대패했던 여산에서 기장이 정원을 무너뜨리고 승리함. 후백제군은 도성으로 후퇴. 이후 공성전을 버티지 못한 후백제군이 항복함.
6. 견훤의 태백령 탈출 시도: 퇴로를 차단당했던 견훤이 태백령으로 진군하나 실패함. 이후 견훤은 야반도주를 감행하나 고려군에게 발각되어 자결함으로써 전투가 종결됨.

이렇게 고려와 후백제가 벌이는 전투는 총 여섯 차례이고, 전장(戰場)은 태백산과 여산, 백마강으로 나타난다. 『고려사』에는 왕건이 궁예의 수하에 있을 때에 치른 전투까지 포함해서 왕건군(고려군)이 견훤군(후백제군)을 침공한 기사를 20여 개 찾아볼 수 있다. 그런데, 이러한 전쟁기사 가운데 『고려보감』에 나타난 전투와 유사한 기록은 찾아볼 수 없다. 여섯 차례의 전투 가운데 명백히 역사적 사실을 토대로 했음을 알 수 있는 것이 세 번째 전투이다. 왕건이 백마성을 탈출하여 위기에서 벗어나는 대목인데, 이는 신숭겸의 충절로 많은 사람들에게 알려져 있는 '팔(공)산 전투'를 소설에 차용한 것이다[12]. 지금의 대구인 팔산에서 벌어진 전투이지만, 작품 속에서는 현재의 충남 부여로 공간이 바뀌었다. 나머지 다섯 차례는 모두 허구의 전투이다. 따라서 전장 또한 작가가 임의로 설정한 것으로 볼 수 있다. 실재하지 않는 지명이 나열되기도 하고, 실제로는 멀리 떨어져 있는 지역이 인접한 것처럼 묘사하는 경우가 대부분이다.

반면에 지리적으로 정확히 배치되고 있는 부분도 있다. 작품의 전반부에서 오형제가 아버지 왕울의 병환을 고치기 위해 신라로 넘어오는 대목을 살펴보면 다음과 같다.

> 초근 등 사인이 모두 응낙하고 발행(發行)할새, 왕생 오인이 행장을 나눠 가지고 대해(大海)를 건너 동으로 점점 행하여, 평안도(平安道) 용강(龍岡)에서 하륙(下陸), 묘향산(妙香山)을 바라보며 왕검성(王儉城)을 지나 황주계(黃州界)를 묻고 천마산 길을 물으며 주점(酒店)을 찾아 유숙(留宿)하고자 하되 (『고려보감』 1권 5장)

오형제가 배를 타고 용강으로 건너와 왕검성(평양성)을 경유하여 천마산으로 가는 길은 지도를 확인하고 쓰기라도 한 듯 정확히 묘사되어 있다. 이렇게 『고려보감』에는 공간에 대한 묘사가 지리적으로 정확한 대목과 허구로 설정되어 있는 부분이 섞여 있다.

---

12) 王聞之大怒遣使弔祭親帥精騎五千邀萱於公山桐藪大戰不利萱兵圍王甚急 大將申崇謙金樂力戰死之諸軍破北王僅
以身免 萱乘勝取大木郡燒盡田野積聚." (『高麗史』 第一卷, 「太祖 丁亥 十年」.)

『고려보감』에는 왕건이 고려를 창건하는 중반부 이후부터 왕건과 그 신하들에 의해 새롭게 명명되는 지명에 대한 설명이 나타난다. 작품의 이야기 전개와 맞물려 새롭게 지명의 유래가 묘사되고 있는 장면들을 열거해 보면 다음과 같다.

> 선시(先時)에 고월·배운태 토병을 거느리고 천학산 후면으로 일백이십 리를 가니, 산곡이 심험(深險)한데 큰 시내 있으되, 서으로 봉구산이 있고 동으로 천학산이 있으며, 간수(澗水)가 잔원(潺湲)하여 근원이 삼백여 리에 남북 동천(洞天)에 횡류(橫流)하매, 호 왈 '공류수'라 하고, 또 천학산과 봉두산이 머리를 맞추어 팔짱 낀듯하고 사이로 물이 흐르며 우(又) 왈, '월계'라 하거늘 (『고려보감』 7권 27장)

> 이날 밤에 원수의 금창(金瘡)이 점점 대발하거늘, 좌우가 고간(固諫)하여 군행을 머물고 조병(調病)함을 간(諫)하되, 원수가 불청하고 선봉을 재촉하여 자란현을 지나오더니, 원수 탄 말이 중야를 향하여 크게 울고 죽으니, 후인이 그 지명을 제마동이라 하더라
> (『고려보감』 8권 23장)

> 왕일(往日) 손지강 반적이 차지(此地)에 둔병(屯兵)하고 강도(江島)로 빙접(憑接)하매 짐이 일야(一夜) 방심치 못하고 우구(憂懼)함을 마지아니하더니, 천행(天幸)으로 공필의 구병(救兵)이 이르러 도적을 함몰(陷沒)한 고로 짐이 무사히 환궁(還宮)하니, 특별히 이 땅 지명을 승전포(勝戰浦)라 하라. (『고려보감』 권지십 15장)

> "공필의 기략(機略)으로 이곳에 은복(隱伏)치 못하였던들 그 일이 없을 뻔하도다."
> 하시고 지방관(地方官)에게 전지하사, 수빈구를 고쳐 복병지(伏兵地)라

하시고 남성문을 고쳐 승전문(勝戰門)이라고 하시고
(『고려보감』 권지십 16장)

태부인 금혜는 자하동 중에 매장(埋藏)하여 사시(四時) 향화(香火)를 받들게 하고, 용녀부인 금혜는 효성동중에 예장(禮葬)하여 능호(陵號)를 웅현릉이라 하고 (『고려보감』 권지십 16장)

그런데 이들 지명은 사실 『신증동국여지승람』 등의 지리서에서 전혀 찾아볼 수 없는 것들이다. 이 또한 임의로 작가가 창작한 지명이며, 그 유래 또한 이야기의 흐름을 따라 임의로 만든 것으로 추정된다. 이렇게 허구로 만들어진 유래는, 독자로 하여금 『고려보감』의 내용이 모두 역사적 사실로 믿게 만드는 서사전략이었던 것으로 보인다.

3.2. 인물

『고려보감』에는 250여 명의 인물이 등장한다. 예컨대 중국소설 『삼국지연의』의 등장인물이 303인이라는 점[13]을 생각한다면, 분량이나 내용에 비해 많은 인물이 등장한다고 할 수 있다[14]. 『고려보감』이 실존인물과 고려사를 소재로 하여 만들어진 작품이기 때문에 등장인물 또한 대부분 실존인물인 것처럼 생각할 수 있다. 그러나 등장인물 대부분은 사료(史料)에서 그 이름을 확인할 수 없으며, 실존인물인 왕건이나

13) 중국의 세계서국(世界書局)에서 간행된 『三國演義辭典』에 따르면 『삼국연의』에는 後漢人 57명, 魏가 92명, 蜀이 82명, 吳가 67명, 晉이 5명으로 총 303인의 인물이 등장하고 있는 것으로 되어 있다 (강태권, 「『삼국연의』 중의 인물연구」, 『중국학 논총』 15집, 국민대학교 중국문제연구소, 1999년, p.91 참고.)

14) 그러나 실질적으로 역할이 없는 인물도 많다. 『고려보감』에는 수십 명의 신하를 치하하고 관직명을 하사하는 대목이 수차례 나오는데, 이전까지 단 한 번도 등장하지 않다가 이 대목에 이름이 나타나는 인물이 많다.

궁예·견훤 등의 경우에도 이들의 행적은 역사기록과 다른 점이 많다.

① 왕건

『고려보감』은 왕건의 선조에 관한 이야기부터 시작된다. 이후 왕건이 탄생하기까지의 과정이 1권의 약 2/3 지점까지 전개되고 있다. 이 부분의 서사단락을 나누어 보면 다음과 같다.

a. 당나라 때 한림편수를 지낸 왕울은 벼슬을 그만두고 고향으로 돌아와 다섯 명의 아들을 양육한다.
b. 그 중 막내아들 계근이 문무를 겸비하여 왕울의 사랑과 기대를 독차지 한다.
c. 어느 날 왕울이 아들들과 함께 산에 올랐다가 찬 기운을 쏘인 후 불치병을 앓는다.
d. 그렇게 삼 년이 지난 어느 날, 황의도사(黃衣道士)가 찾아와 천마산에 있는 이무기를 죽이면 왕울의 병이 나을 것이라 말한다.
e. 이에 형제는 이무기를 찾아 여행길에 나선다.
f. 천마산 근처에 다다른 형제는 길을 헤매다 유옹(翁)을 만나 그의 집에 머물며 도움을 받는다.
g. 형제는 유옹의 만류에도 불구하고 끝내 천마산에 당도한다.
h. 형제들 앞에 나타난 이무기를 계근이 물리치자 곧이어 대호(大虎)가 나타나고, 이에 계근은 형들을 모두 피신시키고 홀로 맞서려 한다.
i. 천만봉이 무너져 형제가 목숨을 잃는 가운데 계근은 대호의 도움으로 홀로 위기를 면한다.
j. 계근은 어디선가 나타난 청의동자(靑衣童子)의 도움을 받아 유옹과 재회한다.
k. 유옹은 지난 밤 꾸었던 꿈 이야기를 하며 계근에게 자신의 딸과 결혼할 것을 권유하고, 계근은 이를 받아들여 유소저와 혼인한다.

l. 계근은 유부인과 행복한 시간을 보내지만, 고향의 부모님 생각에 괴로워한다.
m. 계근은 유옹의 만류에도 귀향을 결심하고, 유부인에게 뱃속 아이가 아들로 태어나면 건이라 이름 지을 것을 당부한다.
n. 유부인는 계근을 붙잡으려 목을 매어 자살을 기도하지만, 계근은 끝내 유부인을 뿌리치고 떠난다.
o. 시간이 흘러 십 삭이 지나자 유부인은 영웅의 기상을 가진 아들을 낳고 이름을 건이라 짓는다.
p. 어릴 적부터 총명하였던 건은 열 살이 되기 전에 문무를 두루 갖춘다.
q. 유씨는 계근의 유서와 유품을 건에게 내어 주고, 이에 자신의 출생의 비밀을 알게 된 건은 눈물로 세월을 보내다
r. 십오 세에 이르러 아버지를 찾기로 결심한 건은 유품인 철전·철궁을 들고 집을 나선다.
s. 집을 떠나 풍천에 다다른 건은 남해 용궁에서 온 동자를 만나 용왕을 괴롭히는 괴물을 퇴치해 달라는 부탁을 받는다.
t. 동자와 함께 울금산 거마동에 다다른 건은 아버지에게 물려받은 철궁과 철전으로 일격에 괴물을 거꾸러뜨린다.
u. 괴물을 퇴치한 건은 용왕의 초대를 받아 용궁으로 간다. 용왕은 건에게 자신의 딸과 결혼할 것을 권한다.
v. 건은 아버지를 찾아 떠날 생각에 혼사를 거절하지만, 이미 아버지는 돌아가셨다는 용왕의 말을 듣고 삼년상을 치른 후에 결혼하겠다고 말한다.
w. 시간이 흘러 건이 용왕의 딸과 결혼한다.
x. 아버지의 생사를 확인함과 더불어 홀로 되신 어머니를 봉양하기 위해 용궁을 떠나려 한다. 건의 결심을 전해들은 용녀부인은 흔쾌히 건을 따르겠다고 말한다.
y. 용왕은 지금은 떠날 때가 아니니 기다리라 만류하고, 건은 이를 따른다.

z. 얼마의 시간이 흘러 용왕으로부터 가도 좋다는 이야기를 들은 왕건은 용왕에게 받은 신물을 지니고 용궁을 떠난다.

한편 『고려사』의 서문에는 김관의(金寬毅)의 『편년통록(編年通錄)』을 중심으로 민지(閔漬)의 『편년강목(編年綱目)』과 『벽암록(碧巖錄)』, 『왕대종족기(王代宗族記)』, 『성원록(聖源錄)』 등을 언급하며 왕건의 세계와 탄생 과정을 소개하고 있는데, 이 내용의 서사단락을 살펴보면 다음과 같다.

1. 백수산 기슭에 성산(聖山)의 정기를 타고난 성골장군 호경(虎景)이라는 사람이 살았다.
2. 호경은 국토를 유력(遊歷)하다가 개성 땅에 이르러 부소산(송악산)에 올라가 보고, 그곳에 정착하여 장가들고 살았다.
3. 무예에 능한 호경이 마을 사람 9명과 함께 매사냥을 나갔다가 동굴에서 호랑이와 마주친다. 호경이 제물이 되기 위해 굴 밖으로 뛰어나간 순간 동굴이 무너져 9명은 모두 죽고 호경만 살아남았다.
4. 호경이 죽은 9명을 위해 산신에게 제사하니, 과부인 산신이 나타나 호경에게 자신과 혼인하여 산의 대왕이 될 것을 청한다. 호경이 이를 받아들여 산신과 혼인한다.
5. 산신과 혼인하고 자취를 감춘 호경은 본처를 잊지 못해 밤마다 마을로 찾아가 처를 만나고, 강충(康忠)이라는 아들을 낳는다. 강충은 구씨의 딸을 아내로 맞아 오관산 마가갑에서 살았다.
6. 풍수에 능한 신라 감관 팔원(八元)이 찾아와 강충으로 하여금 부소산으로 마을을 옮겨 소나무를 심고 송악산이라 부르게 한다.
7. 강충이 이제건(伊帝健)과 보육(寶育) 형제를 낳는다.
8. 보육이 곡령(鵠嶺)에 올라가 오줌을 누어 한반도 전체를 오줌으로 채우는 꿈을 꾼다.
9. 이제건은 이를 길몽으로 생각하고 자신의 딸 덕주를 보육에게 시집

보낸다.

10. 신라의 술사가 보육에게 찾아와 마가갑에서 살면 당나라 천자를 사위로 맞을 것이라 예언한다.
11. 보육 부부 사이에서 두 딸이 태어났는데, 동생인 진의(辰義)가 언니보다 아름답고 슬기로웠다.
12. 언니가 오줌을 누어 오관산을 물바다로 만드는 꿈을 꾸자, 이를 들은 진의가 비단치마를 주고 언니의 꿈을 산다.
13. 당나라 선종(宣宗)이 왕위에 오르기 전에 왕자의 몸으로 송악군에 이르러 보육의 집에 묵게 된다.
14. 왕자의 떨어진 옷을 언니 대신 진의가 꿰매고, 이를 계기로 왕자와 진의가 정을 통하여 아이를 잉태한다.
15. 왕자는 아들을 낳으면 활과 화살을 주도록 하라는 말을 남기고 본국으로 돌아가고, 진의는 시간이 지나 작제건(作帝健)을 낳는다.
16. 작제건은 어려서부터 총명하고 무예에 능했는데, 16세가 되어 아버지의 유물인 활과 화살을 받고 신궁(神弓)의 경지에 이른다.
17. 작제건은 아버지를 만나기 위해 당나라로 건너가는 배에 오른다.
18. 작제건이 탄 배가 난파되는 위기에 처한다. 용왕의 노여움을 풀기 위해 작제건이 제물로 뽑혀 바다로 뛰어들지만, 암석이 발에 걸려 위기를 모면한다.
19. 이 때에 용왕이 나타나, 작제건의 활솜씨를 빌어 여우를 퇴치하기 위해 일부러 배를 난파시켰다며 자초지종을 고한다.
20. 작제건은 용왕의 부탁에 응하여 금빛 부처의 모습을 한 늙은 여우를 화살로 쏘아 죽인다.
20. 여우를 퇴치한 작제건은 용왕의 딸을 아내로 맞이하고, 신물(神物)인 버드나무 지팡이와 돼지를 받아 창릉굴(昌陵窟) 앞 강안(江岸)으로 돌아온다.
21. 사람들이 용왕의 사위가 된 작제건을 위하여 영안성(永安城)을 쌓는다. 이곳에서 거하던 자제건은 신물인 돼지의 인도로 송악산으로

건너가 살게 된다.
22. 용녀 부인이 맏아들 왕륭(王隆)을 포함하여 네 명의 아들을 낳는다.
23. 삼한 통일의 꿈을 꾸던 왕륭은 꿈에서 본 여인 한씨와 결혼한다.
24. 부인과 함께 송악에서 살던 왕륭 앞에 도선대사가 나타난다. 도선대사는 자신이 말한 대로 집을 지으면 아들을 낳을 것이며, 아들의 이름을 건(健)으로 하면 삼한을 통일할 것이라 예언한다.
25. 도선대사의 말대로 아들을 낳은 왕륭은 이름을 건(健)이라 짓는다.

이렇게 양쪽을 비교해 보면 유사함을 확인할 수 있어, 『고려보감』의 작자가 『고려사』의 내용을 잘 알고 있었음을 짐작할 수 있다. 구체적으로 유사한 부분을 짚어 보면 첫째로, 『고려사』의 서사단락 3~4와 『고려보감』의 h~i에 해당하는 부분이 닮았다. 호랑이를 만났고, 동행했던 사람들이 모두 죽고 호경·왕계근만이 홀로 살아남았으며, 자신에게 위협적인 존재로 여겼던 호랑이가 실은 도움을 준다는 내용 등이 유사하다. 둘째로, 15와 m의 내용이 거의 일치한다. 당나라로 아버지를 찾기 위해 떠난다는 설정이나, 아들에게 남긴 유물이 활과 화살이라는 점이 일치한다. 셋째로 16~17과 p~r의 대목이 또한 비슷하다. 작제건과 왕건이 모두 어린 나이에 문무에 두각을 나타내고, 그런 이들에게 아버지의 존재를 알려주며 유물을 건네주는 내용이 일치한다. 마지막으로 17~21과 s~z의 내용이 거의 일치한다. 아버지를 찾아 나선 작제건과 왕건이 용왕을 만나고, 용왕의 부탁을 받고 괴물을 퇴치한다. 이후 용왕의 딸과 혼인하고 신물을 받아 다시 지상으로 돌아오는 대목까지 유사하다. 물론 앞서 열거한 네 부분의 유사성은, 하나하나를 놓고 보면 다른 고소설이나 신화, 설화 등에서 쉽게 찾아볼 수 있는 익숙한 설정이기는 하다. 그러나 여러 지점에서 비슷한 설정이 발견되기 때문에, 전체적으로 『고려사』의 내용이 『고려보감』 1권의 그것과 유사하다 할 수 있다.

『고려보감』 속에서 왕건은 고려의 왕이 되어 후삼국을 통일하는 영웅으로 그려진다. 군담소설의 주인공답게 전투 장면에서 무용을 드러내기도 한다. 아버지를 찾아 집을 나선 후 마주친 용궁 시동의 요청에 따라 거마산 괴물을 퇴치하고, 태봉의 장수로써 여진족을 물리치며, 고려 건국 후 송악으로 가는 길에서 만난 석주령·김지대·손실능의 연합군을 홀로 무찌른다. 그 중에서도 왕건의 활약상이 가장 부각되는 부분은 견훤과의 전투이다. 견훤은 왕건이 후삼국 통일을 달성하기 위해 싸워야 하는 최후의 상대이자 가장 강력한 적으로 그려지고 있다. 이 대목을 보면 다음과 같다.

> 견훤이 분력(奮力)하여 호통 일성(一聲)에 허습을 찔러 말에서 내리치고 즉시 태조를 취한데, 태조가 분연대로(憤然大怒)하여 철궁을 벗기고 양마(兩馬)가 교봉(交鋒)하니, 사람은 천신(天神) 같고 말은 비룡(飛龍) 같아 일충일당(一衝一撞)하고 일왕일래(一往一來)하더니, 날이 일반(日半)에 이르러 견훤이 몸을 솟구며 반공중(半空中)에 올라 창을 날려 태조의 명문(命門)을 찌르려 하거늘, 태조의 탄 바 표진은 남해용마(南海龍馬)라 소리를 길게 하며 공중에 솟아 왕이 한가지로 운무(雲霧) 중에 싸이어 재주를 비양(飛揚)하니, 비컨대 심산궁곡(深山窮谷)에서 맹호가 밥을 다투는 듯하거늘, 양진(兩陣) 장졸이 불승황망(不勝慌忙)하여 능히 정신을 진정치 못하더니, 문득 견훤이 입으로 독한 기운을 토하여 태조의 면전(面前)에 미치니, 태조가 대경(大驚)하사 철장(鐵杖)으로 앞을 가리고 뒤로 물러서니, 견훤이 승세(乘勢)하여 태조와 중장(衆將)을 해심 중에 둘러싸고 궁노난전(弓弩亂箭)을 어지러이 쏘니
>
> (『고려보감』 5권 18~19장)

『고려보감』에서 견훤은 강한 적을 상대로 지략으로 맞서는 영리함과 더불어 뛰어난 무예, "독한 기운을 토하는" 요술까지 갖춘 존재로 그려지고 있는데, 이러한 견훤에 맞서 왕건 또한 뒤지지 않는 무용을 뽐내는 것으로 묘사된다. 이러한 모습은 여러 군담소설의 주인공이 보였던 것과 유사하다. 그런데 왕건이 영웅적으로 그려지는 것은 여기까지이다. 왕건의 용맹함이 가장 크게 부각되는 이 대목은 동시에 왕건이 가장 큰 패배를 겪는 대목이기도 하다. 정변으로 궁예를 몰아내고 고려를 건국한 왕건은 후백제 정벌을 명하지만, 첫 번째 전투에서 고려군이 패하고 장수 함충은 전사한다. 이에 왕건은 이성을 잃고 무리한 공격을 감행하다가 견훤의 지략에 휘말려 대패한다. 후백제군에서 포위되어 죽을 위기에 처한 상황에서 부하장수 신숭겸을 희생시키면서 가까스로 전장에서 벗어난다. 이렇게 견훤과의 전투 이후에 보이는 왕건의 모습은 전혀 영웅적이지 못하다. 고소설의 주인공은 시종일관 영웅으로서의 면모를 유지하기 마련이다. 그들은 단 한 번도 실수하지 않고 패하지도 않는다. 혹 패배하더라도 그것은 주인공 개인의 능력 때문이 아니라 어쩔 수 없는 환경 때문인 것으로 설정된다. 이에 반해 왕건은 스스로의 잘못으로 패배하는 모습을 보인다.

견훤과의 전투에서 패한 후 왕건은, 이후 벌어지는 『고려보감』의 여러 군담에 전혀 모습을 드러내지 않는다. 왕건은 대책을 논의할 뿐 직접 전장에 나서지 않는다. 작품의 후반부에서 강화도를 빠져나오는 중 바다에서 자신이 물리쳤던 거마산 괴물을 마주치지만, 이때에도 괴물에 맞서 싸우지 않고 몸을 피한다. 물론 한 나라의 왕이기 때문에 전장에 직접 나서지 않는 것이 사실적이라 생각할 수도 있다. 그러나 『고려사』를 살펴보면, 왕건이 팔공산 전투에서 패배한 후로도 후백제와의 전투에서 친정(親征)에 나섰다는 기록은 수차례 등장한다.[15] 이러한 기록과는 무관하게 군담이 주를 이루는 이야기의 주인공이라면 마지막까지 군담에 가담하는 모습을 보일 법도 하지만, 중반 이후의 왕건은 작품의 주인공이라 할 수 없을 만큼 이야기 전개에서 두드러지는 역할을 보이지 않는다.

② 궁예와 견훤

왕건에 관한 이야기가 할아버지인 왕울부터 시작되는 것에 비해, 궁예의 경우 스스로의 출생에 관한 이야기부터 시작된다. 『고려보감』에 나타난 궁예의 행적을 『삼국사기』 열전(列傳)에 실린 기록과 비교해 보면, 『고려보감』의 작자는 궁예에 대해서도 비교적 정밀한 지식을 갖고 있었음을 알 수 있다. 양자를 비교해 보면, 궁예가 신라왕 후비의 소생으로 반골 기질이 있어 신라왕이 죽이려 하였다는 이야기나, 그럼에도 불구하고 상궁 설씨에 의해 목숨을 부지하고 궁을 빠져나가는 대목은 역사적 사실과 비슷하다.[16] 그러나 궁을 빠져나간 궁예가 원주 태수 유지엄의 보살핌으로 자라나거나, 역모를 꾀하고 신라왕의 유서를 위조하여 지방의 호족들을 끌어들여 태봉을 건국하는 이야기는 소설의 재미를 위해 만들어진 허구이다.[17] 왕건과 궁예의 만남 또한 『고

15) 그 중 몇 가지 기사를 인용하면 다음과 같다.

丙辰 自將擊三年 山城不克遂幸青州.(『高麗史』, 第一卷, 「太祖 戊子 十一年」.)

十二月 甄萱圍古昌郡王自將救之.(『高麗史』, 第一卷, 「太祖 己丑 十二年」.)

丙戌 王自將軍古昌郡瓶山甄萱軍石山相去五百步許遂與戰至暮萱敗走獲侍郎金渥死者八千餘人是日古昌郡奏 萱遣

將攻陷順州掠人戸而去 王卽幸順州修其城罪將軍元奉.(『高麗史』, 第一卷, 「太祖 庚寅 十三年」.)

"秋七月 辛卯 親征一牟山城遣正胤武巡北邊.(『高麗史』, 第二卷, 「太祖 壬辰 十五年」.)

16) 『삼국사기』에는 궁예를 피신시킨 상궁의 이름은 알려지지 않는 것으로 되어 있다. '설씨'라는 이름은 작가가 붙인 것으로 추정된다.

17) 『삼국사기』에 따르면 궁을 빠져나온 궁예는 상궁의 손에서 자라나다가 세달사에 들어가

려보감』의 내용은 역사 기록과 다르다. 소설 속에서는 위기에 빠진 궁예에게 왕건이 스스로 투항하여 중용된 것으로 나와 있지만, 실제로는 송악 태수였던 왕건의 아버지가 궁예에게 투항하고, 이후에 아들인 왕건 또한 수하에서 활동한 것으로 되어 있다. 결국 궁예의 경우도 출생 배경과 어린 시절, 왕건과의 관계, 태봉 건국 후의 학정과 몰락이라는 전체적인 행적은 『고려사』나 『삼국사기』등의 기록과도 대체로 일치하며, 세부적인 부분에서 허구가 섞여 있다.

『고려보감』에서 궁예는 단 한 번의 전투에 참가한 것으로 나타난다. 신라왕의 유서를 위조하여 북방 호족을 흡수하고 태봉을 건국한 궁예는, 이 사실을 알고 응징에 나선 신라군을 맞아 전투를 벌인다. 그는 신라 장군 안총의 매복작전에 휘말려 크게 패한다. 이후 철원으로 도주하여 후사를 도모하던 궁예에게 왕건이 투항하고, 이후 궁예는 직접 전장에 나서지 않고 왕건이 태봉의 모든 전쟁에 관여한다. 실제로 「삼국사기」 등의 기록을 살펴보면 왕건·견훤과 달리 궁예는 왕좌에 오른 후에는 친정(親征)에 나섰다는 기록이 나타나지 않는다. 궁예 또한 왕건과 마찬가지로 군담에서 활약하는 인물이 아니라고 볼 수 있다.

『고려보감』에서 궁예는 학정을 일삼는 악인으로 묘사된다. 왕건과 강사진의 활약으로 신라군을 물리치고 안정을 찾은 궁예는 이때부터 부유한 백성의 가산을 탈취하고, 처녀의 젖가슴을 베어 바치게 한다. 이에 태후 강씨와 승상 유지엄 등이 직언하자 이들을 죽인다. 민심이 흉흉해지고 도망치는 백성들이 나타나자 이들을 붙잡아 죽이는 등 포악한 모습을 보인다. 소설 속에 나타난 이러한 양상은 실제 궁예의 행적과 유사하다. 『삼국사기』에 따르면 궁예는 국호를 마진에서 태봉으

승려가 된다. 이후 속세로 돌아와 양길의 부하로 들어간 후에 세력을 규합하여 태봉을 건국하게 된다.

로 고친 후부터 스스로를 미륵불이라 일컫고 사치를 일삼았다. 자신에게 직언한 왕후가 간통을 저질렀다며 불로 쇠방망이를 달구어 그녀의 음부를 쑤셔 죽인다. 부양(斧壤)과 철원(鐵原) 사람들은 그의 박해를 견뎌낼 수 없었다고 전해진다.[18] 이러한 묘사는 왕건의 정변에 정당성을 부여하고 있으며, 『고려보감』 안에서도 이러한 궁예의 학정을 명분 삼아 왕건이 봉기하는 것으로 나타나고 있다.

『고려보감』의 궁예와 사서에 나타나는 궁예의 가장 큰 차이는 무상이라는 궁녀의 존재이다. 『삼국사기』에 나타난 궁예의 포악한 모습은 전적으로 궁예 개인의 문제로 간주되고 있다. 그러나 소설 속에서는 "심지 간교한" 궁녀 무상의 계교에 넘어간 궁예가 악행을 저지르는 것으로 그려진다. 악녀 캐릭터를 통해 인물간의 갈등을 심화시키는 기법은 『사씨남정기』를 포함하여 고소설에서 익히 보아왔던 것이다. 『고려보감』의 작자 또한 작품의 재미를 위하여 무상이라는 허구의 인물을 창조하고, 이러한 설정을 차용한 것으로 보인다.

다음으로 견훤에 대해 논의하도록 한다. 출생과 성장과정이 묘사되어 있었던 궁예의 사례와는 달리, 견훤의 성장과정이나 선조에 관한 이야기는 『고려보감』에 나타나지 않는다. 이 작품에서 견훤이 처음 등장하는 대목은 다음과 같다.

> 각설. 견훤이 완산(完山)으로부터 군사를 이루어 김제(金堤)와 광양(光陽)·나주(羅州)를 쳐 항복받고 이에 장구(長驅)하여 청주(淸州) 근처

---

18) 貞明元年, 夫人康氏, 以王多行非法, 正色諫之, 王惡之曰, 汝與他人姦, 何耶, 康氏曰, 安有此事, 王曰, 我以神
通觀之, 以烈火熟鐵杵, 撞其陰殺之, 及其兩兒, 爾後, 多疑急怒, 諸寮佐將吏, 下至平民, 無辜受戮者, 頻頻有之,
斧壤鐵圓之人, 不勝其毒焉.(『三國史記』 卷第五十, 「列傳 第十 弓裔」)

> 로 나아올 새, 원래 견훤이 생장(生長)하매 용맹이 절륜(絕倫)하고 병서를 익히 알매 소과(所過)에 당할 자가 없는지라.
>
> (『고려보감』 2권 12장)

견훤은 이야기 속에서 고려군을 대파하고 왕건을 위기에 몰아넣는 등, 왕건이 후삼국을 통일하는 대목까지 가장 중요한 반동인물이라 할 수 있다. 그럼에도 불구하고 그의 출생과 배경에 대한 설명이 매우 간략하게 되어 있다. 그나마 견훤을 수식하는 "용맹이 절륜하고 병서를 익히 알매 소과에 당할 자가 없는지라"라는 표현은, 군담이 주를 이루는 작품에서 흔히 볼 수 있는 전형적인 것이다. 앞서 언급한 팔공산 전투를 포함하여 견훤이 신라와 태봉, 그리고 고려와 전투를 이어가는 큰 줄거리는 대체로 역사적 사실과 일치한다. 따라서 견훤 또한 궁예와 마찬가지로 세부적인 부분에서 소설적 변용이 발견되는 정도이다. 다만 견훤의 말년에 관한 행적은 실제와는 약간 다르다. 네 명의 아들들 중 막내아들 금강을 편애했던 견훤은 장남 신검이 반란을 일으키자 왕건에게 투항하여 생을 마친 것으로 사료에 나타난다. 그러나 『고려보감』에서는 견훤이 신라를 공격하던 중 아들 신검이 반란을 일으켰고, 그 후 마주친 고려군에게 대패하자 자신의 실패를 한탄하며 전장에서 자결하는 것으로 그려지고 있다. 패장(敗將)이 그 자리에서 자결한다는 설정은 군담소설에서 흔히 볼 수 있는 내용이다.

『고려보감』 속의 견훤은 전반적으로 역사 기록에 묘사되어 있는 것보다 긍정적이다. 무엇보다도 견훤은 지략과 무예를 겸비한 전장의 영웅으로 그려진다. 앞서 인용한 왕건과 견훤의 전투 장면도 결국 왕건이 견훤에 밀려 후퇴하는 것으로 나와 있고, 국지적인 전투뿐만 아니라 전체적으로도 견훤은 지략으로 고려군을 대파하는 모습을 보인다.

물론 강사진이 왕건의 첩자임을 알지 못한다던가, 그에게 설득당해 무리한 신라정벌을 감행하는 등 어리석은 모습을 보이기도 한다. 그러나 이러한 대목은 견훤의 어리석음을 드러내기 위한 것이기보다는 강사진·강기장 부자의 지략을 부각시키기 위한 것이다. 마지막에 모든 것이 강사진 부자의 계략이었음을 깨달은 견훤은 전장에서 자결한다. 왕건에게 투항하여 고려의 힘을 빌어 아들 신검을 응징하려 했던 실제 행적과 비교해 보면, 매우 장렬한 결말로 바뀌었다. 이렇게 견훤은 왕건이 극복해야 하는 적임에도 불구하고, 동시에 영웅의 면모를 가진 인물로 그려지고 있다.

또한 궁예가 악인의 면모를 보이고 있음에 비해 견훤은 악행을 저지르는 모습이 전혀 보이지 않는다. 사료에 기록된 견훤의 행적을 살펴보면, 궁예 못지않게 잔인한 인물로 그려지고 있다. 『고려사』에 따르면 왕건이 팔공산으로 정벌에 나선 원인을 견훤의 악행 때문이다. 927년 9월에 견훤은 신라 도성까지 침공하여 군사들로 하여금 마음껏 약탈하고 궁녀들을 겁탈하게 놓아두었으며, 자신은 왕비를 강간하였다. 왕건은 이 소식을 듣고 크게 노하여 정벌에 나선 것으로 되어 있다.[19] 이 밖에도 견훤의 부하 공직(龔直)이 태조에게 투항하자, 그의 자식들을 잡아다가 다리 힘줄을 불로 지져 끊었다는 등의 기록을 『삼국사기』에서 찾아볼 수 있다. 그러나 『고려보감』에서 견훤은 포악한 행동을 전혀 보이지 않는다. 견훤은 주인공 왕건이 정복해야만 하는 대상이므로 어느 정도 악인으로 묘사되는 것이 상식적일 텐데, 견훤의 경우에서는 딱히 악인으로서의 면모가 보이지 않는다.

---

19) 『高麗史』, 第一卷, 「太祖 丁亥 十年」.

③ 강사진과 강기장

『고려사』에는 왕건이 궁예를 몰아내고 고려를 건국한 후 개국공신에 관해 언급한 부분이 있는데 다음과 같다.

> 또 다음과 같은 조서를 내렸다.
>
> "신하로서 제왕의 창업을 도와 특출한 책략으로 세상에 드문, 높은 공훈을 세운 자에 대하여…(중략) 포학한 임금(궁예)을 폐위할 때에 충신의 절개를 다한 자들에 대하여 마땅히 상을 주고 그 공훈을 표창하여야 할 것이다.
>
> 홍유, 배현경, 신숭겸, 복지겸 등을 제1등으로 하여 금은 그릇과 비단 침구와 능라, 포백 등을 차등 있게 주라. 견권과 능식, 권신, 염상, 김락, 연주, 마난 등은 제 2등으로 하여 금은 그릇과 비단 침구와 능, 백 등을 차등 있게 주라. 그리고 제 3등 2천여 명에게는 각각 비단, 곡식들을 차등 있게 주라.[20]

이 대목에서 나타나는 인물은 실제 역사에서 고려 건국에 기여한 주요인물이라 할 수 있다. 『고려보감』이 실존인물 왕건의 이야기인 만큼, 작품 속에서도 이들 공신(功臣)이 적극적인 역할을 하는 것으로 묘사되어 있을 것이라 추측할 수 있다. 그러나 『고려사』에서 1등공신과 2등공신으로 언급된 이들 주요인물 11명 중 『고려보감』에 등장하는 이는 배현경, 신숭겸, 복지겸 등 세 명에 지나지 않는다. 『고려보감』에 등장하는 인물은 사서에서 그 이름을 찾아볼 수 없는 이들이 대부분이다. 『고려보감』에서 왕건이 고려를 창건한 직후 신하들에게 관직을 주는 대목을 보기로 한다.

---

20) 『高麗史』 第一卷, 「太祖 戊寅 元年」.

> 군신이 한가지로 존호(尊號)를 높여 태조대왕이라 하고, 문무장졸(文武將卒)을 차례로 봉하고, 군사(軍師) 강사진을 평장사(平章事)를 하이고, 신숭겸으로 상서복야(尙書僕射)를 하이고 배현겸으로 북경진무도총장(北京鎭撫都總將)을 하이고, 복지겸으로 예부사(禮部事)를 하이고 권율로 양천진무도총장(鎭撫都總將)을 하이고, 송회로 좌호위(左護尉)를 하이고 이검으로 우호위(右護尉)를 하이고, 정침으로 상서령(尙書令)을 하이고 박술회로 황문시랑(黃門侍郎)을 하이고, 이석담으로 간의태부(諫義大夫)를 삼고 조창으로 기도위(騎都尉)를 삼고, 유지방으로 경조윤(京兆尹)을 삼고 황승으로 금오관(金吾官)을 삼고, 홍관으로 북도진무도총장(北道鎭撫都總將)을 삼고 석광으로 좌장군(左將軍)을 삼고, 황분으로 우장군(右將軍)을 삼고 설영으로 군기감(軍器監)을 삼고, 남정으로 고훈감(顧訓監)을 삼고 장개로 도성도감(都城都監)을 삼고, 염괘로 총예관을 삼고 그 남은 장졸은 각각 금은 채단(綵緞)을 후히 상사(賞賜)하니 (『고려보감』 권지사 32장)

이 대목에서 열거된 20여 명의 인명 중, 『고려사』 등에서 확인되는 실존인물은 앞서 언급한 세 명에 더해 박술희까지 네 명 뿐이다. 두 인용문을 비교해 보면, 『고려보감』이 사료를 참조해 가며 인명을 차용한 것이 아니라 작가가 허구로 창작한 인명이 나열되고 있음을 알 수 있다. 또한 『고려사』에서 단순히 1, 2등공신의 이름을 열거한 것과 달리 『고려보감』에서는 각각의 인물과 더불어 이들에게 어떤 관직명을 하사하였는지까지 자세히 열거하고 있다. 『고려보감』의 작자는 단순히 인명을 새롭게 창작한 것에 그치지 않고, 『고려사』보다 사실적으로 보일 정도로 관직명까지 제시하고 있다. 이를 통해 독자로 하여금 당시에 이러한 인물이 실제로 존재했고, 이러한 허구의 인물이 실제로 관직을 하사받았다고 착각하게 하고 있다. 이에 더해 『고려보감』에

200명이 넘는 인물이 등장했기 때문에 무언가 실존인물의 목록을 참고했으리라는 추정을 할 수도 있지만, 실제 양상은 이와 달리 순수한 창작에 가깝다는 것을 알 수 있다.

이와 더불어 실존 인물과 허구 인물이 각각 작품 안에서 어떤 비중을 차지하고 있는지도 중요하다. 고려의 신하들이 이야기 전개에 어떻게 기여하고 있는지, 특히 군담에서 어떤 역할을 하고 있는지를 살펴볼 필요가 있다. 『고려사』에서 공신으로 거론되었고 『고려보감』에도 등장하는 복지겸·배현겸·신숭겸·박술희 등은 소설 속에서 그다지 중요한 역할을 하지 않는다. 복지겸은 궁예의 수하에 있던 왕건을 따라 북방민족을 토벌하는 전투에 한 차례 참전하고 송악에서 궁궐을 건설한다는 것이 언급될 뿐, 전체적으로 등장하는 횟수 자체가 적다. 배현경의 경우도 왕건이 궁예를 몰아내고 고려를 건국하는 대목까지 전혀 나타나지 않다가 앞서 인용한 공신을 치하하는 대목에서 갑자기 이름이 등장한다. 이후 견훤과의 전투에서도 성을 굳건히 지키기만 할 뿐, 제대로 된 전투에 참여하여 활약하는 모습을 보이지 않는다. 박술희의 경우는 전투에 참여하는 내용이 없고, 왕건이 궁예를 몰아내고 역성혁명을 하는 과정에 가담한 것을 제외하고는 특별한 역할이 없다.

네 명의 1등공신 중 신숭겸의 경우 견훤과의 전투에서 대패한 왕건을 대신하여 죽는 중요한 역할은 한다는 점에서는 예외적인 인물로 볼 수 있다. 그러나 그 외에는 왕건이 궁예의 수하였을 때 여진족을 막아내는 데 참전한 것과 전반부에서 왕건의 수하로써 대책을 논의하는 것 외에는 별다른 활약이 없다. 『고려사』 열전에 기록된 신숭겸의 공적에 비한다면, 작품 속의 신숭겸은 앞서 언급한 세 명과 마찬가지로 그 역할이 미미하다. 신숭겸은 다른 1등 공신에 비해 더 많이 알려진 인물이다. 고려의 국가적 축제인 팔관회(八關會)에서는 그의 충절을 기리는 연희가 행해졌으며, 이를 관람한 예종(睿宗)이 그를 기리며 지었다는 「도이장가(悼二將歌)」가 지금까지도 전해지고 있다. 또한 신숭겸은 사후 명종(明宗) 2년(1172)년을 전후로 그의 출생지인 전라도 곡성에서 성황신(城隍神)으로 추앙되었으며, 조선시대에 들어와서는 신숭겸을 제향하는 덕양사(德陽祠)가 창건되기까지 하였다[21]. 신숭겸에 관한 설화는 궁예나 견훤보다도 더 많다. 이렇게 신숭겸은 역사적으로 유명한 인물이기 때문에, 『고려보감』의 창작자 또한 그에 관한 유명한 역사적 사실을 수용하여 작품에 삽입한 것으로 보인다. 또한 신숭겸과 백마성(실제로는 팔공산) 전투는 실제 여부를 떠나 그 자체로 매우 강렬한 사건이다. 부하장수의 죽음으로 판단력을 잃은 왕건이 무리한 공격을 감행하다 대패하여 죽을 위기에 내몰린다. 이러한 절체절명의 위기에서 왕건을 위해 자신을 내던지는 신숭겸의 충절은 그 자체로 극적이며, 소설의 재미를 위해 꼭 필요한 에피소드라 할 수 있다. 이러한 이유로 신숭겸은 다른 세 명에 비해 작품에서 차지하는 비중이 크다. 그러나 정도의 차이일 뿐 신숭겸 또한 다른 1등공신과 마찬가지로, 실제 행적에 비해 작품에서 나타나는 역할은 미미하다고 할 수 있다.

『고려보감』의 등장인물 중에서 가장 주목해야 하는 인물은 강사진과 그의 아들 강기장이다. 인용문에도 나타나듯이 『고려보감』에서는 개국공신인 신숭겸이나 배현경보다도 먼저 강사진에게 관직을 하사하는 것으로 나타나 있다. 이는 이들 1등공신보다도 강사진이 중요함을 보여준다. 나아가 강사진은 궁예나 견훤보다도 비중 있는 인물로 그려지고 있다. 앞서 살펴본 바와 같이 『고려보감』은 왕건의 세계와 탄생과정으로 이야기가 시작되는데, 이 왕건에 대한 설명이 끝나고 이어지

21) 변동명, 「신숭겸의 곡성 성황신(城隍神) 추앙와 덕양사(德陽祠) 배향」, 『한국사연구』 126집, 한국사연구회, 2004년.

는 것이 바로 강사진의 아버지 강태백에 관한 이야기이다. 당(唐)현종이 동방이 요란함을 듣고 강태백을 진양후(晉陽侯)에 봉하여 진주에 부임하면서부터 강사진이 태어나기까지의 이야기가 전개된다. 이렇게 강사진에 관한 전사(前史)가 끝나고 비로소 궁예의 이야기가 이어진다. 『고려보감』의 등장인물에 관한 설명 순서가 '왕건-강사진-궁예-견훤'이라는 사실은, 궁예나 견훤보다도 『고려보감』 안에서는 강사진이 중요하다는 것을 보여준다. 인물의 순서뿐 아니라 강사진의 선조에 관한 이야기가 나타난다는 점 또한 주목할 필요가 있다. 왕건의 경우 할아버지인 왕욜부터 시작되어 왕건의 탄생과 이후의 행적을 보여준다. 궁예에 대해서는 "신라국왕이 일찍 여러 아들을 두었으되, 오자(五子) 궁예(弓裔)는 후비(後妃) 소생이라"(『고려보감』 2권 7장)라고 궁예 본인의 탄생부터 시작되고, 견훤은 성장하여 완산에서 봉기한 이후부터 이야기가 시작된다. 이 또한 『고려보감』에서 강사진이라는 인물의 비중이 어떤지를 보여준다.

『고려보감』은 왕건을 주인공으로 내세워 그의 일대기를 그리고 있는 작품이면서도, 어떤 면에서는 강사진과 그의 아들 강기장이 이 소설의 진정한 주인공이라고 볼 수 있다. 왕건이 남해 용궁에서 지상으로 돌아와 궁예에게 몸을 의탁한 후로 벌이는 모든 전쟁은 강사진과 강기장의 지휘 아래 이루어진다. 또한 고려가 승리하는 모든 전투는 강사진·강기장의 전략에 의한 것으로 되어 있다. 『고려보감』의 군담이 지략전인만큼, 이들의 역할은 왕건을 뛰어넘는다고 할 수 있다.

강사진은 용궁에서 돌아온 왕건이 직접 찾아가 함께 할 것을 부탁한 후부터 고려가 건국되기까지의 모든 계획을 만들어낸 인물로 묘사된다. 스스로 첩자가 되어 견훤에게 접근하여 실익 없는 신라침공을 독려하고, 여진족을 방어하기 위해 정벌에 나선 왕건에게 작전을 지시하고, 정변을 일으켜 궁예를 축출하게 하는 등, 모두 강사진의 계책에 따라 이루어진다. 고려를 건국한 후 강사진은 고향으로 돌아가 부모를 봉양하는데, 이렇게 강사진의 부재를 틈타 왕건이 패하는 이야기가 이어짐으로써, 강사진의 존재감은 더욱 부각된다. 돌아온 강사진은 다시금 견훤으로 하여금 신라를 침공하게 하고, 그의 아들 신검의 반란을 유도함으로써 왕건의 후삼국 통일에 결정적인 역할을 한다. 이러한 지략에 더해 강사진은 왕건을 향한 맹목적인 충성심을 보이는 인물로 설정되어 있다. 북방민족의 침략 소식을 접하고 주역점을 쳐본 강사진은 아들 강기장이 전투에 나서면 죽는다는 것을 알지만, 대의를 위해 아들을 왕건에게 보낸다. 결국 강기장은 북방민족을 막아내지만 이 전투에서 입은 상처로 생을 마감한다.

아버지 강사진이 지략을 갖춘 사람이라면, 아들 강기장은 이러한 지략에 더해 무예까지 겸비한 인물로 설정되어 있다. 기장은 매복작전으로 후백제 군을 완벽하게 제압한다. 북방민족이 쳐들어왔을 때에는 금국의 첩자를 역이용하여 이들을 무찌른다. 한편으로 기장은 자신을 업신여긴 후백제의 장수 남원을 단칼에 베고, 무예가 북방민중 중 으뜸인 악비를 무찌르기도 한다. 그는 어린 나이에도 군률을 엄격히 하여 군을 장악하고, 북방민족과의 전투에서 악비의 화살을 맞고도 사기를 떨어뜨리지 않기 위해 이를 숨긴 채 악비와의 싸움에 임한다. 전투 중에 화살을 맞고 입은 상처가 악화되어 거동이 불편함에도 왕건을 구하기 위해 출정을 강행하고, 결국 이로 인해 목숨을 잃는 순간까지도 자신의 죽음을 알리지 않는다. 무예와 지략, 통솔력과 충성심 등, 강기장은 『고려보감』에서 모든 영웅의 조건을 갖춘 인물로 묘사되고 있다.

이렇게 강사진과 강기장은 『고려보감』에서 가장 중요한 인물로 볼 수 있지만, 두 인물이 실존인물인지 아닌지를 판단하는 것은 어렵다.

『고려사』나 『고려사절요』, 혹은 『삼국사기』나 『삼국유사』에 이르기까지 어떤 사서를 찾아보더라도 그들의 이름이나 기록을 찾아볼 수 없다. 그런데, 이들 사서 외에 강사진과 강기장에 관한 기록을 찾아볼 수 있는 문헌이 있는데, 바로 1667년에 간행된 것으로 전해지는 진주 강씨의 족보 『남한보(南漢譜)』이다. 이 문헌에 따르면 강사진의 아버지 강태백과 강사진, 강기장은 각각 진주 강씨 7~9대로 나타난다. 족보에는 강사진·강기장 두 사람 모두 고려 때에 입조하여 큰 공을 세운 것으로 되어 있다. 세 사람에 관한 족보의 기록을 인용해 보면 다음과 같다.

> 子 縉
>
> 崇仁殿四韻拜壯元太中大夫判內議令贈諡正順公晉陽侯唐帝握安東俊才設科於平壤時得中官亦唐帝所命也
>
> 子 思進
>
> 八麓朝文科判門下平章事三重大匡端誠翊贊推忠補祚靖國平定一等功臣菁城君贈諡元忠公
>
> 子 起章
>
> 省見試壯元判門下同平章事兵馬都元帥[22]

삼대에 걸친 『남한보』의 기록 중 강진에 관한 설명은 『고려보감』에 나타난 강태백의 행적과 일치한다. 따라서 강태백은 강진을 모델로 한 인물이라는 것을 확인할 수 있다. 그런데 족보에 나타난 강진의 행적은 앞서 작품의 시간적 배경을 논의하면서 지적한 바와 같이 왕건의 활동시기 한참 전의 일이기 때문에 역사적 사실과 맞지 않는다. 따라

22) 이상은 『晉州姜氏 初刊 南漢譜』를 인용한 것이다.

서 족보에 나타난 강진이라는 인물 자체가 실존하지 않았거나, 최소한 그에 관한 설명은 잘못된 것이라 할 수 있다.

만약 족보의 기록대로 두 인물이 높은 벼슬을 지냈다면 반드시 『고려사』에 그 기록이 남아있어야 할 것이다. 반대로 『고려사』에서 이름조차 찾아볼 수 없는 인물이 과거에 급제하고 판문하평장사나 병마도원수 같은 관직을 지냈다고 족보에 기록된 것도 이상한 일이다. 자료가 일치하지 않는 만큼 두 기록 중에서 한 쪽만이 진실이라고 보아야 할 것이며, 두 가지 상황을 가정해보아야 할 것이다. 만약 두 인물이 실존하지 않았기 때문에 『고려사』에도 기록이 없다면 진주 강씨 족보의 기록이 정확하지 않은 것이다. 반대로 족보의 기록이 사실이라면 실존했던 두 인물이, 무언가 정치적인 이유로 인하여 두 사람에 관한 기록을 의도적으로 사서에서 누락시켰다고 보아야 할 것이다. 이는 현 시점에서 명확히 판단을 내릴 수는 없는 문제이다.

강사진과 강기장의 실존인물인가 아닌가, 『남한보』의 기록이 사실인가 아닌가보다 더 중요한 것은 두 인물에 관한 『남한보』의 기록과 『고려보감』의 관계이다. 두 인물에 관한 기록은 사서는 물론 다른 문헌이나 구비설화에서도 쉽게 찾아볼 수 없다. 따라서 두 사람에 관한 정보는 『고려보감』에서 『남한보』로 흘러갔을 가능성이 높다. 결국 『고려보감』의 작가가 창조한 가공의 인물인 강사진 부자의 기록이 어느 시점에선가 진주 강씨 족보에 기록되었던 것으로 추정된다. 이러한 판단의 근거로는 첫째, 『고려사』에서 두 인물의 기록이 보이지 않는다는 점이다. 『고려사』에는 반역자의 이름까지도 기록되어 있다는 사실을 생각한다면, 어떤 이유로도 실존인물이 누락된다는 것은 생각하기 힘들다. 둘째로 『남한보』에 대한 신빙성에 의문을 가질 필요가 있다. 『남한보』가 17세기에 만들어진 자료라 할지라도 후삼국 시대와는 시간적인 거리가 있기 때문에, 700년 전의 선조들에 관한 기록이 정확할 수 없을 것이다. 강사진·강기장에 관한 기록이 초간『남한보』때부터 있었다는 명확한 증거 또한 보이지 않는다. 앞서 인용한 세 인물의 기록 또한 어떤 관직을 지냈는지 외에는 다른 정보가 나타나지 않아 족보의 기록으로서는 소략한 편이다. 결정적으로『고려보감』에서 그려지고 있는 강사진·강기장 두 인물의 모습은 매우 전형적이다. 아버지와 아들이 대를 이어 활약한다가, 두 인물이 모두 뛰어난 지략을 발휘하여 전쟁에서 승리한다든가 하는 설정은『고려보감』과 친연성을 갖고 있는 여러 고소설에서 쉽게 찾아볼 수 있다.『고려보감』의 두 인물의 기록을 역사적인 사실로 오인한 누군가가 진주 강씨 족보에 이를 옮긴 것으로 보인다.

④ 기타 인물

이 밖에도『고려보감』에서 중요한 역할을 하는 인물(집단)로는 작품의 중반부터 한반도를 침략하는 것으로 설정되어 있는 북방민족군이 있다.『고려보감』에서는 왕건이 궁예의 수하로 있던 시점에 여진족이 함경도를 침공하고, 왕건은 이를 막아냄으로써 정변의 계기를 마련한다. 왕건이 견훤을 무너뜨리고 후삼국을 통일한 후에는 북방민족 연합군이 쳐들어오면서 군담이 전개된다. 이들 북방민족과 그 등장인물은 이야기 전개에서 매우 중요하지만, 이들에 관한 설정은 정밀하지 못한 면이 있다. 먼저 여진족의 경우, 왕건이 궁예 수하에 있을 당시에 침략한 여진족의 왕은 호씨로, 그의 아들 호동태·각태·중태 삼형제가 쳐들어오는 것으로 설정되어 있다[23]. 그런데 왕건이 후삼국을 통일한 후

23) 적진의 흑기(黑旗) 번득하며 추달걸은 좌영(左營)으로 살래(殺來)하고, 호왕(胡王)의 아들 호등태·호운태·호각태 삼장(三將)이 거중(居中)하고, 사공도는 우영(右營)으로 살래

에 다시 쳐들어오는 여진족의 왕의 이름은 '녀한결'로 되어 있다[24]. 또한 이 여진왕을 작품의 후반부에서는 '북호왕(北胡王)'으로 표현하고 있는데, 이 북호(北胡)라는 것이 어떤 세력인지 명확하지 않다. 여진왕이 연합하는 북방민족 또한 정확히 어떤 민족, 어떤 국가를 뜻하는 것인지가 명확하지가 않다. 북방민족의 침입하는 부분은 다음과 같다.

> 화설(話說). 여진왕(女眞王)이 함경도에서 왕태조에게 패망하여 삼자(三子)를 다 죽이고 겨우 돌아와 군하(群下)로 더불어 보수(報讎)하기를 의논할 새, 왕이 일계(一計)를 생각하고 능언지사(能言之士)로써 금국(金國)과 요동(遼東)에 비단으로 납공하고 감언미어(甘言美語)로써 결의동맹(決意同盟)하여, 삼국이 한가지로 발병(發兵)하여 동국(東國)을 파(破)한 후 땅을 나누어 양분(兩分)할 줄로 달래니, 양국 왕이 쾌허(快許)하고 즉시 발병하니 (『고려보감』 7권 1장)

여진족인 세운 것으로 알려진 금(金)나라에 여진왕이 고려침공을 제안한다는 것은 무엇인지, 요동(요동국)은 또한 어떤 민족을 지칭하는지 명확하지 않다. 이 나라들은 앞서 작품의 시간적 배경에서 살펴보았듯이 거란, 여진, 몽골 등을 모델로 한 것으로 보인다. 그러나 이 경우에도 여전히 민족명과 국가명이 정확하지 못하다. 작자의 입장에서는 전반부에 왕건에게 패한 북방민족이 다시금 침략을 하고, 이전보다 더 강한 세력으로써 고려를 위협한다는 설정이 필요했을 것이다. 이를 위해 정밀한 고증 없이 편의상 세 나라(민족)를 설정한 것으로 보

(殺來)하니(『고려보감』 권지사 17장)

24) 북호왕(北胡王) 여한걸은 대장 굴돌치로 정병 오만을 거느려 두만강을 건너 경원(慶源)·경성(鏡城)으로부터 현도지변(玄菟之邊)을 살분하니, 삼로병(三路兵)의 비호(飛虎)같은 형세를 뉘 당하리오?(『고려보감』 7권 1장)

인다. 따라서 이들 북방민족은 대부분 허구의 인물이다. 『고려사』에 나타나는 여진족과 거란족의 침략에 관한 기사를 살펴보아도 침략한 장수의 이름은 거란 장수 소손녕(蕭遜寧) 외에는 나타나지 않는다. 설화를 찾아보아도 이들 북방민족의 장수에 관한 것은 전해지는 것이 많지 않다.

이들 북방민족 인물 가운데 가장 큰 비중을 차지하는 인물은 악비(岳飛)이다. 흥미롭게도 악비는 중국 남송(南宋) 때의 실존인물로, 금국(金國)의 침략에 맞서 싸운 인물로 기록되어 있다. 당(唐)대를 배경으로 창작된 한문소설인 『동선기(洞仙記)』에서도 그의 이름과 이러한 행적이 나타나 있다. 금국에 맞서 싸운 실존인물이 작품 속에서 금국의 장수로 설정되었다는 것은, 다시 한 번 『고려보감』의 작가가 갖고 있는 역사지식이 정밀하지 못함을 증명한다. 이 경우 '악비, 금나라, 장군' 등 악비에 관련된 여러 키워드가 잘못 조합되어 잘못된 정보가 만들어지고, 이러한 오류를 『고려보감』의 작가가 작품에 수용한 것으로 보인다. 악비는 『고려보감』에서 금국(金國)은 물론 북방민족들 중에서도 가장 무예가 뛰어난 것으로 설정되어 있다. 그는 고려군과의 전투에서 활을 쏘아 기장에게 상처를 입히고, 비록 패하지만 전장에서 무예를 뽐내는 것으로 나타난다. 강기장의 지략에 밀려 패배를 인정하고 전장에서 장렬히 목숨을 끊는 등, 악비 또한 적이지만 영웅으로 묘사되고 있음을 다음의 인용문을 통해 확인할 수 있다.

> 악비 대로하여 도채를 높이 들고 중장을 재촉하며 좌수에 신편(神鞭)을 들고 우수에 도채를 들어 분분(紛紛)한 검극(劍戟)을 막으며 일충일당(一衝一撞)하고 일왕일래(一往一來)하니, 비컨대 성난 맹호가 밥을 다투는 듯하더라. (『고려보감』 7권 14장)

> 원수가 대로하여 좌비와 견갑을 나건(羅巾)으로 싸매고 대갈일성(大喝一聲)으로 악비를 취하니, 악비 번창약마(翻槍躍馬)하여 맞아 싸울새, 화광은 백주(白晝) 같고 창날은 번개 같아 시살하기를 급히 하더니
> (『고려보감』 7권 15장)

이렇게 악비를 비롯한 북방민족의 침략을 막아낸 후에는 내란군이 연합하여 도성을 침공하는 이야기가 이어진다. 이는 실제로 있었던 사건은 아니다. 그러나 역사적으로 고려 초기에는 불안정한 상황을 틈타 많은 내란이 있었다. 왕건이 즉위한 918년 한 해에도 역모사건이 네 차례나 일어난 것으로 기록되어 있다.[25] 내란군과 북방민족의 연합군이 침공하는 설정은 이러한 역사 기록의 토대 위해서 만들어진 허구라 할 수 있다. 이들 내란세력으로 등장하는 김지대·석주령·손실능과 김중태·손지사·선경덕 등의 인물도 사료에서 이름을 찾아볼 수 없는 허구의 인물로, 『고려보감』 안에서 일정한 역할을 담당한다. 그러나 내란세력 전체적으로는 역할이 있다 하더라도 이 가운데에 특별히 부각되는 인물은 없다. 이는 이들이 등장하는 후반부에서 강기장이 사망하기 때문이다. 『고려보감』에서는 '왕건-강사진-강기장'으로 이어지는 실질적인 주인공에 맞서 궁예나 견훤, 악비 등의 주요 인물이 강한 적으로 부각된다. 그러나 강기장이 사망한 후의 고려군은 이렇다 할 영웅 없이 모든 장수들이 힘을 모아 내란세력을 무찌르는 것으로 설정되어 있다. 따라서 그에 맞서는 내란군 또한 하나의 세력으로서만 의미를 갖는다.

---

25) 庚申 馬軍將軍桓宣吉謀逆伏誅.
己巳 馬軍大將軍伊昕巖謀叛棄市.
九月 乙酉 徇軍吏林春吉等謀叛伏誅.
辛酉 靑州帥波珍粲陳瑄與其弟宣長謀叛伏誅.(『高麗史』 第一卷, 「太祖 戊寅 元年」.)

이 밖에도 왕건과 강사진·강사진과 더불어 이야기를 이끌어나가는 고려 장수들 중 주요인물로는 석광과 황분, 남월 등을 꼽을 수 있다. 석광은 강사진의 처형으로 용궁에서 돌아온 왕건과 함께 마지막 내란군 진압까지 모든 전투에 관여한다. 석광은 강사진·강기장의 지략을 충실히 이행하여 전공을 세우기도 하지만, 강기장이 사망한 후로는 독단적인 행동으로 전투에서 패배를 당하기도 하는 모습을 보인다. 석광의 경우 성이 신라의 시조인 석탈해의 후손임을 암시하고 있기도 하며, 강사진이 석광을 천거하는 대목에서 석광을 "신라국 대사마(大司馬) 석장군의 증손(曾孫)이요, 도봉선생의 아들이오니"(『고려보감』 3권 13장)라고 설명되기도 한다. 이 대목도 독자들로 하여금 석광이 실존 인물이라는 생각을 갖도록 하고 있다. 황분 또한 여진족과의 전투를 시작으로 내란군과의 전투까지 여러 전투에서 공을 세우는 것으로 나타난다. 두 인물은 앞서 언급한 주요인물처럼 영웅적인 면모를 부여받았다고 볼 수는 없다. 그러나 이들은 이야기의 초반부터 등장하여 마지막 대목에서까지 계속적으로 등장하고 있어, 신숭겸 등의 1등공신보다도 비중이 큰 인물이라 할 수 있다. 모든 전란이 끝나고 왕건이 신하들에게 관직을 하사하는 대목에서 가장 먼저 거명되어 관직을 받는 것으로 되어 있기도 하다.[26)]

작품의 후반부에 등장하는 남월이라는 인물 또한 전투에서 큰 역할을 하는 것으로 나타난다. 내란군의 공격에 도성이 함락될 위기에 놓인 후 왕건이 강도 몽진을 감행하는 과정에서, 남월은 단기필마로 손

---

26) 이튿날 승정원(承政院)에 대연(大宴)을 배설(排設)하사 장자(長子) 문무로 왕태자를 책봉(冊封)하시고 정란공신(靖亂功臣)과 근로(勤勞)한 제장(諸將)을 차례로 봉작(封爵)하실새, 석문원으로 진북장군(鎭北將軍)을 하이사 병부시랑(兵部侍郎) 대사마(大司馬)를 배(拜)하시고(『고려보감』 권지십 22장)

지강군을 무찌르고 아군인 변승을 구해내며, 손지남의 목을 베고 활로를 여는 것으로 나타난다. 왕건이 강화도로 건너가는 과정은 모두 남월 한 사람의 활약에 의한 것으로 그려진다. 이러한 양상이 약 여섯 장에 걸쳐서 묘사되고 있는 데, 이는 왕건이나 견훤, 강기장을 묘사하는 군담보다도 더 많은 분량이라는 점에서 이례적이다. 무사히 강화도로 건너간 왕건이 상처 입은 남월을 어루만지며 공을 치하하는 대목[27]에 이르면, 그의 모습은 홀로 모든 적을 무찌르고 유비의 아이를 구해낸 『삼국지연의』의 조자룡을 연상시키기까지 한다. 강기장이라는 실질적인 주인공이 더는 등장할 수 없는 상황에서 남월은 강기장을 대체하는 군담의 영웅으로 설정되어 있다.

4. 결론: 창작방법상의 지향

지금까지 세책 고소설 『고려보감』의 서지사항과 이야기의 구성을 살펴보았다. 10권 10책으로 이루어진 『고려보감』은 총 6개의 큰 이야기로 나누어져 있으며, 각 이야기의 분량이 균등하게 배분되어 있다. 매 이야기마다 성취해야 하는 목표가 설정되어 있고, 이 목표를 위해 군담이 등장한다. 궁극적으로 왕건의 후삼국통일과 고려 왕조의 번영이라는 전체 이야기의 주제로 모아지고 있다. 이어 등장인물들과 주요 사건을 『고려사』 등의 역사기록과 비교하였다. 등장인물과 사건 모두 역사기록에 부합하는 내용과 허구가 맞물려 있음을 확인할 수 있었다.

27) 태조가 이에 남월을 인견(引見)하사 손을 잡으시고 전공(戰功)을 못내 칭찬하시며 자세히 살펴보시니, 갑주 위에 혈흔(血痕)이 낭자하거늘 태조가 어루만지시며 탄식하시고 물러가 치료하라 하시고(『고려보감』 8권 19장)

왕건이나 궁예·견훤과 같은 실존인물들은 큰 틀에서 『고려사』나 『삼국사기』 등에 나타난 것을 충실히 수용한 것처럼 보이면서도, 세부적인 면에서는 허구가 가미되어 있다. 강사진·강기장 같은 허구의 인물의 경우도, 구체적인 관직명이 부여되는 등 사실적으로 묘사되어 있음을 확인하였다. 이러한 허구의 인물들이 실존인물들과 어우러져 사건 전개에 중심적인 역할을 수행하는 모습을 보인다. 이러한 양상은 주요 사건에 대해서도 마찬가지인데, 이 또한 사실과 허구가 적절히 조합되어 있다. 이를 통해 독자로 하여금 『고려보감』에 등장하는 모든 인물이 실존인물이고 그들의 행적이 사실인 것처럼 생각하게 만드는 것이 작가의 의도였던 것으로 보인다.

역사적 사실과 허구가 교묘하게 맞물려 있는 이러한 양상은, 결국 『고려보감』가 작가가 어떤 소설을 창작하고자 했는지를 말해준다. 앞서 『고려보감』이 왕건의 일생을 다루고 전쟁에 대한 내용이 주를 이루고 있어 군담소설의 영향을 받았음을 언급하였다. 그러나 이야기 중반까지 주인공의 역할을 수행하던 왕건이 어느 순간 사라지고, 강기장·강사진을 포함한 여러 인물이 등장하여 전장에서 공을 세우고 사건을 해결하는 양상은 군담소설에서 쉽게 찾아보기 힘든 것이다. 또한 『고려보감』에서 전개되는 군담은 개개인의 무용이 뛰어남을 묘사하는 동시에, 지리를 이용한 전술이나 매복작전이 동원되는 등 지략전(智略戰)이 주를 이루는데, 이 또한 전형적인 군담소설과 변별되는 지점이다. 이러한 특징은 『삼국지연의』의 영향을 받은 것으로 보인다. 강사진이 아들을 희생시키면서까지 왕건에 대한 충성을 보이며 뛰어난 지략을 발휘하는 모습은 제갈량의 모습을 연상시킨다. 아들 강기장은 이러한 지략에 더해 전장을 누비며 활약하다 목숨을 바치는 것으로 묘사됨으로써, 유비를 위해 몸을 던졌던 관우나 조자룡을 연상시킨다. 신숭겸의 경우 역사적 사실이기는 하나, 주군을 위해 목숨을 바치는 모습은 마찬가지로 『삼국지연의』를 떠올리게 한다. 결국 『고려보감』은 방각본과 세책으로 활발하게 유통되었던 군담소설과 『삼국지연의』의 특징을 겸비한 작품을 지향한 결과물이다. 비슷한 시기에 세책으로 유통되었던 『남정팔난기』 또한 이렇게 군담소설과 『삼국지연의』의 영향이 감지되는데, 이러한 지향은 당대 세책 고소설의 하나의 유형을 이루었던 것으로 보인다. 세책업은 이익을 내기 위한 영업이므로, 여기서 빌려주는 책은 하나의 작품이 여러 편으로 분책될 수 있도록 이야기가 확장될 필요가 있다. 복수의 인물이 등장하고 지략전 중심의 군담이 전개되는 등 『삼국지연의』의 영향이 감지되는 『고려보감』의 특징은, 10권 10책의 분량을 채우기 위한 방법이었던 것으로 보인다. 결국 『고려보감』의 창작방법상의 특징은, 당대에 유행했던 역사를 소재로 한 대중적인 장편서사를 세책이라는 상업적인 매체를 통해 유통시키기 위한 전략으로 보아야 할 것이다.

참고문헌

• 자료

『高麗寶鑑』 10권 10책, 일본 동양문고 소장.

『고려태조』, 대창서원 · 보급서관, 1921(한국학중앙연구원 소장).

『高麗史』, 누리미디어(www.krpia.com).

『三國史記』, 도서출판 장락, 1991.

『유충렬전 · 정비전』(이윤석 · 김유경 교주), 이회문화사, 2005.

『현수문전 · 소대성전 · 장경전』(이윤석 · 김유경 교주), 이회문화사, 2005.

『남정팔난기』(이윤석 · 김경숙 교주), 이회문화사, 2006.

『홍길동전 · 임장군전 · 정을선전 · 이대봉전』(이윤석 · 김경숙 교주), 경인문화사, 2007.

• 저서

김광순, 『한국고소설사와 론』, 새문사, 1990.

서대석, 『군담소설의 구조와 배경』, 제이앤씨, 2008.

오오타니 모리시게, 『조선후기 소설독자 연구』, 고려대 민족문화연구소, 1985.

이경선, 『『삼국지연의』의 비교문학적 연구』, 일지사, 1978.

이윤석 · 오오타니 모리시게, 정명기, 『세책 고소설 연구』, 혜안, 2003.

이윤석 · 정명기, 『구활자본 야담의 변이양상 연구(구활자본 고소설의 변이양상과 비교하여)』, 보고사, 2001.

• 논문

1. 학위논문

이강엽, 『군담소설 연구방법론』, 연세대학교 박사학위논문, 1993.

김현양, 『조선 후기 군담소설 연구: 개념, 유형, 성격 문제를 중심으로』, 연세대학교 박사학위논문, 1994.

김경남, 『한국 고소설의 전쟁소재 연구』, 건국대학교 박사학위 논문, 2000.

방효순, 『일제시대 민간 서적발행활동의 구조적 특성에 관한 연구』, 이화여자대학교 박사논문, 2000.

최윤희, 「『남정팔난기』 영웅 형상과 소설사적 의미」, 고려대학교 박사학위 논문, 2004.

이소영 · 김진공, 「『삼국연의』 다시 읽기 (2)-諸葛亮, 지식인의 상상적 자아」, 『中國文學』 제48집, 2006.

이은봉, 『『삼국지연의』의 수용 양상 연구』, 인천대학교 박사학위논문, 2007.

음선혁, 『고려태조 왕건 연구』, 경북대학교 박사학위논문, 2009.

김도환, 『고전소설 군담의 확장방식 연구』, 고려대학교 박사학위 논문, 2010.

2. 일반논문

강태권, 「『삼국연의』 중의 인물연구-전쟁을 통해 본 조조-」, 『중국학 논총』 15집, 국민대학교 중국문제연구소, 1999.

김경숙, 「동양문고본 『남정팔난기』 연구, 『열상고전연구』 20집, 열상고전연구회, 2004.

김동욱 「이조소설의 작자와 독자에 대하여」, 『장암 지헌영선생 화갑기념 논총』, 1971.

안춘근, 「한국세책업변천고」, 『서지학』 6집, 한국서지학회, 1974.

김태규, 「『삼국지연의』의 영향고」, 『비교문학-그 국문학적 연구』, 이우출판사, 1981.

마이클김, 「서양인들이 본 조선후기의 일제초기 출판문화의 모습」, 『열상고전연구』

19집, 열상고전연구회, 2004.

변동명, 「신숭겸의 곡성 성황신(城隍神) 추앙와 덕양사(德陽祠) 배향」, 『한국사연구』 126집, 한국사연구회, 2004.

서대석, 「군담소설의 출현동인 반성」, 『고전문학연구』 1집, 한국고전문학회, 1971.

오오타니 모리시게, 「조선 후기의 세책 재론」, 『한국 고소설사의 시각』, 국학자료원, 1996.

유광수, 「세책본 고소설의 성립 연원과 제작 방식에 대하여-향목동 세책본 『적성의전』(1915)을 중심으로」, 『고소설연구』 29집, 한국고소설학회, 2008.

유춘동, 「세책본 『금령전』의 텍스트 위상 연구」, 『열상고전연구』 20집, 열상고전연구회, 2004.

이상택, 「한·중소설의 비교문학적 연구: 군담소설과 『삼국지연의』」, 『한국고소설연구』, 이우출판사, 1983.

이재수, 「『삼국지연의』가 아국 소설에 미친 영향」, 『한국소설연구』, 선명문화사, 1969.

전상욱, 「세책 대출장부 연구Ⅰ」, 『열상고전연구』 27집, 열상고전연구회, 2008.

______, 「세책 대출자의 특성에 대한 연구-동양문고본 대출장부를 중심으로」, 『고소설연구』 26집, 한국고소설학회, 2008.

______. 「세책 총목록에 대한 연구」, 『열상고전연구』 제 30집, 2009.

정규복, 「한국 군담소설에 끼친 『삼국지연의』의 영향서설」, 『국문학』 4집, 고려대 국어국문학회, 1960.

______, 「『남정기』의 저작동기에 대하여-김현룡 씨의 「『사씨남정기』연구」를 읽고」, 『성대문학』 15집, 성균관대 국어국문학회. 1976.

정명기, 「세책본 고소설의 유통양상-동양문고 소장 세책본소설에 나타난 세책장부를 중심으로」, 『고소설연구』 16집, 한국고소설학회, 2003.

______, 「세책본소설에 대한 새 자료의 성격연구-『언문후생록』 소재 목록을 중심으로」, 『고소설연구』 19집, 한국고소설학회, 2005.

정출헌, 「탄금대 전투에 대한 기억과 두 편의 『달천몽유록』」, 『고소설연구』 29집, 고소설학회, 2010.

조규일, 「박종화 역사소설의 가공인물 연구(1)」, 『한민족문화연구』 3집, 한민족문화학회, 1998.

한석수, 「『사씨남정기』 창작배경 재고-『단암만록』을 중심으로」, 『개신어문연구』 29집, 개신어문학회, 2009.

이야기, 문학, 역사

이윤석

1. 서언

『용비어천가』와 『춘향전』은 중등학교의 국어나 문학 과목에서 가르치는 중요한 작품이지만, 조선시대 공식 기록에는 『용비어천가』만 등장하고 『춘향전』은 보이지 않는다. 현재 웬만한 한국사 관련 책에서는 『용비어천가』와 『춘향전』을 모두 기술하고 있어서 두 작품에 대한 조선시대와의 시각 차이를 선명하게 보여준다. 『용비어천가』는 편찬과정을 알 수 있는 여러 기록을 바탕으로 이 책의 간행상황을 비교적 소상히 알 수 있지만, 『춘향전』은 작품 이외에는 여기에 대한 아무런 기록이 없으므로 『춘향전』의 성립과정은 사실상 재구해낼 수 없다. 현존하는 몇 가지 『용비어천가』의 이본(異本)과 왕조실록을 비롯한 여러 가지 기록을 바탕으로 『용비어천가』의 편찬과정과 간행 그리고 간행 이후의 상황을 알 수 있다 하더라도 이것으로 『용비어천가』 간행의 '실재'를 알 수 있는 것은 아닌지도 모른다. 만약에 이런 관점을 『춘향전』에 적용해본다면, 『춘향전』 간행의 '실재'는 전혀 알 수 없다. 필자는 이제까지 주로 본문비평 작업을 해왔는데, 연구를 해오면서 이런 문제에 대해서는 깊이 생각해본 일이 없었다. 그리고 원본을 찾는다든가, 간행연대를 밝혀내는 것 같은 소위 실증적이란 이름의 작업을 해오면서 『용비어천가』나 『춘향전』의 '실재'를 별로 의심해보지 않았다. 그러나 '실재'의 문제는 그렇게 자명한 것은 아니다.

최근 이야기와 문화제도에 대한 이런저런 논의를 보면서 필자가 지금까지 해온 여러 가지 작업은 역사연구인가 문학연구인가 하는 자문을 해보았다. "『홍길동전』은 19세기 중반 쯤 서울에서 세책집이나 방각본 출판사와 관련을 맺고 있던 어떤 사람이 쓴 것이지, 1600년을 전후한 시기에 허균이 쓴 것이 아니다."라는 사실을 증명하기 위해 현전하는 모든 『홍길동전』 이본을 모아서 계통을 나누어 분석하고, 『홍길동전』 같은 형식과 내용의 소설은 19세기 중반이 되어서야 나올 수 있다는 것을 실증적으로 증명하는 연구는 어느 분야에 속하는 연구인가? 고전문학 연구자로 과거의 문헌을 다루고 있는 필자의 일은 역사학자가 하는 일과 크게 다르지 않은 것 같다. 차이가 있다면, 역사학자는 역사적 기록을 다루고, 문학연구자는 문학적 기록을 다룬다는 점이다. 그런데 필자의 경험에 비추어보면 역사자료와 문학자료를 선명하게 나누기는 쉽지 않은 것 같다. 어느 시점까지는 역사학자와 문학연구자가 다루는 기록이 나뉘어 있었지만, 이제는 과거의 문헌을 역사적 기록과 문학적 기록으로 나누기 어렵게 되었다. 과거를 해석하는데 문화의 관점이 대두되면서 이런 경향은 더욱 빨라지고 있는 것 같다. 결국 과거의 기록을 역사학자는 역사적 관점으로 문학연구자는 문학적 관점으로 보는 것이라고 하겠다.

이 글의 제목을 '이야기, 문학, 역사'로 한 것은 무슨 큰 의미가 있는 것은 아니다. 학부의 「한국고전문학의 이해」라는 수업에서 필자는 『삼국유사』의 '조신 이야기'와 『삼국사기』 열전의 '온달'을 자료로 쓰고 있는데, 학생들은 고등학교 수업에서 배운 대로 '온달 이야기'는 역사, '조신 이야기'는 액자구조의 허구적 이야기라고 말한다. 그러나 좀 더 얘기를 끌고 가서 이 두 이야기의 다른 점은 무엇이며 같은 점은 무엇인가를 얘기하기 시작하면, 역사와 허구라는 개념만으로는 해결할 수 없는 많은 문제가 있다는 것을 금방 알게 된다. 특히 이야기 속의 사건이 왜 이렇게 되었을까를 물었을 때, 대부분의 학생들은 대답을 하지 못한다. 정답을 맞춰야한다는 압박 때문이기도 하지만, 그보다는 이야기를 자유롭게 해석하는 일을 해본 적이 없기 때문이다.

> 바보 같던 온달이 어떻게 고구려의 유명한 장수가 될 수 있으며, 공주는 왜 궁중에서 쫓겨나면서까지 온달과 결혼하겠다고 했을까?
>
> 역사가 사실을 얘기하는 것이라면, 움직이지 않던 관이 공주의 말 한마디에 움직였다는 내용은 사실인가?
>
> 조신 이야기가 완전히 꾸며낸 이야기라고 믿는 사람에게 낙산사 관세음보살의 영험함을 얘기할 수 있을까?
>
> 하룻밤의 꿈으로 인생의 허무함을 깨달을 수 있다는 조신 이야기가 온달 이야기보다 훨씬 사실적이지 않은가?
>
> 두 이야기 가운데 어느 쪽이 더 진실을 얘기하는가?

수업에서 이런 얘기를 하다보면 학생들은 물론이고 필자도 혼란에 빠질 때가 있다. 분명한 것은, '온달 이야기'는 역사적 사실이고 '조신 이야기'는 문학적 허구라는 단순하고도 명쾌한 규정만으로는 이 두 이야기를 제대로 설명해낼 수 없다는 점이다. 게다가 소설과 역사는 아무런 차이가 없는 같은 이야기일 뿐이라는 이론도 있다고 말하면, 학생들은 매우 당황하게 된다. 혼란이야말로 공부의 한 과정이라고 말할 수 있지만, 이 혼란을 정리할 수 있는 방법은 무엇인가 하는 점이 문제이다. 역사와 문학(특히 소설)이 모두 이야기라면, 이야기에 대한 접근으로 이 문제를 풀어나가야 할 것이다.

이제까지 연구자들이 이런 문제를 다루지 않은 것은 아니나, 대체로 역사소설을 논의하는 작업에 국한되었던 것 같다. 그리고 객관적으로 자명하다고 여기는 역사적 사실과 꾸며낸 이야기 사이의 관계를 밝히는 일이 대체로 문학연구자들의 맡은 역할이었던 것 같다. 그러나 역사적 기록의 '실재'에 대해서 다양한 의견이 있으니, 역사적 사건을 소재로 한 문학작품에 대한 논의도 좀 더 다른 차원으로 진행되어야 할 것으로 보인다. 그런데 그동안 필자가 다룬 작품 가운데 상당수는 이런 논의에 매우 적합한 것이어서, 이 가운데 몇 개를 골라 텍스트의 안과 밖에 있는 이야기를 가지고 문학, 역사, 실재 등과 관련된 문제를 논의해보기로 한다.

2. 용비어천가

『용비어천가』의 태조 이성계 관련 기록은 태조실록의 총서나 『고려사절요』의 내용과 대체로 같기 때문에 『용비어천가』의 기록을 태조실록 총서나 『고려사절요』를 옮겨온 것으로 보는 것이 일반적인 것 같다. 그러나 실록을 잘 검토해보면, 태조실록의 총서나 『고려사절요』의 기록이 『용비어천가』를 바탕으로 한 것이 아닌가 하는 의문이 든다.

세종 29년(1447) 2월 최항(崔恒)이 쓴 『용비어천가』의 발문에는 이 책의 편찬 경위가 다음과 같이 실려 있다. 세종 27년(1445) 정인지 등이 가시(歌詩) 125장을 지어 바쳤다. 세종은 이를 아름답게 여겨 '용비어천가'라는 이름을 내렸다. 그런데 이 125장의 시가 함축하고 있는 내용은 역사책을 참고하지 않으면 이해할 수 없으므로, 세종은 최항, 박팽년, 강희안, 신숙주, 이현로, 성삼문, 이개, 신영손 등에게 명하여 주해를 덧붙이도록 했다. 이런 과정을 거쳐 현재 우리가 볼 수 있는 10권으로 된 용비어천가가 세종 29년 2월에 완성되었다. 그리고 이 해 10월에 550질을 간행하여 신하들에게 나누어주었다.

『용비어천가』는 단순히 세종이 자신의 6대조를 찬양하기 위한 것이 아니라, 조선의 건국 과정이 천명(天命)에 의한 것임을 드러내기 위한 것이다. 그러나 이 천명을 객관적 사실을 통해 드러내는 일은 쉽지 않으므로, 이 과정에서 상상력이 개입될 수밖에 없다.[1] 조선 건국 후『고려사』를 편찬하는 일이 쉽지 않았다는 사실은, 천명이 이성계에게 돌아왔음을 매끄럽게 서술하기 어려웠음을 말해 준다.『고려사』 편찬과정을 잘 요약한 아래의 글을 보기로 한다.

> 정도전의『高麗國史』가 태조 4년(1395)에 완성되었지만, 이에 불만을 가지고 있던 태종은 동 14년(1414) 5월에 하륜·변계량 등으로 하여금 이를 改讎하도록 하였다. 그리하여 세종 3년 정월에야 이 작업이 마무리되었으며, 세종은 다시 이의 개수를 명하여 동 6년(1424) 8월에 소위『讎校高麗史』가 완성되었다. 이 때에는 유관과 윤회 등이 개수작업을 주관하였다. 그러나 여기에도 만족할 수 없었던 세종은 신개·권제·안지 등으로 하여금 다시 고려사를 수정 편찬케 하였는데, 이는 앞에서 설명하였던 것처럼 세종이『태조실록』을 내전에 들이게 하여 읽었던 세종 20년(1438) 3월이었다. 이로부터 4년 후인 세종 24년(1442) 8월에 이 작업이 완료되었는데, 그 때에는 책 제목을『高麗史全文』이라 하였으며, 이는 곧 인쇄되기도 하였으나 반포가 중지되고 고려사의 편

1) 고려의 우왕과 창왕이 신돈(辛旽)의 아들이기 때문에 고려의 정통이 끊어졌다는 발상은 상상력이 어떻게 역사기술에 동원되는가를 잘 보여준다.

찬 작업은 다시 원점으로 돌아가고 말았던 것이다. 세종은 동 31년(1449) 정월에 다시 김종서·정인지 등에게 『高麗史』의 편찬을 명하였다. 그리고 이 책이 완성된 것은 세종이 승하하고 문종이 즉위한 직후(문종 원년 8월)였으며, 단종 2년(1454) 10월에 인쇄 반포되어 오늘날까지 전해지게 되었다.[2)]

1395년에서 1454년까지 네 가지 역사책을 편찬했었다는 위의 간략한 기술만으로도 조선 초에 고려의 역사를 어떻게 기술하느냐, 특히 이성계와 이방원이 조선을 건국하기까지의 과정을 어떻게 기술하느냐 하는 문제는 쉽게 해결할 수 없는 문제였던 것 같다. 세종은 고려사 기술에 깊은 관심을 갖고 있었으나, 자신이 직접 역사서를 편찬할 수는 없었다. 역사의 편찬은 왕이라도 할 수 없는 일이었다. 세종은 태조의 실록은 직접 보았고, 태종의 실록은 보려고 하다가 그만둔 것으로 보이는데, 할아버지 이성계에 관한 실록의 내용에 대해서 불만이 많았다. 『세종실록』에 나오는 몇 가지 기록을 보기로 한다.

경상도와 전라도 관찰사에게 전지(傳旨)하기를, "홍무(洪武) 13년(1380) 9월에 왜구(倭寇)가 떼를 지어 육지로 올라와 우리의 경계를 침략하였을 때에, 우리 태조께서 부오(部伍)를 정비하여 이끌고서 바로 운봉(雲峯)에 이르러 한 번에 소탕하였으니, 그 훌륭한 공과 위대한 업적은 후세에까지 전하지 아니할 수 없는 것이다. 그러므로 그 때의 군마의 수효와 적을 제어한 방책과 접전한 수와 적을 함락시킨 광경 등을 반드시 본 사람이 있을 것이니, 경은 도내 여러 고을에 산재(散在)하여 살고 있는 늙은이들에게 널리 다니며 방문하여 상세히 기록하여 아뢰

---

2) 정두희, 「조선건국사 자료로서의 『용비어천가』」, 『진단학보』 68집, 진단학회, 1989, 88~89쪽.

라."하였다. 이때에 임금이 바야흐로 『용비어천가』를 짓고자 하여 이러한 전지를 내린 것이었다. 세종 24년(1442) 3월 1일[3)]

태조 이성계에 대한 기록이 소략하니 보완하라는 세종의 지시이다. 그러나 이러한 요구는 (실록의 기록을 바꾸려는 것은 아니고) 『용비어천가』를 짓기 위한 것이라고 했다.[4)] 세종은 다음날 다시 명을 내린다.

임금이 예문제학(藝文提學) 안지(安止)와 직집현전(直集賢殿) 남수문(南秀文)에게 이르기를, "태조께서 잠저(潛邸) 때부터 신성(神聖)하고 용무(勇武)하였던 행적이 한두 가지가 아니었는데, 지금 실록(實錄)을 보니 어찌 이다지 간략한가."하니, 안지가 대답하기를, "신 등도 역시 전하여 들은 일이 있으나, 다만 기사(記事)한 것이 소략함을 한스럽게 생각합니다."하였다. 임금이 말하기를, "경 등은 옛 늙은이들을 방문하여 실지로 있었던 사적을 갖추어 기록하도록 하라."하였다.

세종 24년(1442) 3월 2일

여기서는 실록의 기록에 대한 세종의 불만이 직접적으로 나타난다. 옛 늙은이들을 방문하여 실제 사적을 기록하라고 안지와 남수문에게 한 세종의 지시는, 몇 달 후에 다음과 같은 신하들의 아뢰는 말로 답변이 돌아온다.

춘추관감관사(春秋館監館事) 신개(申槪) · 지관사(知館事) 권제(權踶) · 동지관사(同知館事) 안지(安止) 등이 아뢰기를, "태조강헌대왕(太祖康獻

3) 조선왕조실록의 인용은 고전번역원의 번역을 필자가 수정해서 썼음. 이하 마찬가지임.

4) 1446년 4월에 정인지가 쓴 『용비어천가』 서문에 "지금까지도 동네의 나이 많은 어른들은 이 이야기를 서로 전하여 칭찬의 말을 그치지 않습니다."라는 내용은 세종의 명령을 수행했다는 답변이라고 할 수 있다.

大王)·공정대왕(恭靖大王)·태종공정대왕(太宗恭定大王)의 실록은 빠진 것이 많으니, 청하옵건대, 고쳐 수찬(修撰)하게 하옵소서."하니, 그대로 따랐다. 세종 24년(1442) 9월 4일

그리고 3년 후에 수찬한 삼조(三朝: 태조, 정종, 태종)의 실록을 사고(史庫)에 보관한다.

인순부윤(仁順府尹) 안지를 전주에, 예빈소윤(禮賓少尹) 김길통(金吉通)을 충주와 성주에 보내어 삼조(三朝)의 실록을 봉안하였다.
세종 27년(1445) 12월 18일

삼조의 실록에 빠진 내용이 많다는 것의 구체적인 내용은 알 수 없으나, 실록을 개수(改修)했음은 분명한 사실이다. 다음의 기사에서 태조실록에서 뽑은 내용을 『용비어천가』에 끼워넣었음을 알 수 있는데, 이 태조실록은 개수한 것이다.

태조실록(太祖實錄)을 내전(內殿)에 들여오기를 명하고, 드디어 언문청(諺文廳)에 두고 사적(事迹)을 상고해서 용비시(龍飛詩)에 첨입(添入)하게 하니, 춘추관(春秋館)에서 아뢰기를, "실록은 사관(史官)이 아니면 볼 수가 없는 것이며, 또 언문청은 쉽게 드러나게 되고 외인(外人)의 출입이 무상(無常)하니, 신 등은 매우 옳지 못하였다고 여깁니다."하였다. 임금이 즉시 명령하여 내전에 들여오게 함을 돌리고, 춘추관 기주관(記注官) 어효첨(魚孝瞻)과 기사관(記事官) 양성지(梁誠之)로 하여금 초록(抄錄)하여 바치게 하였다.
세종 28년(1446) 11월 8일

『용비어천가』라는 책은 사서(史書)가 아니므로 누구의 간섭도 없이

세종의 의도대로 편찬해낼 수 있는 책이다. 현재 우리가 볼 수 있는 『고려사』가 나오기까지의 우여곡절이나, 비록 신하들의 요구에 따른 것이라고 하지만, 실록을 개수했다는 사실을 통해서 할아버지와 아버지의 역사를 자신의 의도대로 기술하려던 세종의 의지를 엿볼 수 있다. 그리고 세종이 자신의 의지를 관철시키는 과정에서 『용비어천가』를 실록이나 고려사를 편찬하는 자료로 썼을 가능성도 배제할 수 없다. 어떻게 보면 매우 구차스럽게 복잡한 과정을 거쳐 조선 건국의 정당성을 드러내고 있는데, 이것이 세종의 문치(文治)에 대한 의지인지, 그렇지 않으면 왕권(王權)이 신권(臣權)을 확실히 장악하지 못했기 때문인지는 알 수 없다.

3. 임경업전

임경업(林慶業, 1594~1646)은 역모사건에 연루되어 국문(鞫問)을 받다 고문으로 죽었다. 그는 사후 약 50년이 지나 신원(伸寃)이 되었고, 1791년에는 정조의 명찬(命撰)으로 『임충민공실기(林忠愍公實記)』가 간행되었다. 현재 연세대학교 도서관에 소장된 목판본 『임경업전』은 1780년에 간행된 한글본으로, 19세기 중반 이후에 나오는 여러 가지 방각본(坊刻本)[5] 『임장군전』의 모본(母本)이라고 할 수 있다. 이 『임경업전』에는 권수제(卷首題) 밑에 '됴션국언역ᄉᆞ긔'라는 부제(副題) 비슷한 것이 있고, 마지막에는 '歲庚子孟冬京畿開板'이라는 간기가 있다.

---

5) 방각본은 민간에서 영리를 목적으로 간행한 책을 말한다. 방각본의 출현은 책이 상품이 되었다는 것을 의미한다는 데서 매우 중요한 의미가 있다. 이러한 방각본이 조선에서 처음 나온 시기에 대해서는 연구자 사이에 여러 의견이 있다. 필자는 방각본 출판이 이루어지기 시작한 때는 18세기 후반이고, 19세기에 들어와서야 비로소 활발해졌다고 생각한다.

그동안 이 『임경업전』에서 논란이 되었던 것은 '歲庚子孟冬京畿開板'의 '歲庚子'가 언제인가 하는 문제였다. '歲庚子'는 1900년, 1840년, 1780년 등이 해당되고 각각은 그렇게 생각할만한 근거가 있었는데, 이 문제는 대마도(對馬島)의 조선어 역관이 1790년 무렵에 필사한 같은 내용의 책이 알려지면서 1780년으로 확정되었다.[6] 이렇게 간행연도가 확정되면서 다른 의문이 생겨났다. 이제까지 별다른 관심을 갖지 않았던 '歲庚子孟冬京畿開板'의 '京畿'가 어디인가 하는 문제이다. 현재 이 '京畿'에 대해서는 방각본 간행소의 명칭이라는 의견과 경기감영(京畿監營)이라는 견해가 있다. 방각본으로 간행되었다면 소설이고, 경기감영에서 간행한 것이라면 실전(實傳)이라고 보아야 할 텐데, 그렇게 간단히 얘기할 수가 없다. 왜냐하면 『임경업전』은 실전이라고 볼 수 없는 허구적인 내용이 많이 들어 있기는 하지만, 임경업의 죽음을 사실적으로 그려냈다는 점에서 조선시대 다른 한글소설과는 다른 점이 있기 때문이다. 『임경업전』의 간행소가 경기감영인가, 그렇지 않으면 '京畿'라는 방각본 출판사인가 하는 문제는 한글 방각본 간행의 연대기를 위해서는 중요한 문제이다. 그러나 간행소가 어디인가와 관계없이 이 『임경업전』을 간행한 사람은 이 이야기를 임경업의 실전(實傳)으로 생각했을 가능성이 크다. 『임경업전』의 작자는 알 수 없으므로 작자가 어떤 의도를 갖고 있었는지는 알 수 없다. 그러나 간행주체나 독자들은 『임경업전』을 임경업의 실기(實記)로 생각했던 것 같다.

『임경업전』의 허구적인 내용을 알아보기 위해 『임충민공실기(林忠愍公實記)』에 실려 있는 연보(年譜)에서 중요한 내용을 보기로 한다.

---

6) 일본인 아메노모리 호우슈[雨森芳洲]의 『橘窓茶話』에 『임경업전』에 대한 언급이 있는 것으로 보아 『임경업전』은 1780년 이전부터 한글본이 있었다고 보아야 할 것이다. 조희웅 외, 「숙향전 형성연대 재고」, 『고전문학연구』 12집, 1997, 121쪽.

1594(갑오) 출생.
*1618(무오) 무과에 급제하여 갑산에 부임.
1624(갑자) 이괄의 난에 공을 세움.
*1634(갑술) 의주부윤 겸 청북방어사.
1636(병자) 의주부윤.
*1637(정축) 청나라의 요구로 단도(椵島)에 출병하여 명나라 군대와 싸움.
1640(경진) 청나라의 요구로 금주위(錦州衛)에 출병하여 명나라와 싸움.
1641(신사) 명나라와 싸울 때 적극적이지 않았다고 청나라가 처벌을 요구함.
1642(임오) 청나라로 잡혀가던 도중 탈출.
1643(계미) 명나라로 망명하여 명의 부흥을 도모함.
1645(을유) 명나라 장수의 배반으로 청나라로 잡혀감.
1646(병술) 청나라에서 조선으로 압송되어 역모에 관련된 심문 도중에 고문으로 사망.
숙종 23년(1697) 복관(復官).
정조 15년(1791) 『임충민공실기』 간행.

이와 같은 임경업의 일생은 『임경업전』에도 대체로 그대로 나타난다. 『임경업전』에는 많은 간지(干支)[7]가 나오는데, 이 간지가 있는 대목을 중심으로 『임경업전』의 내용을 정리하면 아래와 같다.

숭정말(崇禎末) 충주 달천에 살았다.
*무오년 18세 별과 급제 전옥주부. 삼년 후 백마강 만호.
임술년 3월 철마산성 중군.
갑자년 8월 중국 가는 사신의 군관으로 배행.

7) 시간의 제시는 사실성을 강조하는 한 방법이다. 이렇게 구체적인 시간을 제시하는 것이 사실성을 강조한 것인지, 허구를 사실로 보이기 위한 기법인지는 알 수 없다.

을축년 2월 호국에 가달(假㺚)이 쳐들어오니 호국이 중국에 청병함.
병인년 2월 청병장으로 호국에 감.
무진년 8월 호국에 가서 가달을 무찌름 .
기사년 3월 귀국.
임신년 3월 호국이 조선 국경을 노림.
*갑술년 4월 의주부윤겸방어사.
병자년 8월 호국 침입.
병자년 12월 왕이 항복.
정축년 3월 돌아가는 호군을 대파.
*정축년 7월 호국의 요구로 명나라 군대가 주둔하고 있는 피섬을 치러 감.
무인년 2월 적극적으로 싸우지 않았다는 이유로 청나라로 잡혀감.
경진년 7월 중국으로 망명하여 호위대장겸도원수가 됨.
신사년 3월 독보의 배반으로 호국에 잡혀감.
을유년 9월 세자 대군이 고국으로 돌아옴.

연보와 『임경업전』에서 '*' 표시를 한 무오년 무과 급제, 갑술년 의주부윤겸방어사, 정축년 단도(椴島, 피섬) 출병 등은 간지가 일치함을 알 수 있다. 『임경업전』과 연보에서 가장 큰 차이가 나는 대목은 병자호란이 나기 전에 명나라에 간 이야기이다. 『임경업전』의 이 대목을 간단히 요약하면, 임경업이 중국(명나라)에 사신으로 갔을 때, 호국(청나라)이 가달의 침입을 받아 나라가 위태로워져 중국에 구원병을 요청했고, 명나라에는 마땅한 사람이 없어서 임경업이 구원장으로 출전하여 가달을 물리치고 호국을 구해주었다는 내용이다.

연보뿐만 아니라 조선왕조실록에도 임경업이 명나라에 사신으로 갔었다는 기록은 없으므로 임경업이 호국에 구원장으로 가서 가달을 물리쳤다는 내용은 분명히 허구이다. 이와 같이 명백한 허구가 『임경업전』에 들어가게 된 과정은 알 수 없으나, 이런 문제는 생각해볼 필요가 있다. 임경업이 청나라(호국)를 도와주었다는 이야기는 언제 어떻게 시작된 것일까? 중국에 사신으로 가서 청나라를 도와주었다는 이야기는 『임경업전』의 작자가 만들어낸 것인가, 그렇지 않으면 『임경업전』의 작자는 단지 차용한 것인가? 기존의 이야기를 빌려온 것이라면 작자는 호국을 도와주었다는 이야기를 허구로 알고 있었는가, 그렇지 않으면 사실로 알고 있었을까? 어느 쪽이었는지는 알 수 없으나, 독자들은 『임경업전』을 임경업의 실기로 알고 있었을 가능성이 매우 크다.[8] 허구적인 내용을 역사적 사실로 알고 있는 『임경업전』의 독자들은 객관적 사실조차도 잘못 알고 있는 것인가, 그렇지 않으면 이들이 알고 있는 허구의 내용이 오히려 임경업의 진실인가?

『임경업전』의 권수제 밑에 '조선국언역사기(朝鮮國諺譯史記)'라고 쓴 것이라든가, 마지막에 "경업전을 언문으로 번역하여 사람마다 알게 하기는 동국 충신의 말이매 혹 망민이라도 깨달아 본받게 함이라."라는 구절에서, 『임경업전』은 한문본을 번역한 것이라고 볼 수 있겠는데, 한문으로 된 임경업의 전(傳)에서는 한글본의 허구적인 내용이 들어 있는 것을 찾아볼 수 없다. 여기서 한글과 한자라는 표기문자에 따른 문제가 대두된다. 한문으로 된 『임충민공실기』는 사실을 충실히 재현하고 있는데,[9] 왜 한글로 쓴 『임경업전』은 터무니없는 허구를 섞어 재현했을까 하는 문제이다. 단순히 한자를 이해하는 사람과 한글만을 해독할 수 있는 사람 사이의 지적인 능력의 차이라고 얘기하기는 어렵

8) 임경업 얘기를 해주던 사람을 찔러 죽인 살인사건이라든가, 임경업이 죽는 대목에서 더 이상 필사를 하지 않은 이본 등이 그 증거가 될 수 있을 것이다.

9) 충실한 재현이라고 했지만, 여기에도 허구는 들어 있다. 다만 한글 『임경업전』처럼 허구의 사건을 만들지는 않았다.

다. 이 문제는 한글로 된 이야기와 한문으로 된 이야기의 차이가 무엇인가를 해명해냄으로써 해결의 길이 열릴 수 있다. 예를 들면, 한문을 읽고 쓸 수 있는 사람들은 다양한 통로를 통해 사실을 확인할 수 있지만, 그렇지 못한 사람들에게는 사실 확인의 통로가 원천적으로 차단되었다는 점 같은 것을 들 수도 있을 것이다.

4. 설인귀전

『설인귀전』은 중국 당(唐)나라 장수 설인귀(薛仁貴, 613~683)가 주인공인 소설로, 설인귀가 고구려 장수 합소문(연개소문)을 물리친다는 내용이다. 조선시대 유행한 『설인귀전』은 크게 두 계열로 나눌 수 있는데, 하나는 중국소설 『설인귀정동(薛仁貴征東)』[10] 42회본을 번역한 것이고, 다른 하나는 중국소설의 내용을 바탕으로 조선에서 만든 것이다.[11] 두 계열 모두 많은 인기를 누렸던 소설이다. 1910년대에 많은 양의 고소설이 활판인쇄로 간행되는데, 『설인귀전』도 세 출판사에서 간행된 것을 확인할 수 있다. 당시의 출판 관행대로 선행본을 다른 출판사에서 그대로 조판하여 출판한 것이므로 세 출판사에서 나온 『설인귀전』의 내용은 거의 같다. 이 활판본의 저본(底本)은 중국소설을 축약하여 번역한 것으로 조선에서 세책(貰冊)으로 유통되던 것인데, 활판본의 마지막에는 다음과 같은 내용이 있다.

10) 중국소설 『설인귀정동』은 청나라 때 만든 것이지만, 원(元)나라 때 이미 『설인귀정요사략(薛仁貴征遼事略)』이라는 제목의 백화소설이 있었고, 그 이전에는 강창(講唱)으로 전해지던 이야기였다.

11) 『설인귀정동』의 번역본이 아닌 것도 중국 소설을 번역한 것일 가능성이 있으나, 아직까지 번역의 대본이 된 것을 확인하지 못했다.

고구려 사기(史記)를 상고(詳考)하니 천합소문(泉蓋蘇文)은 고구려 보장왕 때 사람이라. 이때 당제(唐帝) 이세민(李世民)이 합소문의 시군(弑君)한 죄를 빙자하고 대병을 거느려 요동 안시성을 칠새, 여장(麗將) 고연수(高延壽) 말갈병 십오만으로 막다가 당장(唐將) 설인귀에게 패한 바 되매, 대군이 물밀듯하여 안시성을 에우다가, 성주(城主) 양만춘에게 패한 바 되어, 당제가 눈에 살을 맞으매 당병의 예기(銳氣)가 최절(摧折)하매 만춘이 경기(輕騎)를 내어 좌우로 쳐 크게 파(破)하였으며, 당제가 천합소문과 싸움한 것은 조금 모호한 사실이며, 설인귀는 본디 요동 사람이요, 신라인 설계두(薛罽頭)로 당장(唐將)이 되어 공을 세웠으니, 이때도 사람쓰기를 골품(骨品)을 의논하매 홍재대략(弘才大略)이 있어도 발신(發身)치 못하는지라. 고로 이상 두 사람도 당(唐)에 돌아가 비상한 공업을 세우니라.[12)]

이 내용은 활판본 발행자가 덧붙인 것으로 보이는데, 자신이 알고 있는 역사적 사실과 『설인귀전』의 내용이 어긋난다는 점을 말하고 있다. 발행자의 역사적 지식에 의하면 연개소문과 당태종은 직접 싸운 일이 없는데, 『설인귀전』에는 직접 전투를 벌이는 대목이 나오니 이상하다는 것이다. 그리고 안시성에서 당태종이 패한 내용을 얘기한다. 이 내용을 덧붙인 사람이 갖고 있던 고구려에 대한 지식은 그리 높은 편은 아닌 것 같다. 연개소문과 당태종이 직접 싸웠다는 내용은 역사 기록에는 나오지 않으므로 정확한 지적이라고 할 수 있으나, 설인귀와 설계두가 동일인이므로 설인귀는 신라 사람이라고 말한 것은 어떤 근거가 있는지 알 수 없다. 그리고 당나라로 돌아간 두 사람은 누구를 말하는 것인지 모호하다.

『설인귀전』에 대한 활판본 발행자의 발언은 소설의 내용이 역사적

12) 필자가 현대어로 고치고 괄호 안에 한자를 넣었음.

사실과 일치하지 않는 데 대한 의문이라고 할 수 있다. 『설인귀전』의 발행자는 이 소설이 꾸며낸 이야기라는 생각을 하지 못했는지도 모른다. 특히 연의소설이나 역사적 인물을 주인공으로 한 역사적 사실을 다룬 소설의 내용이 허구라는 점에 대해서는 잘 모르고 있었을 가능성도 있다. 그런데 이와 같은 『설인귀전』 발행자의 의문과는 다른 차원의 의문이 제기된다. 김태준은 『조선소설사』에서,

> 仁貴傳第三十九回「蘇文誤入龍門陣, 仁貴智滅高麗師」第三十六回「薛仁貴破關囯將, 蓋蘇文失飛刀陣」같은數章은 仁貴를英雄化하기爲하여 東邦의梟雄蓋蘇文을넘우도 犧牲하고侮辱하엿다. 허수믄(蓋蘇文의中國音)이라면 우는아이가 울음을끄친다는것은 中國에서그얼마나當時에蓋蘇文을畏忌하엿다는證據이여늘 이와같은史實顚倒는 誇張自尊한中國文人의陋習에서 나온것이라고박게볼수없다.[13]

고 했다. 김태준은 소설이 꾸며낸 이야기라는 것을 잘 알고 있었을 텐데, 소설의 내용에 대해서 불만을 얘기하고 있다. 그런데 그 불만은, 소설에서 연개소문에 대한 묘사가 정확하지 않다는 것이다. 근대적 대학교육을 받은 문학연구자가 소설의 분석을 하게 되자 『설인귀전』에서 가장 중요한 문제는 민족 문제가 되었다.

1960년대에 김동욱이 『설인귀전』에 대해 간단히 언급한 것이 있다.

> (경판 〈설인귀전〉은) 中國의 唐의 「薛家將演義」 小說 「征東薛仁貴傳」 등을 飜案한 것이니 薛仁貴가 高句麗를 破滅시키고 錦衣還鄕한 뒤의 여러 일을 小說化한 것이나. 中國에서 小說로 戱曲으로 流行한 것이나, 高句麗를 滅亡시킨 白袍將軍 薛仁貴傳을 李朝人들이 즐겨 읽었다는 것은

---

13) 김태준, 『조선소설사』, 청진서관, 1933, 79쪽.

理解하기 困難하다.[14]

김동욱의 이 발언은 김태준과는 다른 차원인 조선시대 독자의 문제로 옮겨갔다. 그러나 이런 생각은 자신의 고구려에 대한 지식이나 『설인귀전』을 읽고 느낀 것을 조선의 독자도 같이 가졌거나 느꼈을 것이라는 전제 아래 가능한 것인데, 조선시대 『설인귀전』 독자가 갖고 있던 설인귀에 대한 지식이나 이 소설에 대한 생각이 무엇인지는 알 수 없다. 김동욱의 이런 견해는 김태준의 『설인귀전』에 대한 이해의 연장선상에 있다고 하겠다.

1910년대 활판본 발행자가 『설인귀전』을 간행하면서 느꼈던 무언가 이상한 느낌의 정체는 1930년대와 1960년대 고전문학 연구자에 의해 좀 더 명확하게 들어났다. 그러나 고전문학 연구자들이 "우리나라를 침략한 외적의 장수를 영웅시하면서 그 이야기를 즐긴 것은 이상하다."는 생각이 19세기에 『설인귀전』을 읽던 독자(또는 20세기 활판본 『설인귀전』 독자)에게도 있었을까 하는 것은 의문이다. 활판본 발행자나 김태준 그리고 김동욱의 의문은 고구려 역사를 알았기 때문에 생겨난 것인데, 고구려 역사에 대한 지식이 없는 독자에게 『설인귀전』은 재미있는 이야기에 지나지 않았을 지도 모른다.

역사 문제가 개인의 일상까지 들어오게 된 것은 근대에 들어와서 보통교육이 이루어진 이후의 일일 것이다. 19세기 독자에게 『설인귀전』의 주인공 설인귀는 고소설의 주인공일 뿐이므로 『유충렬전』의 유충렬이나 『조웅전』의 조웅과 『설인귀전』의 설인귀는 아무런 차이가 없었을 것이다. 연개소문은 주인공 설인귀의 적대자로 설정된 것일 뿐이다. 『설인귀전』처럼 군담이 주된 내용인 조선소설은 대부분 중국을 지

---

14) 金東旭, 「한글小說 坊刻本의 成立에 對하여」, 『향토서울』 8, 서울시, 1960, 51~52쪽.

리적 배경으로 하므로 등장인물도 자연히 중국사람으로 설정된다. 그러므로 소설에서 적대자로 등장하는 인물은 대부분 외국인이 된다. 특히 군담소설에서는 이런 경향이 더욱 심하다. 조선의 소설 독자는 연개소문에 대해서도 이렇게 생각했을 가능성이 크다. 그러나 20세기에 들어와서 식민지와 해방의 과정을 거치면서 『설인귀전』을 즐기는 것이 아니라 연구의 대상으로 삼게 되자 의문이 생기기 시작했다.[15)]

최근에 이 문제는 훨씬 복잡한 문제가 되었다. 한 연구자의 발언을 보기로 한다.

> 고구려의 역사가 국권 상실과 함께 강력하게 호출된 것처럼 연개소문이 우리 역사의 주역으로 귀환한 지는 기실 100년이 채 되지 못한다. 하지만 그렇게 돌아온 연개소문은 오랜 세월 중국인들의 다채로운 전승 속에서 그들의 시선에 물들은 모습이다. 중국인의 관점에 의해 형상화된 그 과정에서 자연스럽게 중국화된 인물의 귀환인 셈이다. 이는 오늘날에도 크게 다르지 않으니 우리는 연개소문을 찾기 위해서는 중국의 문헌과 현장을 탐문해야 한다. 이 부인할 수 없는 사실이 우리에게 주는 교훈은 무엇일까?[16)]

이 연구자는 앞서 김태준이나 김동욱보다 훨씬 단호하고 강력하게 고구려나 연개소문에 대해서 위와 같이 말하며 논문을 끝냈다. 이 연구자가 말하는 '교훈'은 무엇일까? 『설인귀전』이 문학연구자의 분석

15) 1960년대에 미국에서 제작된 전쟁드라마 「전투(combat)」는 일본에서 대단한 인기를 누렸다고 한다. 이 드라마는 노르망디 상륙작전 이후 미국 군인의 활약상이 중심 내용이다. 미국과 전쟁을 치른 일본인들에게 이 드라마가 인기를 얻은 이유를 알아보는 것도 통속이야기를 이해하는데 도움이 될 것이다.

16) 이승수, 「연개소문 서사의 형성과 전승 경로」, 『동아시아 문화연구』 47집, 한양대 동아시아문화연구소, 2010, 192쪽.

대상이 되면서, 19세기 독자들은 별로 생각하지 않았을 여러 가지 문제가 생겨났다. 이 문제는 앞으로 더 복잡해질 것이다.[17] 그리고 그 과정은 허구와 실재를 둘러싼 이제까지 여러 논의에 더해서 민족이 끼어들게 될 것이다.

5. 고려보감

『고려보감』은 고려 태조 왕건이 주인공인 이야기인데, 그동안 학계에서 전혀 다루지 않은 소설이다. 『고려보감』의 이본은 현재 일본 동양문고에 1898년에 필사한 세책(貰册)이 있고, 1921년에 활판본으로 나온 『고려태조』가 있다. 전체 분량은 약 10만 자 정도이다. 먼저 간단한 줄거리를 보기로 한다.

당나라 한림편수 왕울의 다섯 아들이 아버지의 병을 고칠 약을 얻기 위해 해동 천마산에 갔다가 막내 계근만 살아남아 유씨 여자와 혼인한다. 계근이 본국으로 돌아가고 유씨 부인은 아들 건을 낳는다. 왕건은 아버지를 찾아 중국으로 가던 도중 용궁에 들어가 용왕의 딸과

---

17) 연개소문에 대한 역사기록이 적으므로 중국의 소설이나 설화를 통해 연개소문의 실체를 찾아보려는 시도는 이제 시작 단계인 것 같다. 이런 시도는 조선시대에 안시성 싸움의 장수를 양만춘이라고 얘기한 것과 비슷하다. 안시성 싸움의 고구려 장수가 양만춘이라는 것은 중국의 『당서(唐書)』나 『삼국사기』에는 나오지 않으나, 조선 중기부터는 여러 군데 나타난다. 조선시대에도 양만춘이라는 이름은 중국 소설 『당서연의(唐書衍義)』(박재연에 의하면 熊鍾谷의 「唐書志傳通俗演義」라고 한다)에서 비롯된 것이므로 믿을 수 없다고 말한 사람이 있었으나, 양만춘을 실존인물로 인식하고 있던 사람들이 더 많았던 것으로 보인다. 해방 후 어느 시점까지는 초등학교나 중등학교에서도 양만춘의 안시성 싸움을 역사적 사실로 가르쳤던 것으로 보인다. 인터넷에서 양만춘을 검색해보면, 몇 편의 드라마가 만들어졌기 때문인지 드라마와 관련된 내용이 많고, '중국의 역사왜곡'과 연관시킨 내용이나 해군의 양만춘함에 관한 것이 있다.

결혼한다. 왕건은 아버지가 죽었다는 소식을 듣고 어머니에게 돌아가려고 한다.

당나라 강태백은 진산도(진주)에 부임하여 아들 사진을 낳는다.

궁예는 반역을 꿈꾸고 견훤은 후백제를 건국한다.

강사진은 석광이라는 사람에게 비법을 전수받고 그의 딸과 결혼한다. 신라가 진산도를 점령하여 강사진 일가는 피란하는데, 이때 왕건은 용궁에서 나와 강사진을 만난다.

궁예는 태봉을 건국하고, 왕건은 궁예의 부하가 된다. 강사진은 후백제로 가서 견훤에게 신라를 공격할 것을 권유한다. 이후 신라, 후백제, 태봉은 서로 싸운다. 왕건은 강사진과 함께 여진의 침입을 막고 이어 궁예를 쫓아낸 후 나라를 세워 태조대왕이 된다. 강사진이 부모가 위독하다는 소식을 듣고 고향으로 간 후, 왕건은 견훤과 싸우다 패하고, 강사진은 아들 기장에게 왕건을 돕도록 한다. 강기장의 활약으로 후백제를 없애자 신라는 항복하여 삼국통일을 이룬다.

여진과 금(金)이 요동과 연합하여 고려를 침략하나 강기장이 맞아 싸워 물리친다. 금과 신검이 침입하니 강기장이 맞아 싸우다 부상을 입고 무리하게 싸우다 죽는다. 그러나 고려는 끝내 이들 외적을 물리친다.

왕건의 어머니와 용궁에서 얻은 부인이 하늘로 돌아가고, 왕건은 왕위를 전하고 조용히 지내다 죽는다.

이 소설에는 실존인물과 허구인물이 뒤섞여 200명 이상의 인물이 등장하는데, 이들이 펼치는 다양한 군담이 소설의 주된 내용이다. 한글 고소설 가운데 공간적 배경을 한반도로 설정한 소설은 많지 않다. 『춘향전』이나 『홍길동전』처럼 조선을 시공간적 배경으로 하는 소설은 매우 드문데, 이들은 중국을 공간적 배경으로 하는 소설보다 후대에 나온 것으로 보인다. 고소설의 일반적인 시공간의 설정에서 볼 때, 『고려보감』은 매우 특이한 소설임은 분명하다. 이 소설의 주인공은 왕건과 강사진·강기장이라고 볼 수 있다. 전반부에는 왕건의 활약상이 두드러지고, 후반부는 강사진 부자의 활약이 중심이다.

『고려보감』은 역사소설이라고 말할 수도 있으나, 역사소설이라고 하기에는 소설에서 큰 비중을 차지하는 강사진 부자의 활약이 너무나 허구적이기 때문에 기존의 역사소설의 개념으로는 설명하기 어렵다.[18] 이 문제는 다른 기회에 더 얘기하기로 하고, 강사진 부자 문제로 초점을 맞춰서 논의를 진행하기로 한다.

필자는 이 소설을 읽으면서 강사진 부자가 실존인물이라는 생각은 할 수 없었다. 왜냐하면, 강사진과 강기장이라는 인물에 대해서 들어본 일이 없다는 단순한 이유뿐만 아니라, 강사진 부자의 활약상은 고소설의 전형적인 군담이기 때문이다. 또 고려 초기에 이렇게 큰 활약을 한 인물이 『고려사』나 『고려사절요』에 나오지 않을 수는 없을 것이다. 그렇다면 강사진과 강기장은 허구의 인물일 가능성이 크다. 그런데 1761년에 간행된 것으로 알려진 진주강씨족보에는 시조 강이식(姜以式)의 8대 후손이 강사진이고 강사진의 아들을 강기장이라고 했다. 이 족보에는 이름만 나온는데, 1916년에 나온 『진산강씨세감(晉山姜氏世鑑)』이라는 책에는, 1권의 제2편 상국(相國) 조에,

> 姜思進 : 太祖朝判門下平章事與金因渭同相見三公案
> 姜起章 : 太祖朝判門下平章事
> 1권 제2편 장수(將帥) 조에

18) 이 소설을 고소설의 하위 장르로 분류한다면 군담소설이 될 것이다. 고려에 대한 지식이 없는 독자가 읽는다면 다양한 군담이 등장하는 전형적인 군담소설일 뿐이다. 요즈음의 개념으로 보면 팩션(faction)이라고 할 수 있다.

姜起章 : 太祖朝兵馬都元帥

1권 제2편 책훈(策勳) 조에

姜思進 : 太祖朝端誠翊贊推忠補祚靖國平定一等勳

2권 제4편 인물(人物) 조에 보면,

姜思進 : 文科平章事謚元忠事見麗史

姜起章 : 文科平章事兵馬都元帥

2권 제4편 봉시(封謚) 조에는

姜思進 : 文平章事開國一等勳封菁城君謚元忠公

2권 제5편 계방(桂坊) 조에는

姜思進 : 太祖朝

라고 구체적인 내용이 나타난다.

『고려보감』은 19세기 중반 이후에 나온 소설로 추정되므로, 『고려보감』의 작자는 진주강씨족보에 나오는 강사진과 강기장이라는 인물을 소설에 빌려온 것으로 보인다. 그리고 『진산강씨세감』은 어쩌면 『고려보감』의 내용을 참고해서 직책이나 지위를 써놓았는지도 모르겠다.

조선에서 족보가 활발하게 편찬된 시기는 18세기 이후일 것이다. 20세기 들어와서도 족보 편찬은 더욱더 활기를 띠고 있으며, 자신의 가문을 빛내기 위해 여러 가지 노력을 하는 것이 현실이다. 명백하게 허구라고 생각하고 있던 소설이나 야담의 내용이 역사적 사실로 나타나는 일은 비일비재하다. 이런 문제는 개인의 일로 치부하고 연구자들은 언급하지 않았으나, 앞으로 중요한 문제가 될 것이다.[19]

19) 연구자들이 문중과 관련된 일을 하고 있는 예를 찾아본다면 상당한 양이 될 것이다. 그러나 이러한 일은 학술적인 작업이 아니라고 해서 별로 관심을 갖지 않았다.

6. 결언

앞에서 『용비어천가』, 『임경업전』, 『설인귀전』, 『고려보감』 등 네 작품에 대해 얘기한 것을 요약하면 다음과 같다.

『용비어천가』는 조선건국의 불가피함과 이방원의 왕위 계승이 정당했음을 알리기 위해 지은 것이다. 현재 『용비어천가』는 "뿌리 깊은 나무는 바람에……"로 대표되는 125장의 노래가 중요한 것이 되었지만, 편찬 당시에는 이 노래보다 노래의 해설에 더 무게를 두었던 것으로 보인다. 세종은 태조실록의 이성계에 대한 내용이 너무 간략하다고 생각하여 이성계의 무공에 관한 이야기를 수집하여 『용비어천가』를 편찬하는데 자료로 쓰게 한다. 그리고 『용비어천가』의 이성계 관련 기록은 태조실록을 수정하는데 자료로 쓰였을 가능성이 있다. 역사를 편찬하는 일이 이야기의 수집에서 시작되는 한 예를 볼 수 있다.

현재 『임경업전』은 소설이라고 말하는데, 1780년 이 책을 간행할 때도 소설책을 펴낸다고 생각했었는지는 의문이다. 만약 이 책이 경기감영에서 임경업의 실전(實傳)을 간행한다는 생각으로 냈다면, 중국(명나라)에 가서 호국(청나라)을 도와준다는 허구를 넣은 의도는 무엇인가? 한문으로 쓴 전(傳)에는 없는 이 허구가 한글본에는 들어있는 것을 어떻게 해석해야 하는가? 또 이런 허구적인 내용이 들어 있는 『임경업전』을 임경업의 실기로 알고 있던 독자들의 역사에 대한 인식은 무엇인가? 이런 여러 가지 문제를 생각해볼 수 있다.

당(唐)나라 장수 설인귀의 이야기는 원(元)나라 이전부터 여러 가지 양식의 문예물로 유행했는데, 청(淸)나라 때 간행된 소설 『정동(征東)』을 번역한 『설인귀전』이 조선에서도 읽혔다. 조선의 독자들이 이 소설에 등장하는 설인귀와 연개소문에 대해서 어떤 생각을 갖고 있었는지는 알 수 없으나, 1910년대에 활판본으로 출간된 『설인귀전』에는 소설의 내용에 대해 의문을 표시한 발행자의 논평이 붙어있다. 이런 식의 의문은 이후 고전문학 연구자들의 『설인귀전』에 대한 언급에서도 계속되었는데, 이와 같이 소설의 내용을 민족 문제와 결부시켜 논의하는 일은 앞으로 계속될 것으로 보인다. 허구가 가미된 오락물에서 역사적 진실을 찾아보려는 시도를 할 때 주의해야할 것은 무엇인가? 또 여기에 민족문제가 개재될 때 조심해야할 것은 무엇인가를 『설인귀전』은 잘 보여주는 작품이다.

『고려보감』은 19세기 말에 나온 것으로 추정된다. 이 소설은 조선조 내내 잊고 있었던 후삼국과 고려를 끌어와서 소설의 시대적 배경으로 삼았다는 데서 의미가 있는 작품이다. 이 소설에는 왕건, 궁예, 견훤 등의 역사상 인물과 함께 강사진과 강기장이라는 인물이 등장하는데, 작자가 이 강사진 부자를 역사상의 실존인물로 알고 있었는지 여부는 알 수 없다. 『고려사』 등의 역사서에는 보이지 않는 이 강사진 부자의 이름이 18세기 진주강씨족보에 올라 있고, 20세기에 들어와서 진주강씨 문중에서 편찬한 책에는 이들에 관한 좀 더 구체적인 기록이 나타난다. 준역사로서의 족보가 소설과 맺고 있는 관계란 어떤 것인가 하는 것을 『고려보감』에서 생각해볼 수 있다.

역사와 문학의 거리는 좁혀지고 있지만, 역사는 사실을 말하고 문학은 허구라는 오랜 생각은 쉽게 변하지 않을 것이다. 그러나 역사 서술에서도 허구를 써왔고, 허구적 이야기도 객관적 사실을 곧잘 원용해왔다. 『사기』 열전을 보면 사마천은 역사적 진실을 전달하기 위해 허구의 수법을 사용한 것으로 보인다. 「자객열전」에서 형가(荊軻)와 전광(田光)의 대화나 형가와 번오기(樊於期)의 대화는 두 사람 이외에는 알 수 없는

데, 전광과 번오기는 형가와 이야기를 마친 후 모두 자살한다. 결국 형가가 전광이나 번오기와 한 대화의 내용은 형가의 입을 통해서 전해질 수밖에 없다. 그러나 형가가 전하는 전광이나 번오기와의 대화 내용이 사실인지 아닌지 알 수는 없다. 거기에 더해 형가의 얘기가 어떻게 전해졌는지, 또 사마천은 이 대화의 내용을 어디서 전해 들었는지, 사마천이 전해들은 내용을 그대로 전하고 있는지 등등의 문제는 증명해낼 길이 없다. 나아가서 형가가 전광이나 번오기와 했다는 대화가 순전히 사마천이 꾸며낸 것인지도 알 수 없다. 그러나 2000년 이상 「자객열전」의 내용은 역사적 사실을 충실하게 전달하고 있다고 믿어왔다. 『삼국사기』 열전의 「온달」도 바로 이 『사기』 열전의 충실한 모방이다. 조신의 이야기는 『삼국유사』 탑상(塔像) 편의 낙산이대성관음정취조신(洛山二大聖觀音正趣調信)에 들어 있으므로 전체 이야기의 맥락 속에서 조신 이야기를 이해할 필요가 있다. 그리고 조신 같은 불교이야기는 어떤 전통을 이은 것인가도 생각해야 할 것이다. 낙산사 관세음보살의 영험함을 얘기하는 한 방식으로 조신 이야기가 만들어졌다면, 신라 때의 이야기가 고려까지 전해지는 과정이나 이런 종류의 신앙에 대한 검토는 문학적 허구에 대한 접근만으로 해석할 수는 없다. 조신 이야기에서 여러 가지 문제를 찾아낼 수도 있다. 예를 들면, 이야기 속에서 조신은 아무 말도 하지 않고 태수의 딸만 이야기를 하는데, 이것은 불교 이야기의 특징인가, 그렇지 않으면 이 시대 이야기의 일반적인 특징인가 하는 것도 생각해볼 수 있다. 그리고 나아가서 신라시대 여성에 대한 연구를 하는 연구자에게 조신 이야기는 아주 흥미 있는 자료가 될 수도 있을 것이다.

객관적 사실, 절대적 이상, 궁극적 가치 등과 같은 커다란 것에 관한 관심이 줄어들어가고 있는 시대에 문학, 역사, 철학의 의미는 무엇일까? 역사 공부를 통해 과거를 모두 이해할 수 있다거나, 문학이 역사나 철학보다 더 중요하다는 말을 하는 것으로 연구자 스스로는 위안을 삼을 수는 있을지 모르겠으나, 문학이나 역사 그리고 철학까지도 현재 우리 사회에서 그리 중요한 것은 아닌 것 같다. 그러나 대상을 분석하고 이해하며, 자신의 이해를 말이나 글로 서술해낼 수 있는 능력은 반드시 필요하다. 소설이건 역사건, 또는 영화건 재판기록이건 대상이 무엇이든지 간에 그것이 이야기라면, 이를 이해하기 위해서는 이야기를 분석해낼 수 있는 능력을 갖추어야 할 것이다.

참고문헌

김기봉, 「역사의 매체적 전환」, 『역사학보』 제204집, 역사학회, 2009.
임병철, 「문학과 역사의 세계에 날아든 녹색탄환, 스티븐 그린블랏Stephen Greenblatt」, 『역사와 문화』 12집, 푸른역사, 2006.
정다함, 「麗末鮮初의 동아시아질서와 朝鮮에서의 漢語, 漢吏文, 訓民正音」, 『한국사학보』 36호, 고려사학회, 2009.
정출헌, 「탄금대 전투에 대한 기억과 두 편의 〈달천몽유록〉」, 『고소설연구』 29집, 한국고소설학회, 2010.
최연식·이승규, 「용비어천가와 조선건국의 정당화」, 『동양정치사상사』 7권 1호, 한국동양정치사상사학회, 2007.
허찬, 「고려보감 연구」, 연세대학교 국어국문학과 석사논문, 2011.
노에 게이치 지음, 김영주 옮김, 『이야기의 철학』, 한국출판마케팅연구소, 2009.
도미니크 라카프라 지음, 육영수 엮음, 『치유의 역사학으로』, 푸른역사, 2008.
조지 이거스 지음, 임상우·김기봉 옮김, 『20세기 사학사』, 푸른역사, 1999.
H.포터 애벗 지음, 우찬제 외 옮김, 『서사학 강의』, 문학과 지성사, 2010.
Peter Burke, "History of Events and the Revival of Narrative", *New Perspectives on Historical Writing*(2nd edition), Pennsylvania state university press, 2001.
Geoffrey Roberts, "Introduction, The history and narrative debate, 1960-2000",

The History and Narrative Reader, Routledge, 2001.
Lawrence Stone, "The Revival of Narrative: Reflections on a New Old History", *Past and Present*, no.85 (Nov. 1979).
遲塚忠躬,『史學概論』, 東京大學出版會, 2010.

고소설의 작자와 독자

이윤석

1. 서언

김태준의 『조선소설사』 이래 고소설 연구에서 한글소설의 작자와 창작시기 문제는 난제 중의 하나였다. 소설사를 기술하기 위해서는 작자와 창작시기를 정확하게 알아야 하나, 조선시대 한글소설 가운데 작자를 알 수 있는 작품이 거의 없기 때문에 소설사를 쓰는 일은 애초에 불가능한 것으로 보인다. 그러나 김태준은 80년 전 한국문학 연구 초기에 이미 소설사를 써냈다. 그가 쓴 방법은, 한문학의 흐름에 맞춰 한문소설 작자를 연대순으로 정리하고, 여기에 적당히 한글소설을 끼워 넣어 소설사를 엮어내는 것이었다. 이런 방식으로 서술된 『조선소설사』는 김태준 스스로 얘기한 것처럼 그야말로 "빈약한 추리와 조루(粗陋)한 전단(專斷)을 유일한 도구로 삼"은 것이었다. 그러나 김태준의 『조선소설사』 이후, 거의 모든 고소설 연구자들이 이 책의 내용을 금과옥조로 받아들이면서 김태준의 소설사 이해에서 애써 벗어나지 않으려고 노력했다. 그러므로 현재 이루어지는 많은 고소설 연구는 작자가 알려진 몇몇 '한문소설'로 시간의 순서를 정하고, 여기에 창작시기를 알 수 없는 한글소설을 적당히 여기저기 나열한 초기 연구의 바탕 위에서 이루어지고 있다. 무리하게 소설의 작자를 추정한다거나, 창작시기를 알 수 없는 작품의 연대를 자의적으로 정한 초기의 연구가 갖고 있는 문제는 계속되고 있지만, 이런 문제에 대해서 근본적으로 의문을 제기한 연구는 그렇게 많지 않다.

고소설이라는 용어는 과거의 모든 서사문학을 지칭하는 용어로 쓰이고 있다. 한문으로 썼던, 한글로 썼던, 그 길이가 짧거나 길거나 상관없이 모두 고소설이라는 용어로 뭉뚱그려 쓰면서, 이들을 같은 잣대로 재단하고 있다. 『금오신화』와 『홍길동전』을 같은 고소설의 범주 안에서 논하고, 「허생전」과 『춘향전』도 같은 고소설의 장에서 다룬다. 중등학교의 '고전소설' 교육에서만 그런 것이 아니라, 전문적인 고소설 연구자들의 연구에서도 마찬가지이다. 김태준 이래 계속되어온 고소설에 대한 접근 방식이 지금까지도 별로 변하지 않았다.

지난 80년간의 고소설 연구를 보면, 초기에는 생각하지 못했던 여러 가지 논의가 펼쳐졌고, 또 새로운 자료가 많이 소개되었다. 그러나 이와 같은 연구 성과를 연구자들이 제대로 수용하지 못하고 아직도 김태준의 『조선소설사』 구도를 그대로 이어가고 있다. 그러나 김태준의 『조선소설사』 구도를 해체하지 않고서는 고소설을 제대로 설명하기 어렵다. 필자는 이 글에서 한문소설과 한글소설의 관계를 어떻게 설정할 것인가 하는 문제를 고소설의 작자와 독자를 통해서 제기해보려고 한다. 한문소설은 그 층위가 다양해서, 한글소설과 같은 통속소설의 범주에서 다루어야 할 작품도 있고, 통속소설이 아닌 지식인의 담론으로 이해해야 하는 작품도 있다. 그러므로 먼저 필요한 작업은 한문소설 가운데 통속적인 내용과 그렇지 않은 것을 나누어서, 지금까지 막연히 같은 고소설의 범주로 다루던 작품들의 성격을 분명히 할 필요가 있다. 한문소설 가운데 한글소설과 같은 통속소설의 범주에 드는 작품과 그렇지 않은 작품을 나누는 기준의 하나는 작자가 알려졌나 그렇지 않은가 하는 것이다. 한문소설 가운데 작자가 알려지지 않은 작품은 한글소설과 같은 전통 속에서 논의할 수 있을 것이다. 『금오신화』나 「허생전」처럼 작자가 알려진 작품은 작자가 알려지지 않은 한글소설과는 다른 맥락에서 이해할 필요가 있다.

고소설의 작자와 독자의 문제는 매우 중요한 문제이다. 작자가 알려지지 않았다 하더라도 누가 왜 썼는가를 밝혀낼 수 있어야 한다. 그리고 독자가 누구라고 구체적으로 지적할 수는 없더라도, 어떤 계층의 사람들이 어떻게 소설을 구해서 왜 읽었는지를 밝혀야 한다. 한글소설은 단순한 연대기조차 정리되지 않았는데도 불구하고, 연구자들은 끊임없이 자신의 연구가 소설사적으로 어떤 의의를 갖고 있는지 확인하고 싶어 한다. 고소설은 현재 각종 시험에 대비하기 위한 것 이외의 다른 효용을 찾기 어려운데, 연구자들은 이런 문제에 대해서는 별로 언급하지 않고, 고소설을 현재도 살아 있는 장르인 것처럼 다루고 있다. 그리고 손쉽게 접근할 수 있는 작자가 알려진 몇몇 작품에 연구가 집중되는 경향이 있으며, 작자와 독자의 계층이 서로 다른 이질적인 작품들을 같은 범주에서 다루기도 한다.

김시습이나 박지원을 『춘향전』의 작자와 어떻게 연결시켜 논의할 수 있을까? 또는 김시습이나 박지원이 한글 고소설에 어떤 영향을 미쳤다고 말할 수 있는가? 허균이 『홍길동전』의 작가라면, 그가 쓴 『홍길동전』은 현재 알려진 여러 이본 가운데 어떤 것인가? 판소리 〈춘향가〉 부르는 것을 받아 적은 것이 소설 『춘향전』이라면, 최초에 판소리 가사를 옮겨 적은 사람은 누구이고, 그 이본은 어떤 것인가? 이런 문제에 대한 연구를 필자는 근래에 거의 본 일이 없다. 고소설 연구를 위해서는 먼저 정리가 되어야 할 아주 기본적인 문제에 대해서 연구자들이 별로 관심을 갖고 있지 않기 때문에, 고소설 연구는 문자 그대로 '자유로운 연구'가 이루어지고 있다.

이 글에서는 『금오신화』, 「허생전」, 『홍길동전』, 『춘향전』의 네 작품을 대상으로 각 작품의 작자와 독자 문제를 다루려고 한다. 최초의 소설이라고 하는 김시습의 『금오신화』가 한글소설의 전통과 어떤 관계에 있는가 하는 점과 박지원의 「허생전」을 한글소설과 같은 고소설의 범주에서 논할 수 있는가 하는 점을 살펴볼 생각이다. 그리고 『홍길동전』의 작자와 관련된 필자의 생각을 다시 정리해서 제기하고, 춘향전을 판소리 창자의 노래를 옮겨놓은 것이라는 판소리계소설 도식의 허구를 몇 가지 자료를 통해서 지적하려고 한다.

2. 작자와 독자

고소설 가운데 작자가 알려진 한글소설은 허균의 『홍길동전』, 김만중의 『구운몽』과 『사씨남정기』 등 세 편이다. 허균과 김만중 이외에는 한글소설의 작자로 알려진 사람은 없다. 그런데 김만중의 두 작품은 애초에 한문으로 쓴 것일 가능성이 높고, 한글 고소설 『홍길동전』의 작자는 허균이라고 말할 수 없다. 한글소설에 비하면 한문소설에는 작자가 알려진 작품이 많다. 그러나 한문소설 중에도 작자를 알 수 없는 작품이 있고, 작자가 명확하지 않아 여러 사람이 작자로 거론되는 작품도 있다.

작자가 알려진 작품은 김시습의 『금오신화』나 박지원의 「허생전」 같은 것이다. 『금오신화』는 김시습의 문집인 『매월당집(梅月堂集)』에는 들어 있지 않지만, 김시습이 쓴 것임을 밝히고 간행한 책이 여러 가지 있다. 근래 중국에서 16세기 조선에서 간행된 것이 발견된 바 있다.[1] 이 책에는 '梅月堂金鰲新話'라는 책의 제목 아래 현재 알려진 「만복사저포기」를 비롯한 다섯 편이 실려 있다. 그리고 이 책을 윤춘년(尹春年)이 편집했음을 밝혔다. 「허생전」이 들어 있는 『열하일기』는 박지원이 살아 있을 때 이미 유명한 책이었다. 비록 인쇄된 책자로 간행되지는 못하고 필사본으로 읽혔지만 「허생전」이 박지원의 작품이라는 것은 분명하다. 이와 같이 작자가 살아 있을 때나 죽은 직후부터 작자의 이름이 전해지는 작품은 작자가 분명한 것이다.

그러나 작자 스스로 자신이 쓴 것임을 밝힌 소설은 많지 않기 때문에, 작자가 알려진 작품 가운데도 여러 가지 다른 의견이 있다. 각 연구자들은 자신이 주장하는 작자의 생애와 이 작품을 연결시켜 논의를 해나가고 있다. 한 작품에 여러 명의 작자가 있는 셈이다. 예를 들면, 『원생몽유록』의 작자는 임제(林悌, 1549~1587)라고 하지만 임제 이외에도 여러 사람을 이 작품의 작자라고 주장하는 연구가 있다. 또 『주생전』의 작자를 권필(權韠, 1569~1612)이라고 하나 분명한 근거가 있는 것은 아니다. 『구운몽』에 대한 초기 연구에서 이 작품의 작자는 김만중(金萬重)이고, 그는 이 소설을 한글로 썼다고 했다. 그러나 후에 이 작품의 원작은 한문으로 된 것이라고 하여, 현재는 『구운몽』의 원작은 한문본이라는 설이 통용되고 있다. 그러나 정작 김만중 자신은 『구운몽』을 썼다는 말을 어디에도 하지 않았고, 원작이 한문본인지 한글본인지도 분명하지 않다. 『구운몽』은 수많은 이본이 남아 있는데, 이 가운데 어떤 것이 원본인지 알 수 없을 뿐만 아니라, 심지어 원본이 남

1) 최용철, 「금오신화 조선간본의 발굴과 판본에 관한 고찰」, 『민족문화연구』 32, 고려대학교 민족문화연구원, 1999.

아 있는지도 의문이다. 『창선감의록』의 작자를 조성기(趙聖期, 1638~1689)라고 하는 설이 있지만, 조성기가 작자라고 말할 수 있는 근거는 부족할 뿐 아니라, 조성기를 작자라고 보기 어렵다는 연구도 있다. 또 『춘향신설(春香新說)』의 작자를 목태림(睦台林)이라고 한 기존의 연구가 갖고 있는 문제를 지적하고, 이 작품의 작자는 알 수 없다고 하는 연구도 나왔다. 『운영전』은 고소설 연구 초기부터 연구자들이 관심을 갖고 있던 작품으로 상당히 많은 연구업적이 쌓였다. 금지된 사랑 끝에 마침내 자살이라는 비극적 선택을 하는 주인공 운영의 이야기는 고소설로서는 독특한 내용이므로 이 작품은 중등학교의 교과서에도 실리는 대표적인 한문소설의 하나이다. 다양한 각도에서 많은 연구자들이 『운영전』을 조명했는데, 이 작품의 작자를 찾아보려는 연구자들의 노력도 그 가운데 하나이다. 그러나 아직까지도 이 노력은 결실을 맺지 못하고 있다.

일반적으로 한글소설의 작자를 알 수 없는 것은 당연한 것으로 받아들이지만, 한문소설의 작자는 어떻게 해서든지 찾아보려는 경향이 있다. 이렇게 된 이유는, 현재 남아 있는 방대한 한문 문헌에서 작자에 대한 단서를 찾을 수도 있지만, 한글소설에 대한 기록은 어떠한 자료에도 거의 나타나지 않기 때문이다. 연구자들은 한문소설에 들어 있는 필사기에서 주로 단서를 찾는데, 특히 필사기에 나오는 이름이나 호 등을 현재 알려진 인물과 연결시키는 방식으로 작자를 추정한다. 예를 들면 '신독재수택본(愼獨齋手澤本)'이라고 알려진 책은, 이 책의 끝에 '愼獨齋主人書'라는 필사기 때문에 붙여진 이름이다. 그런데 이 필사기의 '愼獨齋'를 김집(金集, 1574~1656)이라고 본 초기 연구가 지금도 통용되고 있다. 이와 같이 확실하지 않은 정보라 하더라도 이를 이용해서 무리하게 소설의 작자를 추정하는 경우가 있다.

조선시대 중국에서 수입한 소설의 독자는 물론 한문을 해득할 수 있는 층이고, 이들은 대체로 조선의 상층 지식인이다. 이들에 의해 소설이 퍼져나가고, 또 중국소설을 모방한 한문소설의 창작이 시작되었다. 그러나 한문으로 된 소설을 읽을 수 있던 조선의 지식인들은 대부분 소설을 부정적으로 평가했으므로, 자신들이 읽은 한문소설에 대한 기록을 남겨놓은 것이 별로 없다. 이것은 조선의 소설독자들이 소설의 오락성을 충분히 인식하고 있었음을 반증하는 것이다. 한글소설은 중국소설의 번역에서부터 시작되었다고 볼 수 있는데, 한글소설의 독자는 한문을 해득하지 못하는 사람들이 대부분이었으므로 이들은 소설에 대한 기록을 남길 수가 없었다. 조선시대에는 소설이 긍정적으로 평가받을 수 없었으므로, 소설이 많이 읽혔다 하더라도, 소설을 폄하하는 사회적 분위기는 소설의 담론을 이끌어내지 못했다. 거의 모든 한글 고소설의 작자를 알 수 없는 이유는 바로 이러한 사회적 분위기 때문이다. 소설에 대한 사람들의 인식이 바뀌기 시작한 시기는, 작자가 자신의 이름을 밝히는 신소설이 나오는 무렵이라고 할 수 있다. 그리고 모든 작자가 자신의 이름을 밝히는 근대소설에 오면 소설은 이제 더 이상 폄하의 대상이 아니고, 소설은 지식인 담론의 중요한 소재가 된다.

한국의 소설에 대한 이해에서 중요한 것 하나는, 고소설, 신소설, 근대소설이 시간의 순서에 따라 순차적으로 등장했다 사라지는 것이 아니라는 점이다. 19세기말까지 소설은 서울을 중심으로 유통되었고, 전라도 전주와 경기도 안성에 소설의 시장이 생겨났다. 그런데 20세기 초 신소설이 나오기 전까지는 고소설이 전국적으로 읽힌 것이 아니라 이런 지역을 중심으로 읽혔다고 보아야 한다. 고소설이 전국적으로 읽히는 것은 1912년 활판본소설이 간행되면서 가능해졌다. 최초의 신소설인 이인직의 『혈의 누』가 1906년 신문에 연재한 소설이고, 1917년에 나온 이광수의 『무정』도 신문연재소설이므로 신문이 보급되는 범위의 모든 지역에서 읽을 수 있었다. 이렇게 신문에 연재한 다음 단행본으로 간행된 『혈의 누』나 『무정』이 독자들의 인기를 끌었다고 하지만, 고소설만큼 많이 팔리지는 못했다. 1910년대부터 1940년대까지 소설시장에서 가장 많이 팔린 소설은 신소설이나 근대소설이 아니라 고소설이었다.

고소설이 학술적 연구의 대상이 되는 시기는 1930년대부터이다. 초기의 연구자들은 한글이나 한문을 막론하고 모든 이야기를 소설에 포함시켰다. 이렇게 모든 이야기를 소설이라고 하면, 『금오신화』, 「허생전」, 『홍길동전』, 『춘향전』을 같은 이야기라는 범주 안에서 다룰 수밖에 없게 된다. 김시습이나 박지원과 알려지지 않은 한글소설의 작자를 고소설의 작자라는 틀에 넣어서 함께 논의하게 되고, 김안로나 이황 그리고 정약용 같은 조선 최고의 지식인과 한글소설의 독자를 같은 고소설의 독자로 다룰 수밖에 없다. 이런 문제가 생겨나는 가장 큰 이유는 초기 고소설 연구에서 시작된 잘못을 계속 답습해왔기 때문이다. 「허생전」과 『춘향전』은 같은 고소설이 아니라 다른 고소설이라는 점을 명백하게 얘기하지 않았기 때문에 일어난 일이다. 소설은 도시의 발달과 더불어 생겨난 자국어로 쓴 오락용 긴 이야기라는 대체로 합의된 정의가 있는데, 이를 외면하고 한국 고소설에만 적용되는 소설의 정의를 따로 만들 필요가 있는지는 생각해보아야 할 문제이다.

3. 한문소설의 작자와 독자

3.1. 금오신화

김시습(金時習, 1435~1493)의 『금오신화(金鰲新話)』는 '최초의 소설'이라는 수식어가 붙어서 언급되는 경우가 많다. 『금오신화』는 중국 명(明)나라의 구우(瞿佑, 1341~1427)가 지은 『전등신화(剪燈新話)』와 관련이 있는 한문소설이다. 많은 연구자들이 『금오신화』와 『전등신화』의 관계를 다루면서 다양한 견해를 냈는데, 『금오신화』를 『전등신화』의 모방작으로 보는 견해에서부터 『전등신화』의 수준을 넘어서는 문학적 성취를 보여주는 작품이라는 주장까지 여러 가지 의견이 있다. 근래에는 『전등신화』가 한국의 『금오신화』, 일본의 『오도기보우꼬(伽婢子)』, 베트남의 『전기만록』 등에 끼친 영향과 의미에 대한 연구도 있다.

『금오신화』의 작자 김시습에 대한 연구는 매우 많아서, 그에 대한 전기적(傳記的) 자료는 거의 다 발굴되었다고 보아도 좋을 것이다. 초기의 『금오신화』 연구는 대부분 김시습의 행적에 초점을 맞추어 작품의 주제를 찾아보는 것이었다. 그리고 『금오신화』가 최초의 소설이라는 평가를 했다. 그러나 『금오신화』가 전기소설(傳奇小說)이라면, 『삼국유사』의 '조신이야기'나 「최치원」 같은 작품도 전기(傳奇)라고 말할 수 있으므로 『금오신화』를 '최초의 소설'이라고 볼 수 없다는 견해도 나왔다. 최초의 소설이 무엇인가는 소설을 어떻게 정의하느냐에 따라 얼마든지 달라질 수 있으므로, 과거처럼 이런 연구가 활발하게 이루어지지는 않는다. 그러나 중등학교의 고전문학 교육에서는 여전히 최초의 소설은 『금오신화』라는 식의 교육이 이루어지고 있다.

김시습은 스스로 언제 어디서 『금오신화』를 썼다는 사실을 밝히지 않았기 때문에, 작품의 창작 시기나 창작 장소 등은 분명하지 않다.

그러나 김시습이 쓴 『금오신화』와 관련된 시(書金鰲新話後二首)가 있어서 김시습이 벼슬에 뜻이 없고 재미있는 이야기를 짓는데 뜻을 두었음을 알 수 있다. 『금오신화』를 최초의 소설이라고 하지만, 연구자들 가운데는 『금오신화』가 창작되기 이전에 이미 전기(傳奇)의 전통이 있었다고 말한다. 이러한 주장은 한국소설이 중국의 영향 아래 있던 것이 아니라 독자적인 서사의 전통 속에서 계속 성장해온 것이라는 논리를 펴기 위한 것이다. 『금오신화』의 문학적 성취도가 어떤 수준인가에 대한 견해는 연구자마다 다를 수 있으나, 김시습이 『전등신화』를 보지 못했다면 『금오신화』는 나올 수 없다는 데는 이견이 없다. 잘 알려진 대로 『금오신화』는 조선후기에는 거의 볼 수 없는 책이 되어서 이 책을 읽은 기록은 별로 보이지 않는다. 그런데 비해 『전등신화』는 조선시대 내내 대단히 많이 간행되어 읽혔다.[2] 『전등신화』는 여러 차례 간행된 데 비해 『금오신화』는 조선후기에 거의 볼 수 없는 책이 된 이유는 무엇일까? 이 문제에 대해서 여러 가지 의견이 있을 수 있지만, 『금오신화』보다 『전등신화』가 더 재미있고 유익한 책이었기 때문에 많이 읽혔던 것은 분명하다.

『금오신화』를 읽은 기록을 통해 이 작품의 독자가 누구였나 하는 점을 보기로 한다. 『금오신화』를 읽은 가장 오래된 기록은 김안로(金安老, 1481~1537)가, "금오산(金鰲山)에 들어가 글을 지어 석실(石室)에 감추어 두고 말하기를, '후세에 반드시 나를 알아줄 사람이 있을 것이다.' 하였다, 그 글은 대개 기이한 것을 우의법(寓意法)을 써서 기록하

---

2) 김영진, 「조선 간 『전등신화구해』 제본 연구(1) -이본 대비 및 계열화를 중심으로-」, 『어문논집』 65, 민족어문학회, 2012.
신상필, 「이본을 통해 본 『전등신화구해』의 전파 양상과 그 함의」, 『고소설연구』 29, 한국고소설학회, 2010.

였는데, 『전등신화』 등의 작품을 모방한 것이다."(용천담적기)라고 한 것이다. 이 글에서는 김시습이 쓴 작품을 『금오신화』라고 하지 않았지만, 『전등신화』를 모방한 것이라는 말로 볼 때 『금오신화』를 지칭한 것임은 분명하다. 퇴계 이황(李滉, 1501~1570)은, "『금오신화』 같은 것은 높은 식견이 있다고 말하기 어렵다."(답허미숙(答許美淑))고 평가했다. 그리고 16세기 인물인 어숙권(魚叔權)의 『패관잡기(稗官雜記)』에 『금오신화』를 김시습이 지은 책이라고 한 기사가 있다. 김시습의 문집인 『매월당집(梅月堂集)』은 선조의 명(命)으로 1583년에 간행되었는데, 이 책에는 율곡 이이(李珥)가 쓴 김시습의 전(傳)이 실려 있다. 여기에서는 『금오신화』를 언급하지 않았으므로 이이가 이 소설을 읽었는지는 알 수 없다.

근래에 중국에서 발견된 임진왜란 이전에 조선에서 간행한 목판본의 편집자는 윤춘년(尹春年)이다. 이이가 쓴 「김시습전」에서도 윤춘년이 김시습의 시문(詩文)을 수집했다는 내용이 있는 것으로 보아, 임진왜란 이전까지는 『금오신화』가 상당히 많이 읽힌 책임을 알 수 있다. 그러나 임진왜란 이후에는 보기 어려운 책이 되었다. 송시열(宋時烈, 1607~1689)이 『금오신화』를 보고 싶어 했으나 구할 수 없었다는 이야기가 이를 증명한다.

『금오신화』는 조선에서는 없어진 책이 되었지만, 일본에 전해져서 17세기부터 몇 차례 간행이 되었다. 최남선은 일본에서 간행된 책을 바탕으로 1927년에 잡지 〈계명〉 19호에 『금오신화』를 실어서 비로소 한국에서 이 작품을 다시 읽을 수 있게 되었다. 최남선은 「금오신화 해제」에서 "조선 소설의 조(祖)는 무엇일까?"라는 질문을 던지고, 최치원의 『신라수이전』, 김대문의 『계림잡편』, 『삼국사기』와 『삼국유사』의 이야기 등을 거론한 다음 『금오신화』에 대해 다음과 같이 말했다.

> 그런데 이조 초기에 있어서 조선 조고계(操觚界)의 천황(天荒)을 파(破)하고 전기문학(傳奇文學)의 백화두(百花頭)를 작(作)하여 하마 적막할 뻔한 예원(藝苑)에 초독(超獨)한 청염(淸艶)을 발뵈인 자가 있으니, 금오신화가 그것이니라.

이와 같은 최남선의 『금오신화』 이해는 김태준의 『조선소설사』에 그대로 반영이 되어 후대 연구의 바탕이 되고, 1945년 이후 『금오신화』는 최초의 소설로 알려진다.[3] 『금오신화』가 최초의 소설이냐 아니냐 하는 문제에 대해서는 논란이 계속 있지만, 이런 논의 자체를 반성적으로 검토해봄으로써 다양한 고소설 연구가 가능해질 것이라는 연구도 나온 바가 있다.[4]

『금오신화』는 김시습이라는 독특한 성격의 인물이 중국소설을 읽고 이에 영향을 받아서 써낸 소설이다. 『금오신화』에 영향을 준 것은 신라나 고려에서 전해온 서사문학적 전통이 아니라 명(明)나라 전기(傳奇)소설이다. 『금오신화』가 영향을 준 것으로 신광한(申光漢, 1484~1555)의 『기재기이(企齋記異)』를 들 수 있으나, 『기재기이』는 『금오신화』의 영향보다는 『전등신화』의 자장 안에 있다고 보는 편이 나을 것이다. 『금오신화』와 『기재기이』 이후 이와 같은 내용과 형식의 소설은 조선에서 나오지 않았다. 그리고 『금오신화』보다는 『전등신화』가 후대에 훨씬 더 큰 영향을 미쳤다고 보는 것이 일반적이다.[5]

『금오신화』의 창작과 유전을 살펴보면, 이 작품이 한국 소설의 전

---

3) 김광순, 「금오신화의 연구사적 검토」, 『어문론총』 33, 경북어문학회, 1999.

4) 소인호, 「고소설사 기술에 있어서 최초주의에 대한 반성적 고찰」, 『우리문학연구』 21, 우리문학연구회, 2007.

5) 엄태식, 「한국 고전소설의 전등신화 수용 연구 -전기소설과 몽유록을 중심으로-」, 『동방학지』 167, 연세대학교 국학연구원, 2014.

통 속에서 나왔다든가, 후대 소설에 영향을 미쳤다고 말하기 어렵다. 다만 천재적인 인물 김시습에 의해 나온 작품이라고 말할 수 있을 뿐이다. 그리고 이 작품의 독자가 당대 최고의 지식인이었다는 점도 흥미롭다. 이들은 조선후기 한글소설의 독자와는 전혀 다른 계층의 사람이다.

3.2. 허생전

『열하일기』의 「옥갑야화」에 들어 있는 '허생 이야기'를 따로 독립시켜 「허생전」이라고 한 지는 오래 되었다. 「옥갑야화」 이야기 전체의 한 부분으로 '허생 이야기'를 다루어야 한다는 의견도 있지만, 현재는 '허생 이야기'만을 「허생전」으로 부르는 것이 일반적이다. 「허생전」은 중등학교 교과서에 실리면서 대단히 중요한 이야기가 되었기 때문에, 이러한 과정에 대한 연구도 있을 정도가 되었다.[6]

일련의 박지원의 작품을 '연암소설'이라고 부르고, 이 연암소설은 고소설의 하나로 알려져 있다. 이와 같은 현상을 잘 보여주는 것은 중등학교 교과서이다. 중등학교 교과서에서 「허생전」은 고소설로 분류되는데, 여기서는 고소설이 무엇인가 하는 문제에 대해서는 따로 얘기하지 않는다. 중등학교 교과서에서 말하는 고소설이란 과거에 나온 약간 긴 이야기 모두를 말하는 것 같다. 그러므로 한글로 번역한 「허생전」을 고소설이라고 말하는 것이 특별히 문제가 되지는 않지만, 「허생전」이 『춘향전』과 어떻게 다른가에 대해서는 설명할 필요가 있다.

『열하일기』가 사람들에게 알려지던 무렵에 이덕무는 한글소설을 빌

6) 김문희, 「허생전의 정전화 과정과 방식 연구」, 『어문연구』 41권 1호, 한국어문교육연구회, 2013.

려주는 세책집의 폐단에 대해서 얘기했다. 그러나 이덕무는 『열하일기』를 세책집의 한글소설처럼 폄하하지 않았다.[7] 이는 『열하일기』에 들어 있는 「허생전」은 한글소설과는 그 근본이 다르다는 당대의 이해를 보여주는 것이다. 박지원도 자신이 쓴 「허생전」을 당대에 읽히던 한글소설과 같은 것으로는 절대 생각하지 않았을 것이다. 그리고 『열하일기』를 읽은 사람들도 「허생전」을 한글소설과 같은 것으로 여기지 않았음은 분명하다.

『열하일기』의 독자는 누구인가?[8] 「허생전」이 실려 있는 『열하일기』를 읽으려면 한문에 능통해야 하는데, 한문에 능통하더라도 『열하일기』를 빌리거나 베껴서 볼 수 있을 정도의 위치에 있어야 했다. 즉, 『열하일기』는 박지원 당대에는 박지원과 친분이 있는 사람들을 중심으로 읽을 수 있던 책이었고, 그 이후에는 이 책의 명성을 아는 소수의 사람들이 읽을 수 있는 책이었다. 그러므로 『열하일기』의 명성이 높았다는 것은, 이들 소수의 지식인들 사이에서 그렇다는 것이지, 조선의 모든 사람이 읽을 수 있었던 것은 아니다. 한국고전종합DB에서 '열하일기'로 검색을 해보니, 이 책이 다음과 같은 사람들의 글에 나온다.[9]

---

7) 남공철의 「박산여묘지명(朴山如墓誌銘)」에 박지원이 자신이 지은 『열하일기』를 낭독하고, 이덕무, 박제가, 박남수 등이 둘러앉아서 듣는 장면을 묘사한 대목이 있다. 이덕무는 『열하일기』도 읽었고, 세책집에서 빌려주던 한글소설에 대해서도 알고 있었던 사람이다.

8) 『열하일기』 한글번역본이 알려졌는데, 이 번역본의 독자가 누구인지는 분명치 않다. 김혈조, 「열하일기 번역의 여러 문제들」, 『한문학보』 19집, 우리한문학회, 2008.

9) 검색 과정에서 『홍재전서』의 다음과 같은 대목을 보았다. "한평생 독서를 좋아하고 필찰(筆札)에도 능했지만 특히 시(詩)에 능하였다. 저술로는 만보정시집(晩葆亭詩集)이 있고, 그밖에 연행록(燕行錄) 열하일기(熱河日記) 등 약간의 책이 있다.(平生好讀書公筆札尤長於詩 所著有晩葆亭詩集 燕行錄 熱河日記若干卷.)" 「錦城尉朴明源神道碑銘」, 『홍재전서』 15권. 정조는 이 글에서 『열하일기』를 박명원이 지은 것이라고 했다. 이것은 단순히 정조의 착각이라고 말할 수도 있을 것이다. 그러나 이 대목은 정조가 박지원에 대해서 깊은 관심을 갖고 있었다는 학계의 많은 연구와는 다르다. 정조가 박지원에 대해서 깊은 관심을 갖고 있었다면, 『열하일기』의 저자를 박명원이라고 말할 수는 없을 것이다. 혹시 연암이

① 정약용 : 『경세유표』 등에서 『열하일기』를 인용했음.
② 이규경 : 『오주연문장전산고』에서 『열하일기』를 많이 인용했음.
③ 박사호(朴思浩) : 1828년 사행의 막비(幕裨)로 연경에 다녀온 박사호의 연행록 『심전고(心田稿)』에 여러 차례 언급했음.
④ 김경선(金景善) : 1832년 사행의 서장관이었던 그가 쓴 연행록 『연원직지(燕轅直指)』에 상당히 많이 언급했음.
⑤ 서경순(徐慶淳) : 1855년 사행의 종사관이었던 서경순의 『몽경당일사(夢經堂日史)』에서 어떤 비장(裨將)이 한 말에 나옴.[10)]

③, ④, ⑤는 모두 연행록이므로 『열하일기』가 청나라 사행을 가는 사람들에게 여행안내서 역할을 했음을 알 수 있고, ①과 ②는 청나라에 관한 지식의 원천으로 『열하일기』를 인용한 것이다. 『열하일기』를 읽었다 하더라도 「허생전」에 대해서 특별히 언급한 글은 없지만, 대체로 희롱의 문장으로 인식했던 것으로 보인다.[11)] 20세기에 들어와서 김택영(『연암집』)이나 최남선(『청춘』)에 의해 비로소 「허생전」은 중요한 글이 된다.[12)]

『열하일기』는 조선시대에는 필사본으로 전해져서 읽히다가, 20세기에 들어와서 처음으로 인쇄된 책이 나왔다. 그리고 한글 번역은,

---

지은 『열하일기』가 아닌 정사였던 박명원이 지은 『열하일기』가 따로 있던 것인지는 모르겠다.

10) 요동의 들판에서 밤에 잘 때 밤새 풍각을 울리는 것이 전례인데, 이러한 전례를 『열하일기』에서 보았다고 어떤 비장이 말하는 대목이 있다. 『열하일기』가 중국에 가는 사신들 사이에서 많이 읽혔음을 보여준다.

11) 안세현, 「문체반정을 둘러싼 글쓰기와 문체 논쟁」, 『어문논집』 54, 2006.
강혜선, 「정조의 문체 비판 재론」, 『한국문화』 49, 서울대학교 규장각 한국학연구원, 2010.

12) 김남이, 「연암이라는 고전의 형성과 그 기원(1)」, 『어문연구』 58, 어문연구학회, 2008.
김남이, 「20세기 초~중반 연암에 대한 탐구와 조선학의 지평 -연암이라는 고전의 형성과 그 기원(2)」, 『한국실학연구』 21, 한국실학학회, 2011.

1955년 북한에서, 그리고 1968년 남한에서 나왔으므로 한문을 읽을 수 없는 사람들은 20세기 후반이나 되어야 『열하일기』를 읽을 수 있었다. 「허생전」은 『열하일기』 전체 번역에 앞서 번역이 있었지만, 「허생전」이 일반적으로 알려지게 된 것은 이광수나 채만식의 소설에 의해서이다.

조선시대 「허생전」을 한문으로 읽은 소수의 지식인들은 한글소설을 읽는 계층과는 근본적으로 다르다. 이것은 무엇을 말하는가 하면, 「허생전」의 독자와 한글소설의 독자는 서로 어울릴 수 없는 다른 계층의 사람이라는 것이다. 그러므로 「허생전」과 『춘향전』은 같은 차원에서 다룰 수 있는 작품이 아니다. 「허생전」은 박지원의 자유로운 사고와 글쓰기가 결합된 산물이므로 그 전통을 굳이 따진다면 지식인의 한문 글쓰기 전통과 연결시킬 수 있을 것이다. 그리고 「허생전」 같은 글쓰기 방식은 조선시대에는 철저히 차단되었고, 조선조가 끝난 다음 식민지시기에 와서야 비로소 영향을 미치기 시작했다고 할 수 있다. 그러므로 「허생전」을 한글소설과 같은 부류의 작품이라고 말하거나, 한글소설의 전통과 연결시켜 논의하기는 어렵다. 「허생전」은 『금오신화』와 같은 한문으로 된 이야기이지만 『금오신화』와는 연결점을 찾을 수 없다. 그러나 『금오신화』, 『홍길동전』, 「허생전」, 『춘향전』이 고소설사의 중요한 축이라는 논의는 계속 이어지고 있다.[13)]

13) 이가원의 다음과 같은 글은 초기 연구의 상황을 잘 보여준다. "이 「연암소설」은 실로 민족문학적인 견지에서 위로 성수 허균의 「교산소설」을 이어받는 한편 아래로는 「춘향전」을 열어준 曠代的인 명작이었음은 새삼스레 변증할 나위도 없거니와, 또 「홍길동전」처럼 그 원전에 있어서의 信本與否의 의문도 없겠고, 「춘향전」같이 서민계층과 문인, 學士輩의 공동작으로서 제본의 연대적 攷據가 필요한 난제도 없는 작품임에 대하여 결코 헐가로 논평하지 못할 일이리라." 이가원, 『연암소설연구』(서울: 을유문화사, 1965.), 7쪽.

4. 한글소설의 작자와 독자

4.1. 홍길동전

얼마 전까지만 해도 『홍길동전』을 허균이 쓴 최초의 한글소설이라고 했다. 요즈음은 최초의 한글소설이라는 표현은 하지 않지만, 아직도 작자를 허균이라고 하고 있다. 그러나 한글 고소설 『홍길동전』의 작자는 허균이 아니다. 한글 고소설 가운데 작자를 알 수 있는 작품은 없다고 해도 과언이 아니다. 현대소설 가운데 작자를 모르는 작품은 없는데, 한글 고소설은 작자가 알려진 작품이 없다. 현대소설과 고소설의 가장 큰 차이를 든다면 작자가 알려졌느냐, 그렇지 않으냐 하는 점일 것이다.

그동안 『홍길동전』 연구에서 작자가 허균이라는 발언을 누가 맨 처음 했는가 하는 문제는 특별히 거론된 일이 없었다. 대체로 김태준의 『조선소설사』라는 의견이 통용되어왔지만, 여기에 대해서 본격적인 논의가 있었던 것은 아니다. 그런데 『홍길동전』 작자를 허균이라고 처음으로 얘기한 사람은 김태준이 아니라 그의 스승인 경성제국대학 교수 다카하시 토오루[高橋亨]이다. 그가 1927년에 『홍길동전』의 작자를 허균이라고 말한 근거는 이식(李植)의 『택당집』에 나오는 "筠又作洪吉同傳以擬水滸(허균은 또 홍길동전을 지어 수호전에 비겼다.)"라는 구절이다. 조선시대에 『택당집』을 읽은 사람 가운데 이 구절에 나오는 '洪吉同傳'을 한글소설 『홍길동전』이라고 생각한 사람은 아무도 없었는데, 근대적인 학문이 시작되면서 『택당집』에서 언급한 '洪吉同傳'이 한글소설 『홍길동전』과 같은 것이 되었다.

『택당집』은 1674년 처음 간행된 이래 여러 차례 나왔다. 또 판목이 있는 동안에는 수시로 찍어낼 수 있었으므로 많은 부수가 간행되었다고 볼 수 있다. 현재 상당히 많은 양의 『택당집』이 남아 있는 것으로 보아 『택당집』의 허균 관련 기록을 본 사람은 많이 있었을 것이다. 『택당집』의 허균 기록을 본 사람 가운데 '洪吉同傳'을 한글소설 『홍길동전』과 연결시켜 생각한 사람은 없었는데, 다카하시는 왜 『택당집』의 '洪吉同傳'과 한글소설 『홍길동전』을 같은 것이라고 보았을까? 다카하시는 허균이 쓴 '洪吉同傳'의 원문은 반드시 한문으로 된 것이라고 생각했고, 한문 원본이 언제 없어졌는지는 알 수 없다고 했다. 다카하시가 『홍길동전』의 작자를 허균이라고 말하게 된 이유는 그가 한글 고소설에 대한 직관이 없었기 때문이다. 『택당집』의 내용이 갖고 있는 문화적 맥락이나 의미를 해석하지 못한 일본인 교수의 주장은 그가 가르친 경성제국대학 학생들에게 전해졌고, 이 학생들에 의해 『홍길동전』의 작자는 허균이라는 설이 퍼져나가게 되었다. 그리고 그의 제자들이 스승의 견해를 그대로 따른 이유도, 이들 초기 연구자들이 한글소설에 대한 깊은 지식이 없었기 때문이다. 이 문제에 대해서는 필자가 자세히 다룬 적이 있다.[14)]

『홍길동전』의 작자가 구체적으로 누구인가를 밝히는 일은 불가능하다. 수백 편의 한글 고소설의 작자가 누구인가 알 수 없는 것과 마찬가지로 『홍길동전』의 작자도 누구인지 알 수 없다. 그러므로 고소설의 작자 문제에 접근하기 위해서는, 작자가 알려지지 않은 이유가 무엇인가를 찾아보는 데서 시작해야 한다. 조선시대 한글소설의 작자가 전혀 알려지지 않은 가장 큰 이유는 그들의 신분이 낮았기 때문이다. 그리고 한글소설을 천한 것으로 본 사회적 인식을 하나 더 들 수 있다. 천한 한글소설을 쓰는 사람(작자)에 대한 사회적 인식이 어떠했을 것이라

14) 이윤석, 「홍길동전 작자 논의의 계보」, 『열상고전연구』 36, 열상고전연구회, 2012.

는 점은 쉽게 상상이 된다. 그러므로 어느 누구도 자신이 한글소설의 작자라는 것을 자랑스럽게 얘기할 수 없었다. 20세기 초 신소설의 시대에 들어와서야 비로소 한글소설의 작자가 자신의 이름을 공공연하게 드러낼 수 있게 된다. 그 이전까지는 누구도 자신이 작자라는 것을 밝히지 않았고, 설사 밝힌 사람이 있었다 하더라도 그 이름이 후대에 전해지지도 않았다.

조선시대 한글소설은 어떻게 사람들에게 읽혔을까? 조선시대에는 책을 판매하는 서점이 없었는데, 소설 독자들은 어떻게 책을 구해서 읽었을까? 이런 문제는 한글소설의 이해를 위해서는 반드시 알고 있어야 하지만, 이 문제에 대한 연구는 최근에 들어와서야 조금씩 이루어지고 있다. 한글 고소설의 작자와 유통에 관한 연구는, 세책과 방각본 그리고 활판본에 대한 이해를 바탕으로, 고소설이 당대 통속문예물이라는 관점을 견지할 때 비로소 제대로 방향을 잡았다고 할 수 있다.

조선시대 한글소설의 창작과 유통의 중심에는 세책집이 있다. 세책집에서 소설의 창작이 이루어지고, 이 소설을 빌려주는 영업이 서울 전역으로 확대되면서 소설이 통속문예물로 자리 잡게 된다. 이 시기는 대체로 18세기 중반이다. 그리고 이 세책으로 독자들의 인기를 끈 작품 가운데 한두 권으로 축약할 수 있는 분량의 작품을 목판본으로 제작한 방각본이 나오면서 비로소 조선의 소설은 인쇄된 형태로 유통되게 된다. 방각본 한글소설은 19세기 초에 시작된다. 이렇게 서울에서 제작되고 유통되던 소설이 전주와 안성에서도 방각본으로 간행되면서 소설은 그 영역을 넓혀간다. 20세기 초까지 서울에서는 세책집이 계속 영업을 했고 경판 방각본도 팔리고 있었으나, 새로운 문물인 신문이나 잡지 등의 읽을거리와 신소설이나 여러 가지 전기물이 나타나면서 고소설은 더 이상 새로운 작품이 나타나지는 않게 된다. 조선시대 서울에만 세책집이 있었다는 사실은, 서울 이외의 지역에서는 소설을 창작하지 않았음을 보여준다. 1912년부터 고소설은 새로운 시대를 맞이하게 되는데, 활판인쇄로 고소설을 인쇄한 소위 '딱지본소설'이 대량으로 싼값에 보급되기 시작한 것이다. 이 활판본 고소설의 간행으로 고소설은 비로소 전국적인 유통이 가능하게 되었다.

조선의 한글소설은 작자가 없는 것이 아니다. 작자가 누구인지 알려질 필요가 없는 시대적 조건은, 독자들도 자신이 읽고 있는 소설을 누가 지은 것인지 알고 싶지 않게 만들었다. 그러므로 작자 자신은 물론이고, 독자들도 소설의 작자가 누구인지 기록을 남겨놓지 않았다. 이것이 조선시대 한글소설의 특징일 것이다. 『홍길동전』도 마찬가지이다. 누군가 지은 소설을 서울의 세책집에서 빌려주고, 이 세책집에서 빌려주던 것을 축약한 서울의 방각본이 나오고, 안성과 전주에서도 방각본이 나오게 된다. 이와 같이 필사본과 목판본으로 유통되던 『홍길동전』은 1910년대에 활판인쇄로 대량 인쇄한 것이 전국적으로 보급되어 읽히게 된다. 『홍길동전』은 한글 고소설의 일반적인 생성과 유통에서 동떨어진 특별한 작품은 아니다.

『홍길동전』은 주인공을 서자로 설정했다는 것만으로도 고소설 가운데 의미 있는 작품이다. 이렇듯 『홍길동전』의 중요성은 작자가 누구냐에 있는 것이 아니라 작품의 내용에 있다. 이미 많은 연구자들이 지적했듯이, 『홍길동전』 연구가 지나치게 작자에 매달려왔기 때문에 작품에 대한 다양한 해석을 해내지 못하고 있는 것도 어느 정도 사실이다. 허균이 지었다고 볼 수 있는 아무런 근거 자료가 없음에도 불구하고 허균 창작설이 계속되는 이유를 다음의 몇 가지로 나눠볼 수 있다. 첫째는 초기 고소설 연구자들이 갖고 있던 허균과 『홍길동전』에 대한 잘못된 이해이고, 둘째는 반역죄로 사형당한 뛰어난 문인 허균이 한글소설 『홍길동전』을 썼다고 믿고 싶은 연구자들의 희망이며, 셋째는 한글소설의 시작을 적어도 허균이 죽은 해인 1618년 이전으로 끌어올릴 수 있다는 연구자들의 '애국적' 연구태도 등이다. 특히 세 번째 "한국문학사 서술에 유리하다"는 연구자들의 태도가 가장 중요한 요인이라고 본다.

그러나 『홍길동전』 허균 창작설은, 조선시대 한글소설이 지식인이나 지배층과는 별로 관련이 없는 도시 서민의 예술이었다는 점을 간과하고 있을 뿐만 아니라, 조선후기 통속문예물을 이해하는 기본적인 태도가 양반 지식인 중심이라는 문제를 갖고 있다. 『홍길동전』을 제외하면 한글 고소설 가운데 작자가 알려진 작품은 거의 없는데, 왜 유독 『홍길동전』만 허균이라는 당대 최고의 양반 지식인의 작품이 되어야 하는가? 또는 되어왔는가? 이런 문제를 진지하게 검토할 필요가 있다.

4.2. 춘향전

『춘향전』이 고전문학의 하나로 문학사에서 중요한 작품이 된 시기는 1930년대이다. 1926년 경성제국대학이 개교하면서 조선문학을 전공으로 선택한 학생들이 『춘향전』 연구의 첫 세대이다. 이들은 한국문학의 전통을 한글문학에서 찾으려 했고, 한글문학 작품 가운데 『춘향전』을 가장 뛰어난 작품으로 파악했다. 그러나 연구 역량이 미숙한 이들 초기 연구자들의 연구는 여러 가지 문제를 갖고 있다. 예를 들면, 『춘향전』의 많은 이본 가운데 가장 후대에 나온 안판 84장본 『열녀춘향수절가』를 가장 오래된 것으로 잘못 이해하거나, 서울의 세책 『춘향전』에 대해서는 전혀 몰랐던 것 등이다. 이러한 잘못은 그 이후의 연구에도 영향을 미쳐, 완판 84장본의 형성에 판소리가 영향을 미쳤을 것이라는 전제 아래 '근원설화→판소리→판소리계소설'의 도식을 만들어내기에 이르렀다. 이 도식에 따르면 『춘향전』은 판소리 창자가 부르는 노래의 가사를 옮겨놓은 것이 된다. 그러나 소설 『춘향전』이 나오기 전에 판소리 〈춘향가〉가 먼저 있었다는 근거는 어디에서도 찾을 수 없다. 이 도식은 『춘향전』의 성립과정이 이렇게 되었을 것이라는 추정을 바탕으로 한 희망사항일 뿐이다.

1970년대에 들어와서 국내에서는 볼 수 없는 많은 『춘향전』 이본을 국외의 여러 기관에서 소장하고 있다는 사실이 알려지고, 이들 대부분을 국내 연구자들이 볼 수 있게 되면서, 『춘향전』 연구의 시각을 근본적으로 수정하지 않으면 안 되게 되었다. 그러나 국외 자료의 성격을 파악하는데 오랜 시간이 걸렸고, 또 이에 대한 연구가 활발하게 이루어지지 않았기 때문에 『춘향전』 연구는 1970년대까지의 논의에서 크게 앞으로 나아가지 못했다.

현재 학계뿐만 아니라 중등학교 교과과정에서도 그대로 통용되고 있는 '근원설화→판소리→판소리계소설'의 도식은, 1950년대 김동욱이 주장한 이래 정설이 되어 지금에 이르고 있다. 이 도식이 발표된 초기에는 다른 의견이 있었으나, 현재는 거의 아무도 이 도식에 대해 의문을 제기하지 않고 있다. 그러나 '근원설화→판소리→판소리계소설'의 도식만으로는 '판소리계소설'의 형성을 설명할 수 없다. 그 가장 큰 문제는 소위 '판소리계소설'은 애초에 작자가 없는 작품이라고 생각하는 점이다. 판소리계소설은 판소리에서 온 것이므로 판소리를 부른 광대가 작자라든가, 전승 과정에서 계속 확대된 '적층문학'이라고 보는 관점 같은 것이다. 이런 관점은 『춘향전』을 소설이라고 보지 않고 판소리라고 보려는 일련의 연구자들의 태도와도 관련이 있는데, 이러한 논의의 가장 큰 허점은 이를 증명해내지 못한다는 것이다. 필자는 『춘향전』도 다른 한글 고소설과 마찬가지로 세책집에서 창작한 것이고, 이를 축약한 경판 방각본이 나왔고, 서울의 『춘향전』을 저본으로 만든 완판 방각본이 나온 것이라고 본다. 그리고 판소리 〈춘향가〉는 이 소설 『춘향전』의 한 대목을 노래로 부르는 것이라고 생각한다. 판소리를 '판+소리'라는 것 이상의 설명을 해내지 못하는 현재의 판소리연구에 대한 반성과 아울러 이제 발표된 지 근 60년이 된 이 판소리계소설 도식에 대해서 정치한 검토가 필요한 시점이 되었다.

세책 『춘향전』은 현재 전승되고 있는 〈춘향가〉 판소리 창본이나 완판 84장본 『열녀춘향수절가』와 그 내용을 비교해보면 매우 다르다. 문제를 아주 단순화시켜서 제기한다면, 세책 『춘향전』과 완판 84장본 『열녀춘향수절가』는 어느 쪽이 선행하는가 하는 것이다. 이 문제는 현재까지 전승된 판소리 〈춘향가〉는 소설을 바탕으로 이루어진 것인가, 그렇지 않으면 판소리에서 소설이 생긴 것인가 하는 문제로 돌아가게 된다. '근원설화→판소리→판소리계소설'의 도식을 다시 검토해야할 필요성이 여기에 있다. 이 도식의 문제는 단지 『춘향전』만의 문제는 아니다. 이 문제는, 조선조에서 소설이 어떻게 만들어지고 유통되었는가, 그리고 소설을 조선후기 통속예술 전체의 맥락에서 어떻게 보아야 할 것인가 하는 문제와 연관되어 있다.

수많은 『춘향전』 이본의 맨 앞자리에 놓여야 할 작품은 무엇인가? 판소리계소설의 도식을 따른다면 아마도 완판84장본이 될 것이다. 그러나 완판84장본은 『춘향전』의 많은 이본 가운데 가장 후대에 나온 것이다. 경판 방각본에 비한다면 적어도 50년 내지 60년 정도 늦은 시기에 나왔는데, 그렇다면 서울의 세책이나 경판의 성립은 어떻게 설명할 수 있을까? 세책 『춘향전』을 판소리 가사의 정착이라고 말할 수는 없다. 그러므로 판소리계소설의 도식으로는 『춘향전』의 작자와 독자를 설명할 길이 없다.

판소리계소설 도식에 대한 의문은, 수십 년 전에 〈적벽가〉에 대한 문제 제기 이후에 거의 보이지 않는다. 그러나 이 도식은 『춘향전』을 중심으로 이루어진 것이므로 『춘향전』을 통해 바로잡아야 할 것이다. 『춘향전』은 작자가 없는 소설이 아니다. 소설의 작자가 없을 수는 없다. 그리고 『춘향전』은 독서물이지 듣는 노래가 아니다. 그러므로 현재 판소리계소설 도식으로 이해하는 『춘향전』으로는 그 작자와 독자에 대한 올바른 이해를 할 수 없다. 소설 『춘향전』과 판소리 〈춘향가〉의 관계는, 소설의 재미있는 대목을 판소리 창자들이 노래로 부르는 것으로 이해하지 않으면 제대로 설명하기 어렵다. 여기서는 소설과 판소리의 관계를 잘못 이해하게 된 중요한 문제 세 가지를 간단히 살펴보기로 한다.

첫째, 김동욱의 판소리계소설 도식의 문제이다.

1955~1956년에 발표된 「판소리 발생고」1, 2 이후 김동욱은 「판소리 삽입가요를 위한 시론」(1958) 등을 계속 발표하면서 '근원설화→판소리→판소리계소설'의 도식을 만들어 낸다. 이러한 연구의 기본 방향은 서울의 세책인 『남원고사』를 소개하고, 자세한 주석을 붙인 책을 간행하면서도 계속되었다.[15] 그런데 김동욱의 연구 전체를 면밀히 검토하더라도 '근원설화→판소리→판소리계소설' 도식을 합리화할 수 있는 근거를 찾기 어렵다. 또 많은 『춘향전』 이본 가운데 판소리의 가사를 옮겨 놓은 소설이라고 말할 수 있는 이본은 없다. 현재 판소리 창자들이 부르는 〈춘향가〉 가사의 상당 부분은 완판84장본 『열녀춘향수절가』와 같은

15) 김동욱 · 김태준 · 설성경, 『춘향전비교연구』, 삼영사, 1979.

내용인데, 이것은 완판84장본이 판소리 가사를 옮겨 놓은 것을 증명할 수 있는 자료가 아니라 판소리 창자들이 완판84장본을 가사집으로 삼았다는 증거가 될 뿐이다. 판소리계소설 도식의 가장 큰 문제는 서울의 세책이나 세책을 축약한 경판 『춘향전』의 형성을 설명할 길이 없다는 점이다.

둘째, 유진한의 '만화본 춘향가' 문제이다.

유진한의 『만화집』에 실려 있는 「춘향가」는 1754년에 쓴 것이라고 알려져 있다. 그리고 이 시는 유진한이 1753년에 전라도를 여행하면서 들은 판소리 〈춘향가〉를 바탕으로 지은 것이라는 견해도 있다. 『만화집』은 두 가지가 알려져 있다. 하나는 서울대학교 도서관에 있는 필사본이고, 다른 하나는 1989년에 간행된 석인본이다. 1989년에 나온 석인본에는 『사씨남정기』를 한시로 지은 것이 들어 있다. 이제까지 많은 연구자들이 '만화본 춘향가'를 다뤘으나, 그 가운데 아무도 이 텍스트에 대한 연구를 한 사람은 없다. 즉, 두 종의 『만화집』의 저본이 무엇이고, 어떤 과정을 거쳐 편찬되었는지에 관한 연구는 이루어진 적이 없다. 그러므로 어떠한 텍스트 비평도 없이 '만화본 춘향가' 안에 들어 있는 내용이 문학사적 사실을 증명하는 근거가 되어 왔다. 예를 들면, '만화본 춘향가'에 들어 있는 '배비장' 관련 내용은 1754년 이전에 『배비장전』이 있었다는 증거 자료로 쓰인다. 그런데 『배비장전』은 세책이나 방각본으로 간행된 것이 알려지지 않은 소설이다. 이것은 『배비장전』이 19세기 말이나 20세기 초에 나온 소설일 가능성이 크다는 점을 시사하는 것이므로, '만화본 춘향가'는 1754년이 아닌 훨씬 후대의 작품일 가능성이 있다. 『배비장전』 이외에도 사치품을 나열한 대목이라든가, 「황계사」를 언급한 것, 그리고 「여승가」가 등장하는 것 등은 이 작품의 창작연대를 1754년이라고 보기 어렵게 한다. 이런 대목은 더 있을 것이다. '만화본 춘향가'를 연구자료로 쓰기 위해서는 정밀한 텍스트 비평이 선행되어야 한다. 텍스트 비평이 없이 이 자료를 이용하는 문제와 더불어 더 큰 문제는, 아무 근거도 없이 '만화본 춘향가'는 판소리를 바탕으로 만든 것이라고 연구자들이 이해하고 있다는 점이다. 현재 알려진 소설 『춘향전』과 판소리 〈춘향가〉의 여러 이본의 내용을 '만화본 춘향가'와 비교해보면, '만화본 춘향가'는 판소리 〈춘향가〉보다 소설 『춘향전』과 훨씬 가깝다. 이런 문제에 대해서는 생각해보지 않고, 이 작품을 1754년 이전에 판소리 〈춘향가〉가 있었다는 것을 증명하는 자료로 쓰고 있는 것은 문제라고 아니할 수 없다.

셋째, 판소리 완창(完唱)의 문제이다.

판소리에서 소설이 생겨났다는 주장을 할 수 있는 근거의 하나는 현재 통용되고 있는 다음과 같은 판소리의 정의이다. "판소리는 긴 이야기를 몸짓을 섞어가며 고수의 반주에 맞춰 한 사람의 창자가 노래하는 한국의 전통음악이다." 그러나 이런 정의는 1960년대 이전까지는 없던 새로운 판소리에 대한 정의이다. 판소리는 긴 이야기의 한 부분을 노래하는 것이지 이야기 전체를 노래하는 것은 아니다. 20세기 들어서 창극이 생겨나서 무대의 공연이 이루어지고, 또 음반에 취입할 때 여러 명의 창자가 각기 역할을 맡아서 녹음을 하면서 판소리가 긴 이야기 전체를 노래하는 것처럼 보이게 되었다. 그리고 1960년대 후반 어떤 창자가 이야기 전체를 부른 것을 계기로 이 완창이 유행을 하게 된 것이다. 1970년대 이후 판소리 창자들이 경쟁적으로 완창을 시도하면서, 완창이 창자의 실력을 가늠하는 기준이 되었다. 그러나 20세기 초까지의 판소리는 긴 이야기 전체를 노래하는 것이 아니었다. 그러므로 판소리 〈춘향가〉는 소설 『춘향전』의 한 대목을 노래한다는 말이지, 춘향의 이야기 전체가 판소리로 작곡이 되어 있는 상태에서 그 가운데 한 부분을 부르는 것은 아니다. 완창이라는 개념이 없던 19세기에 판소리 창자가 부르는 노래의 가사는 소설의 한 대목일 수밖에 없다.

소설 『춘향전』은 한 작자가 창작한 작품이고, 이 소설은 독서물로 읽힌 것이다. 그리고 판소리 창자는 잘 알려진 소설의 한 대목을 노래로 불러 인기를 얻을 수 있었다. 이것은 〈춘향가〉 이외의 다른 판소리도 마찬가지이다. 그러므로 소설과 판소리는 서로 영향을 주고받는 것이 아니라 소설의 흥미 있는 대목을 판소리 창자가 노래로 부르는 것뿐이다. 『춘향전』은 작자가 없는 것이 아니라, 작자가 누구인지 알려질 필요가 없는 시대였기 때문에 알려지지 않은 것이다.

5. 결언

조선시대 소설을 표기문자에 따라 분류하면 한자로 표기한 소설과 한글로 표기한 소설 두 가지로 나눌 수 있다. 그리고 독자를 중심으로 나눈다면 크게 한문을 읽을 수 있는 독자와 그렇지 못한 독자 두 부류로 나눌 수 있고, 여기에 글을 읽지 못하고 듣기만 하는 독자(청자)를 하나 더 넣을 수 있다. 한문소설과 한글소설은 각기 다시 아래와 같이 세 가지로 나눠볼 수 있다.

한문소설: ①중국에서 들어온 소설
②조선에서 창작한 것
③조선의 한글소설을 번역한 것
한글소설: ④중국소설이 번역
⑤조선에서 창작한 한문소설의 번역
⑥조선에서 창작한 것

이렇게 여섯 가지로 나눌 수 있지만, 고소설의 주류는 ⑥의 조선에서 창작한 한글소설이고, ④의 중국소설을 번역한 것이 그 다음으로 많은 숫자이다. 물론 중국에서 들어온 한문소설을 하나도 빠짐없이 다 번역했다고 볼 수는 없으므로 중국소설이 종류는 더 많았겠지만, 읽힌 양으로는 한글로 번역된 것이 훨씬 많았을 것이다.

『전등신화』의 영향을 받아서 나온 『금오신화』의 예를 통해 알 수 있듯이 조선의 한문소설은 중국소설의 모방을 통해 그 쓰는 능력을 갖게 되었다. 『전등신화』 같은 문언소설이나 『삼국지연의』 같은 백화소설 모두 조선조 내내 많이 읽혔으므로 한문소설의 창작은 중국소설의 직접적인 영향 아래 이루어졌다고 보는 편이 좋을 것이다. 그러면 한글소설의 작자는 소설을 쓸 수 있는 능력을 어떻게 얻었을까? 조선시대에 백화문으로 지은 한문소설은 거의 없다. 백화문은 한문 글쓰기와는 직접적인 관련이 없는 것 같다. 그러나 조선에 들어온 백화문으로 된 수많은 중국소설은 거의 대부분 번역이 되었는데, 이 번역의 과정에서 익힌 글쓰기 능력이 한글소설 창작의 밑거름이 되었을 것으로 필자는 생각한다. 그리고 한글소설의 창작은 세책집과 밀접한 관련이 있던 것이 분명하다. 이 문제에 대해서는 앞으로 많은 연구가 필요할 것이다. 한글 대하소설의 창작이나, 『창선감의록』 같은 조선식 한문소설의 근원이 무엇인가 하는 문제도 심도 있는 논의가 필요하다.

한문소설과 한글소설의 독자는 명백히 나뉘는데, 이 문제는 두 가지 정도로 생각해볼 수 있다. 하나는 문자 자체가 갖고 있는 권위이고, 다른 하나는 소설이 주는 흥미이다. 한자를 '진서(眞書)', 한글은 '언문(諺文)'이라고 부른 사실에서 공식적인 문자로서의 한자가 갖고 있는 권위를 느낄 수 있다. 이런 한자의 권위는 비록 소설이라 하더라도 달라지지 않았을 것이므로 한문소설을 읽는다는 사실 자체가 지적

만족을 주었을 가능성이 있다. 그러나 중국의 백화소설을 수입해서 읽을 수 있는 계층은 한정될 수밖에 없는데, 백화를 읽어낼 수 있는 능력과 함께 이를 구해서 읽을 수 있는 구매력을 갖춘 계층이 누구인가 하는 점도 생각해야 한다. 그러나 학계에서 이런 문제까지는 아직 손을 대지 못하고 있다. 한글소설의 시작은 중국소설의 번역에서 시작된 것만은 분명한 것 같다. 최초의 중국소설 번역은 여러 사람을 위한 것이 아니라, 소수의 독자를 위한 것이었다고 본다. 어쩌면 개인을 위해서 소설을 번역했을 가능성도 배제할 수 없다. 궁중이나 지체 높은 집안의 인물 가운데 중국소설을 읽고 싶지만 백화문을 읽을 수 없는 사람을 위해서 번역은 이루어졌을 것이다. 그리고 이러한 번역이 계속 이루어지고, 또 이 번역소설을 읽는 사람이 늘어나면서 소설 독자는 확대된다.

18세기 중반의 세책집과 19세기 초 방각본 한글소설의 출현은 조선에서 소설시장이 생겨났음을 보여준다. 방각본소설은 기존의 것을 축약해서 제작했는데, 그 원천은 대부분 세책이었던 것으로 필자는 파악하고 있다. 방각본소설은 창작이 아니라 개작이므로 방각본소설에는 작자라는 개념을 쓰기는 어렵다. 이것은 경판 방각본뿐만 아니라 완판도 마찬가지이다. 예를 들면, 완판 『조웅전』이나 『홍길동전』의 원천은 서울의 세책이나 방각본이다. 그러므로 한글소설의 창작은 세책집에서 빌려주는 책의 원고를 조달하기 위해서 이루어진 것이다. 세책집에서 빌려주던 소설은 모두 한글로 된 것이므로 앞에서 얘기한 ④, ⑤, ⑥이 여기에 해당된다. 번역소설은 세책집이 나타나기 전부터 이미 있었던 것이므로 세책집에서는 번역본과 함께 창작 원고를 확보하는 것에 중점을 두었다고 볼 수 있다. 이 정도까지 한글소설의 작자를 추정해볼 수 있지만, 구체적으로 누가 작자인지 밝히는 것은 현재로서는 불가능하다.

한글소설의 독자를 논의할 때 유의할 점은, 1912년 활판본 고소설이 나오기 전까지는 한글소설이 전국적으로 유통되지 않았다는 사실이다. 조선시대 한문을 읽고 쓸 수 있는 능력을 갖추고 있던 사람은 전국적으로 고르게 분포되어 있었다. 과거에 응시하기 위해서는 한문을 자유롭게 구사할 수 있어야하므로 한문소설의 잠재적인 독자는 전국에 있었다. 그러나 이들이 모두 한글소설의 잠재적 독자가 될 수는 없다. 왜냐하면 한문을 구사할 수 있는 사람들은 한글소설을 폄하했기 때문이다. 여기에 더해 한글소설을 빌려주던 세책집은 서울 이외의 지역에는 없었고, 방각본 한글소설을 간행한 곳은 서울과 전주 그리고 안성뿐이었다. 방각본 한글소설이 간행지역을 넘어서서 다른 지방까지 유통되었다는 증거는 없다. 19세기말에서 20세기 초에 외국인이 서울에서 구입해간 도서 가운데 완판본을 볼 수 없다는 것은, 서울에서는 완판본을 구할 수 없었다는 사실을 증명하는 것이다. 완판 방각업자가 서울의 세책이나 방각본을 저본으로 완판본을 제작한 것은 이들 업자들 사이의 어떤 관계를 이용한 것이지, 서울의 세책이나 방각본이 전주까지 유통되었다는 증거가 될 수는 없다.

고소설이라는 용어는 신소설 이전이 모든 서사문학을 지칭하는 의미로 쓰이는데, 이렇게 넓은 범위로 고소설이라는 용어를 사용하게 되면 한글 고소설이 갖고 있는 중요한 의미가 퇴색되기 쉽다. 한글 고소설은 한글 글쓰기의 규범을 만들어냈다는 중요한 의미가 있다. 한글 글쓰기 능력은, 불경이나 유학 경전 등의 한문 전적의 언해, 중국소설의 번역, 그리고 한글소설의 창작 과정을 거치면서 갖춰진 것이다. 마찬가지로 한글 문장을 읽는 훈련도 이런 글을 읽으면서 이루어졌다. 그러므로 한글소설의 창작과 독서는 한글의 쓰기와 읽기의 성립에 커다란 영향을 끼쳤다고 할 수 있다. 특히 18세기 중반의 세책과 19세기 초반에 나온 방각본 한글소설, 그리고 1912년부터 보급된 활판본 고소설이 한글의 보급과 표준화에 끼친 영향에 대해서는 앞으로 많은 연구가 있어야 할 것이다.

참고문헌

김동욱, 판소리 발생고 1, 『논문집』 2집, 서울대학교, 1955.
김동욱, 판소리 발생고 2, 『논문집』 3집, 서울대학교, 1956.
김태준, 『조선소설사』, 청진서관, 1933.
소인호, 「주생전(周生傳) 이본의 존재 양태와 소설사적 의미」, 『고소설연구』 11집, 고소설학회, 2001.
원용문, 「원생몽유록의 작자 문제」, 『고소설연구』 3집, 고소설학회, 1997.
이병철, 『임제(林悌)의 〈원생몽유록(元生夢遊錄)〉 재고(再考)」, 『한민족문화연구』 24집, 한민족문화학회, 2008.
이지영, 「조성기 사유와 〈창선감의록〉 작자의식의 간극에 대하여」, 『고전문학연구』 38집, 한국고전문학회, 2010.
이창헌, 「방각소설 출판과 관련된 몇 가지 문제 -방각소설의 출판과 언어, 문화의 표준화」, 『고전문학연구』 35집, 한국고전문학회, 2009.
정길수, 「창선감의록의 작자 문제」, 『고전문학연구』 23집, 한국고전문학회, 2003.
정선희, 「목태림 문학 연구」, 이화여자대학교 박사학위논문, 2001.
정학성 역주, 『17세기 한문소설집』, 삼경문화사, 2000.
진경환, 「창선감의록의 작자 재론 - 조성기와 김도수의 관계를 중심으로 -」, 『어문논집』 31집, 민족어문학회, 1992.
허호구, 강재철, 『(譯注)春香新說』, 이회문화사, 1998.

이윤석

연세대학교 국어국문학과 교수

저서

『남원고사 원전비평』

『홍길동전 필사본 연구』

논문

「고소설의 작자와 독자」

「상업출판의 관점에서 본 19세기 고지도」

「고수관이 부른 노래는 판소리인가」

「한문방각본의 성격에 대하여」

허찬

연세대학교 국어국문학과 박사과정

논문

「1920년대 〈운영전〉의 여러 양상」

「〈효녀 심청전〉을 통해 살펴본 초창기 무성영화의 시나리오에 관한 연구」

세책 고소설 고려보감 연구

2015년 8월 28일 초판 1쇄 펴냄

지은이 이윤석 · 허찬
펴낸이 김흥국
펴낸곳 도서출판 보고사

책임편집 이경민
표지디자인 이준기

등록 1990년 12월 13일 제6-0429호
주소 서울특별시 성북구 보문동7가 11번지 2층
전화 922-5120~1(편집), 922-2246(영업)
팩스 922-6990
메일 kanapub3@naver.com
http://www.bogosabooks.co.kr

ISBN 979-11-5516-449-5 93810

정가 23,000원

이 도서의 국립중앙도서관 출판예정도서목록(CIP)은 서지정보유통지원시스템 홈페이지(http://seoji.nl.go.kr)와 국가자료공동목록시스템(http://www.nl.go.kr/kolisnet)에서 이용하실 수 있습니다.(CIP제어번호: CIP2015023303)